DAME DE FEU

Du même auteur

Julie Lescaut
Dame de cœur
Dame de pique
Dame de carreau
Dame de trèfle
Loup y es-tu ?
Dame d'atout

www.lemasque.com

Alexis Lecaye

DAME DE FEU

ÉDITIONS DU MASQUE
17, rue Jacob 75006 Paris

COUVERTURE :
Maquette : WE-WE
Photographie : © Arnaud Legrain / Agence VU

ISBN : 978-2-7024-4094-0

© 2014, Éditions du Masque,
département des éditions Jean-Claude Lattès.

Tous droits réservés

Pour ma Dame de Cam

PREMIÈRE ÉPOQUE

0

Un dimanche de septembre

C'était un ancien garage agricole aux murs de parpaing d'environ douze mètres sur sept. Le sol, comme les murs, était gris, maculé et incrusté de taches anciennes. Le toit de tôle était dentelé et transpercé par la rouille, et la charpente en métal érodé et en bois pourrissant menaçait de céder. Un coin de la vaste superficie était pris par une cabane aux murs de plâtre humide couverts de graffitis, aux ouvertures béantes, qui avaient dû servir de bureau autrefois. Il n'y avait plus trace d'activité, à part une chaîne qui pendait d'une des poutres métalliques jusqu'au sol, et un tas de ferrailles, ponts de semi-remorque, châssis tordus, bas moteurs si anciens et hors d'usage qu'il n'y avait même plus une trace d'huile sur le métal oxydé, vilebrequins et rouages trop usés et irrécupérables pour qu'on se soit donné la peine de les emporter. Il y avait deux ouvertures grillagées d'un côté et, au fond, un immense portail métallique coulissant, destiné à l'origine à s'ouvrir devant des tracteurs aux roues surdimensionnées, et peut-être même des moissonneuses-batteuses.

Sur le sol de béton gris craquelé et fissuré, un vaste rectangle était tracé à la craie blanche, et à l'une de ses extrémités étaient disposés, sur deux rangées séparées par un espace étroit, une douzaine de chaises plus ou moins bancales, du mobilier obsolète récupéré dans une déchetterie ou chez un démolisseur, chaises de jardins en plastique, vieux fauteuils de salle d'attente, ou même chaises d'écoliers en bois et tubes d'acier.

Des cartons étaient empilés sur chacun de ces sièges sauf sur le plus reculé, et sur chaque pile était juchée une citrouille.

Une fine silhouette entra par le fond du garage en faisant glisser le portail métallique sur son rail. L'intrus, sexe et âge indéterminés, portait un sweat avec une capuche qui dissimulait entièrement son crâne et son visage, la courroie d'un sac de sport lui barrait le torse.

Il referma le portail, sortit un chronomètre de sa poche, appuya sur le déclencheur et avança d'un pas vif vers le centre du garage. Il atteignit le rectangle de craie à un endroit où le trait était dessiné en pointillé, marqua une pause et franchit la ligne. Il obliqua vers la gauche et passa entre les sièges avant de s'asseoir sur le dernier, le seul libre.

Il ouvrit le sac posé à présent sur ses genoux et en sortit une arme grise munie d'un silencieux. Il leva l'arme et tira au coup par coup dans les deux premières citrouilles, puis dans celles qui étaient un peu plus loin à sa gauche, enchaîna par la rangée suivante, et ainsi de suite jusqu'à ce que toutes les citrouilles aient été transpercées.

Il se leva, rangea son arme et se coula dans l'espace entre les sièges, écrasant de ses baskets les éclats de citrouille, se tourna vers l'endroit d'où il était venu, et fit à nouveau une pause. Il eut un geste bizarre, comme s'il posait l'index sur un objet placé devant lui. Mais devant lui, il n'y avait que le vide.

Il franchit le pointillé de craie dans l'autre sens, fit halte quelques mètres plus loin et arrêta le chronomètre. Il le remit dans sa poche, hocha la tête.

Il se débarrassa du sac de sport qu'il alla poser contre le mur du garage, et revint sur la surface délimitée par la craie. Il prit les cartons et les balança en tas contre le mur, procéda de même avec les chaises, dont certaines achevèrent de se briser.

Il ressortit du garage et revint avec un seau et une brosse. Il balaya les éclats de citrouille, trempa la brosse dans le seau et effaça méticuleusement les traces de craie.

Quand ce fut fini, il enfouit les restes des citrouilles dans deux sacs poubelle, inspecta le décor d'un coup d'œil circulaire, ramassa ses affaires ainsi que les sacs poubelle et ressortit, en refermant le portail sur lui.

1

Lundi 1ᵉʳ octobre, seize heures

Marion était assise à la terrasse d'un café du Carreau du Temple, à deux pas du journal pour lequel elle travaillait et de son domicile, lunettes noires sur le nez et jambes croisées offertes au soleil. Comme la plupart des autres consommateurs – ceux en tout cas qui n'étaient pas en couple – elle pianotait sur son téléphone, avec un petit sourire qui ne s'adressait qu'à elle. Ses messages lus et envoyés, elle appela Martin.

— Allô Martin ? C'est moi.
— Oui ?
— Je te dérange ?
— Je vais commencer une audition, mais vas-y.
— Ah merde ! Tu en as pour longtemps ?
— Pourquoi ? Il faut aller chercher Rodolphe à l'école, c'est ça ?
— Si tu peux, ce serait super. Je pars en rendez-vous et je dois assister ensuite à une conférence de presse improvisée, à la Sorbonne vers vingt heures. Je suis la seule dispo au journal. J'ai essayé d'appeler Zep…
— Elle ne peut pas, dit Martin, tu sais bien, on a essayé la semaine dernière, elle se débat dans ses inscriptions à la fac, elle ne va pas pouvoir venir garder le petit avant un bon moment.
— Merde. J'ai appelé ta fille, mais elle n'est pas là non plus. Et si je comprends bien, toi aussi tu es coincé…
— Pas forcément. Je vais passer le relais à Jeannette et aller chercher Rodolphe.

— Et après tu vas faire quoi ? Le ramener au bureau ?

— Oui, pourquoi pas ? Il aime bien le 36, et on rentrera ensemble. Au fait, je suis en congé à partir de ce soir, tu te rappelles ? Une semaine.

— Ok.

— Cache ta joie. On pourrait peut-être partir un jour ou deux.

— Moi ça va être un peu difficile, j'ai des rendez-vous, mais on voit ça demain... Ne le couche pas trop tard.

— Tu rentres vers quelle heure ?

— Un peu tard, sans doute. J'aimerais bien décrocher une interview du mec en tête-à-tête, après la conférence. J'ai un bon contact avec son attaché de presse, et si ça doit passer par un dîner...

— C'est qui, ce type ?

— Brandon Solomon, la nouvelle star de l'écologie américaine. Un milliardaire qui a décidé d'offrir une chaîne de télévision et un nouveau bateau à Greenpeace...

— Beau gosse ?

— Une tuerie. Entre Brad Pitt et Ewan McGregor.

— Qui ça ?

— Ne cherche pas.

— Bon... Ok, tu as la permission de minuit. Bonne interview. Et bon dîner.

Marion gloussa.

— Je t'embrasse.

— Moi aussi.

Un homicide venait d'échoir au groupe de Martin : celui d'une femme célibataire de trente ans qui avait déménagé de Lyon à Paris une semaine plus tôt dans un immeuble du XIXe arrondissement. Un décès non naturel, apparemment provoqué par étranglement : on l'avait retrouvée morte sur son lit avec la ceinture du peignoir qu'elle portait serrée autour du cou. Ce n'était pas non plus un suicide. Rattrapée par son passé ? Ou bien tuée par un rôdeur ? En fin de compte, Martin décida de commencer sa semaine de congé à partir de tout de suite, et d'embarquer Rodolphe sur un bateau-mouche. Ce serait à Jeannette, Olivier et Alice de faire au mieux pour trouver le mobile et éventuellement le coupable au cours des six jours à venir.

À l'instant où elle raccrochait, le sourire de Marion s'effaça. Depuis ce matin, elle sentait son cœur battre dans sa tête, dans sa nuque, sourdement et lourdement. Excitation. Culpabilité. Appréhension. Anticipation. Doutes. Interrogations.

En relevant les yeux, elle vit son amie arriver. Sybil était jolie, et pas mal de regards de femmes et d'hommes la suivirent quand elle se faufila entre les tables pour rejoindre Marion. Elle se pencha et l'embrassa sur les deux joues.

— Tu m'as préparé la liste ? dit-elle en s'asseyant.
— Oui, j'étais en train de la peaufiner. Ton anglais, il est passable ?
— Normalement, oui. Tes collègues ne vont pas se demander qui je suis ?
— À ma connaissance, il n'y aura pratiquement que des journalistes étrangers, plus un type du *Figaro* que je ne connais pas. Et tu n'es pas obligée de poser quinze mille questions. Une ou deux, et pour le reste, contente-toi d'enregistrer les réponses.
— Ok. Et tu ne veux toujours pas me raconter ce qui t'arrive ?
— Plus tard.
— Il est beau au moins ?
— *No comment*. Une dernière petite formalité, dit Marion en ouvrant son sac et en sortant son porte-cartes.

Lundi 1er octobre, vingt-deux heures

Six hommes et trois femmes étaient regroupés dans la pénombre, autour du bureau du directeur de la PJPP. À part le patron, ils étaient tous debout, le regard fixé sur l'écran plat collé au mur. Les seuls bruits qu'on entendait étaient ceux de la circulation, en contrebas sur le quai des Orfèvres, et plus loin en face, de l'autre côté de la Seine, sur le quai des Grands Augustins.

À l'extérieur, la nuit était tombée depuis longtemps.

Le fanal d'un bateau-mouche balaya le plafond d'une lueur rouge.

À la dernière image du film muet qu'ils visionnaient, le patron soupira et appuya sur le bouton de la télécommande. Le film défila du début.

Le disque dur de la caméra vissée au plafond du bus 86 avait enregistré la montée de l'auteur par la porte arrière à vingt heures onze, 1er octobre, à la dernière station du faubourg Saint-Antoine avant la place de la Bastille. L'angle de vue et la focale modifiaient les formes et les proportions des décors et des personnes filmées mais, au bout du troisième passage, les spectateurs étaient accoutumés aux déformations et n'y prenaient plus garde.

L'auteur était vêtu de sombre, un sweat à capuche lui cachait entièrement le visage, il portait un pantalon également sombre et ample, probablement un jogging. Aucune marque n'était visible. Il tenait en bandoulière sur son ventre un sac de sport, en cuir ou skaï, noir ou de couleur très foncée, aussi anonyme que les vêtements.

Les chaussures n'étaient que très partiellement visibles, pendant la fraction de seconde où la silhouette se glissait tout à l'arrière du bus, côté droit dans le sens de la marche. Des baskets montantes claires, de marque également indiscernable.

Dix secondes à peine après être monté dans le bus, l'auteur se penchait, disparaissant presque complètement derrière le dos du passager assis devant lui, et restait de longues secondes quasi invisible. Quand il se redressait, rien dans son allure n'avait notablement changé.

Mais soudain, les deux passagers placés directement sur le siège devant lui plongeaient en avant, suivis à quelques secondes d'intervalle par les deux passagers placés à gauche – dans le sens de la marche. Suivis deux secondes plus tard par un passager placé à droite puis un à gauche, au rang suivant.

À cet instant, la silhouette encapuchonnée se relevait. Elle portait toujours son sac en bandoulière, mais rabattu dans le dos à présent, et ses deux mains tenaient une arme courte, au corps rectangulaire nettement plus épais que celui d'un pistolet automatique et strié dans le sens de la longueur, muni d'un chargeur qui dépassait de la poignée d'une bonne vingtaine de centimètres. Le corps de l'arme était prolongé d'un réducteur de son cylindrique à double chambre plus long que l'arme elle-même. La crosse rabattable ultra-courte était plaquée contre le ventre du tireur. La main droite apparemment nue ou gantée de PVC transparent serrait la poignée, index engagé dans le pontet, alors que l'autre main maintenait l'arme par le gros silencieux.

Le chef fit un arrêt sur image et tous purent constater que le pistolet-mitrailleur était entouré d'une sorte de nuage pointillé et flou.

— L'arme est enveloppée dans un sac transparent en mailles fines, dit-il. Vous voyez en dessous les petits cylindres brillants, ce sont les douilles retenues par le sac.

La silhouette appuya brièvement sur le bouton pour demander l'arrêt, avant de pointer son arme deux fois. Le bout du silencieux émit deux lueurs brèves et pâles, et deux autres passagers, ceux placés au plus près de la sortie arrière, basculèrent à leur tour. Le tireur rangea l'arme dans son sac, le bus s'arrêta à Bastille, et la silhouette disparut du champ de la caméra. Elle avait quitté le bus aussi discrètement qu'elle y était montée.

De nouveaux venus surgirent, il y eut un instant de flottement et le bus fut bientôt le théâtre d'une agitation indescriptible.

Le chef appuya sur le bouton de pause et la scène se figea. Elle avait duré en tout et pour tout trente-huit secondes.

Pour sa part, c'était la dixième fois qu'il revoyait ces trente-huit secondes et, comme à chaque visionnage, cette courte séquence en noir et blanc lui coupait le souffle.

Le film était muet, mais il était évident que le son des coups de feu – même très atténués par le silencieux – avait été couvert par le vacarme du moteur et par les autres bruits ambiants.

Le bilan était lourd. Huit morts. Les huit passagers avaient été abattus d'une balle de neuf millimètres dans la nuque ou à l'arrière du crâne.

Le directeur de la PJPP se tourna vers le patron de la Brigade criminelle et ses troupes. Il y avait autour de lui ses six chefs de groupes et deux adjoints. En l'absence de Martin et d'un autre chef de groupe, deux adjoints (dont le commandant Jeannette Beaurepaire) les représentaient.

Le directeur alluma la lampe sur son bureau et montra un petit tas de feuilles dactylographiées.

— La liste des victimes, dit-il. Et quelques éléments en annexe.

Chacun des flics prit une copie et l'examina.

Par ordre alphabétique, il s'agissait de :

Erwan le Dantec, trente et un ans, professeur des écoles, pacsé et père d'un bébé de six mois.

Armelle Dicotta, quarante-trois ans, comédienne, coach de comédiens, divorcée, sans enfants.

Olivier Marchand, cinquante-huit ans, retraité de la SNCF, marié, père de trois enfants de seize, vingt-huit et trente-deux ans.

Gérard Otil, quarante-huit ans, prothésiste dentaire, marié, sans enfants.

Anne Rebatteux, trente-neuf ans, avocate, divorcée, mère de deux enfants de seize et dix-huit ans.

Marion Delambre, trente-cinq ans, journaliste à *Libé*, mère d'un petit garçon.

Paul de Courtines, huissier de justice, quarante-cinq ans, célibataire.

Stanislaw Opietski, nationalité tchèque, cinquante-trois ans, profession et état matrimonial inconnus.

Cinq hommes et trois femmes, âgés de trente à soixante ans.

Les photos contenues dans deux des portefeuilles avaient permis d'identifier un couple : Armelle Dicotta et Anne Rebatteux. On ignorait si elles vivaient ensemble, mais elles paraissaient au moins assez proches pour s'être laissé photographier en maillot de bain, enlacées sur une plage des Caraïbes ou de l'océan Indien. Chacune avait gardé un exemplaire de cette photo dans leurs portefeuilles respectifs.

C'était apparemment le seul couple. Pour le moment, rien ne permettait de deviner si les autres victimes étaient liées, ni même si elles se connaissaient.

Les premiers à mourir avaient été Erwan le Dantec et Olivier Marchand, assis côte à côte juste devant l'auteur.

Les suivants, assis également côte à côte et à gauche du bus, avaient été l'huissier, Paul de Courtines, et Marion Delambre, la journaliste. Malgré leur proximité au moment de l'exécution, rien ne permettait de supposer qu'ils se connaissaient.

Ensuite, était venu le tour du prothésiste dentaire et du Tchèque, assis respectivement à gauche et à droite du couloir.

Les dernières à mourir étaient les deux femmes, Armelle Dicotta et Anne Rebatteux, assises côte à côte.

Il y avait douze autres passagers dans le bus, dont cinq – placés à l'avant – étaient tournés vers l'arrière et auraient pu – dû – voir le carnage.

Aucun n'avait rien vu. Ni entendu. L'auteur avait supprimé huit personnes en trente-huit secondes, dans un bus qui en contenait vingt-cinq, plus le conducteur, sans même s'attirer un coup d'œil des survivants.

Il avait fallu que d'autres passagers montent et tentent d'accéder aux sièges à l'arrière du bus, pour qu'on s'aperçoive enfin que huit corps ensanglantés gisaient tassés entre les sièges.

Et il avait fallu attendre la lecture du disque dur embarqué pour comprendre ce qui s'était passé.

Il y eut quelques toussotements et frottements de pieds sur la moquette usée du bureau.

— Des commentaires ? s'enquit le directeur.

— L'arme... On dirait un Ingram M10, dit un des chefs de groupe.

— Exact, dit le chef. M10 Neuf millimètres. Une arme des années 70. Employée principalement à la fin du siècle dernier par des unités antiterroristes. Avec des munitions à faible puissance de pénétration, pour utilisation dans les milieux clos, sans risque de ricochets et de franchissement des parois. Le silencieux à deux chambres semble d'origine.

— Ça nous change des Kalachnikov, remarqua un autre homme.

— C'est quand même bizarre que personne n'ait rien entendu.

— Le bruit du moteur et de la circulation a largement couvert les coups de feu, dit un autre. Le silencieux double corps de l'Ingram est hyper efficace.

— Quelqu'un aurait pu crier...

— Ils n'en ont pas eu le temps. Et puis... Vous avez vu comment ça se passe dans un bus. Tout le monde regarde devant soi, et surtout pas son voisin.

— Je connais une des victimes, dit Jeannette, la voix blanche.

Tous se tournèrent vers elle.

— Marion Delambre. La journaliste. C'est la compagne de Martin.

— Martin ? Notre Martin ? dit le patron.

— Oui.

— Putain..., jura doucement un des chefs de groupe.

— Il va falloir que je le prévienne, dit Jeannette.

— Allez-y, dit le directeur. Et transmettez-lui... Non, je lui dirai moi-même.

2

Lundi 1ᵉʳ octobre, vingt-trois heures trente

Martin ouvrit la porte à Jeannette. Il ne paraissait pas de bonne humeur.

— Qu'est-ce qui est si important que tu ne pouvais pas me dire par téléphone ? Je suis au vert depuis à peine cinq heures, et vous ne pouvez déjà plus vous passer de moi ?

— Je peux entrer ?

— Bien sûr, mais ne fais pas de bruit. Rodolphe vient de s'endormir.

Il s'effaça et referma derrière elle, puis l'entraîna vers le salon.

Ce n'est qu'une fois là qu'il la regarda vraiment. On aurait dit qu'elle avait pleuré et il s'en voulut d'avoir manifesté sa mauvaise humeur.

— Qu'est-ce qu'il y a ? Il est arrivé quelque chose au bureau ? Dans le groupe ? Olivier… ?

— Olivier va très bien. Alice aussi.

— Putain, Jeannette, qu'est-ce qui se passe ? Tes gosses, ça va ?

— C'est Marion.

— Quoi Marion ?

Elle ne répondit pas, se contentant de le regarder en silence. Martin vacilla.

— Non, murmura-t-il. Non…

Jeannette hocha silencieusement la tête.

— Qu'est-ce qui s'est passé ?

— Il y a eu un attentat ce soir. Un massacre sur la ligne 86. Huit personnes exécutées par balle dans le bus. Marion est une des huit.

Martin secoua la tête.

— À quelle heure ?

— Vingt heures.

— Non. Ce n'est pas possible. À vingt heures, elle devait être...

Sa voix mourut.

— Elle devait être où ? dit Jeannette.

— À la Sorbonne, pour une conférence et une interview...

— Le 86 passe devant la Sorbonne.

— Oui je sais. À quel endroit... ça a eu lieu ?

— Boulevard Henri-IV. En face de la Garde républicaine.

— Putain elle m'a appelé tout à l'heure, dans l'après-midi, elle était en rendez-vous. Juste avant l'audition, au bureau... On a chopé le type ?

— Non.

Il fit le tour du salon et s'assit sur le bras du canapé. Jeannette ne bougeait pas.

— Elle est où ? dit-il. Je suis con, à l'IML bien sûr.

Il continua à parler, pour lui-même plus que pour Jeannette.

— Je vais aller la voir et après j'appellerai sa mère. Non, j'irai chez elle... Oh merde...

Il baissa la tête et se frotta les yeux. Puis se redressa et alla enfiler sa veste.

— Excuse, dit-il, mais je n'arrive pas à y croire. Il faut que je la voie. J'y vais. Tu peux rester avec Rodolphe ? J'en ai pour une heure à tout casser.

— Ok, dit Jeannette. Ne t'en fais pas, ma mère garde les petites, je ne bouge pas.

Jeannette et lui restèrent un instant face à face. Soudain, il prit Jeannette dans ses bras et la serra très fort contre lui.

— Je suis désolée, Martin, murmura-t-elle.

— Qui a l'enquête ? demanda-t-il en s'écartant.

— Trois groupes vont travailler ensemble. Vienne, Tureau et Mesnard. Peut-être plus. C'est le branlebas de combat au 36.
— Et nous, on est exclus à cause de Marion et moi.
— Officiellement c'est parce que tu es en vacances.
— Merde ! Bon. J'y vais.

Il jeta un regard vague autour de lui, et se dirigea vers l'entrée.

Il ouvrit la porte en vérifiant machinalement qu'il avait son téléphone dans sa poche.

Marion était sur le seuil, sa clé à la main, prête à l'introduire dans la serrure.

3

— Pourquoi tu me regardes comme ça ? dit-elle en rougissant. Et où tu allais à cette heure-ci ? Ne me dis pas que tu t'apprêtais à laisser Rodolphe tout seul ?

Brusquement, Martin sentit que ses jambes ne le portaient plus. Il s'appuya contre le chambranle, alors qu'un voile blanc passait devant ses yeux.

— Martin ? Qu'est-ce qu'il y a ? Tu es tout pâle ! dit Marion en l'attrapant par le bras.

Jeannette surgit à cet instant. Elle se figea en poussant un cri.

— Jeannette ? Mais qu'est-ce qu'il se passe ?

— Tu viens d'où ? réussit enfin à dire Martin.

— Mais je t'ai dit où j'étais ! Interviewer ce type. Je t'avais prévenu que je pouvais rentrer tard. Ne me dis pas que tu t'inquiétais à cause de ça ?

Martin la regardait, muet.

— Une femme identifiée comme Marion Delambre a été tuée par balle dans le 86 vers vingt heures, dit Jeannette. Le 86, le bus qui passe rue des Écoles, devant la Sorbonne.

Ce fut au tour de Marion de blêmir.

— Ce n'est pas vrai ! dit-elle.

— Si, dit Jeannette. Elle a été identifiée grâce à sa carte de journaliste. Il y a une autre journaliste qui s'appelle Marion Delambre ?

Marion ne répondit pas. Son regard allait de l'un à l'autre.

— C'était ta carte ? dit enfin Martin.

— ... Oui.

— Tu l'as passée à quelqu'un ?

— À Sybil.
Elle prit pleinement conscience de ce que cela impliquait.
— Oh non...
— Qui est Sybil ? dit Jeannette.
— Une amie... Elle rêvait d'interviewer ce type, Solomon... Elle m'a demandé de m'inscrire à cette conférence et de lui passer ma carte. Sybil... Qu'est-ce qui s'est passé ?
— Huit personnes ont été tuées dans ce bus, dit Jeannette. Sur le boulevard Henri-IV. Entre Bastille et la Cerisaie. Juste en face de la caserne de la Garde républicaine. On ignore par qui et on ignore pourquoi. Excusez-moi, il va falloir que je téléphone pour prévenir qu'il y a eu méprise sur au moins une des victimes. Sybil comment ?
— Sybil Benveniste. Elle... Elle fait des piges pour *Vogue* et *Cosmo* sur les problèmes environnementaux, mais elle n'a pas sa carte de journaliste. C'est pour ça que je lui ai prêté la mienne, pour l'accréditation.
— Tu as son adresse ?
— Oui... Bien sûr. Bd Berthier... Le 27, je crois.
— Célibataire, mariée ?
— Célibataire.
— Merci.
Jeannette s'éclipsa.
— Je l'ai vue une fois, dit Martin. Elle te ressemble un peu, non ?
— Non. On a la même couleur de cheveux, les yeux clairs et la même taille, mais on ne se ressemble pas du tout. Je ne comprends pas. Comment c'est possible, de se faire tirer dessus dans un bus...
— Je ne sais pas, dit Martin.
— Sybil... Je ne peux pas y croire.
— Je suis désolé pour ton amie.
— C'est un cauchemar. Elle est vraiment morte ?
— Oui.
Elle avança vers le salon et tomba lourdement dans un fauteuil.

— J'ai l'impression de devenir folle, Martin. Ça ne peut pas arriver dans la vraie vie, ça.

— …

— Elle était là, tout à l'heure, devant moi au café, on a rigolé…

— Excuse-moi, mais il faut que je te pose à nouveau la question, parce qu'on va te la reposer bientôt, et pas qu'une fois. Si c'est elle qui devait faire l'interview à ta place, toi tu étais où ? Tu viens d'où ?

Marion releva les yeux.

— Je n'ai pas envie d'en parler maintenant.

— Comme tu veux. Mais la vie des huit victimes va être examinée à la loupe et tu vas passer de longues heures devant les enquêteurs. Fais-moi confiance, ils ne vont rien laisser passer.

Il se dirigea vers la cuisine et se servit un verre d'eau au robinet. Marion le rejoignit sur le seuil.

— J'étais avec un mec, dit-elle. Voilà.

— Et Sybil devait te servir d'alibi.

— Elle voulait vraiment faire cette interview. J'ai profité de l'occasion.

— Ok. Ça dure depuis combien de temps ?

— C'était la première fois.

Martin posa le verre dans l'évier et sortit de la cuisine en évitant de la frôler. Elle le suivit.

Il alla à la fenêtre et resta à contempler la rue.

— Je ne te crois pas pour « la première fois », dit-il, mais moi ce n'est pas grave. Aux collègues, tu devras dire la vérité. Toute la vérité. Tu n'as pas le choix. Ils vérifieront tes déclarations et, si tu ne leur mens pas, ils devraient te laisser tranquille assez rapidement. Tu n'étais pas visée en particulier. Enfin j'espère.

Elle se leva et avança vers lui.

— Martin…

— À ta place, je resterais où tu es, dit-il.

Elle se figea.

— Tu peux aller retrouver ton mec, si tu veux. Je m'occupe de Rodolphe et je l'emmène à l'école demain matin. Il n'y a pas de souci.

— Non. Je reste ici. À moins que tu insistes pour que je m'en aille. Et d'abord ce n'est pas mon mec.

Martin se retourna vers la rue.

— Martin…

— …

— C'est toi mon mec.

Martin eut un rire bref.

— Oui, c'est ça.

— Toi aussi tu m'as trompée.

— Ça prouve bien qu'on a un gros problème, tous les deux. On n'a sans doute plus grand-chose à faire ensemble. On a fait notre temps.

— Tu dis ça parce que tu es furieux contre moi.

— Non.

— Tu n'es pas furieux ?

— Non.

Il se tourna à nouveau vers elle.

— Je te regarde et je n'éprouve rien. Tu sais à quoi je pense, là ? À ces huit personnes qui sont mortes, y compris ta copine. Et aux emmerdes que ça va me causer dans le boulot, ton escapade. Je me retrouve dégagé de l'enquête parce que, pendant que ma meuf se tapait un mec, son alibi s'est pris une balle. C'est ça que j'ai en tête. C'est triste, mais c'est comme ça.

— Tu penses vraiment ce que tu dis ?

— Oui. Je ne t'aime plus, Marion. C'est fini. Tu peux te taper la terre entière, je n'en ai rien à foutre.

— Tu veux que je m'en aille ?

— Oui.

Elle rougit de colère.

— Ok. Je pars. Il faut que je réveille Rodolphe.

— Pas à la minute. Tu peux partir demain.

— Non, tu es chez toi, c'est ton appart, tu me chasses, c'est ton droit. Je m'en vais.
— Tu vas réveiller un gosse de trois ans à une heure du matin et l'emmener je ne sais où juste pour le plaisir de me culpabiliser ? Tu es vraiment trop conne.

Marion s'assit sur le bras du fauteuil et se passa les mains sur le visage.

— Martin, tu ne veux pas qu'on arrête pour ce soir ?
— Ok, dit-il. Je te laisse la chambre.

Il s'installa sur le canapé, saisit la télécommande sur la table basse et alluma la télé.

— Bonne nuit.

Marion se leva au bout de quelques instants.

— Bonne nuit, dit-elle en quittant la pièce.

4

Mardi 2 octobre

Martin était à huit heures à son bureau, penché sur la liste des victimes où le nom de Marion apparaissait en sixième position. Elle l'appela un quart d'heure plus tard. Ils ne s'étaient pas reparlé depuis la veille. Elle dormait encore quand il s'était levé, et il était parti aussitôt pour éviter de la croiser. Il avait pris un café au bistrot en face du 36, quai des Augustins.

— Je pensais qu'on devait parler, ce matin, dit-elle.
— Parler de quoi ?
— Tu veux toujours que je parte ?
— Oui.
— Tu ne veux pas… ?
— Non.
— Bon. Ok. Laisse-moi juste le temps de m'organiser.
— D'accord.
— Martin… J'ai été nulle. Mais à côté de ce qui est arrivé à Sybil, ce n'est quand même pas si grave. Je te jure que je ne le reverrai plus. C'était… Ce n'était pas important. Si seulement… Si tu savais comme je m'en veux.
— Tu t'en veux parce que ton amie est morte en te rendant ce petit service et parce que je suis au courant. Sinon tu n'aurais aucune raison de regretter et tu serais en train de penser à ta prochaine partie de jambes en l'air.

Jeannette, Olivier et Alice entrèrent dans le bureau. Il ne leur adressa pas un regard.

— Martin, dit Marion.

— J'ai raison, oui ou non ?

Elle ne répondit pas.

Les trois flics échangèrent un regard et repartirent se chercher un café.

— À part ça, quand tu dis que ce n'est pas si grave, je suis d'accord, poursuivit Martin. C'est ce que je te disais hier soir. C'est la preuve que c'est fini. Il suffit de tirer le trait. Excuse, mais mes collègues sont arrivés et j'ai du boulot. Salut.

Il raccrocha.

Le téléphone sonna aussitôt.

— Tureau. Je peux t'auditionner maintenant ? Plus vite ce sera fait…

— Ok, dit Martin. J'arrive.

Martin colla un post-it sur le téléphone de Jeannette et partit à l'autre bout du couloir vers le bureau de son alter ego, le commandant Geneviève Tureau, comme lui chef de groupe à la Brigade criminelle de la PJPP.

Tureau était une jolie femme brune à l'allure sportive. Son allure générale faisait plus penser à celle d'une kiné ou d'une prof de gym qu'à un flic. Elle venait, d'après ce que savait Martin, de la 2e DPJ, et avait été mutée au 36 l'année dernière, peut-être pour renforcer la parité au sein de la PJPP. Elle se leva pour lui serrer la main, ainsi que son adjoint François, installé à côté d'elle devant le clavier de l'ordinateur.

Passé les premières formalités, elle entra dans le vif du sujet.

— Tu vis avec Marion Delambre, journaliste.

— Oui.

— À quelle heure est-elle rentrée chez vous hier soir ?

— Vers minuit, je n'ai pas regardé l'heure.

— Elle t'a dit d'où elle venait ?

— Non.

— Tu ne le lui as pas demandé ?

— Non. Elle est arrivée au moment où j'ouvrais la porte pour me rendre à l'IML. Jeannette – le commandant Beaurepaire –

venait de m'informer que Marion avait été abattue par un tueur inconnu dans le 86 vers vingt heures.
— Ok. Je comprends. Ça a dû te faire un choc.
— Oui.
— Et du coup, tu ne t'es pas informé d'où elle venait.
— Non. Mais d'après ce que j'ai compris, elle avait rendez-vous avec un homme dont elle ne m'a pas donné le nom. Le mieux, ce serait que tu l'interroges à ce sujet.
— Je vais le faire. Toi tu te trouvais où à vingt heures ?
— Je rentrais d'une balade en bateau-mouche avec mon fils que j'étais allé chercher à la crèche.
— Ok.
— Rien d'autre ?
— Si. Tu peux me donner les coordonnées de Marion Delambre ?
Elle lui tendit un bloc-notes et un crayon. Martin nota le numéro de portable de Marion.
— Et son adresse, c'est la même que la tienne ?
Il hésita une seconde.
— Pour le moment.
— Ok.
L'imprimante sortit la déposition. L'adjoint la tendit à Martin.
— Relis, date et signe, lui dit Tureau.
Martin s'exécuta. Elle prit le papier et y jeta un coup d'œil.
— Voilà, c'est fait. C'était une formalité, mais nécessaire.
Martin se leva, adressa un signe de tête aux deux flics et sortit.

Tureau le rejoignit dans le couloir.
— Une seconde, s'il te plaît.
Il s'arrêta et lui fit face.
— Désolée que ta vie privée soit mêlée à cette affaire, dit-elle. Je vais me débrouiller pour que ta déposition et celle de Marion Delambre soient sorties du dossier. Il n'y aura pas de fuite, et les collègues n'ont pas besoin d'être au courant de votre vie. Ça n'a rien à voir avec cette histoire.

— Merci, dit Martin. C'est tout ce que tu avais à me dire ?
Elle sourit.

— Tu ne fais pas partie du super-groupe créé par le patron, et pour cause. Moi j'en fais partie mais ça va être juste pour faire de la figuration. Vienne est le chef d'équipe, et tout le boulot intéressant, ce sont Mesnard et lui qui vont se le farder.

— Sur une affaire comme ça, il y a largement de quoi faire pour tout le monde.

— Peut-être. Mais ces deux machos sont habitués à travailler ensemble sur de gros dossiers, et ils ne me regardent jamais plus haut que les nichons.

— Qu'est-ce que tu veux que j'y fasse ?

— Si tu n'avais pas été impliqué à cause de ta femme, c'est toi qui dirigerais le super-groupe, vu ton taux d'élucidation.

— Ça tu n'en sais rien.

— Si, le patron me l'a dit en privé. Et toi tu ne me laisserais pas de côté.

— Tu veux quoi exactement ?

— Je veux que tu m'aides à rééquilibrer la balance. Je veux avoir une longueur d'avance sur ces deux connards. Je veux que tu me donnes un coup de main. Je veux les niquer.

— Au moins ça c'est clair, dit Martin. Mais ça ne marche pas comme ça. Je n'ai accès à rien. Vous, vous allez vous immerger dans ce dossier, et vous avez déjà plus de douze heures d'avance sur moi. Mesnard et Vienne sont peut-être de gros machos, mais ce sont des pros. Ils ne vont rien laisser au hasard, ils vont bosser dessus H24 et ils vont être déchargés de tout le reste tandis que moi... Je ne te servirai à rien.

— Si. On ne se connaît pas très bien, Martin, mais j'ai observé de loin comment tu fonctionnes. Quand tout le monde sèche, tu pars d'un angle auquel personne n'avait pensé et tout à coup les choses se débloquent. Je serai là pour te donner toutes les infos dont tu as besoin et je te tiendrai au courant des avancées. Il y a toujours un moment, dans une enquête aussi complexe, où on a besoin de recul. Toi tu n'auras pas la pression. Tu auras ce recul.

Et si tu as des idées, tu m'en fais part. On discute. C'est tout ce que je te demande. Deal ?

Elle lui tendit la main. Martin n'hésita qu'un instant. Lui aussi trouvait injuste d'être écarté de l'enquête. Et Tureau, même si elle était beaucoup plus politique que lui, était un bon flic.

— Ça marche. Pour ce que ça vaut.

5

Mardi 2 octobre

— Qu'est-ce que tu en penses ? demanda Martin à Jeannette.
Ils étaient en train de manger une salade au bistrot.
Jeannette prit le temps de répondre.
— En gros, elle te demande de faire des heures sups gratuites, dit-elle. Méfie-toi de cette gonzesse.
— Tu ne l'aimes pas.
— Elle a les dents qui rayent le parquet. Elle se sert des gens.
— On se sert tous les uns des autres, dit Martin. C'est comme ça que ça fonctionne, ici comme ailleurs. Et sa proposition m'intéresse. De toute façon, je suis seul et je n'ai rien à foutre.
— Alors pourquoi tu me demandes, si tu as déjà accepté ?
Martin soupira.
— Parce que je fais confiance à ton jugement. Je ne pensais pas déclencher une scène. Déjà que...
— Déjà que quoi ?
— Je suis en train de me séparer de Marion.
— Ah d'accord.
— Tu n'as pas l'air de me croire.
— Si, si, mais excuse-moi, ce n'est pas la première fois...
Il ne put s'empêcher de rire.
— Cette fois, c'est définitif.
— C'est à cause de lundi soir ? Je suis désolée, mais j'ai compris que Sybil Benveniste était son alibi.
— Oui. Ne t'en fais pas. Ça sera bientôt dans le domaine public. C'est le premier truc dont m'a parlé Tureau ce matin.

— Bon... Je suis désolée...
— C'est comme ça.
Elle acquiesça. C'est une des choses qu'il aimait avec elle. Elle n'en rajoutait pas.
— Donc pour toi je devrais envoyer paître Tureau.
— Je n'ai pas dit ça. Sois prudent, c'est tout. Moi aussi j'aimerais participer à cette enquête. Je sens que c'est important.
— Tu participeras. Avec moi.
— Ouais...
Jeannette sourit.
— En tout cas, si tu as des vues sur elle... C'est pas gagné. Elle a l'air dur.
Martin sourit à son tour.
— Je t'assure que je n'ai aucune vue sur elle.
— Elle en a probablement sur toi. C'est un moyen de contrôle comme un autre. Souvent utilisé par les femmes.
Un instant, leurs regards se croisèrent. Ils avaient eu la même pensée. Jeannette savait de quoi elle parlait. Elle avait couché avec Vigan, le tueur en série qui avait assassiné – entre autres victimes – son amant, pour mieux le manipuler et le faire tomber.
— Et tel que je te connais... Tu auras du mal à dire non. Elle est pas mal.
Il ricana.
— Je ne suis pas un homme facile. Et elle n'est pas mon type.
— Ah bon, tu as un type, toi ? Martin...
— Mm ?
— Je peux te dire quelque chose de personnel ?
— Ce n'est pas ce que tu fais depuis tout à l'heure ?
— Réfléchis quand même pour Marion. Elle a eu une aventure ? Et alors ? Ce n'est pas si grave. Je crois que, si tu lui en veux tellement, c'est aussi parce qu'elle t'a fait la peur de ta vie. À cause de son mensonge, tu l'as crue morte, et ça tu ne le lui pardonnes pas. Parce que pour ce qui est de coucher ailleurs... Vous êtes à égalité, non ? Pense à quel point ça doit être dur pour elle. Elle a perdu une amie, et elle se sent coupable de sa mort.

— Elle n'a qu'à aller se faire consoler par son amant.
— Tu sais qui c'est ?
— Non.
— Tu n'as pas demandé ?
— Non.
— C'est bizarre, quand même. Tu n'es pas curieux pour un flic.

Ils se mirent à rire.

— Ça me fait du bien de te parler, dit-il. Ça me fait vraiment du bien.

Jeannette lui tapota la main.

— Et de toute façon, si Tureau te communique les dossiers, tu sauras, pour l'amant, forcément.

6

Mardi 2 octobre, dix-huit heures

Aurélien rentrait du lycée avec les courses demandées par Ingrid, sa mère. Elle lui avait envoyé un SMS, et il était passé par la supérette en descendant du bus.

Son père, Bruno, était chef vigile dans la fabrique de pain industriel située de l'autre côté de la nationale, à huit cents mètres à peine du lotissement. Une semaine sur trois il travaillait la nuit ; cette semaine-là, il se montrait d'une humeur massacrante, et à la maison il était recommandé de marcher sur la pointe des pieds. Bruno et Ingrid avaient le même âge – trente-huit ans. Ils s'étaient mariés à vingt. Aurélien avait une petite sœur de dix ans sa cadette, Emma, qui était en classe de CP.

Leur maison était la dernière du lotissement, à l'extrémité ouest du village. Au-delà, il y avait des terrains en jachère, des hangars agricoles à des stades plus ou moins avancés de décrépitude, dont certains contenaient des machines obsolètes et rouillées qui ne valaient même plus leur poids de fer, et plus loin encore, des parcelles de bois et des champs qui montaient jusqu'à la nationale sur la crête, dominée par les hautes silhouettes des silos à grain qui se détachaient sur le ciel.

Le bus scolaire s'arrêtait devant l'abri de béton situé sous un de ces silos, et Aurélien prenait généralement un raccourci par les champs pour rentrer chez lui, quand sa mère ne lui demandait pas de ramener du pain ou autre chose, auquel cas il descendait par la route en lacet qui menait au centre du village, là où se trouvaient les commerces – un bistrot, une boulangerie-épicerie, la poste.

Cela représentait un bon kilomètre de marche supplémentaire, mais il y avait des compensations. La boulangère avait une énorme poitrine qu'elle offrait généreusement aux regards, et il retrouvait parfois au bistrot à côté de la boulangerie un camarade de collège qui avait quitté l'école à seize ans – un an plus tôt – et travaillait comme apprenti au garage Citroën situé au bout de la grande place. C'était le seul ami qu'il avait gardé dans le village, et à peu près la seule personne à laquelle il parlait. Aurélien n'était pas réputé pour avoir un caractère liant.

Au bord de la grand-rue qui traversait le village et menait au lotissement, un retraité en train de désherber son pas de porte lui adressa un regard furieux en grommelant une injure, mais Aurélien resta de marbre. Les vieux devenaient de plus en plus chiants, mais celui-là tenait le pompon. Il accusait régulièrement les enfants et les ados du canton de lui voler ses pommes, ses noix, ses fraises, ou ses tomates, selon la saison. Même les gendarmes ne pouvaient plus le sacquer.

Aurélien visualisa le vieux attaché à un arbre, un de ses putains de pommiers, ou cerisiers, et lui, Aurélien, en train de le viser avec un arc. Il prenait son temps, choisissant l'endroit où il allait tirer la première flèche. Le ventre ? Un genou ? Aurélien sourit en s'engageant dans l'allée qui menait chez lui. Peu de gens encore étaient rentrés du travail, et les places de parking étaient aux trois quarts vides. Il adressa un signe de tête poli à une voisine qui lui demandait de temps à autre de petits services et le rétribuait en échange, avant d'entrer chez lui.

À une époque, il aurait peut-être répondu aux insultes du vieux en faisant un doigt, mais aujourd'hui, elles glissaient sur lui sans laisser de traces. Il avait un secret qui le protégeait des menus inconvénients de la vie. Un secret immense et exaltant, qui faisait paraître tout le reste terne et sans intérêt.

Il déposa les courses, embrassa sa mère et alla retrouver sa sœur qui regardait un dessin animé. Elle avait des écouteurs, pour ne pas déranger leur père qui somnolait encore à l'étage, et il l'embrassa sur le front.

Il sortit ses cahiers et examina ses cours avant d'aller chiper un bout de pain dans la cuisine.

Il n'avait rien mangé depuis le déjeuner à la cantine, qu'élèves et profs s'accordaient à trouver dégueulasse.

Auparavant, il y a dix ans de cela mais ses souvenirs étaient bien vivaces, ses parents et lui habitaient dans un appartement à Paris, dans le XIIe arrondissement, rue de Cîteaux – une petite rue calme, avec d'anciens ateliers transformés en cabinets d'architecte, en magasins d'objets bizarres, à deux pas du brouhaha du faubourg Saint-Antoine commerçant et perpétuellement encombré. Un petit appartement aux grandes vitres claires, qui lui paraissait immense, dans un immeuble ancien où logeaient d'autres collègues de son père.

Et puis il y avait eu un changement de vie soudain, son père avait quitté son travail dans des circonstances obscures, lui-même avait dû quitter son école et ses amis, et la famille Kerjean s'était retrouvée logée dans ce village du Vexin, dans une petite maison au milieu de nulle part. Il avait détesté l'école de village, son instituteur, et plus tard le collège situé à dix kilomètres. Et aujourd'hui, il détestait son lycée qui se trouvait à quarante-cinq minutes de car, dans la ville de Cergy-Pontoise, si on pouvait appeler ça une ville, avec ses autoroutes, ses lotissements, ses ronds-points et ses passerelles qui la traversaient dans tous les sens.

En même temps... Il y avait son secret, sa raison de vivre, l'événement miraculeux qui ne se serait jamais produit si ce changement radical n'avait pas eu lieu.

— Tu as beaucoup de devoirs ? lui demanda sa mère.

— Je les ai faits en perm, tout à l'heure.

— Arrête de manger du pain, on va dîner.

Il remonta dans sa chambre. Sa mère laissa filer, elle n'avait de toute façon pas les moyens de vérifier.

Il s'enferma, plaça ses écouteurs sur les oreilles, démarra sa console et reprit son jeu guerrier à l'endroit où il l'avait laissé l'avant-veille. Un jeu pour lequel il avait beaucoup et longtemps économisé, mais qui paraissait fade à côté de ce qu'il vivait aujourd'hui.

Mardi 2 octobre, vingt heures

Martin rentra chez lui avec un sac contenant son dîner et une copie de tous les éléments qu'avait pu lui fournir Geneviève Tureau.

Il y avait la liste des victimes, un DVD qui regroupait des extraits des deux plans filmés à l'intérieur du bus par les deux caméras centrales – vers l'arrière et vers l'avant.

Marion était absente. Elle avait laissé un mot sur la table du salon.

« Je regrette, Martin. J'espère qu'on pourra parler calmement à un moment donné, un de ces jours. Je vais habiter chez ma mère, et tu imagines que ça ne m'enchante pas, en attendant que mon appartement se libère ou que je trouve une autre solution. Je suis désolée. Je t'embrasse. Marion »

Qu'est-ce qu'elle essayait de faire ? Le culpabiliser ? Martin écarta le mot et posa son dossier et le sac de courses.

Il prit le DVD et l'inséra dans le lecteur, à côté de la télé. Il attendit. Rien ne se passa. Ce qu'il lui fallait, c'était un ordinateur. Marion avait embarqué le sien, et lui n'avait qu'un vieux PC en panne depuis un an.

Il appela Zep – de son vrai nom Zépure, la jeune voisine qui gardait épisodiquement Rodolphe. Par chance elle était là. Il lui demanda si elle pouvait lui prêter son ordinateur.

Elle lui dit qu'elle en avait besoin pour l'instant, mais qu'elle pourrait le lui prêter plus tard dans la soirée, à condition qu'il le lui rende dès le lendemain matin. Martin accepta avec reconnaissance.

Il sortit du sac une salade de choux, un sashimi, du riz blanc et une soupe miso rapportés d'un restaurant japonais. Depuis quelque temps, à la suite d'un check-up, il avait décidé d'obéir à son médecin, et de consommer moins de viande, d'œufs et de bière, surtout le soir, et il devait admettre qu'il s'en portait mieux.

Il jeta un œil autour de lui. Il était à nouveau célibataire. Quand Marion reviendrait prendre ses affaires, l'appartement se viderait et retrouverait petit à petit son aspect des années passées. Un mélange de vide et de désordre, aucune touche de couleur, la froideur de l'abandon. Il entama son dîner japonais sans aucun appétit.

On sonna à la porte alors qu'il jetait les restes à la poubelle. C'était Zep. Elle entra comme chez elle, et alla poser son Mac sur la table.

— Ouh là, c'est quoi ce gros dossier ? demanda-t-elle.
— Pas touche, dit Martin.
— Ouais, bon, ça va. L'ordinateur de Marion est en panne ?
— Non.

Elle le fixa de ses grands yeux noir charbonneux, sentant qu'il y avait anguille sous roche.

— Bon, je ne vais pas vous déranger plus longtemps. Vous en avez besoin jusqu'à quand ?
— Demain matin huit heures, ça va ?
— Oui, je viendrai le récupérer. Si vous n'êtes pas là, je me servirai de ma clé. Ça marche ?
— Oui, dit Martin.
— Et Rodolphe, il va bien ?
— Oui, très bien. Je vais devoir m'acheter un ordi. Tu pourrais me conseiller ?
— Mmm... Celui-là il est pas mal, il a une grosse mémoire, mais il est déjà un peu ancien. Vous comptez mettre beaucoup de musique et de films dessus ?
— Non. Combien ça coûte ?
— Un Mac, ça coûte nettement plus cher, mais c'est plus facile à utiliser qu'un PC. Ce modèle-là, il doit valoir dans les mille cinq aujourd'hui.
— Ok, merci, Zep.

— Dans votre travail, c'est Mac ou PC ?
— PC. Mais je me suis habitué au Mac.
— Ok. Si vous voulez, quand vous aurez le nouveau, je vous aiderai à le configurer, pour Internet, etc. et je vous passerai des logiciels.
— Super, merci.
— Bonne nuit.
— Bonne nuit.

Il s'installa à sa table, alluma l'ordinateur et introduisit le DVD dans la fente prévue à cet effet.

Rien ne se passa. Il appela Zep.

— Si ça se trouve, c'est un Divix, dit-elle. Vous ne pouvez pas le lire avec le lecteur DVD. Vous allez dans le menu fichier et vous cliquez sur « ouvrir avec ». Il va vous proposer plusieurs applications, genre Quick Time ou VLC. Vous cliquez dessus jusqu'à ce que ça s'ouvre.

— Ok, merci, dit Martin.

— Rappelez-moi si ça ne marche toujours pas, mais ça devrait aller. Salut.

Elle raccrocha et Martin suivit ses instructions.

Une petite fenêtre noire s'ouvrit quelques instants plus tard et il appuya sur la flèche centrale.

Le DVD se mit en marche.

Il agrandit l'image, et il se repassa en boucle les deux films pendant une bonne demi-heure, en faisant des arrêts sur image à certains passages.

La silhouette du tireur était fine et lui parut celle d'une personne jeune. Les gestes étaient économes, précis. *Entraînés.* Cette manière d'appuyer la crosse contre les muscles abdominaux. Il se souvenait avoir lu quelque part que c'était une pratique enseignée dans les commandos, pour les armes compactes à haute cadence de tir. À cette différence près que là, l'arme était réglée au coup par coup et non sur le tir en rafale. Huit coups, huit morts. La maîtrise et le sang-froid du tireur étaient exceptionnels. Il avait appuyé sur le bouton d'arrêt d'un geste presque nonchalant avant d'abattre ses deux dernières victimes et de descendre à l'ouverture des portes.

Ce qui était étonnant aussi, c'est que l'autre caméra, celle dirigée vers l'avant du bus, et qui montrait les passagers indemnes, offrait une vue banale, quotidienne. Aucun passager n'avait semblé percevoir le drame qui se jouait au fond du bus. Le silencieux était particulièrement efficace et le tireur avait eu la chance qu'aucune de ses victimes ne lui fit face. La chance ou alors... ? Avait-il attendu jusqu'à ce que cette configuration idéale se présente ?

Martin avait repéré l'amie de Marion et il s'attarda sur elle. Son visage ne lui disait rien, il ne la connaissait pas. Cela aurait pu être Marion assise là, cela aurait pu être Marion basculant en avant, un trou dans la nuque. Ses poings se crispèrent malgré lui. Mais ce n'était pas Marion. Marion, pendant que son amie se faisait trouer le crâne, batifolait avec un homme, quelque part dans Paris. Non, ce n'était pas juste de rapprocher les deux faits. Il ne devait pas tout mélanger. Elle n'était pour rien dans la mort de son amie.

Martin arrêta le DVD.

En fait, il ne connaissait de la vie de Marion que ce qu'elle voulait bien lui dire. C'est-à-dire, au fond, pas grand-chose. Ils avaient peu d'amis en commun et, quand ils sortaient ensemble, c'était la plupart du temps pour rester en tête-à-tête. À bien des égards, malgré les années passées ensemble, malgré leur enfant, ils étaient toujours des étrangers l'un pour l'autre, état de fait favorisé par leurs ruptures successives. Ce n'est qu'aujourd'hui, avec ce drame, qu'il en prenait pleinement conscience.

Il alla sur Internet. Il cliqua sur le site du bus 86, vérifia les horaires et le trajet, puis ouvrit Google Maps. Il agrandit la portion du boulevard Henri-IV où le tireur était descendu, jusqu'à ce que le petit bonhomme virtuel descende de son perchoir et transforme la carte en photographie au ras de la rue.

Le massacre avait eu lieu presque en face de la caserne de la Garde républicaine. Un symbole ? Mesnard, Vienne et leurs hommes devaient être en train d'interroger tous les commerces avoisinants, et il y en avait beaucoup. À quelques mètres de l'arrêt de bus, il y avait une terrasse de brasserie, probablement bondée à cette heure-là, compte tenu de la douceur de l'air. Mais les chances de retrouver les clients pour les interroger étaient infimes. De toute façon, qu'auraient-ils vu ? Une silhouette anonyme vêtue de sombre, semblable à des milliers d'autres…

Par où était parti le tireur ? Tout semblait si bien préparé… Il n'avait pas pu laisser sa fuite au hasard. Sur le trottoir, entre les arbres plantés, des dizaines de deux-roues étaient garés. Vélos, scooters, motos. Martin eut la quasi-conviction que le tireur était tranquillement monté sur l'un d'eux et s'était éloigné sur le boulevard, fine silhouette anodine avec son sac en bandoulière. À moins qu'il n'eût pris la rue de la Cerisaie pour s'enfoncer dans le dédale des petites rues du Marais. Probablement à vélo, presque aussi rapide dans Paris qu'une moto ou un scooter, mais qui lui épargnait l'encombrement d'un casque et lui permettait d'emprunter les voies de bus et les rues à contresens sans risque de se faire arrêter.

Les premières autopsies avaient été effectuées en urgence. Ensuite, Martin passa aux comptes rendus de la balistique.

Aucun projectile n'était ressorti des crânes des victimes, ce qui confirmait le rapport préliminaire. Des balles de 9 millimètres, peu chargées en produit détonant, pour éviter les ricochets en milieu clos. Il y avait une parfaite cohérence entre les balles et l'arme utilisée. Sans que rien ne puisse en apporter la preuve, il y avait de bonnes chances pour que l'arme et les munitions aient la même provenance.

Il se dit qu'il devrait parler à Bélier, la patronne de l'IJ, mais c'était une décision qu'il ne pouvait prendre sans en parler d'abord à Geneviève Tureau, même s'il avait des liens privilégiés avec Bélier.

Son portable sonna. Tureau ? Jeannette ? Le numéro était un 09. Sa fille l'appelait parfois de son fixe. Il décrocha.

— Allô, dit Marion, je ne te dérange pas ?
— Je suis en train de bosser. Qu'est-ce que tu veux ?

— J'ai appris que Sybil ne pourrait pas être enterrée avant dix jours au moins.

— C'est normal, elle est en salle d'autopsie, avec les autres victimes. Ça prend du temps.

— C'est ma faute si elle est morte, Martin.

— …

— J'ai été interrogée aujourd'hui par une femme, une collègue à toi. Une grande fille brune, assez belle, le commandant Tureau, je crois, l'air peau de vache. Tu vois qui c'est ?

— Oui.

— J'ai dû répondre dix fois aux mêmes questions sur ce que j'avais fait depuis la veille, depuis quand je connaissais Sybil, pourquoi je l'avais envoyée à ma place, etc.

— C'est normal. C'est la routine.

— C'est horrible.

— Je comprends. Tu te tapes un mec et le ciel te dégringole sur la tête. Ce n'est pas juste.

— Ne te moque pas de moi. Par moments, je me dis que je vais me réveiller et que tout va revenir comme avant… Ils t'ont interrogé aussi ?

— Oui. Je n'avais pas grand-chose à dire.

Il y eut un silence prolongé.

— Martin…

— Oui ?

— J'aimerais être avec toi.

— C'est tout ?

— Non, attends, je te le dis juste pour que tu le saches, c'est tout. Si à un moment tu as envie de me voir, de me parler, de m'engueuler… je serai là. N'importe quand.

7

Mercredi 3 octobre, huit heures et quart

Le Parisien de la veille était grand ouvert sur la table de la cuisine quand Aurélien descendit prendre son petit déjeuner. Il le replia pour jeter un coup d'œil à la une. La photo d'un bus entouré de flics et d'ambulances, sur un grand boulevard parisien, prenait presque toute la page. Le titre s'étalait sur toute la largeur :
CARNAGE !
Aurélien se plongea dans l'article en prenant ses céréales. Pour une fois, le journal n'exagérait pas. C'était un vrai carnage. Huit morts. Des innocents qui rentraient du boulot ou allaient chez des amis… Ils n'avaient même pas eu le temps de se sentir mourir, d'avoir une dernière pensée pour leurs proches, un dernier regret. En même temps, se dit-il, ils n'avaient pas eu le temps d'avoir peur. L'instant d'avant, ils étaient vivants, préoccupés par leurs soucis quotidiens, tristes ou gais, ou rien du tout. L'instant d'après… Il frissonna.

Le mercredi, il commençait tard et terminait tôt. Mais il ne comptait pas rentrer tôt à la maison, et il échafaudait déjà les plans qui lui permettraient d'échapper à tout contrôle au moins deux heures, sinon trois ou quatre.

Huit morts…

C'est son père qui avait dû ramener le journal ce matin en revenant de sa nuit. Il était sans doute déjà couché et endormi, et Emma et leur mère étaient parties faire des courses à Cergy. Elles ne seraient pas de retour avant son départ.

Aurélien allongea les pieds sous la table. Il appréciait ces moments de solitude chez lui, trop rares, où personne ne lui demandait ce qu'il faisait, ce qu'il allait faire, ce qu'il devait faire, et pourquoi. Dommage que ce matin, il ne puisse pas profiter de cette liberté... Non, il fallait qu'il se concentre sur cet après-midi. C'est cet après-midi qu'il avait besoin de deux heures de liberté absolue, pas maintenant.

Il appela Cyprien.

— Tu peux me rendre un service ?

— Ça dépend.

— Garder Emma cet après-midi. Ma mère bosse, mon père dort, et moi j'aimerais aller à Cergy pour faire un truc.

— Quel genre de truc ?

— Un truc privé, je t'en parlerai peut-être plus tard. D'accord ?

— Ok... À une condition.

— J'aime pas le chantage mais dis toujours.

— Tu m'aides pour le commentaire composé de la semaine prochaine.

— Tu charries.

— Oui ou non ?

Aurélien réfléchit quelques instants. Cela voulait dire qu'il devrait faire deux fois le même commentaire, avec suffisamment de nuances et de différences dans le plan et les idées pour que le professeur ne découvre pas le pot aux roses, sinon c'était un double zéro garanti. Cela voulait dire aussi qu'il n'aurait certainement pas la note maximale, car il serait obligé de partager les bonnes idées entre les deux devoirs... En même temps, ça en valait la peine.

— Ok, dit-il, mais tu as intérêt à bien t'occuper d'elle et à ne pas réveiller mon père.

— À tout', dit Cyprien.

En relevant les yeux, il vit son père dans l'embrasure et se demanda ce qu'il avait surpris de la conversation. Les cheveux en bataille, les yeux injectés de sang. Il n'avait pas bonne mine. Aurélien n'aimait pas le voir comme ça. Son père fumait trop, buvait trop de bière aussi, avec ses copains vigiles. Alors que, quelques années plus tôt, il nageait, courait, et gardait un corps aussi sec qu'un sarment de vigne, il s'était empâté. Jamais auparavant il ne serait descendu au rez-de-chaussée en slip et marcel, et Aurélien était troublé par ce laisser-aller.

Il lui sourit.

— Tu veux du café, papa ? Il en reste.

— À qui tu parlais ?

— À un ami.

Son père s'avança en se grattant la cuisse et se servit de café.

— Il est froid, dit-il en avalant une gorgée. Dégueu. Où est ta mère ?

— À Cergy avec Emma.

— À dépenser le fric qu'on n'a pas. Putain... Et toi tu n'es pas censé aller au lycée ?

— D'ici une demi-heure.

Son père hocha la tête, rafla le journal et Aurélien l'entendit remonter l'escalier et fermer la porte de la chambre. Il était reparti pour une ou deux heures de sommeil, avant de se réveiller à nouveau. Le travail de nuit lui portait sur les nerfs, et il se montrerait de plus en plus acariâtre à mesure que la semaine avancerait, jusqu'à l'apothéose du week-end, où sa mère exaspérée exploserait à son tour. S'ensuivrait une période de bouderie générale, et la vie reprendrait petit à petit son cours normal, sauf qu'il y avait quelque chose qui était de moins en moins normal : la façon dont son père se dégradait, physiquement et mentalement. Aurélien croyait savoir pourquoi, et cela le rendait parfois tellement fou de rage qu'il ne pouvait plus rien faire d'autre que se demander comment l'aider à se venger des salauds qui lui avaient fait tant de mal.

Mercredi 3 octobre, neuf heures

Quand Martin déboula à l'IJ, Bélier parut étonnée.

— Tu attends des résultats ? Je ne suis pas au courant.

La belle rousse fut encore plus étonnée quand Martin sortit un feuillet de sa poche et le lui tendit.

— D'où tu tiens ça ? dit-elle. Ce n'est pas ton enquête.

— Oui et non, dit Martin. Disons que je donne un coup de main, mais il faut que ça reste entre nous.

— Tu te prends pour un détective privé ? dit Bélier.

— Si ça te pose un problème…

— C'est bon, Martin. Qu'est-ce que tu veux savoir ?

— Ces prélèvements sur le sol du bus…

— La pulpe végétale ?

— Oui. Qu'est-ce que c'est exactement ?

— C'est en cours d'analyse. Apparemment de la citrouille ou du potiron. En tout cas des fibres et des graines de cucurbitacées.

— Ça venait des chaussures du tueur, c'est sûr ?

— Rien n'est sûr, mais on en a trouvé exclusivement sur le trajet qu'il a emprunté, et au bas du dernier siège, celui sur lequel il était assis avant de commencer à tirer.

— Peut-être qu'il travaille à Rungis ?

— Peut-être. Ou dans un restaurant végétarien. Ou chez un maraîcher…

— C'est la saison de la citrouille ?

— Oui. En gros, tu sèmes les graines en juin, les fruits commencent à se colorer début octobre et elles sont prêtes pour Halloween, le 31 du même mois. Bon, excuse mais si c'est tout ce que tu voulais savoir, j'ai du travail.

— Une dernière chose, vous recherchez quoi exactement si vous savez déjà qu'il s'agit de citrouilles ?

— L'ADN. Les végétaux ont un ADN, exactement comme nous. Presque le même, d'ailleurs, aussi étrange que cela puisse te paraître. Quand on aura un suspect, on pourra vérifier s'il est ou a été en contact avec des citrouilles qui ont un ADN identique à celui des fragments qu'on a trouvés.

— Est-ce qu'il y a autre chose qui t'a frappée, dans ces analyses ?

— Quel genre ?

— Je ne sais pas. Mais s'il y a quelque chose de bizarre, même très anodin, je sais que tu auras mis le doigt dessus.
— La flatterie ne te mènera nulle part, Martin. Tu as jeté un coup d'œil aux rapports d'autopsie ?
— Pas encore.
— Les huit victimes ont été abattues chacune d'une balle et d'une seule, qui a sectionné à chaque fois ou fortement endommagé le tronc cérébral, stoppant instantanément toutes les fonctions vitales. Tout ça dans un délai de moins d'une minute, avec une arme réputée pour son manque de précision au-delà de quelques mètres. Vu l'habileté et le sang-froid du tueur, tes collègues auront intérêt à prendre leurs précautions, le jour où ils le coinceront.

Halloween. Il ne savait pas pourquoi, mais cette association lui paraissait importante et il n'arrêtait pas d'y penser.

Une fois dans son bureau, il chercha à la rubrique citrouille sur Internet, et prit des notes.

Un rapport avec la fête d'Halloween ? On ne comptait pas les films d'horreur, réalistes ou parodiques, qui avaient pour thème cette fête. Mais beaucoup plus vraisemblablement, cette coïncidence n'avait pas de sens particulier, seul l'ADN de cette pulpe comptait et s'ajouterait aux preuves le jour où on aurait un suspect, sans permettre pour autant de mener à son arrestation.

Mercredi 3 octobre

Son portable sonna alors qu'il quittait l'IJ. Un numéro masqué. Il décrocha et reconnut aussitôt le timbre un peu cassé de Tureau. Elle attaqua tout de suite :
— Tu en es où ?
— Laisse-moi le temps, dit-il, je sors de l'IJ. Et de ton côté ?
— Mesnard et Vienne sont en train d'approfondir les bios des

victimes. On saura bientôt avec quel PQ elles se torchaient, mais je ne crois pas que ça nous apportera grand-chose.

— Il n'y a pas eu de revendication ?

— Si, une centaine au moins, qui arrivent d'un peu partout et prennent un temps fou à vérifier. Ça, ça fait partie de mon boulot.

— Aucune ne se détache du lot ?

— Non. Tu penses à quoi ?

— Juste que si le tueur veut se faire reconnaître, il le fera de telle façon qu'on n'aura pas d'hésitation sur l'authenticité de son message. Il doit bien se douter que tous les cinglés de la terre vont venir se vanter.

— Tu veux dire qu'il va parler dans son message d'un élément qui n'a pas été rendu public ?

— Quelque chose comme ça.

— Pour le moment, on n'a rien de la sorte. Tu as pensé à autre chose ?

— Il y a un truc, une idée... Je n'arrive pas encore à mettre le doigt dessus, et pourtant j'ai l'impression que c'est important.

— Ça a un rapport avec la police scientifique ?

— Peut-être. Je suis sur Internet... C'est cette histoire de citrouilles... Je te rappelle quand j'y vois plus clair.

— Ok. Le plus tôt sera le mieux. Et pour ce qui est de ta nana, ne t'en fais pas, c'est classé. Personne ne viendra plus la faire chier. Une dernière chose, Martin. Si on a besoin de se voir, il faudra trouver une procédure et un lieu, parce que je ne tiens pas à ce que les collègues soient au courant. Ce serait la fin des haricots pour moi.

— Quel genre de procédure ?

— Je vais y réfléchir.

8

Mercredi 3 octobre, midi

Martin était planté à l'angle du boulevard Henri-IV et de la rue de la Cerisaie. En deux jours, l'agitation avait eu le temps de retomber. L'air était encore doux, mais le soleil et le calme avaient fait place à un vent qui soufflait par bourrasques, agrémenté d'une pluie fine qui graissait les trottoirs. La terrasse de la brasserie au coin du boulevard était vide.

Il avait remonté les quais à pied depuis le 36 jusqu'à Sully-Morland, indifférent au crachin.

Le 86 passa devant lui. À cette heure de la journée, il était quasiment vide.

Le tueur avait pris un risque élevé. Que se serait-il passé si des passagers s'étaient rendu compte de ce qu'il était en train de faire ?

Il aurait probablement basculé le sélecteur en position rafale et vidé un ou deux chargeurs de 45 balles dans le bus, mais sa fuite se serait révélée beaucoup plus problématique.

Une balle par tête garantissait une efficacité maximum. Mort instantanée. Pas de réaction. Parfaite discrétion.

Ce massacre avait été préparé, très bien préparé, ne laissant aucune place au hasard. Cela lui rappela l'affaire du tueur à l'arbalète, quelques années auparavant. L'homme s'était entraîné avec un soin maniaque sur les lieux mêmes de son premier crime, il avait tiré plusieurs carreaux dans une silhouette tracée à la craie, à l'endroit exact où se trouverait sa victime quelques heures plus tard.

Soudain, Martin fut certain que, de la même façon, le tireur avait anticipé son périple dans le détail, et même s'il n'avait sans doute pas disposé d'un bus parisien pour s'entraîner, il avait dû trouver un équivalent. Il décrocha son téléphone et prit rendez-vous avec Laurette.

Ils se retrouvèrent dans un restaurant italien près de Saint-Paul.
— C'est la première fois que vous m'invitez au restaurant, remarqua Laurette.
— Ah bon, je vous invite ? dit Martin. Première nouvelle.
— Ça sera le prix de ma consultation.
Ils prirent un verre de Bardolino en apéritif et trinquèrent.
— Tout va bien pour vous ? demanda-t-elle.
— Non, mais ce n'est pas de ça que je voudrais vous parler.
— Pourtant ça m'intéresse.
— Marion et moi sommes séparés.
— Pour la combientième fois ?
— C'est ce que m'a déjà dit Jeannette. Cette fois, c'est sérieux. Elle a une histoire avec quelqu'un d'autre.
— Ah. Une vraie histoire ?
— Je n'en sais rien. Et je m'en fous.
— Si vous l'avez quittée sans même chercher à savoir, c'est que ça ne vous est pas égal.
— Si.
— Ben non. Si vous vous en fichiez, comme vous dites, vous vous informeriez au moins pour savoir si c'est sérieux ou juste une aventure, et vous agiriez en conséquence.
— Non. Je m'en fiche parce que je ne l'aime plus.
Elle claqua les doigts.
— Comme ça, du jour au lendemain ?
— Je peux vous parler de la raison pour laquelle je voulais vous voir ?
Elle sourit.
— Allez-y.

— Est-ce que quelqu'un de la Brigade criminelle est venu vous voir au sujet du massacre du 86 ?
— Non, dit-elle. Je ne savais pas que vous faisiez partie du super-groupe d'enquête.
— Je n'en fais pas partie. Je travaille en franc-tireur.
— Tiens donc, c'est un nouveau concept à la PP.
— Disons que je donne un coup de main à quelqu'un. Officieusement. Et j'ai besoin de vos lumières.
— Je me souviens du temps où mes lumières vous éclairaient aussi sur votre vie privée... Mais je vous taquine. Racontez-moi.

Une heure et demie plus tard, Martin était au 36. Grâce à Laurette, il avait à présent mis le doigt sur l'idée qui lui échappait depuis le début. Il appela Tureau sur son portable.
— Pas maintenant, dit-elle sèchement, je te rappelle.
— Comme tu veux.
Il raccrocha, frustré.
— Tu es là ou tu n'es pas là ? dit Jeannette en entrant dans le bureau et en le voyant assis à sa place habituelle. Si tu es là, tu auditionnes avec moi le témoin qui va arriver, pour l'homicide dans le Ve.
— Et Olivier et Alice, ils sont où ?
— Enquête de voisinage pour Alice, Olivier arrive.
— Donc tu n'as pas besoin de moi.
— Ça va, Martin ?
— Oui.
— Tu es sûr ? Je sais que ça ne me regarde pas, mais ne prends pas de résolution trop hâtive...
Martin la regarda, furieux.
— Tu veux dire qu'il faudrait que je ne fasse rien, comme toi avec ton mari, qui t'a trompée, retrompée, et puis qui s'est barré ?
Elle rougit.
— Excuse-moi, dit-il, ce n'était pas gentil, mais je suis en rogne. Et en plus il y a du vrai, non ?

Un planton frappa à la porte ouverte et introduisit un homme d'âge moyen aux sourcils noirs épais comme des brosses.

Jeannette se leva et accueillit l'homme.

— Monsieur Albert Mousseaux, le propriétaire et voisin de la victime, dit-elle. Il habite dans le même immeuble, juste au-dessus.

Olivier surgit à cet instant, deux sandwichs à la main, et s'assit à côté de Jeannette, derrière son bureau.

— Vous avez déjeuné, monsieur Mousseaux ? s'enquit-elle gentiment.

— Non, mais je n'ai pas faim. Je n'arrive pas à avaler grand-chose depuis l'autre jour. Je repense tout le temps à ce que j'aurais pu faire si j'avais compris d'où venaient ces bruits…

— Bien, vous allez nous raconter ça.

Martin hocha la tête pour lui-même. Jeannette se débrouillait parfaitement toute seule, et il remarqua que le témoin se détendait déjà. Il leur adressa un signe de tête, se leva et sortit.

À l'autre bout du couloir, il vit un petit rassemblement de collègues en train de discuter. Des auxiliaires du super-groupe en pleine effervescence. Il leur tourna le dos et se dirigea vers l'escalier.

Mercredi 3 octobre, quatorze heures trente

Aurélien était descendu du car avec Cyprien – son ami habitait dans le village voisin, à moins de trois kilomètres – et ils s'étaient enfermés dans le garage collé au pavillon, pour pouvoir bavarder tranquillement sans déranger le père d'Aurélien qui devait dormir. Ils avaient installé face à face deux vieilles chaises longues et sirotaient de l'Ice Tea dans un grand verre. La mère d'Aurélien était au travail et Emma jouait paisiblement dans le salon. Aurélien lui avait déjà annoncé que son ami allait la garder pendant qu'il faisait une course, et cela ne lui avait pas déplu. Elle aimait bien l'idée qu'un ami de son frère s'occupe d'elle, même si elle restait dans sa chambre et ne le voyait pas.

Sous le regard attentif d'Aurélien, Cyprien se leva et caressa du doigt la carcasse de l'ULM aux ailes repliées qui occupait tout le fond du garage. Normalement, l'objet volant aurait dû être vendu depuis longtemps mais, malgré plusieurs annonces sur e-bay et sur le Bon Coin, aucun acheteur ne s'était présenté. Les temps étaient durs.

— C'est dingue que tu aies un truc comme ça. Moi je crèverais d'envie de voler. Il y a un club pas loin d'ici.

— D'abord il faudrait le réparer. Et puis apprendre à le piloter surtout, il y a une épreuve théorique et une pratique, comme pour les avions, et c'est assez compliqué.

— Et ton père, il pourrait pas t'apprendre ?

— Non. Il n'est pas instructeur. Il n'est même plus pilote, il a perdu sa licence.

— Il a fait une connerie ?

— Non, il ne vole plus, et donc il n'a plus ses heures. Ça coûte cher de voler. Et ça s'entretient.

— S'il était encore officier, il volerait, non ?

— Oui. Peut-être.

— C'est con. Il a forcément fait une connerie, sinon il ne se retrouverait pas vigile dans une putain d'usine à pain.

Aurélien sentit le rouge lui monter aux joues. Mais il ne pouvait pas s'embrouiller aujourd'hui avec Cyprien. Il avait trop besoin de lui.

— Qu'est-ce que tu connais de la vie de mon père ? dit-il.

— Il avait le grade de capitaine, c'était un des plus jeunes de sa promo et le mieux noté des officiers de son groupement, tu me l'as assez dit.

— C'est bon.

— Un mec comme ça, il ne décide pas un jour qu'il en a marre. Il y a forcément une raison. Peut-être qu'il ne s'entendait pas avec son chef, ajouta Cyprien en faisant le parallèle avec son propre père dont c'était le problème récurrent.

— Non. En 2000, il a été conseiller technique des forces de sécurité dans les Émirats pendant six mois. J'avais cinq ans mais je me souviens très bien du jour où il est parti. J'ai pleuré toute la journée. Je n'aimais pas qu'il parte. Ils étaient douze à avoir été choisis par la hiérarchie, sur deux cents postulants. Donc il n'avait aucun problème avec son chef.

— Tu es allé là-bas ?

— Non. Il est parti seul, ma mère l'a rejoint pendant une semaine, mais moi je suis resté avec ma grand-mère. J'étais trop petit.

— Tu as dû repleurer encore.

— Oui. Quand il est revenu, il devait passer commandant de bataillon.

— Pourquoi il a démissionné de la gendarmerie alors ?

— Il en avait marre. Point.

Aurélien ne disait pas la vérité. La vérité qu'il pensait avoir découverte, et dont il ne pouvait parler à personne.

Il vit que Cyprien le regardait avec scepticisme, mais sans faire de commentaire. Aurélien lui avait déjà montré de précieuses photos de cette époque glorieuse, rangées dans un album enfoui au fond d'un carton. Et il y avait un monde entre le fringant capitaine des photos, en uniforme d'apparat ou battle-dress d'entraînement, âgé d'à peine trente ans, et le père d'Aurélien tel qu'il pouvait le voir aujourd'hui, en jogging informe chez lui ou en tenue de vigile dans le village. Pour changer de vie et d'apparence à ce point, il avait dû falloir une sacrément bonne raison.

Mercredi 3 octobre, quinze heures

La pluie avait cessé de se déverser sur le centre de Paris, mais le ciel restait uniformément gris et la lumière tomba à dix-huit heures comme si la fin de l'automne survenait avec deux mois d'avance.

Martin rentrait chez lui pour retrouver Marion.

Elle voulait récupérer des affaires du petit, des vêtements à elle, quelques CD, livres et DVD, et lui avait demandé d'être présent « pour se mettre d'accord sur ce qui était à elle ou à lui ».

Il lui avait dit qu'il lui faisait confiance et qu'elle pouvait prendre ce qu'elle voulait, mais elle avait refusé d'en démordre.

Quand il entra, elle était déjà là. Elle était venue sans Rodolphe, avec deux valises et plusieurs cartons pliés, qu'elle avait déposés dans l'entrée.

Elle avait commencé à empiler ses vêtements et ceux de Rodolphe dans les valises ouvertes.

— Bonjour. Je ne t'ai pas attendu, j'espère que ça ne t'ennuie pas, comme ça ça ira plus vite. Je me suis fait un thé.

— Tu as eu raison.

— Et je t'ai déposé la clé sur la cheminée.

— Tu peux la garder, ce sera plus commode quand tu amènes Rodolphe.

— Non, je ne préfère pas.

— Comme tu voudras.

Elle alla vers la bibliothèque et commença à parcourir les rangées en piochant des livres, tandis que Martin dépliait deux cartons.

— Tiens, vérifie que je ne me trompe pas, dit-elle en lui montrant une première pile de livres.

— Pas la peine, je te fais confiance.

Il prit les livres et les déposa dans le carton.

— Je vais me prendre une bière. Tu veux quelque chose de plus fort que ton thé ? Il reste du vin.

— Je sais, c'est moi qui l'avais acheté. Mais je n'ai pas envie de boire à quinze heures.

Il replaça sa bière au frigo.

En refermant la porte, il s'aperçut que la photo de Marion avait disparu.

Du coup, il jeta un regard circulaire dans la pièce et s'aperçut que toutes les photos de Marion, seule, avec Rodolphe, avec Isabelle, ou avec lui, Martin, avaient également disparu.

Il jeta un coup d'œil dans la poubelle. Les photos n'y étaient pas.

Il la rejoignit sans faire de commentaire.

Elle avait déjà presque rempli les deux cartons, et hésitait devant un roman de Philip Roth.

— Je ne sais pas si c'est le mien, dit-elle. Je crois que tu l'avais déjà.

Martin le lui prit des mains et le jeta dans le carton.

— De toute façon, je ne le relirai pas, dit-il.

Soudain, elle s'assit dans le fauteuil et se prit la tête dans les mains.

— C'est trop dur, murmura-t-elle.

Il la regarda sans répondre.

— Quand tu m'as trompée avec cette salope d'avocate, moi je t'ai laissé une chance. Laisse-moi une chance.

Il ne répondit toujours pas.

— Mais merde ! C'est parce que tu es vexé, c'est ça ? Ton amour-propre de mec ? Tu es prêt à tout sacrifier pour ça ? J'ai raison, hein ? C'est pour ça que tu ne réponds pas ! Écoute Martin, on n'est pas obligés de se quitter. On peut prendre un peu de distance, quelques jours ou quelques semaines, et voir ce qui se passe.

— Non.

— Pourquoi ? Si tu savais comme je regrette… Tu ne trouves pas que je suis assez punie comme ça ?

— Pourquoi ? Tu veux savoir pourquoi ? Parce que je ne pourrai pas supporter de vivre avec toi en sachant… ce qui s'est passé.

— C'est bien ce que je dis. C'est juste ta vanité qui est blessée.

— Si tu veux, peu importe ce que tu penses. En tout cas, moi, je n'ai plus envie de partager quoi que ce soit avec toi. En fait, je voudrais qu'on ne se soit jamais rencontrés. Voilà. Je l'ai dit.

— Tu me détestes à ce point-là ?

— Non, je ne te déteste pas. Mais je ne pourrai plus jamais avoir confiance en toi.

Elle resta un moment prostrée puis se releva, alla chercher une cigarette dans son sac et ouvrit la fenêtre machinalement, comme elle en avait pris l'habitude depuis que Rodolphe était né.

— Je ne sais pas très bien pourquoi je l'ai fait, dit-elle enfin. C'est trop con... Je ne suis pas amoureuse de... ce garçon. Je suis toujours amoureuse de toi.

— Ça c'est trop facile !

— Et toi, pourquoi tu l'as fait avec ton avocate ? Tu as la réponse ?

— ....

— Tu vois, c'est idiot, ça ne vaut pas la peine qu'on se sépare pour ça. C'est trop bête. Et injuste. Tu ne peux pas tout balayer, notre vie, tout, ce n'est pas possible ! Oui j'ai fait une connerie, oui, je comprends que tu m'en veuilles pendant des mois, que tu me le fasses payer...

— Ah oui ? Comment ?

— Je n'en sais rien ! Mais ce n'est quand même pas grave au point de se quitter !

— Je te dis – je te répète – que je n'ai plus envie de vivre avec toi. Et je te répète que si on reste ensemble on aura une vie pourrie. Je t'en voudrai trop.

— Parce que je suis sortie avec un mec, une fois ? Ça ne veut pas dire que je ne t'aime plus, merde !

— Tu me dis que c'était une fois, mais je ne peux pas te croire, les mensonges venaient trop facilement l'autre soir... Je ne te croirai plus jamais. C'est fini.

Cette fois, elle ne répondit rien. Elle se contenta de jeter sa cigarette dans la cour et de refermer la fenêtre. Elle sourit tristement.

— Plus jamais. C'est horrible de dire ça. C'est comme si l'un de nous deux était mort.

Elle retourna à la bibliothèque et regarda les cartons, l'air perdu, comme si elle les découvrait. Martin se dit qu'elle avait peut-être cru qu'ils allaient se réconcilier, qu'il l'empêcherait de remplir ses valises et ses cartons et la prendrait dans ses bras pour lui dire que tout ça n'avait pas beaucoup d'importance et... Et après, quoi ? Filer au lit pour fêter leurs retrouvailles ?

— Pourquoi tu me regardes si méchamment ? dit-elle. Ce n'est plus la peine, puisqu'on se quitte.

— Je me demandais juste comment tu vas transporter tout ça.

— Ma mère m'a prêté sa Twingo, ça devrait aller. Je prendrai mes bibelots et mes meubles une autre fois.

— Si tu me passes les clés, je vais déjà aller mettre tes valises dans le coffre pendant que tu finis les cartons.

Il vit ses yeux se remplir de larmes. À sa colère se mêla un sentiment de désir presque insurmontable. Il eut envie de la saisir et de la prendre, là, tout de suite, sur le sol. Mais il la revit sur le pas de la porte, lundi soir, souriant alors qu'il la croyait morte... Qu'est-ce qu'elle lui avait dit en le regardant droit dans les yeux ?

— *Mais je t'ai dit où j'étais ! Interviewer ce type. Je t'avais prévenu que je pouvais rentrer tard. Ne me dis pas que tu t'inquiétais à cause de ça ?*

La rage l'envahit à nouveau, et le désir retomba. Il se secoua. Fini. Pas de raison de se mettre en colère. C'était fini.

— Les clés sont dans mon sac, dans le salon, dit-elle d'une voix étouffée.

— D'accord.

Avant de fermer les valises, il jeta un coup d'œil dans les poches sur les côtés et au fond. Les photos étaient cachées sous les vêtements. Il les laissa où elles étaient.

Quand il remonta, Marion avait rempli deux autres cartons, et ses yeux étaient secs et brillants.

— Je crois que c'est tout, dit-elle. Je vais y aller.

— Je peux avoir Rodolphe ce week-end ?

— Tu es sûr ? Tu n'es pas obligé.

— J'y tiens.

— D'accord. En plus ça va m'arranger. J'ai envie de prendre quelques jours. J'en ai besoin.

— Tu veux que j'aille le chercher chez ta mère à Meudon ?

— Je te préviendrai. Si je ne suis pas déjà partie, c'est moi qui te l'amènerai. Vendredi en fin de journée, ça va ?
— Oui.
Il empila deux cartons et les souleva d'un coup de reins. Marion emporta le dernier.
Ils descendirent ensemble et posèrent les cartons dans le coffre, sur les valises.
Marion s'installa au volant. Elle lui sourit à nouveau, s'efforçant d'avoir l'air brave.
— Bon ben..., dit-elle. À plus tard.
Il acquiesça.
— Ah, j'oubliais ! La collègue qui t'a interrogée m'a appelé. Elle m'a dit que personne ne viendrait plus t'emmerder. C'est classé.
Marion hocha la tête, et attacha sa ceinture.
— Salut, dit-il.
Elle introduisit la clé dans le contact, tourna le volant et démarra, les yeux sur son rétroviseur, sans un regard pour lui.
Martin la vit partir, le cœur serré. Il craignait déjà qu'avant la fin de la semaine, il crève d'envie de l'appeler, et il espérait être capable de résister.
En remontant chez lui, la première chose qu'il aperçut fut le sac de Marion, par terre.
Il le rafla, et courut vers la rue.
Au bout, le feu était passé au rouge, et il vit la voiture de Marion arrêtée derrière une camionnette.
Il accéléra en tentant d'attirer son attention par de grands gestes.
Mais le feu passa au vert, la camionnette tourna à droite et Marion la suivit.
— Merde ! hurla Martin.
Quand il parvint au croisement, la Twingo s'était garée contre le trottoir cinquante mètres plus loin. Marion avait dû se rendre compte de son oubli. Il n'avait plus besoin de courir pour la rattraper. Mais ce qui se passa alors le fit s'arrêter net. Un homme

ouvrait la portière, côté passager, et montait dans la voiture. Il sembla à Martin que l'homme se penchait vers Marion, et que leurs deux têtes se touchaient, mais il ne put voir si c'était sur la joue ou sur la bouche qu'ils s'embrassaient.

Il rejoignit la Twingo alors que Marion redémarrait, et frappa au carreau. Elle le regarda, effarée.

— Tu as oublié ça, dit-il en lui montrant le sac.

Elle descendit la vitre et le prit.

— Désolée, dit-elle. Merci.

— Pas de quoi. Salut.

Il avait eu le temps de jeter un coup d'œil à l'homme assis à côté d'elle. Il paraissait à peine vingt-cinq ans. Était-il possible que ce fût son amant ? Un garçon aussi jeune ? Sa tête lui avait paru vaguement familière... Non, il devait confondre. Oui, c'était certainement son amant, sinon elle ne l'aurait pas cueilli au coin de la rue, hors de vue de l'appartement. Qu'est-ce qu'elle aurait fait si Martin avait bien voulu se réconcilier avec elle ? Elle aurait envoyé un texto discret, « on se retrouve plus tard » ?

En tout cas, il avait la preuve que ses « je suis désolée » et « je te jure que je ne le reverrai plus, ce n'était pas important » étaient autant de mensonges. En même temps, Martin l'ayant quittée, il ne pouvait logiquement lui tenir rigueur d'avoir gardé son mec. Mais elle n'aurait pas pu attendre de changer de quartier avant de le retrouver ?

9

Mercredi 3 octobre, quinze heures

Aurélien laissa son vélo contre le mur du cimetière et mit sa capuche pour éviter d'être reconnu. Il passa entre les tombes, emprunta une allée étroite et herbeuse et se faufila jusqu'aux premières maisons. Sans hésiter, il grimpa sur un mur de pierres sèches et sauta dans un jardin. Il avança jusqu'à la porte de la cuisine et l'ouvrit sans bruit.

Louise était dans la buanderie, en train d'accrocher du linge. Elle portait une robe légère et des baskets sans chaussettes sur ses jambes nues. Il resta quelques instants immobile à la regarder, imaginant à l'avance le plaisir qu'il aurait à la toucher. Il fit trois pas en silence et déposa en l'enlaçant un baiser sur sa nuque, à la naissance des cheveux blonds coupés court.

Elle sursauta en poussant un petit cri effrayé, et se retourna aussitôt.

— Tu es fou, tu m'as fait peur ! dit-elle en le serrant à son tour dans ses bras.

Ils échangèrent un long baiser.

Elle l'entraîna dans l'escalier et ils basculèrent sur le lit.

— On a le temps, dit-il. Cyprien garde Emma, et je lui ai dit que je devais aller à Cergy.

— Il ne t'a pas demandé pourquoi ? murmura-t-elle en l'aidant à se débarrasser de sa chemise et de son pantalon.

— Si, mais il est habitué à ce que j'aie des secrets.

— Je n'ai pas arrêté de penser à toi depuis ce matin, dit la femme en faisant passer sa robe par-dessus sa tête.

Elle ne portait ni slip ni soutien-gorge. Il avança la main et la garda plaquée contre son sexe, glissant doucement, comme elle le lui avait appris, son majeur entre les lèvres déjà mouillées. C'était toujours un émerveillement.

— Tu vois, dit-elle, je ne mens pas.

Elle lui prit le visage entre ses mains, le baisa longuement sur la bouche, et passa les doigts sur sa poitrine et ses épaules.

— Tu me plais tellement, dit-elle. Je te plais encore, moi ?

— Oh oui ! dit-il.

— Tu ne me trouves pas trop vieille ?

— Non !

Elle l'attira contre elle, l'emprisonna entre ses jambes croisées, et poussa les fesses du garçon avec ses talons jusqu'à ce qu'il soit complètement entré en elle. Elle hoqueta en fermant les yeux, puis les rouvrit en lui caressant la poitrine et le cou.

— Ton petit corps m'affole, il me rend folle, dit-elle. J'en avais tellement envie... Tu veux bien m'embrasser les seins ?

Ils firent l'amour deux fois, dans deux positions différentes, puis restèrent silencieux côte à côte pendant de longues minutes, se contentant de respirer à l'unisson. Elle regarda son profil. Il fixait le plafond, les sourcils contractés.

— Il y a quelque chose qui ne va pas ? s'enquit-elle.

— Non, ça va, je suis bien quand je suis ici avec toi.

Elle soupira. Combien de temps cela pourrait-il durer entre eux deux ?

— Rien d'autre ?

Il se tourna vers elle.

— Je m'inquiète pour mon père.

— Il s'est passé quelque chose de nouveau ?

— Non... Mais c'est sa semaine de nuit et il est tout le temps furieux contre tout le monde... Et ça ne m'étonnerait pas qu'il ait eu des problèmes au boulot. S'il est viré, c'est une catastrophe.

— Oui, je comprends...

— Qu'est-ce que je peux faire ?

Elle n'avait pas de réponse à cela. En plus, il le savait, elle n'aimait pas son père et son regard scrutateur, et les rares fois où elle l'avait croisé, au lycée, ou au centre commercial d'Éragny, elle s'était sentie un peu mal à l'aise, alors qu'il ne se passait rien encore entre Aurélien et elle.

Il continua à parler de ses inquiétudes, et lui dit que son plus grand rêve était de venger son père des avanies qu'il avait subies.

C'était un discours qu'elle avait déjà entendu, mais elle l'écouta attentivement, sans cesser de le caresser.

— La vengeance, ça ne sert à rien, dit-elle. Ta réussite dans la vie sera sa plus belle vengeance.

Elle se pencha sur son ventre et le suça délicatement puis plus vigoureusement, avant de grimper sur lui en lui fourrant ses tétons l'un après l'autre dans la bouche. Un peu plus tard, elle alla se laver et revint. Il était toujours dans la même position, le regard fixe dirigé vers le plafond, les mâchoires contractées. Elle lui passa la main sur le front et l'embrassa.

— Il est presque quatre heures et demie, il faut que tu y ailles, mon chéri, dit-elle, j'ai encore plein de choses à faire et il faudrait aussi que je pense au dîner. Tu n'as pas une idée ?

Il se détendit un peu et lui sourit.

— Des pâtes bolognaises ?

— Non, ça c'était avant-hier. T'en fais pas, je vais trouver. Des endives au jambon peut-être.

— Berk, dit-il.

— Je t'en prie ! Quand c'est bien préparé, c'est délicieux.

Il enfila son pantalon en riant. Son blues était passé. Ils s'embrassèrent encore pendant quelques instants, et il repartit par le même chemin, alors qu'elle reprenait son panier et achevait d'accrocher le linge.

Il croisa à nouveau le retraité mauvais coucheur, et l'entendit proférer, au milieu des injures, le mot « citrouille ». Il ricana.

En arrivant chez lui, il lui sembla que Cyprien le regardait bizarrement, mais il mit cela sur le compte de sa mauvaise conscience.

— J'ai vu ton père, dit Cyprien.
— Il ne t'a rien dit ?
— Non, mais j'avais préparé la réponse au cas où : je lui aurais dit que tu étais parti faire réparer ton vélo au garage...
— Pas mal, dit Aurélien. Il est remonté dans sa chambre ?
— Je ne sais pas... Non, je crois qu'il est parti se promener, pas très longtemps après ton départ.
— Et Emma ?
— Elle a fait ses trucs dans son coin, je crois qu'elle ne m'a même pas vu.

Son père parti se promener ? Il avait horreur de la campagne, il détestait les arbres et la gadoue. Quand il disparaissait de longues heures et revenait à la nuit tombée – juste à temps pour repartir au travail, en période de nuits – encore plus sombre et de mauvaise humeur qu'au début, Aurélien était convaincu qu'il allait dans un bistrot éloigné – peut-être à Pontoise ou même à Paris, un endroit où il ne risquait pas de rencontrer des connaissances.

— Bon, il faut que je rentre, ou je vais me faire engueuler par la daronne. Elle va m'envoyer faire les courses, je parie, et j'ai encore du boulot. Tu n'oublies pas pour le commentaire ?
— Aucun risque.
— J'ai faim. Je me demande ce qu'on va croûter ce soir.

Des endives au jambon, faillit dire Aurélien, mais il se retint à temps.

Il monta dans sa chambre et s'allongea sur son lit pour pouvoir penser et repenser à Louise.

Mercredi 3 octobre, quinze heures vingt

Marion se gara à une cinquantaine de mètres du journal.
— Descends, dit-elle.
C'étaient les premiers mots qu'elle lui adressait depuis qu'il était monté dans sa voiture à moins de cent cinquante mètres de

l'appartement de Martin. Et pendant tout le trajet, la rage était montée en elle.

— Je peux t'accompagner dans le parking.
— Non, je ne veux pas qu'on nous voie rentrer ensemble au journal.

Il la regarda, peiné.

— Je n'ai rien dit à personne, protesta-t-il.
— J'espère, dit Marion, parce que c'est fini.

Il déverrouilla sa ceinture sans la regarder.

— Pourquoi ? insista-t-il.
— Parce que c'est fini, dit-elle. C'est comme ça. C'est ma faute, je me suis trompée. Désolée. Si j'avais un doute avant, maintenant je n'en ai plus.
— Parce que je suis venu devant chez... toi ?
— Oui. Tu es trop con. Tu n'avais pas à te mêler de ma vie. Tu m'as foutue dans la merde.
— Je suis désolé.
— Tu peux. Mais ça n'a plus d'importance. En tout cas pour toi, parce que tu sors de ma vie. Maintenant.

Elle se pencha et ouvrit la portière côté passager.

— Dégage.
— Je vois bien que tu es furieuse, mais je ne voulais pas...
— Tu comprends le français ? Dégage !
— Marion...
— Qu'est-ce que tu foutais là, devant chez moi ? hurla-t-elle. Pour qui tu te prends ? Qui t'a demandé de m'espionner ? Merde ! Dégage !

Il rougit violemment, sortit et s'éloigna, sans même se donner la peine de refermer la portière. Elle dut se pencher à nouveau pour la refermer et cala en redémarrant.

En gravissant la rampe du parking rue Bérangère, elle sentait encore son cœur cogner dans sa poitrine. Le sale petit con. Et maintenant, il allait à tous les coups se répandre en commérages sur elle, et il ne manquerait pas d'oreilles complaisantes pour accueillir ses confidences. Putain de merde. Jamais elle n'aurait dû sortir avec quelqu'un du journal. Même Martin avait eu l'intelligence de ne pas la tromper avec une collègue, il était allé chercher une avocate !

Une fois garée, elle resta un moment immobile, encore tremblante, les mains serrées sur son volant, attendant que les battements de son cœur s'apaisent.

Mercredi 3 octobre, dix-sept heures

Une personne vêtue de façon discrète et anonyme, quasi indiscernable parmi ses millions de semblables, se trouvait devant la Poste centrale, rue du Louvre. Elle jeta un dernier coup d'œil sur l'enveloppe marron format A5 et l'adresse écrite au stylo-feutre noir : « Monsieur le directeur de Cabinet du Ministre de la Défense, 14, rue Saint-Dominique 75 700 Paris SP 07 ».

Elle sentait son cœur battre. Son destin se décidait à cet instant. Avait-elle bien pesé tous les risques ? Cette lettre mettrait en marche une mécanique qu'elle ne pourrait pas arrêter. La main un peu tremblante, elle glissa la lettre dans la boîte consacrée au courrier « Paris et proche banlieue ».

Son courrier serait traité dans les vingt-quatre heures maximum.

Cette personne avait lu avec intérêt la courte biographie de John Allen Muhammad, le sniper de Washington, auteur de meurtres effectués généralement dans des parkings, au moyen d'une arme à longue portée qui était la version civile du M16. Elle avait analysé les failles de son système. L'homme était un déséquilibré qui se prenait pour Dieu, et qui n'avait jamais sérieusement cherché à obtenir la rançon de dix millions de dollars qu'il réclamait. Alors pourquoi la réclamer ? La méthodologie de Muhammad était également sujette à caution, et il n'y avait rien d'étonnant à ce qu'il se soit fait repérer et arrêter au bout de dix meurtres. Il avait été exécuté en 2009. Bon débarras.

Mercredi 3 octobre, vingt heures

Jeannette s'enferma dans les toilettes du café, et enfila une robe et des souliers à talons apportés dans son fourre-tout. La robe avait été un peu froissée pendant son transport clandestin, mais elle réussit à aplatir les plis les plus marqués et se regarda d'un œil critique, tout en ayant une pensée pour Martin qui entamait à nouveau une période de solitude.

Elle ne comprenait pas qu'il fasse fi de son couple pour une simple incartade. D'un autre côté, elle-même avait fermé les yeux sur les infidélités de son mari, et cela ne l'avait pas empêché de la quitter, comme le lui avait fait remarquer Martin sans beaucoup de délicatesse. Après tout, qu'il se débrouille avec ses femmes et ses problèmes de couple, se dit-elle.

La dernière aventure de Jeannette s'était achevée il y avait presque un an. Son amant était Mathieu Restoux, le flic de Bordeaux qu'elle avait rencontré pendant sa seconde enquête sur Vigan. Mathieu était un garçon bien. Il n'avait pas longtemps supporté de tromper sa femme et il était allé tout lui avouer, avec pour conséquence immédiate de devoir choisir. Jeannette en avait fait les frais, et il était en train de reconstruire son couple.

À l'époque, elle aurait bien aimé que la femme de Restoux réagisse comme Martin aujourd'hui.

Sa seule autre histoire – depuis la mort de son amant, Roland Liéport, trop vite aimé, trop tôt disparu – avait été une nuit – une demi-nuit plutôt – avec Martin, justement. En fait, ce n'était pas une histoire, à peine un accident, mais elle en conservait un bon souvenir, d'autant que Marion n'en avait jamais rien su. Quoi qu'il en soit, Jeannette était profondément convaincue d'une chose : malgré toute l'affection et l'estime qu'elle portait à son chef de groupe, vivre en couple avec lui serait impossible. Ça ne tiendrait jamais plus de quelques mois, et leur complicité n'y survivrait pas. Pas ici. Pas au 36. Au mieux, elle se retrouverait mutée en province. Et ce serait la fin d'une belle aventure professionnelle. Leur association fonctionnait bien. Elle n'était pas destinée à durer éternellement, un jour ou l'autre il y aurait des changements, des mutations nécessaires, mais tant que ça tenait... Elle ne voyait aucun intérêt à en précipiter l'éclatement.

Donc, Martin était exclu en tant que compagnon de vie. Mais Jeannette n'en pouvait plus d'être seule. Elle élevait du mieux possible ses deux filles, avec l'aide fréquente et caractérielle de sa mère et celle, un peu contrainte, de son ex, mais elle ne supportait plus l'idée de faire une croix sur le sentiment amoureux et le sexe. Elle avait lu dans une revue féminine que les femmes acquièrent leur pleine maturité sexuelle entre trente et quarante ans, et elle trouvait injuste de ne pouvoir en profiter.

Les coups d'un soir ou le speed-dating la dégoûtaient, et elle avait fini par accepter l'idée de construire une relation avec un collègue parisien, ce qui lui avait jusqu'alors paru impossible. Le problème, c'est que ce collègue idéal, à la fois séduisant et discret, restait une pure fiction.

Jusqu'à ce que... Mi-septembre, elle fasse la connaissance d'un psychiatre, aux urgences médico-judiciaires de l'Hôtel-Dieu, un garçon qui avait à peu près son âge et était opportunément divorcé. Romain Daley. Cette rencontre avait eu lieu à l'occasion d'une enquête sur un violeur en série soupçonné de meurtres, et Jeannette avait travaillé avec la brigade spécialisée dans les viols à la deuxième DPJ. Le médecin l'avait intéressée, pas plus que ça la première fois, un peu plus à la seconde, et beaucoup à la troisième. Elle avait le sentiment que c'était réciproque, mais ils avaient à peine eu le temps de se revoir pour un café, encore moins de coucher ensemble.

C'est avec lui qu'elle avait rendez-vous ce soir. Et en elle montait le pressentiment qu'elle ne rentrerait pas de la nuit.

Mercredi 3 octobre, vingt heures

La mère d'Aurélien ouvrit la porte de la chambre et resta dans l'embrasure. Aurélien distinguait mal ses traits, car la lumière du couloir l'éclairait à contrejour, et parce qu'il avait presque tout éteint à part son écran d'ordinateur.

— Je ne peux pas te faire confiance ? dit-elle.

Il la regarda, ne comprenant pas ce qu'elle voulait dire.

— Tu as laissé ta sœur toute seule pendant une heure au moins cet après-midi ?

— Pas du tout, dit-il.

— Alors elle me ment ?

— Je n'ai pas dit ça. Elle est restée dans sa chambre, elle ne m'a pas vu moi et mon pote, ça ne veut pas dire qu'on n'était pas là. On a traîné dans le jardin, et dans le garage. Un moment, elle a peut-être pensé qu'elle était seule, mais si elle avait voulu nous voir, elle n'avait qu'à appeler.

Sa mère soupira.

— Je n'aime pas qu'elle reste seule dans la maison, tu sais bien.

— Excuse-moi maman, mais si elle avait appelé, on l'aurait entendue, je t'assure. Je ne suis pas irresponsable. Et de toute façon il y avait papa, non ?

Sa mère se contenta de hocher la tête et referma la porte sur elle avant de redescendre.

Mercredi 3 octobre, vingt et une heures

La femme se dissimula sous un porche au coin de la petite rue du XIVe arrondissement. Elle vit Jeannette avancer sur ses talons, taper le code sur le pavé numérique et se faufiler dans l'immeuble. Elle sentit ses boyaux se tordre et réprima un cri de douleur. Pour ça aussi, elle paierait, cette petite salope voleuse d'homme. Le sort de Jeannette Beaurepaire était scellé. Qu'elle profite des derniers instants de plaisir qu'elle lui volait. Bientôt…

Ses poings étaient tellement crispés que ses ongles rentraient dans ses paumes. Elle ne sentait pas le froid. Tout son être était focalisé sur la fenêtre éclairée au quatrième étage.

La jalousie lui brûlait le cœur et les entrailles, mais elle ne pouvait détacher son regard du rectangle de lumière. Dix minutes… Des frissons de haine la faisaient vibrer… Il n'y avait pas de torture assez douloureuse pour celle qui venait d'ôter tout sens à sa vie. Romain Daley était à elle, pour elle, de toute éternité. Si Jeannette n'avait pas surgi dans son univers, il aurait bien fini par s'en rendre compte. Que pouvait-il trouver à cette petite blonde insignifiante ? C'était incompréhensible, mais c'était comme cela que tous les hommes fonctionnaient. Ils n'avaient aucune fidélité, aucune constance dans leurs choix. C'est comme cela que fonctionnait son père. Et sa mère en était morte.

La lumière au quatrième finit par s'éteindre, et elle se rendit soudain compte qu'elle était en train de geler sur place. Elle ne sentait plus ses pieds ni ses mains. Si elle n'y prenait garde, on la retrouverait morte devant l'immeuble au petit matin. Elle s'éloigna lentement, en titubant un peu, et s'introduisit dans sa voiture. Elle se mit à claquer des dents, mit le contact en tâtonnant et, dès que le moteur fut un peu chaud, poussa le chauffage à fond.

Quand elle eut assez chaud, elle coupa le moteur et avala quelques gorgées de café tiède en mâchonnant une barre de chocolat au lait. Ses grelottements s'apaisèrent un peu. Ses pensées gravirent les étages et s'insinuèrent dans l'appartement de Romain Daley. Elle les vit dans le lit, leurs corps en sueur, leurs membres emmêlés. Un gémissement se forma au fond de sa gorge. Elle eut envie de hurler comme un animal et elle se mordit la main jusqu'au sang.

Mercredi 3 octobre, vingt-trois heures

Tureau se gara à deux cents mètres et remonta la rue d'un pas rapide, athlétique, balayant l'espace du regard par pur réflexe, car il y avait bien peu de chances qu'elle soit suivie. Elle passa sous le porche, grimpa l'escalier et sonna, deux coups brefs. C'était la première fois qu'elle venait, mais elle avait pris ses repères.

Martin ouvrit la porte en chaussettes, et la regarda, étonné.
— Salut, dit-il. Tu es sûre que c'est malin de venir chez moi ?
— Personne ne te surveille, c'est mieux qu'un endroit public.
— C'est ça la procédure dont tu parlais ? Débarquer chez moi à n'importe quelle heure ?
— Où est le problème ?
— La prochaine fois, tu préviens.
Il la fit entrer.
— Tu veux boire quelque chose ?
— Un verre d'eau. Allez, tu débriefes, et puis je rentre, il est tard et ma gonzesse m'attend.

Martin avait entendu la rumeur, mais de la voir si simplement confirmée par la principale intéressée le surprit un peu. Il ne se passerait jamais rien entre Tureau et lui, il pouvait à présent l'assurer à Jeannette. Tureau lui fit un clin d'œil.
— Eh oui, dit-elle. Tu as trouvé ce que tu cherchais ?
— Oui.
Il fit durer le suspense quelques instants.
— Les débris de citrouille, à quoi ça te fait penser ?
— C'est une devinette ? À rien de particulier. Peut-être que le tueur est maraîcher... C'est en analyse...
— J'ai parlé de cette citrouille au docteur Weizman, la psy du Quai.
— Eh, ce n'était pas dans nos accords, ça ! Tu aurais pu me demander mon avis !
— Elle ne me trahira jamais. Et elle pense que j'ai raison. Les débris de citrouille, c'est l'indice le plus important de tous ceux que j'ai vus jusqu'à présent.
— Quoi ? Le fait qu'il ait marché sur des débris de légume ?
— Pas n'importe quel légume. La citrouille, ça fait souvent référence à la tête. Y compris pendant Halloween. Et toutes les victimes ont pris une balle en pleine tête. Tu ne trouves pas la coïncidence éclairante ?
— Continue.

— Pour moi, ce type s'est entraîné à tirer sur des citrouilles. Et il a marché dedans après les avoir explosées. Parce qu'il les a disposées devant lui. Comme les passagers dans un bus.

Tureau ouvrit un calepin et prit des notes. « Citrouilles, têtes. »

— Putain, j'ai l'impression de jouer à un jeu de société à la con. Si je dis aux gars qu'il va falloir trouver un type qui a acheté huit citrouilles...

— Pas huit. Il ne pouvait pas savoir combien de sièges seraient occupés. Il a dû mettre autant de citrouilles qu'il y a de sièges à l'arrière d'un bus, une quinzaine. Conclusion ? C'est une opération militaire, préparée dans les moindres détails. Le gars savait exactement ce qu'il faisait, et il n'a rien laissé au hasard. Il avait un plan précis et il s'y est tenu au millimètre.

Tureau rajouta dans son carnet : « militaire, préparation, ultra-organisé ».

— Ok. Un militaire, ou quelqu'un qui a eu un entraînement militaire. Ou quelqu'un qui a une forme d'esprit très proche d'un militaire. Minutieux. Précis. Prévoyant. D'accord. Mais ça ne nous rapproche pas pour autant de notre gars – si c'est bien un gars. Beaucoup de terroristes ont suivi un entraînement militaire. Et des citrouilles, ça se trouve partout.

— Je ne suis pas spécialiste de la lutte antiterroriste, dit Martin, mais ces gars-là, c'est plutôt les grenades et les bombes, non ?

— Ça évolue, regarde l'affaire Merah. Il s'est servi d'un flingue. Comme Action Directe il y a trente ans d'ailleurs. Tous les terroristes ne se servent pas de bombes.

— Oui, c'est vrai. Mais pour moi, ce que le type a fait dans le bus, ça ressemble à un exercice de démonstration.

— Ça veut dire quoi, ça ?

— Il a démontré par ce massacre exécuté tranquillement au cœur de la ville, sans éveiller l'attention de personne, qu'il peut refaire la même chose quand il veut, n'importe quand, n'importe où. Il a la méthode et il a l'arme. Demain dans le XVIe arrondissement, ou à Lyon, ou à Bordeaux. Et on n'a aucun moyen de l'en empêcher.

— Je sais, dit-elle. Rien que d'y penser, ça me flanque une sacrée pétoche.

— Toujours pas de revendication sérieuse ?

— Non. C'est tout ce que tu as à me dire ?

— Je pense qu'il est tout seul. Il est extrêmement organisé, mais solitaire. Il se débrouille avec les moyens du bord. Il utilise une arme déjà ancienne, ce qui peut donner une indication sur son âge. Son opé, il l'a montée sans aide et sans logistique. Et Laurette Weizman pense comme moi. Ça aussi, ça nous éloigne de la piste terroriste.

Elle rajouta : « pas de complice ?? » dans son carnet.

— Ce serait quoi, son mobile ?

— Les raisons habituelles. Vengeance, argent... Qu'est-ce qu'ils en pensent, tes collègues du super-groupe ?

— D'après ce que je comprends, leur seul point d'accord avec toi, c'est leur certitude que ce n'est pas un acte terroriste aveugle. Pour eux, le tueur a abattu ses huit victimes pour brouiller les pistes. Ils sont chauds bouillants sur les deux lesbiennes de la liste. Pour eux, il y a des chances que ce soit l'ancien mari d'Anne Rebatteux, l'avocate, à moins que ce soit un ancien amant – ou une ancienne amante – de l'autre, la comédienne.

— Tu y crois ?

— Non. Mais l'ex de l'avocate n'a pas d'alibi, et il s'entraîne régulièrement au tir dans un club...

— Il fait quoi dans la vie ?

— Il a une galerie d'art près de la Place des Vosges.

— Il a au moins le même genre d'allure que le tueur ?

— Difficile à dire. À un moment donné, il a vendu des armes anciennes...

— Des Ingram M10 ?

Elle sourit.

— Non, des pistolets de duel du XIXe siècle, des arquebuses, ce genre de trucs. Mais les collègues sont en train de voir s'il n'a pas vendu autre chose de plus récent...

— Il est en garde à vue ?

— Non, mais s'ils trouvent quelque chose, il est bon.
— Où est-ce qu'on trouve des Ingram M10 et M11 avec silencieux et munitions d'origine ? demanda Martin.
— Je n'en sais rien. Il y a toute une équipe qui travaille dessus. Dans des collections privées, dans des saisies, ou chez Ingram, aux États-Unis…
— Ouais.

Elle se dirigea vers l'entrée et se tourna vers Martin qui n'avait pas bougé.

— Il y a autre chose ?
— Ce type aurait pu utiliser une carabine haute précision et se poster sur le toit d'un immeuble. S'il a choisi cette arme, c'est sans doute parce qu'il y avait facilement accès mais aussi parce qu'elle correspondait à son objectif.
— Tuer huit personnes dans un espace clos… ?
— Sans se faire remarquer. Le silencieux du M10 est très efficace. En agissant ainsi, le tireur a révolutionné le concept de meurtre de masse. Il a effectué un carnage dont l'exécution est passée inaperçue, et il est reparti tranquillement, sans bruit et sans laisser de traces.
— Et ça prouve quoi ?
— Pour moi, ça prouve qu'il est prêt à recommencer.

10

Jeudi 4 octobre, trois heures

Jeannette était au lit avec Romain, son amant psychiatre. La soirée s'était déroulée aussi bien qu'elle l'avait espéré. Même mieux. Et le début de la nuit aussi.
Elle était allongée sous le drap, et elle entendait la respiration lente de son compagnon. Il somnolait, mais continuait à lui caresser doucement le ventre et les seins. Cela faisait très longtemps qu'elle ne s'était sentie aussi bien.
Elle entendit son portable vibrer. À cette heure, c'était soit une erreur, soit une urgence.
Elle tendit le bras vers le sol, et fouilla dans ses affaires en tentant de mettre la main sur le téléphone sans pour autant bouger le reste du corps. Mais son amant interrompit sa caresse et se redressa, alors qu'elle examinait l'écran du portable.
— Un problème ? dit-il en voyant Jeannette froncer les sourcils.
Le numéro qui s'était affiché lui était inconnu, et la communication était interrompue.
— Non, dit Jeannette, ça doit être une erreur.
Elle attendit quelques instants, mais il n'y eut pas de message.
Elle reposa le téléphone et se tourna vers Romain.

Jeudi 4 octobre, six heures moins le quart

La femme vit Jeannette sortir de l'immeuble et nota l'heure. Elle surmonta son envie de démarrer à fond, de monter sur le trottoir et d'écraser sa rivale. Elle avait beaucoup mieux à faire.

Jeudi 4 octobre, huit heures

En entrant dans le bureau du 36 qu'elle partageait avec Martin et Olivier, Jeannette acheva sa conversation avec sa mère et alluma son ordinateur.

Son téléphone sonna à nouveau et elle soupira. Sa mère la rappelait souvent juste après avoir raccroché, mais Jeannette n'avait pas envie d'encaisser une deuxième salve de remarques au sujet de ses filles et de ses carences éducatives. Ce n'était pas sa mère. Mais c'était une voix de femme. Et c'était le même numéro que cette nuit.

— Jeannette Beaurepaire ?
— C'est moi, dit-elle, sur ses gardes.
— Je te conseille de ne plus t'approcher de lui, salope, ou je te promets que je te fais la peau.
— Qui êtes-vous ? demanda Jeannette.
— Ta pire ennemie.
— On se connaît ?
— Tout ce que tu as besoin de savoir, c'est que si tu le revois, tu es finie.
— Quoi ?

L'interlocutrice anonyme avait déjà raccroché.

— Putain, murmura Jeannette.

Olivier et Alice entrèrent à cet instant. Alice était la quatrième de groupe, et elle n'avait pas vraiment de poste fixe, errant entre le petit bureau d'Olivier et celui de Jeannette, ou même de Martin quand il n'était pas là. Olivier et elle s'entendaient mieux qu'à une certaine époque, parfois Jeannette avait même eu l'impression qu'un début d'idylle pointait, mais apparemment il n'y avait pas eu de suite.

— Tu as eu ta sœur ? demanda Alice.

— Quoi ? dit Jeannette, encore perdue dans ses pensées.

— Ta sœur Agathe. Elle a appelé hier soir ici, tu venais de partir, elle ne se souvenait plus de ton numéro de portable. Elle a perdu le sien et elle est en train de reconstituer ses contacts. Elle avait un renseignement à te demander.

— Je n'ai qu'une sœur, et elle s'appelle Sophie, dit Jeannette.

Alice rougit violemment.

— Putain, dit-elle, mais elle connaissait tout, le nom de tes filles, la ligne directe de la Brigade...

— Le nom de mes filles ? dit Jeannette alors qu'une chape de glace tombait sur sa poitrine.

— Oui.

— Putain...

— Merde... Je suis désolée, Jeannette. Si j'avais pu me douter... Comme une conne, je lui ai filé ton numéro. Elle t'a appelée ?

— Non. Excusez-moi, j'ai une course à faire. Vous avez trouvé quelque chose sur Mousseaux ?

— Rien sur le STIC. Pas de casier. Pas même une contravention, dit Alice. Clean. Depuis au moins vingt ans.

— Pourquoi, tu le soupçonnes vraiment ? demanda Olivier.

— Je voudrais en savoir plus sur lui. Il est né à Grenoble, et d'après ce qu'il dit, il n'a débarqué à Paris que vers trente ans, alors qu'il avait déjà un boulot... Pourquoi ? Appelez là-bas.

— Ok.

— À tout'.

Jeannette composa le numéro du portable de Romain dans le couloir.

Il décrocha tout de suite.

— Je ne peux pas te parler longtemps, dit-il. Ça va ?

— Oui et non, dit Jeannette. Je viens de recevoir un coup de fil anonyme, une femme. Elle m'a menacée de mort si je te revoyais. Elle connaît les noms de mes filles. Tu as une idée de qui ça pourrait être ?

— Putain… C'est de la folie… Certainement pas mon ex. Elle est remaquée et tout va bien pour elle.

— Une patiente ?

— C'est toujours possible bien sûr, même si j'ai du mal à y croire… Il faut que je revoie mes dossiers. Ça ne pourrait pas être de ton côté ?

— Je n'ai pas d'ex jaloux… Et c'est de toi qu'elle a parlé. Elle est folle de jalousie.

— Elle a dit mon nom ?

— … Non, reconnut Jeannette. Mais je ne vois pas de qui d'autre il pourrait s'agir, je n'ai pas d'autre amant que toi. Elle a déjà appelé une fois cette nuit quand on était ensemble, et on venait de se quitter quand elle a rappelé. Elle nous espionne et elle s'est renseignée sur moi. Elle s'est même débrouillée pour avoir mon numéro de portable.

— Putain, je ne sais pas quoi dire, Jeannette. Je vais réfléchir… Je te rappelle. On peut se voir tout à l'heure ?

— Non, je ne peux pas.

— … Tu ne veux quand même pas qu'on arrête ?

— Non.

— Ouf… Ça me rassure.

Ils rirent tous les deux, nerveusement.

— Il faut vraiment que j'y aille, Jeannette. Je te rappelle.

— Ok. Salut. Attends !

— Oui ?

— Cette nuit, c'était… très bien.

— J'ai trouvé aussi, dit-il doucement. J'ai hâte qu'on recommence.

Ils raccrochèrent en même temps.

Jeudi 4 octobre, neuf heures

La lettre format A5 atterrit à onze heures dans la corbeille du Bureau de la documentation, des archives et du courrier pour être dirigée avec une centaine d'autres vers le secrétariat du cabinet du ministre.

Elle fut ouverte une heure plus tard par une stagiaire, qui la parcourut d'abord rapidement avant de s'arrêter et de recommencer depuis le début.

MONSIEUR LE DIRECTEUR DE CABINET DU MINISTRE DE LA DÉFENSE,

VEUILLEZ AVOIR L'OBLIGEANCE DE TRANSMETTRE AU MINISTRE LES FAITS SUIVANTS.

JE SUIS LE SEUL RESPONSABLE DE L'ASSASSINAT DE HUIT PERSONNES DANS LE BUS 86 ENTRE LES STATIONS BASTILLE ET CERISAIE LUNDI À VINGT HEURES ONZE.

J'AI UTILISÉ POUR CETTE OPÉRATION UN PISTOLET-MITRAILLEUR INGRAM M10 CHAMBRE EN .380 ACP.

AFIN QUE VOUS NE PUISSIEZ METTRE EN DOUTE MA RESPONSABILITÉ, JE VOUS LIVRE CES ÉLÉMENTS QUI N'ONT PAS ÉTÉ RENDUS PUBLICS MAIS QUE LA CAMÉRA DE SURVEILLANCE DOIT POUVOIR AUTHENTIFIER :

J'AI D'ABORD ABATTU LES DEUX PASSAGERS ASSIS SUR LE SIÈGE DEVANT MOI, PUIS LES DEUX PASSAGERS À MA GAUCHE. ENSUITE, J'AI ABATTU AU RANG SUIVANT UN PASSAGER ASSIS À DROITE PUIS UN À GAUCHE.

JE ME SUIS LEVÉ, J'AI DEMANDÉ L'ARRÊT ET J'AI ABATTU LES DEUX DERNIERS PASSAGERS PROCHES DE LA SORTIE ARRIÈRE AVANT DE DESCENDRE À LA STATION CERISAIE.

SI J'AI ACCOMPLI CET ACTE CRIMINEL, CE N'EST PAS EN RAISON DE MOBILES IDÉOLOGIQUES OU RELIGIEUX. JE NE SUIS PAS UN TERRORISTE.

JE PEUX RECOMMENCER À N'IMPORTE QUEL MOMENT, N'IMPORTE OÙ EN FRANCE, ET ABATTRE EN UNE OPÉRATION AU MOINS DEUX

FOIS PLUS DE PERSONNES. JE N'Y TIENS PAS, MAIS JE LE FERAI SI VOUS NE RÉPONDEZ PAS FAVORABLEMENT À MES EXIGENCES.

CES EXIGENCES SONT SIMPLES.

JE VEUX DEUX MILLIONS D'EUROS EN BILLETS DE CINQUANTE ET VINGT, À MA DISPOSITION QUAND JE VOUS LES DEMANDERAI, ET NON MARQUÉS.

CETTE SOMME RELATIVEMENT MODIQUE N'AMPUTERA QUE FAIBLEMENT LES RESSOURCES DE L'ÉTAT.

JE SUIS AU COURANT DES DERNIÈRES TECHNIQUES DE MARQUAGE ET DE TRAÇAGE DES BILLETS.

JE DISPOSE D'OUTILS (DÉTECTEURS DE PARTICULES RADIOACTIVES OU IONISÉES, DÉTECTEUR DE PEINTURE INVISIBLE, ETC.) QUI ME PERMETTRONT DE VÉRIFIER IMMÉDIATEMENT SI LES BILLETS SONT MARQUÉS OU NON, ET SI UN DISPOSITIF DE TRAÇAGE A ÉTÉ INCLUS DANS LES BILLETS OU LE SAC QUI LES CONTIENT.

SI C'EST LE CAS, JE N'Y TOUCHERAI PAS, MAIS DANS LES MOIS QUI SUIVRONT, IL Y AURA PLUSIEURS EXÉCUTIONS DE MASSE D'UNE AMPLEUR LARGEMENT SUPÉRIEURE À LA PREMIÈRE.

ET PAR LA MÊME OCCASION JE RENDRAI PUBLIQUES MES REVENDICATIONS ET LA FAÇON DONT VOUS Y AVEZ RÉPONDU.

MÊME CHOSE SI JE M'APERÇOIS QUE LA REMISE DES BILLETS EST SURVEILLÉE.

VOUS RECEVREZ DANS LES JOURS À VENIR UN COURRIER SPÉCIFIANT LES MODALITÉS DE DÉPÔT DE LA SOMME DE DEUX MILLIONS D'EUROS.

SI VOUS RESPECTEZ TOUS LES TERMES DE MA DEMANDE, JE M'ENGAGE SUR L'HONNEUR À NE PLUS JAMAIS RECOURIR À LA VIOLENCE.

RESPECTUEUSEMENT

PAS DE SIGNATURE EST MA SIGNATURE.

La lettre avait été imprimée à partir d'une imprimante d'ordinateur sur du papier blanc de 80 grammes, format A4. Elle était pliée en deux, la police utilisée était le « times new roman », en capitales de taille 12.

La stagiaire murmura : « et merde », avant de la faire lire à son voisin de table.

— C'est une blague ?

— Je ne suis pas sûr, lui dit son collègue. Tu ferais mieux de l'apporter à Yves.

Yves était leur chef direct.

Dix minutes plus tard, la lettre était sur le bureau du chef de cabinet, qui lui-même était au téléphone avec le ministre en déplacement. Le personnel subalterne et non assermenté qui avait eu accès à la lettre fut isolé dans un bureau gardé ; les trois jeunes gens attendirent deux heures avant de voir arriver le ministre en personne. Celui-ci leur fit un discours bref mais senti où il était question d'intérêt national et de secret-défense et on leur fit signer un document de confidentialité leur interdisant – sous peine de poursuites et de sanctions pénales lourdes – toute divulgation et même évocation de ce courrier, en tout ou partie.

L'assistant du chef de cabinet accomplit alors le premier geste intelligent – et le dernier – entre la réception du courrier et sa divulgation.

Il prit un cutter et coupa adroitement la dernière phrase de la lettre : « PAS DE SIGNATURE EST MA SIGNATURE », avant de faire les copies qu'on lui avait demandées.

Il inséra ensuite les deux morceaux de la lettre originale dans une enveloppe scellée et la transmit à l'Identité judiciaire, alors que les premières copies numérotées (sans la signature) étaient envoyées à deux cabinets d'experts psychiatres, accompagnées de recommandations précises sur le maintien du secret et des menaces appropriées en cas de transgression.

Une copie tronquée fut également envoyée au cabinet du Premier ministre, une autre au garde des Sceaux et une troisième au ministre de l'Intérieur.

La première copie fut reproduite dès son arrivée en une douzaine d'exemplaires et remise au chef de Cabinet et à plusieurs conseillers, la seconde fut également remise au chef de Cabinet et à des conseillers, ainsi qu'au procureur général, qui la fit lui-même retirer pour en garder deux exemplaires et en transmettre un troisième au doyen des juges d'instruction à qui il entendait confier le dossier.

De son côté, le ministre de l'Intérieur en fit également tirer une douzaine de copies, qu'il fit distribuer à peu près selon le même schéma. Le patron de la Brigade criminelle en reçut une qu'il fit lui-même tirer en plusieurs exemplaires pour les donner en mains propres aux trois têtes du super-groupe.

Bélier, la patronne de l'IJ, avait eu rapidement l'original découpé en main mais, pour le bénéfice qu'elle pouvait en tirer, une copie lui aurait été aussi utile. Un papier commun, sans empreinte, sans filigrane, semblable à celui que l'on peut acheter dans des milliers de commerces, en gros ou en détail, et trouver dans des milliers d'entreprises. Une encre noire pour imprimante à jet de qualité standard. Une police commune à tous les ordinateurs...

Elle s'interrogea quelques instants sur le découpage de la signature, et rangea l'info dans un coin de sa tête pour examen ultérieur.

11

Jeudi 4 octobre, dix heures

Martin n'avait pas passé une bonne nuit. Réveillé à six heures, il avait l'impression d'avoir fait un cauchemar épouvantable dont il ne se rappelait pas la teneur. La seule chose dont il se souvenait était la présence insistante de Marion.

Une fois bien réveillé, il avait repassé en revue tous les éléments fournis par Tureau, sans rien découvrir de plus.

Il allait falloir que le tueur se découvre, d'une façon ou d'une autre, probablement par une revendication. Une lettre adressée à plusieurs journaux ? Un communiqué anonyme sur Internet à partir d'une adresse IP trafiquée ?

Zep sonna pour récupérer son ordinateur. Il lui demanda s'il pouvait le lui réemprunter plus tard, mais elle lui conseilla fermement de s'en acheter un. Elle n'arrivait même pas à imaginer comment il pouvait s'en passer. Il devait acheter le même ordi qu'elle, et suivre la formation accélérée prodiguée au magasin Apple. Martin émit des réserves sur la formation, mais reconnut qu'il avait besoin de ce nouvel outil.

Il alla finalement s'acheter un Macbook au magasin Apple du Louvre en fin de matinée, et le configura pendant l'heure qui suivit avec l'aide du vendeur et grâce à un coup de fil à Olivier – Marion aurait pu l'aider tout aussi efficacement, mais il n'avait pas envisagé de l'appeler.

De retour chez lui, Martin s'installa devant son ordinateur. Ce nouveau jouet était finalement beaucoup plus simple à utiliser qu'il ne l'avait imaginé.

Zep lui avait expliqué comment surfer sur Internet. Il tapa sur la ligne Google : militaire + massacre civils et appuya sur la touche Entrée.

Aussitôt, une fenêtre d'adresse s'afficha, et la première de ces adresses en bleu était ainsi libellée :

« **Afghanistan : un militaire américain tue seize civils** »

— Putain, murmura Martin. L'Afghanistan…

Il recommença à tapoter sur le clavier de l'ordinateur, et prit des notes.

Près de 20 % des soldats de retour d'opération souffrent de traumatismes psychologiques. C'est une donnée psy de base. Plus de soixante mille soldats ont été engagés en Afghanistan.

On peut donc considérer que douze mille d'entre eux souffrent de séquelles, de « troubles comportementaux de guerre ».

Cela va de la simple dépression jusqu'au suicide, en passant par les agressions violentes, les crises de colère incontrôlées – et pourquoi pas, le massacre de civils innocents ?

Sur ces douze mille et quelques militaires, combien ont suivi une formation de commando d'élite ?

Après réflexion, il rajouta une ligne à ses notes :

Ingram M10 + munitions susceptibles de provenir d'Afghanistan ?

Il se mit à vérifier pour chaque continent, et découvrit que cette marque d'arme était plus répandue en Amérique latine et centrale que partout ailleurs, aussi bien du côté des mafias et des milices privées que des services gouvernementaux. Quel rapport avec l'Afghanistan ?

Encouragé par son premier essai, il tapa sur Google : *Afghanistan + Amérique du Sud*. Rien d'immédiatement concluant, mais deux adresses attirèrent son attention :

Héroïne/stupéfiants/Criminalité/Internet/accueil – INTERPOL

L'aide en action : Afghanistan, Amérique latine et Caraïbes.

Interpol d'un côté, une ONG de l'autre. Il s'égarait.

À présent, il savait comment consulter facilement ses mails.

Il appuya sur deux touches et, petit miracle, il put découvrir à son tour le fac-similé de la lettre que venait de lui envoyer Tureau.

Son premier réflexe fut d'appeler Laurette, pour lui communiquer la teneur du message – si elle ne le connaissait pas déjà – et le commenter avec elle. Mais elle était injoignable.

Il se rabattit sur Tureau.

— Tu as eu du nez, dit-elle. Tu avais raison, c'est probablement un militaire ou un ancien militaire. Il a un sens aigu de la hiérarchie, il parle d'honneur, et il est capable d'écrire de façon concise et précise... Comme par hasard, c'est au ministère de la Défense qu'il l'a envoyée, sa lettre. L'enfoiré. Il tue huit innocents pour avoir deux millions d'euros, et il ose parler d'honneur. Autre chose ?

— Vous avez pensé à l'Afghanistan ?

— L'Afghanistan ?

Il lui fit un résumé de ses recherches. Tureau prenait des notes.

— Tu as une idée de combien de gens ont eu la lettre entre les mains ? lui demanda Martin quand elle eut fini de noter.

— Trop, dit Tureau. C'est sa seule erreur. S'il voulait rester discret, il devait l'envoyer à la Brigade criminelle, ou à la DCRI. En l'envoyant à un ministère, c'est comme s'il l'avait publiée directement sur le Net, avec à peine quelques heures de décalage. Du coup, le gouvernement va être obligé de trouver une parade. Ils vont probablement dire qu'ils ne céderont pas.

— Oui, dit Martin. Mais ils paieront quand même et à leur place j'éviterais effectivement de tenter quoi que ce soit pour l'arrêter dans l'immédiat.

— Tu serais prêt à le laisser s'en tirer ?

— Sur le court terme, oui. Parce que, si on joue au con, il y aura d'autres victimes. Beaucoup. Ça c'est une certitude.

— J'aurais tendance à être de ton avis, mais on risque d'être les seuls. Et ce n'est pas nous qui décidons.

— Je sais, dit Martin. Ça veut dire que si on ne le chope pas avant, on est bon pour un second massacre. Et bien pire que le premier.

En tout, il y avait eu plus de cinquante premières copies de l'original (tronqué), et les rédactions du *Monde*, du *Canard*, de *Libé*, du *Nouvel Obs*, du *Point* et de *L'Express* connaissaient au moins en partie la teneur de la lettre avant midi.

Les journalistes étant ce qu'ils sont, avant la fin de la journée du 4, un millier de personnes étaient au courant de l'existence de la lettre, parmi lesquelles une bonne centaine avaient eu accès à son contenu (tronqué). Mais le gros du public ne savait encore rien, jusqu'à ce que vers vingt heures, les réseaux sociaux commencent à évoquer la lettre, et qu'elle soit affichée sur deux blogs indépendants l'un de l'autre à peu près au même moment, à vingt-deux heures passées de quelques minutes.

Vendredi 5 octobre, huit heures

La lettre (tronquée) était partiellement publiée le 5 au matin en première page du *Parisien* – la suite à l'intérieur –, et citée dans *Libé*. Les journaux de province avaient quelques heures de retard, et elle ne parut dans *Ouest-France*, *Le Télégramme*, *Midi Libre* et *Dernières Nouvelles d'Alsace* que dans les dernières éditions.

Mais à ce moment, les ordres et les menaces proférées par le ministre de la Défense étaient depuis longtemps obsolètes. Parmi tous ceux qui avaient eu accès à la lettre, les seules personnes qui avaient respecté les consignes et gardé bouche cousue par sentiment de responsabilité ou peur des conséquences étaient les trois stagiaires qui l'avaient eue entre les mains vingt-quatre heures plus tôt.

Vendredi 5 octobre, fin de matinée

Martin retrouva Bélier dans son labo.
— Je suppose que tu as eu l'original de la lettre du tueur de la Bastille, dit-il. Tu as pu en tirer quelque chose ?
— Non, rien. À part le fait que la signature était découpée.
— Quoi ?
Bélier lui montra les deux morceaux.
— Tu veux dire que tu l'as reçue comme ça ?
— Oui.
— « Pas de signature est ma signature »... Apparemment tu es la seule qui a eu cette dernière phrase. Autant que je sache, elle manque sur toutes les copies, y compris sur celle que j'ai reçue par mail et qui vient du super-groupe d'enquête.
— Comment tu expliques ça ? dit Bélier.
Martin réfléchit quelques instants.
— Apparemment il y a quelqu'un, dans la chaîne de commandement, qui a oublié d'être bête, et qui a pris un risque calculé. Si l'auteur envoie une seconde missive, elle sera aisément authentifiée. Parce que, vu la diffusion de celle-ci, il va y avoir au bas mot quelques milliers d'imitateurs.
— C'est aussi ce que je me suis dit. Bravo au découpeur anonyme.

Quand il entra dans son bureau, Jeannette, Alice et Olivier étaient déjà en pleine audition. L'homme qu'ils entendaient tournait le dos à Martin, et tenait une canette de soda dans sa main droite. Martin adressa un petit signe aux trois flics et referma discrètement la porte sur lui.
Il n'avait pas fait plus de trois pas dans le couloir que la porte se rouvrit dans son dos.
— Martin, attends !
— Désolé, Jeannette, dit-il, j'espère que je ne suis pas arrivé au mauvais moment. Tu aurais dû mettre le post-it « audition en cours ».

— T'inquiète pas. Le mec est solide, mais je crois qu'on va finir par y arriver.

— C'est le proprio ?

— Oui.

L'avantage dans une longue relation professionnelle, c'est qu'une sorte de télépathie finit par se développer entre collègues. Elle n'eut pas besoin de dire autre chose pour que Martin pose la question suivante.

— Pour toi c'est lui qui a étranglé sa locataire ?

— Oui.

— Pourquoi ?

— Je pense qu'elle a refusé de coucher avec lui.

— Il l'a violée ?

— Non.

— Ce n'est pas contradictoire ?

— Je ne sais pas. Peut-être qu'il n'a pas eu le temps ou qu'il a perdu ses moyens…

— Tu as de nouveaux indices ?

— Non. Il y a ses empreintes dans l'appart, mais c'est normal, c'est lui qui faisait les petits travaux. Par contre il a un passé judiciaire. Plainte pour viol en 81, et condamnation pour agression sexuelle en 87. Depuis, rien. Ou il s'est tenu à carreau, ou il s'est montré plus malin, après tout la plupart des femmes ne portent pas plainte. Je pense qu'il voulait se faire payer une partie de son loyer en nature, et que sa victime a refusé de jouer le jeu. Il s'est énervé… Il l'a étranglée et a maquillé son crime.

— L'autopsie ?

— Rien de concluant.

— Pourquoi il n'a pas d'avocat ?

— Pour le moment, on ne lui a pas notifié sa garde à vue. Il est entendu en tant que témoin.

— Fais gaffe au vice de procédure.

— Ça fait moins de quatre heures qu'on l'interroge. J'attends qu'il manifeste l'envie de s'en aller pour lui notifier la garde à vue. Et lui demander s'il veut un avocat.

— Ok. Fais gaffe quand même.
— Martin...
— Oui ?
— Je peux passer te voir vers dix-neuf heures ?
— Bien sûr. Si ce n'est pas pour me parler de ma séparation.
Elle sourit.
— Non. Ce n'est pas pour ça.
— Alors d'accord. On peut dîner ensemble, si tu veux.
— Non, je dîne à la maison. Il faut que je m'occupe un peu des filles.
— Et tu ne veux pas m'inviter ? Je suis célibataire, maintenant.
— Si, bien sûr.
— Alors à tout à l'heure. J'apporte le dessert. Au fait... Tu as essayé de contacter la locataire précédente ?
— Oui. Mais elle ne m'a pas répondu.

En regagnant sa place, Jeannette consulta sur Internet le nouveau code de procédure pénale pendant qu'Olivier et Alice continuaient à questionner Mousseaux, qui manifestait des signes de plus en plus évidents d'impatience.
Le paragraphe de la nouvelle loi qui la concernait était un peu ambigu.
« Les personnes à l'encontre desquelles il n'existe aucune raison plausible de soupçonner qu'elles ont commis ou tenté de commettre une infraction ne peuvent être retenues que le temps strictement nécessaire à leur audition, sans que cette durée ne puisse excéder quatre heures. S'il apparaît, au cours de l'audition de la personne, qu'il existe des raisons plausibles de soupçonner qu'elle a commis ou tenté de commettre un crime ou un délit puni d'une peine d'emprisonnement, elle ne peut être maintenue sous la contrainte à la disposition des enquêteurs que sous le régime de la garde à vue. Son placement en garde à vue lui est alors notifié dans les conditions prévues à l'article 63. »
Si Mousseaux avouait maintenant, alors qu'il n'était officiellement qu'un témoin libre, puis se rétractait devant le juge... Son

avocat pourrait très bien objecter plus tard que les flics avaient sciemment manipulé le prévenu en faisant mine de l'interroger comme témoin alors qu'ils le soupçonnaient depuis le début, et que ses aveux avaient été obtenus sous la pression, en l'absence d'avocat, et donc de façon illégale, dans une garde à vue déguisée. C'était risqué. Martin avait raison.

Jeannette soupira. Il valait mieux jouer franc-jeu.

— Monsieur Mousseaux, dit-elle, à partir de cet instant vous êtes en garde à vue. Vous avez le droit de demander qu'un médecin vous examine, et vous pouvez demander qu'un avocat vous assiste. Veuillez vider vos poches s'il vous plaît.

L'homme la regarda bouche bée.

— Pourquoi je suis en garde à vue ?

— Vous avez compris ce que je vous ai dit, monsieur Mousseaux ?

— Oui, mais pourquoi… ?

— Bien. Vous êtes en garde à vue parce que je pense que vous ne nous avez pas tout dit. Je pense que vous nous cachez un fait essentiel. Je pense que c'est vous qui avez étranglé votre locataire Éloïse Ramonet.

— Non !

— Je pense que vous lui avez fait des avances et qu'elle les a refusées, ce qui a provoqué votre colère. Sous le coup de cette colère, vous lui avez serré la gorge, probablement sans intention de lui donner la mort, mais vous l'avez tuée. Et pour cacher le fait que vous l'avez étranglée, vous lui avez noué sa ceinture de peignoir autour du cou et vous l'avez pendue au montant de son lit.

— Non ! Je ne lui ai rien fait !

— Eh bien, nous allons tout reprendre depuis le début, monsieur Mousseaux. À moins que vous préfériez attendre votre avocat.

— Je ne veux pas d'avocat. Je n'en ai pas besoin.

— Très bien. C'est enregistré. Votre locataire est morte à vingt heures trente le dimanche 30 septembre. Où vous trouviez-vous à vingt heures trente le dimanche 30 septembre ?

— …

— Pourquoi vous ne répondez pas ? Vous ne vous souvenez pas ?

— Je ne veux pas répondre à vos questions. Gardez-moi si vous voulez, mais vous ne pouvez pas m'obliger à parler.

Il tourna les yeux et s'absorba dans la contemplation du mur. Jeannette vit rouge.

— Eh, Mousseaux ? Vous vous rendez compte que vous vous comportez comme un coupable ? Une jeune femme a été assassinée chez vous et vous vous en foutez complètement !

L'homme durcit sa mâchoire, mais resta impassible, figé dans son refus.

Vendredi 5 octobre, treize heures

Aurélien avait décidé de sécher le lycée dès la fin de matinée. Il ne lui restait pour la journée que les TP de physique, il ne prendrait pas trop de retard en séchant et, avec un peu de chance, son absence passerait même inaperçue. Le prof était nouveau dans le lycée et n'avait pas encore eu le temps de repérer ses élèves, d'autant qu'ils étaient plus de quarante par classe, et ce serait trop long de faire l'appel. D'ailleurs, Aurélien ne s'était pas trop fait remarquer en physique en ce début d'année.

Il prit un bus qui le ramenait chez lui à onze heures. À cette heure, sa mère était au travail, sa sœur à l'école, et son père dormait – ou se promenait.

Il déposa ses affaires dans l'entrée et colla l'oreille à la porte de la chambre de ses parents.

Il n'entendit rien. Il prit le risque de repousser la porte de quelques centimètres. Le lit était vide. Son père n'était pas là.

Il redescendit, le cœur battant, espérant ne pas tomber sur lui mais préparant déjà une excuse au cas où.

Le reste de la maison était désert, ainsi que le jardin.

Il n'avait pas pu prévenir Louise qu'il allait la rejoindre, et il espérait qu'elle n'était pas sortie. Si elle était chez elle… Ils avaient deux bonnes heures avant la fin des cours. Rien que de penser à elle, il sentit son pouls s'accélérer. Il posa comme d'habitude son vélo contre le mur du cimetière et franchit le portail.

Quand il arriva par le jardin, la porte était fermée.

Il dénicha le double de la clé de la cuisine sous un pot de fleurs, entra dans la maison, et en fit le tour. Il monta à l'étage et entra dans la chambre, puis dans la salle de bains, l'imaginant en train de faire sa toilette. Il y avait un rasoir d'homme dans un pot, à côté des brosses à dents familiales, et il éprouva un sentiment de rage et de dégoût.

Au fond de lui, il savait que leur relation ne pourrait pas durer toujours, et il en éprouvait par instants un sentiment de tristesse déchirante, mais il préférait rêver qu'ils s'enfuyaient dans un pays étranger et construisaient leur vie à deux, laissant tout en plan. Elle était au chômage depuis un an et s'était très bien faite à sa situation de femme au foyer, mais le salaire de son mari était à peine suffisant pour les faire vivre et rembourser les traites de leur maison. Ils parlaient de temps à autre de revendre et de déménager dans le Sud d'où son mari était originaire, et, à la profonde colère d'Aurélien, elle ne paraissait pas s'opposer à ce projet. Quand Aurélien le lui reprochait, elle prétendait qu'il valait mieux donner le change, que c'était un projet en l'air, et qu'elle retrouverait bientôt du travail. Cela aussi faisait peur à Aurélien, car si elle retravaillait, ses journées seraient entièrement accaparées et ils ne se verraient plus, ou seulement à la va-vite, elle serait absorbée par son nouvel univers, rencontrerait de nouveaux adultes... Il ne ferait pas le poids. Elle lui demandait parfois s'il n'avait pas envie de tomber amoureux d'une fille de son âge, et cette question – et surtout le fait qu'elle ne paraissait pas jalouse à cette pensée – l'exaspérait. Il avait l'impression qu'elle voulait doucement le préparer à leur inévitable rupture, et c'était insupportable. C'était comme les nuits... Faisait-elle encore l'amour avec son mari ? Combien de fois par semaine ? Les rares occasions où il avait tenté d'aborder le sujet, elle avait éludé, ce qui était déjà une réponse en soi. Quand il y pensait, il avait le vertige.

Il prit un pot de crème, l'ouvrit et renifla en fermant les yeux. Le parfum le fit chavirer, il eut l'impression que c'était l'intérieur des cuisses de Louise qu'il était en train de humer. À cet instant lui parvint le bruit de la porte d'entrée qui s'ouvrait.

Il reposa le pot de crème et sortit de la salle de bains sur la pointe des pieds. La voix de Louise se mêlait à une voix d'homme, et les deux voix exprimaient la colère.

12

Vendredi 5 octobre

— Papa ? Je n'arrive pas à joindre Marion. Tu peux me rappeler s'il te plaît ? Je t'embrasse.

Martin était dans la rue quand il écouta le message de sa fille. Il soupira. Il allait falloir la mettre au courant, elle aussi. Que Marion refuse de parler à Isa était mauvais signe. Il espérait que les deux filles continueraient à se voir, et surtout que leurs deux enfants, presque jumeaux, resteraient toujours aussi proches. Il n'y avait pas de raison que les disputes et les brouilles des adultes rejaillissent sur leur progéniture.

On était vendredi. Marion devait justement lui amener Rodolphe, mais il n'avait pas encore de nouvelles. Est-ce qu'elle avait changé d'avis ?

Martin appela sa fille et, oh surprise, elle répondit sur-le-champ.

— Décidément, vous êtes impossibles à joindre, dit-elle en préambule. Quand je pense que c'est moi que tu accuses de ne jamais répondre au téléphone !

— Marion et moi on est séparés, dit Martin.

— Ha ! Je m'en doutais, dit Isa.

— Elle ne te l'a pas dit ?

— Non. C'est vraiment grave cette fois ?

— En tout cas c'est sérieux. En principe elle m'apporte Rodolphe tout à l'heure pour le week-end. Tu veux passer avec Pauline ?

— Oui, d'accord. Je te dirai quand. Ça va, papa ?

— Oui.
— Tu es sûr ?
— Oui.
— Dis-moi... C'est vraiment sérieux votre séparation ?
— Oui, répéta-t-il, en songeant que pour les enfants, quel que soit leur âge, ce que faisaient les parents était toujours pris au sérieux.
— Évidemment, tu ne veux pas me dire ce qui s'est passé. D'ailleurs j'aime autant, c'est vos histoires. Bon... Il y a un pote qui m'a dit qu'il a vu le nom de Marion parmi les victimes du bus, dans un journal... C'est dingue, non ? Les journaux disent n'importe quoi !
— Mmm.
— Ce n'est pas toi qui t'occupes de cette affaire ?
— Non, j'ai pris ma semaine.
— C'est con, toi tu trouverais qui a fait le coup !

Martin sourit. Cette confiance enfantine dans ses capacités le touchait.

— Je ne sais pas, dit-il. Tu veux qu'on se voie demain samedi ? On pourrait partir se promener à la campagne.
— Non, il faut que je sois à la boutique, on a des cours, c'est une journée pleine. Mais dimanche ça serait bien. Sauf si tu veux passer demain avec Rodolphe. On les mettra dans un coin de l'atelier et il fera de la terre avec sa nièce.
— Sa nièce ?
— Oui, je te rappelle que Rodolphe est mon frère, donc il est l'oncle de ma fille qui est ta petite-fille. Tu es grand-père, papa.
— C'est bon, dit-il, je suis au courant.

Depuis bientôt un an, avec le concours de Myriam, son ex-femme et belle-mère d'Isa, Isa s'était installée dans une boutique du XIe où elle vendait de la vaisselle et des pots en faïence qu'elle fabriquait elle-même avec une associée. Elles avaient aussi quelques élèves.

Si Myriam avait trouvé le pas-de-porte, négocié l'emprunt avec la banque et donné sa caution, Martin avait été largement mis à contribution, et avait même acheté un four qui lui avait coûté une petite fortune. Et il payait au prix fort certaines de leurs productions qui venaient s'empiler dans sa cuisine. Il était en train de devenir le célibataire le plus riche en plats de terre émaillée de Paris.

Vendredi 5 octobre

Au rez-de-chaussée, la discussion continuait et s'envenimait. Une des deux voix était celle de Louise, mais Aurélien ne reconnaissait pas l'autre. Ce n'était pas le timbre de voix du père de Cyprien, il en était sûr, et pourtant il y avait des intonations familières, méditerranéennes.

— C'est toujours pareil, disait Louise, tu viens pour foutre la merde. Cette fois je ne te laisserai pas faire.

— On verra ce qu'en dira Pierrot, répondit l'homme sur un ton sarcastique.

— Il ne dira rien du tout, il m'a promis que ça ne recommencerait pas. Maintenant tu dégages.

— Non, dit l'homme. J'attends mon frère.

— Dehors ! hurla Louise.

Il y eut des bruits de bagarre, une claque sonore, suivie d'un cri bref.

Aurélien courut sur la pointe des pieds jusqu'à la fenêtre de la chambre, l'ouvrit, se suspendit par les mains et se laissa tomber dans le jardin. Il escalada rapidement le mur, courut à l'entrée sur la rue et sonna.

La porte s'ouvrit sur Louise, les joues rouges, décoiffée et les yeux brillants.

— Bonjour, madame, dit Aurélien d'une voix forte, je viens voir si Cyprien est là.

Elle mit quelques secondes à reprendre ses esprits, et réussit même à sourire.

— Pas encore, mais tu peux l'attendre si tu veux.

Une silhouette se profila derrière elle. Un homme jeune et brun, plus petit qu'Aurélien, aux bras musculeux qui dépassaient d'un T-shirt noir uni. Des tatouages étaient visibles sur son cou et sur le haut de ses bras.

Il portait en bandoulière un gros sac de marin kaki style « US ARMY », une montre de plongée, un pantalon noir à poches latérales en coton épais et des bottes de moto.

Il scruta Aurélien de ses yeux noirs enfoncés et sortit, le bousculant presque.

— Tu dis à Pierrot que je suis passé, dit-il à Louise sans se retourner.

L'instant d'après, il avait disparu, et Aurélien entendit une moto démarrer brutalement.

— Ça va ? demanda-t-il en refermant la porte.

— Oui. Non, ça ne va pas.

Elle fondit en larmes et se serra contre lui. Il l'entraîna vers le salon.

— C'est le frère de ton mari, c'est ça ?

Elle parut étonnée qu'il le sache.

— Oui... C'est surtout un sale con.

— Qu'est-ce qu'il voulait ?

— S'installer ici. La dernière fois qu'il est venu, j'ai dû le virer au bout de trois mois. Il a une mauvaise influence sur Cyprien, il se comporte comme un porc, et il me déteste. Mais Pierre est incapable de lui dire non.

— Il fait quoi dans la vie ?

— Il était militaire. Ou il l'est encore. Je ne sais pas et je m'en fous. Je ne veux plus voir ce salopard.

Elle le regarda soudain.

— Dis, c'est vraiment miraculeux que tu sois arrivé juste au bon moment... Je n'arrivais pas à me débarrasser de lui. Tu cherchais vraiment Cyprien ? Il est au lycée à cette heure-ci. Et tu devrais y être toi aussi.

— J'ai séché.

— C'est malin. C'est important, le lycée. Je ne veux pas que tu sèches.

Il la reprit dans ses bras.

— Ne t'inquiète pas. Ce n'était pas des cours importants.

— Eh, qu'est-ce que tu fais ! Attends !

— J'ai trop envie de toi, dit-il en soulevant sa jupe et en lui baissant sa culotte.

En rentrant chez lui, Martin entendit le téléphone sonner. C'était Marion.

— Tu es toujours d'accord pour prendre Rodolphe aujourd'hui ?

— Oui, bien sûr, dit-il. Tu arrives quand ?

— Dès que je peux. Vers cinq-six heures ça va ?

— Oui. Si je suis parti faire des courses, je laisse la clé sous le paillasson.

— Ah non. Tu es là ou tu n'es pas là. Je sais déjà que je ne pourrai pas me garer dans ta rue, qu'il faudra que je monte avec le petit, je ne pourrai pas t'attendre, il vaut mieux que tu me dises tout de suite que ce n'est pas possible…

— C'est bon, je serai là, dit Martin. À cinq heures.

Il raccrocha, songeur. Marion avait l'air remontée. Comme si c'était lui qui était en tort. C'était tout de même un comble.

Il regarda l'heure, et descendit à la boulangerie du quartier réputée la meilleure pour acheter un gâteau. Il opta pour une tarte aux framboises et la rangea dans le frigo.

On sonna à la porte. Il alla ouvrir. Marion. Elle salua Martin le visage fermé, déposa son fils et le sac qui contenait ses affaires.

— Je viendrai le chercher dimanche en fin de journée si ça te va.

— Parfait, dit Martin.

Elle embrassa Rodolphe et repartit. Elle s'arrêta sur le seuil, la main sur la poignée de la porte.

— Ah, Martin ! Au cas où tu te poserais des questions, le type qui était dans ma voiture, l'autre jour, c'est juste un collègue du journal. Je l'ai croisé là par hasard, dans la rue. Je lui ai proposé de le ramener à *Libé* puisque de toute façon j'y allais.

Elle attendit une seconde, mais Martin ne fit aucun commentaire. Elle me prend vraiment pour un con, se dit-il. En plus, elle a l'air d'oublier que je suis flic et que j'ai appris à reconnaître quand les gens mentent, surtout quand ce n'est pas la première fois.

— Tu ne me crois pas ?
— Non.
— Martin, qu'est-ce que je peux faire ?
— Rien.
— Non... Rien... Tu ne sais dire que ça ! Du jour au lendemain, tu n'éprouves plus rien pour moi ?
— Non.

Elle recula comme s'il lui avait filé une claque. Puis referma la porte sur elle.

C'était faux, évidemment, mais ça avait un double avantage : clore la discussion et lui faire mal.

Pendant que Rodolphe jouait à ses pieds, il relut le dossier et surtout la lettre, à la lumière de ses recherches sur Internet.

« ...VOUS LIVRE CES ÉLÉMENTS QUI N'ONT PAS ÉTÉ RENDUS PUBLICS MAIS QUE LA CAMÉRA DE SURVEILLANCE DOIT POUVOIR AUTHENTIFIER :

J'AI D'ABORD ABATTU LES DEUX PASSAGERS ASSIS SUR LE SIÈGE DEVANT MOI, PUIS LES DEUX PASSAGERS À MA GAUCHE. ENSUITE, J'AI ABATTU AU RANG SUIVANT UN PASSAGER ASSIS À DROITE PUIS UN À GAUCHE.

JE ME SUIS LEVÉ, J'AI DEMANDÉ L'ARRÊT ET J'AI ABATTU LES DEUX DERNIERS PASSAGERS PROCHES DE LA SORTIE ARRIÈRE AVANT DE DESCENDRE À LA STATION CERISAIE... »

Le ton était indéniablement militaire. Le style, neutre, mesuré, plutôt éduqué. Des études supérieures peut-être, pas de fautes d'orthographe. Pas d'insultes, pas de dérapages verbaux. Aucun signe d'instabilité psychologique, il fallait bien le reconnaître.

Aucune tentative de justification morale, pas de colère, pas d'hésitation à employer des mots forts, comme « assassiné », « abattu »... Une froideur plus glaçante que n'importe quelle imprécation. Comme si cela ne le concernait pas.

Le tueur n'était pas un guerrier traumatisé, Martin en avait la conviction. Qu'il soit de retour d'Afghanistan ou pas, il n'avait jamais craqué. Il était même sans doute bien dans sa peau. C'était un psychopathe. Il tuait avec efficacité, sans passion, sans remords, avec pour seul but l'argent. Et si on ne lui donnait pas ce qu'il voulait, un autre massacre aurait lieu. Pourquoi deux millions d'euros ? Il aurait pu dire dix ou vingt. Mais non. Il restait raisonnable. Parce que, d'abord, effectivement, pour un gouvernement, deux millions ne représentaient pas une somme énorme par rapport à la promesse d'arrêter les tueries. Ensuite, deux millions d'euros en billets de vingt et de cinquante tenaient facilement dans une valise ou un fourre-tout. Martin savait qu'un billet pesait aux environs d'un gramme. Deux millions d'euros en billets de cinquante pesaient donc environ 40 kilos. Et deux millions en billets de vingt, soit cent mille billets, pesaient cent kilos. Le poids du sac serait donc compris entre ces deux valeurs, 70 kilos en moyenne selon le panachage de billets. C'était lourd, mais transportable, à condition d'avoir une voiture, ou même peut-être une grosse moto, auquel cas il suffisait d'attacher le sac en travers sur le siège passager. Pour Martin, c'était la confirmation de ce qu'il pensait depuis le début. L'homme agissait seul.

Ces deux millions d'euros n'étaient qu'un début. Une fois le robinet ouvert, et le gouvernement compromis par ce premier versement, le tueur n'hésiterait pas à demander un complément, quitte à tuer quelques innocents de plus. Sa parole d'honneur, Martin n'y croyait pas un seul instant.

Il décrocha son téléphone. Tureau répondit à la première sonnerie.

— On peut se parler ? demanda-t-il.
— Ce n'est pas vraiment le moment, on entre en réunion.
— Vous avancez ?

— Non. Je te rappelle.

Martin s'absorba dans ses recherches jusqu'à dix-neuf heures, prêtant une oreille distraite aux demandes épisodiques de son fils.

Vendredi 5 octobre, vingt heures

Jeannette n'était pas un cordon-bleu, mais il lui restait quelques solides recettes de sa mère, et le goût du travail bien fait s'étendait à l'ensemble de ses activités, y compris la préparation du dîner.

Elle fit d'abord manger les deux petites avec Rodolphe, à la grande joie des filles qui purent jouer à la poupée pendant tout le repas, pendant que Martin et Jeannette buvaient un verre de vin. Dès qu'elles purent se lever de table, les filles emmenèrent le garçon dans leur chambre. Il était convenu qu'ils redescendraient pour prendre le dessert avec Jeannette et Martin.

— À notre tour, dit Jeannette en empilant les trois assiettes et en les mettant dans l'évier, pendant que Martin disposait leurs couverts. Ça ne t'ennuie pas qu'on dîne dans la cuisine ?

— Pas du tout.

Elle posa l'entrée de crudités et le ragoût de bœuf sur la table, avec les pommes de terre en robe des champs, le beurre et le sel.

— Ça sent super bon, dit Martin.

— Tu peux manger la peau des patates, elles sont bio, dit-elle en le servant.

Il savoura les premières bouchées du ragoût. C'était excellent et il la félicita. Elle rougit de contentement.

— Il faut que je te dise quelque chose. Le patron m'a appelée tout à l'heure. Il veut que je rejoigne le super-groupe, avec Vienne, Tureau et Mesnard.

— Tant mieux pour toi. Et qui s'occupe de ta femme étranglée ?

— Olivier et Alice. Et toi quand tu reviens – si notre suspect – Mousseaux – n'a pas encore été déféré. Mais il résiste bien.

— Et le Parquet, ils ont dit quoi pour le maintien en garde à vue ?

— Le substitut a un peu renâclé.

— C'est Debord ?

— Oui.

— C'est un emmerdeur.

— Oui, mais il s'est quand même rangé à mes arguments. En plus, il s'en fout, je crois qu'il est muté. Seulement ça m'étonnerait que son remplaçant prolonge le délai.

— On verra... Le patron t'a présenté ça comment, ton changement d'affectation ?

— Il ne m'a pas laissé le choix.

— Dans un sens, c'est bien, ça prouve qu'ils savent ce que tu vaux et qu'ils te font confiance.

— Et dans l'autre sens ?

— C'est bizarre, dit Martin, et peut-être que je me trompe, mais c'est comme s'ils voulaient me neutraliser, en me retirant mon adjointe.

— Peut-être qu'ils ont eu vent de ton accord avec Tureau et que ça ne leur plaît pas ?

— Je ne vois pas pourquoi elle serait allée le leur dire, et ce n'est pas moi. Tu en as parlé à quelqu'un ?

— Non.

— Alors personne ne doit être au parfum. Peut-être que je deviens parano et que ça n'a rien à voir avec moi.

— Tu as avancé avec Tureau ?

Il hésita.

— Si tu n'as pas envie de me répondre, je comprendrai.

— Il ne s'agit pas de ça. Je n'ai rien à te cacher. Mais je vais te faire lire quelque chose.

Il tira la copie de la lettre de sa poche et la lui tendit.

— Qu'est-ce que c'est ?

— Lis.

Jeannette lut la lettre deux fois de suite avant de lever les yeux.

— C'est donc ça la version intégrale. C'est authentifié ? Tu penses vraiment que c'est le tueur qui a écrit ça ?

— En tout cas, c'est quelqu'un qui sait exactement ce qui s'est passé, au moindre détail près. On est obligé de le prendre au sérieux.

— À mon avis ils vont payer. Ils n'ont pas le choix.

— Je le pense aussi. Il peut recommencer n'importe quand et n'importe où. Il faut gagner du temps à tout prix. Et deux millions d'euros, ce n'est pas cher pour éviter un nouveau massacre.

— Il a dû y penser, non ? Qu'on ne lâcherait jamais. Que l'affaire ne serait jamais classée. Qu'à partir de maintenant, il n'aurait plus jamais un instant de répit.

— Sans doute, mais il est sûr de lui. Et j'aimerais bien pouvoir dire qu'il a tort... Mais à moins d'un coup de chance délirant, il va gagner.

Jeannette soupira.

— Oui... S'il a vraiment bien préparé son coup, il va s'en tirer. Jusqu'au jour où les deux millions d'euros seront dépensés. Et à ce moment-là, il recommencera. Peut-être même avant. Quand son sentiment de toute-puissance aura disparu et qu'il sera en manque.

— Tu parles comme Laurette, remarqua Martin.

— Pour moi, les deux millions d'euros sont un prétexte, dit Jeannette, même s'il croit lui-même que c'est la vraie raison. Le risque était tout de même énorme. Adrénaline et sadisme. En tuant ces huit personnes, il a pris son pied.

— Il y a toujours la possibilité, sur laquelle travaillent Vienne et Mesnard, qu'une seule personne ait été vraiment ciblée, et que tout le reste soit une façon de détourner les soupçons.

— Je n'y crois pas une seconde, dit Jeannette.

— Moi non plus, reconnut Martin. Et Tureau non plus.

Ils restèrent silencieux un moment. Jeannette semblait pensive, et Martin se demanda ce qui la préoccupait. Il espéra qu'elle n'allait pas lui reparler de Marion et de sa séparation.

— Martin, je voulais te dire...

— Quoi ?
— J'ai rencontré quelqu'un.
Martin la regarda, surpris.
— Tu es amoureuse ?
— Je crois, oui…
Après tout ce qu'elle avait vécu… C'était bien. Il lui sourit, un peu envieux – et jaloux.
— Je suis content pour toi, dit-il.
— Oui mais… Visiblement il y a quelqu'un, une femme, à qui ça ne plaît pas. Elle m'a menacée de mort si je continuais à le voir.
— Putain… Par lettre ?
— Non, elle m'a appelée.
— Elle ne t'a évidemment pas dit son nom ?
— Non.
— Il est au courant ?
— Oui.
— Il dit quoi ?
— Il ne comprend pas. Il n'a aucun problème avec ses ex, il va regarder les dossiers de ses patientes…
— Il est médecin ?
— Oui.
— Qu'est-ce qu'elle a dit exactement ?
— Ce n'est pas seulement les menaces… Mais elle connaît le nom de mes filles, elle s'est débrouillée pour avoir mon numéro de portable… Elle m'a vraiment flanqué la trouille.
— Merde. On va envoyer une requise pour voir à quoi correspond le numéro, et mettre ton portable sur écoute.
— Ça ne servira à rien. Elle sait que je suis flic. Ça doit être une carte pré-payée. Si elle me rappelle, ce sera avec une autre carte.
— Les gens font parfois des erreurs.
— Ok, je vais me renseigner.
— Tu as porté plainte ?
— Non. Je n'ai pas eu le temps.

— Tu devrais.
— Oui, je vais le faire…
— C'est qui ton mec ?
— Un psy des urgences médico-judiciaires.
— Ah, peut-être que je le connais ?
— …
— Tu ne veux pas me dire son nom ?
— Romain Daley.
— Je crois que je l'ai rencontré, une fois. Un type costaud, plutôt grand…
— Oui c'est lui. Martin, je ne veux pas que tu ailles lui poser de questions. Je le ferai moi-même. Avec des précautions. Je ne voudrais pas qu'il se décourage, si tu vois ce que je veux dire.
— D'accord. Mais si c'est un type bien, il sera le premier à s'inquiéter pour toi.
— C'est promis ? Tu ne bouges pas ?
— Ok. Mais pourquoi tu m'en as parlé, alors ?
— C'est juste au cas où il m'arriverait quelque chose.
— Donne-moi au moins le numéro de téléphone de la personne qui t'a menacée.

Jeannette acquiesça.
— Si on appelait les enfants pour le gâteau ?
— Oui, tu as raison, il commence à se faire tard. Il va falloir que je rentre coucher le petit.
— On vous attend pour le dessert ! cria-t-elle à la cantonade. Et faites attention avec Rodolphe dans l'escalier.
— T'en fais pas, dit Martin, il n'est pas en sucre.

Vendredi 5 octobre, vingt-trois heures trente

Aurélien n'arrivait pas à dormir. Il repensait à la scène qu'il avait surprise chez Louise. Ils avaient baisé frénétiquement, deux fois de suite, mais après, elle avait refusé de reparler du frère de son mari, et il l'avait sentie inquiète et perturbée. Ils avaient bien besoin de ça.

Il se releva en catimini, enfila un survêtement et des baskets, ouvrit sa fenêtre et se laissa glisser le long du mur, comme chez Louise plus tôt dans la journée, jusqu'à la terrasse en béton que son père devait achever depuis un an. Pour remonter il se servirait de l'échelle de couvreur en aluminium posée le long du mur du garage, et il n'aurait qu'à la ranger demain matin en évitant qu'elle racle la façade, avant que quelqu'un ne puisse la voir dressée contre la fenêtre de sa chambre.

Il prit son vélo et le poussa pendant une cinquantaine de mètres sans monter dessus pour éviter tout cliquetis de chaîne. Il ne savait pas trop ce qu'il allait faire, mais il ne pouvait pas s'empêcher de retourner chez Louise.

Pierre, le père de Cyprien, dirigeait une équipe de maintenance pour les lignes à haute tension, travaillait souvent la nuit, et quand il se trouvait à l'autre bout de l'Île-de-France, il dormait sur place. Il était parfois absent deux jours de suite. Aurélien ne savait pas si c'était le cas cette nuit, et il n'avait pas osé le demander à Louise – son mari et ses relations avec lui étaient des sujets plus ou moins tabous. De toute façon c'était une chance à courir, et l'idée qu'il puisse la trouver seule dans son lit l'excitait au-delà de toute mesure.

Quand il arriva en vue de la maison – il était arrivé par la route cette fois, et non pas par le cimetière et par les champs, comme quand il venait la surprendre en pleine journée – il n'était pas encore minuit, mais il y avait de la lumière à la fenêtre de Louise, sur le côté de la maison. Il glissa le vélo sous une haie et, au moment où il se redressait, il crut voir une ombre bouger un peu plus loin. Il s'immobilisa. Cyprien ? Ou son père ? Soupçonnait-il quelque chose ? Il resta en arrêt, retenant son souffle. Quelques instants plus tard, un chat sauta en miaulant sur le trottoir et Aurélien souffla, soulagé.

Il traversa la rue, grimpa sur le mur et atterrit dans le jardin. Quand Pierre était là, il garait sa voiture, une Clio bleue, derrière le portail. Il n'y avait pas de voiture. C'était bon signe, même s'il n'y avait pas de certitude – la Clio pouvait être en réparation, il avait pu la laisser à son travail et rentrer en RER... Mais Aurélien était allé trop loin pour reculer, et il croyait à sa chance.

Le cœur battant, il lança un peu de terre contre le carreau de Louise. Il n'eut pas besoin de recommencer. Louise apparut à sa fenêtre, scrutant l'obscurité. Il agita la main.

Elle le regarda, apparemment abasourdie – bien qu'il discernât mal l'expression de son visage –, et disparut. Quelques instants plus tard, il entendit la porte de la cuisine s'ouvrir, et il la rejoignit sur le seuil. Elle était en T-shirt et jambes nues. Il avança les mains vers elle, mais elle recula, furieuse.

— Tu es fou ? gronda-t-elle, en s'efforçant de ne pas élever la voix. Cyprien pourrait nous surprendre. C'est ça que tu veux ? Et comment tu sais que Pierre n'est pas là ?

— Il n'y a pas sa voiture, dit-il, contrit.

— Et alors ? Ça ne veut rien dire ! Va-t'en, je pensais que tu étais plus malin que ça.

Il fut blessé par son ton.

— J'ai eu peur, avoua-t-il.

— De quoi ?

— De ce type, de ton beau-frère. J'ai eu peur qu'il revienne t'ennuyer.

— T'inquiète, je peux le gérer, celui qui m'inquiète et qui me met en danger, c'est toi, Aurélien, en débarquant comme ça en pleine nuit sans penser aux conséquences, dit-elle d'une voix glacée qu'il ne lui connaissait pas.

Il se sentit rougir de honte.

— Ok, salut.

— Attends !

Elle le rattrapa par le bras et l'embrassa sur la bouche, brutalement et brièvement.

— Et maintenant, va-t'en, vite !

Elle le repoussa et ferma la porte. Il resta quelques instants immobile, avec le goût de ses lèvres et de sa langue dans la bouche.

Elle avait raison. C'était complètement fou. Il s'en voulut d'avoir été aussi égoïste. Mais il tremblait de désir.

Il repassa par-dessus le portail et atterrit dans la rue.

Une main le saisit à la gorge et le plaqua contre le mur avec une telle force qu'il sentit la peau de son crâne se fendre sur les pierres saillantes et qu'il faillit s'évanouir.

13

Samedi 6 octobre, minuit

Jeannette regrettait de s'être confiée à Martin. Le connaissant, elle se doutait qu'il n'en resterait pas là.

Son portable sonna à minuit quinze, alors qu'elle était en train de se coucher, la cuisine rangée, après avoir vérifié que les filles dormaient. Elle saisit le téléphone avec appréhension, mais vit le nom de son nouvel amant – déjà mémorisé – sur l'écran.

— Oui ? chuchota-t-elle.

— J'avais peur de te réveiller.

— Non.

— C'est seulement maintenant que je peux t'appeler. J'aimerais être avec toi.

— Moi aussi, dit-elle. Tu as réfléchi ?

— Oui. Je n'ai rien trouvé de très concluant.

— Parmi les patientes, il doit y en avoir de bizarres, non ?

— Oui, bien sûr, des psychotiques, des hystériques, des allumeuses... Mais elles sont rarement violentes...

— Une en particulier ?

— Non... Oui... Je ne sais pas. Les médecins – et surtout les psys – sont très sollicités, mais de là à envoyer des menaces de mort... Du coup, j'ai repensé à mes anciennes copines...

— Tu as une ancienne copine capable de faire ça ?

— Non, justement... J'ai une ex – mais jamais elle non plus ne se comporterait de cette façon et d'ailleurs elle vit avec quelqu'un, tout va bien pour elle...

— Et tu n'as pas fait d'autres rencontres ?

Jeannette se rendit soudain compte qu'elle avait basculé dans le mode interrogatoire.

— Oh, excuse-moi, j'ai honte de te parler comme ça... J'ai l'impression de faire la flic avec toi, je me dégoûte.

— C'est bon, ça va, ne t'en fais pas. Si, j'ai fait d'autres rencontres, mais pas beaucoup en deux ans, et je n'imagine même pas qu'une des filles que j'ai rencontrées...

— Pourtant, c'est quelqu'un qui t'espionne, puisqu'elle m'a tout de suite repérée et identifiée.

— Oui, tu as raison... Ça veut dire qu'elle est libre de ses mouvements. Si c'est une patiente, ce n'est donc pas une résidente. Je vais encore revoir mes dossiers... C'est de la folie. Tu veux... Tu ne veux pas qu'on arrête de se voir pendant quelques jours ?

— Non, dit-elle. Non. Pas question.

Il rit, soulagé.

— J'aime bien la façon dont tu as dit ça.

— On ne va pas se laisser impressionner. Et toi, tu veux... ?

— Non.

— Mais ça ne veut pas dire qu'on ne va pas réagir. Ça ne te fait pas peur ?

— Si, un peu, dit-il. Je n'aime pas ce que je ne comprends pas. Il va falloir prendre nos précautions. On se voit quand ?

— Je ne sais pas...

— Pourquoi pas maintenant ?

— Je suis avec mes filles.

— Je pourrais venir chez toi.

— Tu ne travailles pas demain ?

— Si. Mais je n'arrive pas à dormir et j'ai envie de toi.

Jeannette frissonna de désir. Puis hésita. Quel effet cela ferait à ses filles de découvrir un inconnu dans son lit au matin ? Mais elle pouvait lui demander de partir avant qu'elles ne se réveillent...

— Viens, dit-elle.

— J'arrive.

Samedi 6 octobre, minuit

Il y eut un bruit sourd, une exclamation étouffée, d'autres bruits mats, chair contre chair, puis plus rien. Aurélien se sentait étourdi, et il avait un goût de sang dans la bouche. Il s'était mordu la langue et il avait très mal à l'arrière de la tête. Une main le saisit par le devant de son blouson et le redressa, alors qu'il levait instinctivement le coude pour parer le prochain coup.

— C'est bon, dit son père à voix basse, c'est moi, tout va bien.

Il ouvrit les yeux, c'était bien le visage de son père, à quelques centimètres du sien.

— Qu'est-ce... Qu'est-ce que tu fais là ?

— Tu ne crois pas que ce serait plutôt à moi de te demander ça ?

— J'étais venu voir Cyprien.

Il lui sembla que son père le regardait bizarrement, comme s'il n'en croyait pas un mot.

Aurélien regarda autour de lui.

Il n'y avait personne à part eux deux. Son agresseur avait disparu.

— On y va, dit son père.

Il lui passa le bras sur les épaules et l'entraîna.

— Le type qui m'a sauté dessus, tu l'as vu ? demanda Aurélien.

— À peine, dit son père.

Aurélien eut l'impression qu'il mentait.

— En tout cas il a filé, ajouta Bruno en scrutant son fils.

Aurélien détourna le visage.

— Il a failli m'étrangler. J'ai super mal au cou.

— Lui aussi il a super mal, maintenant, dit son père. Il risque de pisser rouge. Tu as une idée de la raison pour laquelle il t'a attaqué ?

— Non.

— On reparlera de ça plus tard.

— Tu vas le dire à maman ?

— Non. Mais si tu as des marques et du sang sur ton sweat...
— Je vais le laver.
— À l'eau froide, avec du savon en paillettes. Sinon le sang ne partira pas.
— Tu lui as fait quoi à ce type ?
— Deux coups dans les reins. Ça calme tout de suite.

Aurélien regarda son père avec admiration. C'était une chose de savoir que son père avait été un gendarme d'élite, c'en était une autre de bénéficier en direct de son expertise.

— Il va falloir qu'on parle, tous les deux, insista Bruno. Si quelqu'un a une raison de t'en vouloir, il faut que je sache pourquoi et s'il risque de recommencer.

Quand ils arrivèrent à la maison, tout était éteint. Aurélien respira mieux.

Ils ôtèrent leurs chaussures et entrèrent en s'efforçant de ne faire aucun bruit.

Bruno examina la nuque et l'arrière du crâne de son fils.

— Plus de peur que de mal, murmura-t-il.

Il prit une feuille de Sopalin, la plia et l'humecta sous le robinet, avant de tamponner délicatement les plaies pour les nettoyer. Puis il pulvérisa un spray antiseptique.

— C'est bon, ton sweat et ton T-shirt n'ont pas trop souffert, tu t'en tires bien. Va te coucher.

Il lui donna un petit coup de poing dans le biceps.

— Et ne te relève pas, je ne viendrai pas deux fois de suite te donner un coup de main.

— Ça ne risque pas, dit Aurélien. Bonne nuit, papa. Merci.

— Bonne nuit.

Son père faillit rajouter quelque chose, mais choisit finalement de se taire. Il se contenta de hocher la tête et monta vers sa chambre sur la pointe des pieds. Aurélien se demanda ce qu'il pensait vraiment. Et s'il allait parler à sa mère de son escapade. Il était prêt à parier que non, mais s'il le faisait... Son univers s'écroulerait. Sa mère ne montrerait en aucun cas la même tolérance amusée que son père. Elle n'en finirait pas de lui poser des questions. Et ce serait la fin de son rêve. Sans compter qu'il perdrait par la même occasion son meilleur copain.

Il monta à son tour et s'allongea.

Il entendit marcher dans le couloir. Son père n'était pas encore couché. Il se dit que ce serait une bonne idée d'aller le sonder sur ses intentions dès maintenant, mais le sommeil le saisit à ce moment-là.

Samedi 6 octobre, minuit

Le téléphone sonna au chevet de Martin. Il venait de se coucher, car Rodolphe avait eu du mal à se rendormir, et en décrochant d'un geste trop rapide, pour éviter que le téléphone ne réveille son fils, il fit voler le combiné qui glissa sur le parquet sur plusieurs mètres. Il jura et plongea pour le rattraper avant la deuxième sonnerie, à peu près certain que c'était Tureau et prêt à l'engueuler. C'était Myriam.

— Je ne te réveille quand même pas ? dit-elle, il n'est même pas minuit.

— Non, mais tu as failli réveiller le petit.

— Ah, désolée. Je te dérange ?

— Non. Je suis seul.

— Je sais, sinon je ne t'aurais pas appelé. Il paraît que Marion et toi vous êtes à nouveau séparés.

— Oui. C'est Isa qui te l'a dit ?

— Évidemment.

Suivit un blanc. Sa fille n'avait pas perdu de temps.

— C'est tout ce que tu voulais savoir ? Tu mets tes fiches à jour ?

— Non, je ne suis pas flic, moi. Je voulais juste savoir comment tu allais. Aussi bizarre que ça puisse te paraître, je tiens à toi, et je ne me réjouis pas de tes ennuis.

— Je sais, excuse-moi.

— Tu veux en parler ?
— Il n'y a pas grand-chose à dire. J'ai découvert par hasard qu'elle se tapait un mec. J'ai rompu. Voilà.
— Ah... Elle est amoureuse ?
— Je n'en sais rien. Elle prétend que non.
— Tu la quittes pour ça ? Tu es con, Martin.
— Oui, je sais.
— Si tu ne t'en étais pas aperçu, il n'y aurait rien de changé entre vous, non ?
— Peut-être, mais le problème, c'est que je m'en suis aperçu. Et pas de n'importe quelle façon.
— Et alors ? Tu n'as qu'à te dire que normalement tu n'aurais pas dû le savoir et que ça n'aurait rien changé entre vous. D'autant que toi...

Martin soupira.

— Écoute, Myriam, je sais que ça part d'une bonne intention, mais en fait là je suis crevé, et je n'ai pas tellement envie de discuter de tout ça maintenant.
— D'accord. Au fait, tu sais que moi aussi je t'ai trompé quand on était mariés.
— Ah bon. À quoi ça rime que tu m'avoues ça maintenant ? Ça fait des années qu'on est séparés !
— Juste pour te dire que ça ne m'a pas empêchée de rester amoureuse de toi et que tu ne t'en es jamais aperçu. Et toi, tu m'as toujours été fidèle ?
— Myriam...

Elle rit.

— Je m'en doutais. Et tu as toujours été fidèle à Marion ? Allez, je sais bien que non, puisqu'on a couché ensemble alors que vous veniez de vous rencontrer.
— Myriam...
— J'arrête. C'était juste pour te dire qu'il faut relativiser. Et ne pas prendre ça au tragique.
— Ok, dit-il, pour clore la discussion.

— Si tu veux, on peut passer le week-end ensemble. Je suis seule en ce moment. Comme ça, ce sera un partout. Tu te rends compte de ce que je suis prête à faire pour ton couple ?
— Pas possible ce week-end, je garde Rodolphe.
Elle rit.
— Tant pis pour toi. Et pour moi. Je t'embrasse. Dors bien.
— Toi aussi.

Il raccrocha. Elle s'était moquée de lui, mais curieusement, cela le mettait plutôt de bonne humeur. Elle l'avait vraiment trompé, elle aussi ? Oui, probablement. Il ressentit une vague jalousie rétrospective, plus l'écho du sentiment qu'une jalousie véritable, une amertume mêlée de nostalgie. Il essaya de se souvenir à quel moment il avait pu la sentir se détacher de lui. Ça devait être bien avant leur séparation, sinon, dans les derniers mois de leur couple, quand leur mariage était en train de se déliter, ça ne comptait pas. Il s'endormit.

Samedi 6 octobre

Le bruit fit sursauter Jeannette. Elle ouvrit les yeux et jeta un coup d'œil à son réveil. Six heures. Elle l'éteignit d'une tape.

Elle se tourna vers son compagnon. Il se réveillait lui aussi. Il roula sur elle et la pénétra presque immédiatement. Elle étouffa un cri et enfouit le visage dans son cou. Que de temps perdu, se dit-elle. Jamais plus elle ne pourrait se passer de faire l'amour pendant tant de temps. Elle se sentait revivre.

Cinq minutes plus tard, il se levait sans bruit et enfilait ses vêtements. Elle le regardait, regrettant déjà son absence, tout en guettant l'éveil éventuel des gamines.

Il se rassit et l'embrassa dans le cou et entre les seins.
— Je t'appelle tout à l'heure, dit-il.
Elle l'embrassa sur la bouche et il partit.

Jeannette courut nue jusqu'à la fenêtre pour le voir monter dans sa voiture et démarrer. Elle mit la main entre ses cuisses en sentant le liquide séminal s'écouler d'elle, et retourna se coucher sans s'essuyer pour revivre sa courte nuit d'amour.

Son portable la réveilla une heure plus tard. Elle ne reconnut pas le numéro qui s'affichait, et fut saisie d'une violente appréhension avant même de décrocher.

— Je t'avais prévenue, fit une voix de femme, la même que la veille. Maintenant tu vas payer.

14

Samedi 6 octobre, huit heures

Rodolphe était réveillé depuis une bonne heure. Il avait déjà ingurgité un biberon de lait et une assiette de corn-flakes. Martin craignait qu'il ait trop mangé mais le petit garçon ne manifestait aucun signe d'indigestion. Pour le moment, il jouait dans le salon en émettant des petits sons de surprise et de contentement. Sa mère n'avait pas trop l'air de lui manquer. Pourvu que ça dure, se dit Martin. Rodolphe était habitué à ce que Marion parte quelques jours pour son travail. Ça se compliquerait sans doute plus tard, quand il s'apercevrait qu'il ne voyait plus jamais ses parents ensemble. Encore que… On pouvait compter les heures dans la semaine où ils étaient réunis tous les trois.

Tureau sonna à la porte d'entrée. Elle regarda Rodolphe avec une certaine curiosité.

— Mon fils Rodolphe, dit Martin.
— Sa mère, c'est Marion Delambre ?
— Oui.
— Il est très mignon, dit-elle.

Elle n'avait pas rappelé la veille, et elle expliqua à Martin que les équipes avaient travaillé sans discontinuer sur des dossiers de militaires jusqu'à quatre heures du matin. Sans rien trouver de concluant. Mais sept cents dossiers avaient déjà été mis de côté pour réexamen.

De toute façon, il y avait un problème insurmontable. Il aurait fallu plusieurs centaines de fonctionnaires pour dépouiller tous les dossiers qui arrivaient, et ils étaient à peine deux dizaines.

— Si vous pensez toujours que le tueur est un soldat traumatisé par l'Afghanistan, je pense que vous vous plantez, dit Martin en lui servant un café.

— Peut-être, mais c'est quoi l'alternative ? Cette idée d'Afghanistan plaît à tout le monde, jusqu'aux ministres de tutelle. Bon. Première chose, on a reçu une autre lettre. Même canal. Même signature. Cette fois, on l'a interceptée à temps, et on n'aura pas le même problème qu'avec la première. Deuxième chose, les services du Premier ministre démentent officiellement l'authenticité de la première lettre. La position du gouvernement est la suivante : une blague douteuse d'internautes qui ont bénéficié de fuites et ont vu la vidéo du bus. Une enquête est diligentée pour trouver les coupables. Et les journaux se sont ridiculisés en publiant la lettre.

— Tu crois que les journalistes vont être dupes ?

— Peut-être. Peut-être pas. En tout cas, ils commencent à cesser de s'y intéresser. Il y a d'autres sujets brûlants.

Martin regretta fugitivement de ne pas pouvoir en parler à Marion.

— Je peux voir la nouvelle lettre ?

Elle déplia la copie et la lui tendit. Martin s'absorba dans sa lecture.

MONSIEUR LE DIRECTEUR DE CABINET DU MINISTRE DE LA DÉFENSE,

VOICI MES EXIGENCES.

DIX SACS CONTENANT CHACUN DEUX MILLIONS D'EUROS EN BILLETS DE CINQUANTE ET VINGT, NON MARQUÉS, NON TRACÉS (VOIR PREMIER COURRIER) DEVRONT ÊTRE DÉPOSÉS À DIX ENDROITS DIFFÉRENTS À UNE DATE ET À UNE HEURE QUE JE VOUS CONFIRMERAI BIENTÔT.

IL DEVRA Y AVOIR DANS CHAQUE SAC UN MILLION EN BILLETS DE VINGT ET UN MILLION EN BILLETS DE CINQUANTE, SOIT 50 000 BILLETS DE VINGT ET 20 000 BILLETS DE CINQUANTE.

LA PRÉSENCE MÊME FORTUITE DE REPRÉSENTANTS DE L'ORDRE À PROXIMITÉ DES LIEUX DE REMISE EST INTERDITE.

LA PRÉSENCE D'EMPLOYÉS DE LA RATP, DE LA VOIRIE, OU DE N'IMPORTE QUELLE ADMINISTRATION À PROXIMITÉ DE CES LIEUX EST INTERDITE.

LES SACS DEVRONT ÊTRE CYLINDRIQUES (FORMAT SACS DE MARIN), EN COTON NOIR IMPERMÉABILISÉ, MUNIS DE DEUX POIGNÉES, D'UNE BANDOULIÈRE ET D'UN CORDON DE SERRAGE.

LES SACS NE DEVRONT PORTER AUCUNE TRACE D'IDENTIFICATION, NUMÉRO, OU MARQUE, VISIBLE OU INVISIBLE.

UN SEUL DES SACS SERA L'OBJET DE LA RANÇON.

LES NEUF SACS RESTANTS POURRONT ÊTRE RÉCUPÉRÉS AU PLUS TÔT QUATRE HEURES APRÈS LA REMISE.

LE NON-RESPECT D'UNE QUELCONQUE DE CES INSTRUCTIONS SERA SANCTIONNÉ PAR L'EXÉCUTION DE DIX INNOCENTS ET PAR LA PUBLICATION DES DEUX COURRIERS SUR INTERNET.

RESPECTUEUSEMENT

PAS DE SIGNATURE EST MA SIGNATURE.

— Alors ? dit Tureau.

— Dix sacs dans autant d'endroits différents... L'exécution de dix innocents. Il a l'air obsédé par le chiffre dix.

— C'est tout ce que tu as à dire ?

— Il est très soucieux de la forme du sac qui contiendra les billets. Un sac qui pèsera dans les soixante-dix kilos... C'est beaucoup pour un homme seul.

— Pas s'il est costaud et s'il a une voiture.

— Ouais... Je pense que cette deuxième lettre va mettre un coup d'arrêt à votre recherche sur les soldats traumatisés revenus d'Afghanistan.

— Sans doute. Et on n'aura plus rien à quoi se raccrocher, Martin. C'est la merde.

— Ce qui va être intéressant, c'est le contenu de la prochaine lettre.

— Et au moindre petit grain de sable, un nouveau massacre...

Pour la première fois, Tureau avait l'air déboussolée, presque paniquée. Martin la comprenait. Il revit soudain les images télévisées après le massacre sur l'île d'Utoya, en Norvège. Le tueur du bus appartenait visiblement à la même espèce qu'Anders Behring Breivik et, comme pour le tueur norvégien, la préparation de son plan ne datait pas d'hier.

Si seulement on pouvait anticiper sa prochaine action... Mais pour cela, il aurait fallu plus d'éléments que deux lettres anonymes et la vidéo du massacre.

— Ce type a probablement déjà pris le bus 86 des dizaines de fois, tenta-t-il. Son image a dû être enregistrée...

— Les films des disques durs sont effacés au bout de quelques jours. Et de toute façon, ça n'aurait rien donné. On n'est pas à Londres, avec ses cinq cent mille caméras de surveillance. On doit en avoir à peine plus de mille dans Paris intra-muros. On n'a même pas encore trouvé l'endroit où il est monté dans le bus.

— Et la piste des armes ? Les Ingram sont plus employés en Amérique du Sud que partout ailleurs. Il n'y a pas de coopération militaire entre la France et certains pays d'Amérique du Sud ?

— La question a été mise sur le tapis, dit Tureau. Mais ce n'est pas moi qui m'occupe de cette partie de l'enquête.

— Ok. Désolé, je ne vois rien d'autre pour l'instant.

Samedi 6 octobre, huit heures

Aurélien avait cours le samedi matin. Il espérait que son père aurait oublié ce qui s'était passé la veille. Ce n'était pas le cas. Bruno vint prendre son café en même temps que lui.

— Je vais t'accompagner au lycée, déclara-t-il en prenant les clés de la voiture.

Pendant le trajet, pourtant, il resta silencieux. Juste à la fin, après s'être rangé devant le lycée, il donna un petit coup de poing sur le bras de son fils, comme la veille.

— Ça fait trop de temps que je suis à l'ouest, dit-il. Ça va changer. Je vais reprendre le sport. Demain, je te propose un petit parcours à travers les champs. On se lève à sept heures. On va commencer cool. Une petite demi-heure de cross. On va jusqu'à Théméricourt, en montant jusqu'à la nationale et, en redescendant, retour par le chemin qui longe la route. Ça te va ?

Aurélien gémit.

— Dimanche, c'est le seul jour de la semaine où je peux dormir. En plus il y a ces cons de chasseurs dans les champs, on risque de se faire tirer comme des lapins.

Bruno rit, pas le moins du monde découragé.

— D'accord, dix heures. Et puis il faudra que je t'apprenne quelques petits trucs pour te défendre dans la vie.

— Je n'ai pas envie de me battre avec toi le dimanche dans la boue.

— Tu verras, c'est marrant, tu risques même d'y prendre goût. Le mec qui t'a pris à la gorge, hier, avec une technique très simple, tu pouvais lui déboîter le coude.

— Ah oui ? dit Aurélien, curieux malgré tout.

— Oui, je te montrerai. Bonne journée. À tout à l'heure.

Il resta le temps de voir son fils rejoindre un petit groupe d'élèves et franchir le portail grillagé du lycée.

Il redémarra, songeur. Il n'avait pas jugé utile d'interroger à nouveau Aurélien sur les raisons de l'agression. Tentative de racket ? Ou bien un ivrogne de village porté sur la violence ?

Aurélien avait toujours été secret, mais son adolescence avait porté sa réserve et ses silences à un niveau sans précédent. Il y avait eu le drame dont personne ne parlait plus... S'il n'avait pas eu de si bons résultats en classe, Bruno et sa femme Ingrid auraient pu s'inquiéter. À quoi rimait cette virée nocturne ? Il croyait savoir, mais avait préféré ne pas s'enquérir. Aurélien méritait qu'on lui fiche la paix. Aurélien était un élève modèle. Et un fils modèle. Il ne se droguait pas, il ne fumait pas, il sortait rarement...

Il s'occupait bien de sa petite sœur. Que demander de plus ? Bruno s'en voulait souvent de ne pas pouvoir lui offrir une vie meilleure, même si Aurélien ne s'était jamais plaint.

Samedi 6 octobre, neuf heures

Jeannette appela Olivier de chez elle. Elle voulait savoir où Alice et lui en étaient avec leur suspect.

— Une seconde, je vais dans le couloir, dit-il.

Elle entendit la porte du bureau se refermer et il reprit la conversation quelques secondes plus tard.

— J'ai l'impression qu'il est sur le point de craquer. Il est crevé et il en a marre, et nous aussi mais moins que lui. On est obligés de le relâcher dans moins de trois heures si on n'a pas d'élément nouveau.

— Je sais.

— Mais il y a un truc bizarre…

— Quoi ?

— On s'est aperçus que la victime avait une fausse identité. On a retrouvé dans son appartement des papiers à un autre nom que Ramonet.

— Quel nom ?

— Picard, comme les surgelés. Éloïse Picard.

— Comment tu sais que c'est bien elle ?

— Sur certains de ses papiers, il y a sa photo, plus jeune. C'est bien elle. C'est peut-être lié à ses activités illicites.

— La drogue, tu veux dire ? Il n'y en avait pas tant que ça, chez elle.

— Douze grammes de cocaïne, quand même, et des cristaux de méthamphétamine pure. Fabrication purement artisanale. Si ce n'est pas elle qui les fabriquait, elle avait en tout cas un contact avec un fournisseur.

— Ok. On verra.

— Heureusement que l'avocat n'a pas encore accès au dossier, sinon il aurait tout de suite mis le doigt dessus et lié le meurtre à un trafic de stupéfiants. Et peut-être bien qu'il aurait raison.

— Non. Je suis certaine que non. Ce n'est pas une exécution liée à la drogue. Ça n'a aucun rapport !

— Bon bon, t'énerve pas. On fait quoi maintenant ?

Elle réfléchit quelques instants.

— Signifie la fin de sa garde à vue à Mousseaux et libère-le.

— Quoi ? Là je ne comprends plus.

— S'il n'a pas craqué, ce n'est pas maintenant qu'il va le faire. Il sait qu'on n'a rien de tangible. On va essayer un autre angle. Il faut que je réfléchisse. Et il nous restera quatre heures pour le cuisiner quand on aura plus de biscuits.

— Tu es vraiment sûre que c'est lui qui a fait le coup ?

— Oui. Fais-moi confiance. Ce type est un prédateur.

— Ça n'a pas l'air d'être un si mauvais bougre.

— C'est un violeur. Il s'est fait choper deux fois. Vu les statistiques des plaintes pour viol, ça veut probablement dire qu'il a au moins doublé ce score. Tu as remarqué que tous ses locataires sont des femmes.

— Oui.

— Ce n'est certainement pas un hasard. Il faudrait les interroger une par une.

— Ok. Mais même si elles témoignent qu'il les a draguées, ça ne prouvera pas qu'il a tué Éloïse Ramonet, ou Picard.

— Non, c'est vrai. En attendant, dès qu'il est sorti, rentrez chez vous et profitez de votre journée. Vous risquez d'être appelé en renfort dès dimanche.

Dès qu'elle eut raccroché, elle se mit à gamberger et ouvrit son ordinateur. Cela créait un dérivatif à l'angoisse qui montait sans cesse en elle depuis le nouveau coup de fil anonyme. Angoisse, colère et frustration. Elle ne faisait de mal à personne, elle ne blessait ou ne lésait personne. Elle était libre et amoureuse d'un homme qui était libre aussi. De quel droit la menaçait-on ?

Elle se connecta sur des bases de données judiciaires et entama ses recherches sur Éloïse Ramonet et son présumé assassin.

Elle envoya ensuite un mail à Lyon, d'où venait la victime, sans beaucoup d'espoir sur un retour avant plusieurs jours.

Samedi 6 octobre

Martin était dans l'atelier de poterie d'Isabelle où il s'était courageusement mis à la fabrication d'un objet en terre, guidé par sa fille. Il avait beaucoup de mal à donner une forme viable à son pot, et Isa, depuis l'autre extrémité de l'atelier, le regardait de temps en temps avec un sourire en coin.

Mais même si donner une consistance et de la tenue à la terre humide et glissante n'était pas facile, la sensation de l'argile fraîche sur les doigts était reposante, agréable même. Et hormis un coup d'œil de temps en temps vers son fils et la petite Pauline qui s'activaient sous une table à tréteaux, il laissait ses pensées vagabonder et tournoyer, sans réussir à se fixer sur l'un de ses trois sujets de préoccupation principaux : Marion, le tueur de l'autobus, et la menace inconnue qui pesait sur Jeannette.

Il était le seul homme adulte présent dans l'atelier. Huit femmes d'âges variés étaient regroupées en deux bandes. Certaines lui lançaient des regards en coulisse empreints d'une sympathie perplexe, se demandant probablement ce qui pouvait pousser un mâle dans la force de l'âge à fabriquer des choses informes en terre glaise un samedi après-midi, mais ne voulant pas non plus l'effrayer en manifestant trop ouvertement leur curiosité.

Martin avait tombé la veste et relevé ses manches sur le conseil d'Isabelle, mais des traînées de terre commençaient à maculer ses cuisses et sa chemise.

Comment définir la personnalité du tueur du bus en fonction des éléments qu'il possédait ? Pour chaque enquête, Martin tentait à un moment donné de se mettre à la place de la personne qu'il traquait, en décortiquant ses mobiles et sa psychologie supposée.

Cela n'avait rien de particulièrement original, mais c'était une bonne manière de progresser. « Qu'est-ce qu'il y a de si différent entre lui et moi ? » était la première question qu'il se posait. Martin aussi était en colère, Martin en voulait souvent à l'autorité, à la hiérarchie, sans parler des contrevenants qui pourrissaient la vie de tout le monde... Lui aussi aurait voulu gagner plus d'argent... Mais pour autant, jamais il n'aurait pu se mettre à tuer des innocents au hasard pour obtenir ce qu'il voulait. C'était inconcevable – comme ça l'était, heureusement, pour la plupart des gens.

Mais cette fois, son postulat de base « Qu'est-ce qu'il y a de si différent entre lui et moi ? » ne menait à rien. Il n'arrivait pas, si peu que ce soit, à cerner la personnalité du tueur. Il avait vu la silhouette de l'homme, observé la façon dont il bougeait, il avait examiné le moindre de ses gestes en pleine action, il avait lu les lettres qu'il avait envoyées. Et pourtant cela ne faisait pas progresser sa compréhension d'un iota. L'argent bien sûr était le mobile affiché, mais était-ce le seul ? Si ce mobile en cachait un autre, quel était le vrai ? Les événements – la tuerie – la lettre 1 puis la lettre 2 – s'enchaînaient de façon logique, et malgré cela il avait le sentiment que l'ensemble n'était pas cohérent, sans réussir toutefois à mettre le doigt sur l'origine ou la nature de cette incohérence. Cela l'exaspérait d'autant plus que l'implication de Marion brouillait sa perception. Il n'arrivait pas à raisonner sereinement.

Et pourtant...

— Qu'est-ce qui ne colle pas ? murmura-t-il. Pourquoi ça sonne faux ?

La réponse vint d'elle-même. Parce que c'est de la poudre aux yeux. Jeannette avait eu intuitivement raison.

Il venait de percevoir quelque chose qui redonnait une cohérence psychologique aux événements. Une explication d'une aveuglante évidence. L'objet qui était en train de tourner s'effondra sur lui-même et s'écoula sur ses chaussures comme la montre molle de Dalí.

— Papa, qu'est-ce que tu fous ? dit Isabelle, sans pouvoir s'empêcher de rire. Tu es vraiment trop nul.

Martin ne répondit même pas. Il s'essuya rapidement les mains sur le torchon déjà abondamment maculé et sortit entre deux doigts son carnet de sa poche, ainsi qu'un crayon.

Ce n'est pas pour l'argent qu'il fait ça, écrivit-il, avant de rajouter : *Il y aura toujours un truc qui clochera au moment de la livraison. Il veut que la livraison échoue.*

Il veut un autre massacre.

15

Samedi 6 octobre

La personne qui avait posté les lettres rédigeait le brouillon de sa prochaine lettre en se servant de Google Maps. Elle connaissait les lieux, elle les avait tous visités un à un, mais la cartographie en ligne lui permettait d'avoir une vue d'ensemble et de ne pas faire d'erreur dans la liste.

Normalement, cela devait fonctionner. Elle hésitait encore entre deux endroits, mais elle se donnait deux jours pour peser le pour et le contre et prendre sa décision.

D'ici soixante-douze heures tout au plus, elle serait en possession d'un pactole. Et jamais personne ne pourrait la soupçonner, c'était cela la beauté de la chose. Pour une raison toute simple. Et elle avait beau tourner et retourner son plan dans tous les sens, elle ne voyait pas comment elle pourrait passer à côté de la fortune. Même si cette fortune devrait attendre plusieurs mois, voire plusieurs années avant de commencer à être dépensée.

Le week-end était un moment difficile à passer pour Aurélien. Si par hasard il avait la chance d'apercevoir Louise, c'était entourée de son fils et de son mari Pierre. Un véritable supplice de Tantale, encore compliqué par le fait qu'il devait se tenir à chaque instant sur ses gardes pour ne pas se trahir.

Du coup, il déclinait poliment les invitations de Cyprien, au point que celui-ci pensait qu'Aurélien avait peur de ses parents.

Mais cette fois, c'est Aurélien qui prit l'initiative d'appeler son ami. Il n'osait pas appeler Louise, mais il voulait garder un lien avec elle, savoir ce qui se passait chez elle, même si cela devait se faire par l'intermédiaire de son fils.

Cyprien ne répondit pas tout de suite sur la ligne fixe – son portable était cassé – et Aurélien dut rappeler deux fois avant de l'avoir au bout du fil.

— J'ai vu que tu avais appelé, dit Cyprien, mais avec mes parents qui s'engueulent, pas moyen d'être tranquille pour parler au téléphone. Là ma mère s'est cassée et mon père est allé voir des potes, j'ai enfin la paix. Qu'est-ce qu'ils sont lourds !

— Pourquoi ils s'engueulent ? demanda Aurélien faisant fi de toute prudence.

— Qu'est-ce que ça peut foutre ? Les parents, ça s'engueule tout le temps, non ? Pas les tiens ?

— Si.

— Parfois c'est pour une connerie, genre une course pas faite, mais là ça a l'air plus sérieux, ma mère avait l'air vraiment vénère et le daron aussi.

Aurélien était partagé entre son inquiétude et, au fond de lui, un sentiment de joie à l'idée que Louise ne pouvait plus supporter son mari.

— Tu veux qu'on se voie ? dit Cyprien. Mon oncle m'a acheté le nouveau *Assassin's Creed*.

— Ton oncle ?

— Oui, le frère de mon père.

— Il est là ?

— Non, il est reparti avec mon père, mais il dort ici ce soir.

Aurélien se sentit couler. Était-il possible que l'engueulade entre Louise et son mari ait un rapport avec l'oncle ? Celui-ci avait-il parlé d'Aurélien ?

De toute façon, il n'avait pas l'intention d'accepter la proposition de Cyprien. Il avait un bien meilleur plan.

— Je me sens patraque, dit-il. Peut-être que ma petite sœur m'a refilé une gastro, je ne sais pas. Je crois que je ne vais pas bouger.

— Tant pis pour toi, dit Cyprien. Je te préviens, je ne vais pas t'attendre pour le jeu.
— Pas de problème, dit Aurélien. On se rappelle.
À peine eut-il raccroché qu'il tapa le numéro de Louise. D'abord, comme pour Cyprien, il entendit une voix robotisée lui annoncer que la ligne n'était pas en service. Mais après avoir raccroché, il tomba cette fois directement sur sa messagerie. Soit elle avait éteint son portable, soit elle était déjà en communication, et recevrait son message plus tard.
Il attendit le bip, et murmura, très vite « Je t'aime », puis raccrocha.
Si elle ne l'appelait pas d'ici dix minutes… C'est que tout était fini. Et sa vie n'aurait plus de sens.

Samedi 6 octobre, vingt heures

Le téléphone sonna et Martin décrocha. Rodolphe venait de prendre son bain et bâillait. Avec un peu de chance, il ne tarderait pas à s'endormir.
— Toujours seul ? dit Myriam.
— Oui, et toujours avec Rodolphe, répondit Martin.
— Ça te dit que je vienne avec des sushis et du saké ?
— D'accord.

Marion appela pendant le dîner pour avoir des nouvelles de son fils. Martin avait déjà bu trois verres de saké tiède et il avait la tête qui tournait un peu. Myriam avait les yeux brillants et paraissait de très bonne humeur. Elle avait apporté pour le petit l'île des pirates en Playmobil et une grande boîte de bonbons Haribo de toutes les couleurs : sucre, colorants, conservateurs, et gélatine de porc.
Si jamais Marion voyait ça, elle ne serait pas contente, se dit Martin avec une secrète jubilation.

— Il était crevé, il a pris son bain, il n'a pratiquement rien mangé et il dort, dit-il au téléphone, évitant de préciser qu'il avait dû rincer abondamment les mains et la bouche poisseuses de sucre de Rodolphe.
— Il n'est pas malade ?
— Pourquoi veux-tu qu'il soit malade ? Il a mangé un bon goûter avec Isa et il a très bien dîné.
— Tu fais quoi ? lui demanda Marion.
— Je dîne.
— Tu n'es pas seul ?
— Non.
Il y eut un silence.
— Désolée, je ne voulais pas te déranger.
— Ce n'est pas grave, dit-il. À demain.
— À demain.
Il raccrocha. Myriam ne l'avait pas quitté un instant du regard.
— Je te connais, dit-elle. Tu es toujours fou d'elle.
— ...
— Tu as de la chance. Être amoureux, c'est se sentir vivant. J'aimerais bien être amoureuse, moi, en ce moment. Ça me manque. Tu vois, toi, je t'aime, tu es probablement la personne qui compte le plus pour moi avec Isa, mais je ne suis pas amoureuse de toi. Je te vois transi à cause de Marion, et ça ne me fait même pas battre le cœur. Je suis juste triste pour toi.
— Tu avais un mec, il n'y a pas si longtemps ?
— Oui. On s'est éloignés il y a plusieurs mois. Il voyage trop et ça ne rimait plus à rien. On se voit de temps en temps, on recouche même ensemble, mais il n'y a pas de magie. Juste deux bons potes, et on se raconte nos vies de quadragénaires solitaires en attendant de faire une rencontre qui nous transportera. Bienvenue au club. Il reste du saké ?
— Presque plus, mais il y a du vin.
— D'accord.

Dimanche 7 octobre, sept heures

Martin se réveilla avec un léger mal de tête et seul dans son lit. Myriam avait pris un taxi vers minuit, en lui recommandant une fois de plus de ne pas passer à côté de son histoire.

C'était vrai qu'il se sentait triste, mais en y réfléchissant, moins déprimé que quand Marion l'avait quitté l'année précédente – lorsque lui l'avait trompée. Pourquoi ? se demanda-t-il, pour arriver à la conclusion que c'est la culpabilité qui faisait la différence. Serait-ce plus simple et plus commode d'être trompé que de tromper ? On ne se sent pas coupable, on est juste vexé, blessé, mais c'est l'autre qui porte tout le poids – quand il est pris la main dans le sac en tout cas. En fait, c'est une situation presque confortable. On n'a qu'à camper sur ses positions, c'est à l'autre de ramer.

Et il était trop vieux pour que son estime de soi subisse vraiment le contrecoup de cette mésaventure. Si, comme il le pensait, Marion avait couché avec un jeune collègue du journal – celui qui était monté dans sa voiture – cela renforçait sa conviction qu'ils n'avaient plus grand-chose à faire ensemble, quoi qu'en dise Myriam. Si Marion développait un tempérament de cougar, grand bien lui fasse. Il n'avait ni les moyens ni l'envie de se battre pour la récupérer.

Tout de même, se dit-il, elle ne m'a pas quitté, elle, quand elle m'a chopé l'année dernière. Elle est revenue. C'était costaud, courageux même. Mais elle a dû décider en même temps qu'elle me le ferait payer un jour. En tout cas c'est ce qui s'est produit.

C'est peut-être un pur hasard, une rencontre pas du tout préméditée. La différence avec l'année dernière, c'est que moi, je n'ai même pas eu le temps de lui mentir. Elle s'en est aperçue avant que j'aie pu inventer quoi que ce soit. Et le plus important pour moi, à l'époque, c'était qu'elle ne sache pas qui était la fille... Si elle avait découvert que c'était Jeannette, c'est là que ma vie serait vraiment devenue un enfer. On aurait sans doute fini par se séparer, donc on en serait au même point aujourd'hui. Avec la culpabilité en plus. Alors à quoi bon se prendre la tête ?

Il entendit Rodolphe gazouiller dans son lit et se leva.

Dimanche 7 octobre, huit heures et demie

Jeannette sortit du lit et regarda dehors. Le jour se levait et le ciel était dégagé. Elle avait fait des rêves agréables. Elle enfila un jogging. Elle allait courir un peu. Les filles dormaient encore.

Dehors, elle se sentit frissonner, mais l'air était déjà presque doux. Elle n'aurait pas longtemps froid.

Son téléphone sonna alors qu'elle n'avait pas couru plus de cinq cents mètres. C'était l'état-major. Elle était attendue.

Elle rentra chez elle, prit sa douche, et appela sa mère. Il n'était pas question qu'elle laisse les filles seules trop longtemps.

Quand elle voulut prendre sa voiture, une surprise l'attendait.

Aurélien se réveilla brusquement, avec un sentiment de perte irréparable. Il avait toujours son téléphone en main. Un téléphone qui était resté désespérément muet. Louise n'avait pas rappelé. C'était fini. Elle ne voulait plus de lui. Il avait tout gâché.

Il se leva et regarda dehors. Par delà les toits des pavillons du lotissement, une brume blanche montait des champs. Une belle journée s'annonçait. Une belle journée pour rien.

Il n'eut pas besoin de s'habiller, il n'avait pas ôté ses vêtements. Il enfila ses baskets et descendit. Il jeta un coup d'œil à l'horloge murale. Huit heures et demie. L'heure où Louise allait courir à travers les chemins… Elle ne pouvait pas casser comme ça. Il fallait qu'il lui parle.

Il sortit sans se faire remarquer, prit son vélo, et pédala comme un forcené vers le village de Louise.

Coup de bol, il arriva en vue de son portail alors qu'elle le refermait sur elle et entamait son périple. Elle lui tournait le dos et, comme il n'avait pas la moindre envie de commencer la discussion à portée de voix de chez elle, il lui laissa de l'avance. Il démarra dès qu'elle fut hors de vue, courbant instinctivement la tête quand il passa devant les fenêtres de la maison.

À la sortie du village, il vit la petite silhouette trotter au loin sur le chemin agricole, entre deux étendues labourées, et accéléra. De toute façon, il suffisait qu'elle se retourne pour le voir, et il calcula sa vitesse de façon à l'atteindre à l'orée du petit bois qui se profilait, cinq cents mètres plus loin.

Elle ne l'entendit pas avant les derniers mètres, et se retourna brusquement, avec une expression apeurée qui le surprit.

— Ah, c'est toi, dit-elle.
— Tu pensais que c'était qui ?
— Je ne sais pas... J'ai eu peur. Qu'est-ce que tu fais là ?
— Je voulais te parler.

Elle s'arrêta, se passa la main dans les cheveux et resserra sa queue de cheval. Ses joues et son front brillaient de sueur, jamais elle n'avait été aussi jolie.

— Ce n'est pas le moment, dit-elle.
— Pourquoi tu ne m'as pas appelé hier soir ?
— Tu veux dire de la maison, devant mon mari et mon fils ?

C'était de la mauvaise foi criante, elle n'aurait eu qu'à aller au fond du jardin, ou lui envoyer au moins un texto.

— Qu'est-ce qu'il se passe, Louise ?

Elle lui sourit soudain, et une partie de ses craintes s'envolèrent tant ce sourire était chaleureux.

— Tu as raison, il faut qu'on règle ça. Le frère de mon mari t'a vu, et il a dit à Pierre qu'il nous avait vus nous embrasser.
— Ce n'est pas possible !
— Non, mais il a touché juste. Et j'ai eu beau me défendre, Pierre ne m'a crue qu'à moitié. Et si jamais il a la bonne idée de faire comme toi et de me suivre...

Elle regarda au loin, vers la route. Une voiture passait, mais on ne distinguait que son toit, qui paraissait gris dans le lointain, et de toute façon elle passa sans ralentir.

— Qu'est-ce qu'on va faire alors ? dit Aurélien sur un ton plaintif qui le dégoûta lui-même.

Louise s'approcha et posa les deux mains sur ses épaules, levant le visage vers lui.

— On va arrêter pour le moment... Je suis désolée, mais c'est trop dangereux, et je ne suis pas prête à me séparer de mon mari. Et à me faire détester par mon fils. Si Pierre me vire, je ne saurais même pas où aller.

— Arrêter pour le moment ? ricana Aurélien. Ça ne veut rien dire, de s'arrêter pour le moment. Je suis amoureux de toi. Je t'aime.

Elle se haussa sur la pointe des pieds et l'embrassa sur la bouche.

— J'aime bien quand tu dis ça, j'espère que tu sauras toujours le dire aussi joliment.

Il recula.

— Tu ne m'aimes pas, dit-il.

— Bien sûr que si.

— Bien sûr que non.

Elle fronça les sourcils.

— Bon. Quelle est la solution ? On part ensemble tous les deux, c'est ça ? Avec quel argent ? On vivra où ? Et tes études ? Et quand les flics viendront me chercher pour détournement de mineur, on sera bien avancés, c'est vraiment ça que tu veux ?

— Putain, c'est trop con d'avoir seize ans et d'être amoureux d'une vieille ! hurla Aurélien.

Il sentait les larmes l'aveugler. Elle tenta de se rapprocher de lui, mais il la repoussa, ramassa son vélo, l'enfourcha et démarra comme un forcené, sans un regard en arrière.

16

Dimanche 7 octobre

Après avoir habillé son fils, et tout en commençant à installer les pirates et les palmiers sur l'île, Martin appela Laurette sur son portable. Il s'attendait à devoir laisser un message, mais elle décrocha à la première sonnerie.

— Une urgence, Martin ? dit-elle, reconnaissant son numéro.
— Oui. Enfin, si on peut dire... C'est au sujet du tueur de l'autobus. Je suis arrivé à une conclusion qui me fait peur. Je retourne ça dans ma tête depuis hier soir. Je me dis que je me trompe, et pourtant non, je suis presque sûr que j'ai raison, mais je suis incapable de vous expliquer pourquoi.
— Allez-y, je suis tout ouïe.
— Voilà. Je pense que le tueur n'a pas la rançon pour véritable objectif. Je pense que ses lettres sont mensongères. Même si on lui donne l'argent, il continuera à tuer. C'est ça qu'il a en tête.
— Vous disposez d'éléments nouveaux dont je n'ai pas connaissance ?
— Une deuxième lettre. C'est tout.
— Je peux la lire ?
— Je vous l'envoie par mail et je vous rappelle dans dix minutes.
— C'est moi qui vous rappelle.

Ce qu'elle fit, un quart d'heure plus tard. L'île des pirates commençait à avoir fière allure et Martin aurait déjà terminé si

Rodolphe n'avait pas voulu participer à la construction et au peuplement de la grosse flaque de plastique grisâtre.

— Je ne vois rien dans cette deuxième lettre qui permet d'être aussi pessimiste, dit-elle. Le discours est toujours aussi froid et rationnel.

— Comment définiriez-vous la personnalité du tueur, compte tenu des éléments que nous avons ?

— De fortes tendances à la paranoïa, un manque évident d'empathie… Manipulateur très certainement. La sexualité est la grande absente dans tout ce qu'il a écrit et fait. Et « Pas de signature est ma signature » n'est pas forcément la marque du narcissisme. Ça va avec l'allure discrète, la cagoule, et le « respectueusement ». Franchement, je trouve qu'il y a de la cohérence entre son discours et ses actes. Évidemment, il écrit tout en majuscules, mais on peut dire que c'est simplement pour donner du poids à ses mots. J'aurais donc tendance à croire que ce qu'il veut, c'est en effet ses deux millions. Ça vous rassure ?

— Oui et non, dit Martin. J'aurais espéré…

— Quoi ?

— Je ne sais pas. J'aurais aimé que vous mettiez le doigt sur le truc qui me gêne. Sur l'incohérence. Je sens qu'il y en a une, mais je n'arrive pas à voir où. Pourtant, je n'arrive pas à me dire que c'est moi qui ai tort. *Je suis sûr qu'il veut commettre un autre massacre, et qu'il se fout de l'argent.*

Il y eut un silence au téléphone, si long que Martin crut presque que la communication était coupée.

— Je ne suis pas flic, dit-elle enfin. Et j'aurais tendance à faire confiance à votre instinct. Même si vous n'arrivez pas à savoir pourquoi, il y a nécessairement une raison pour que vous éprouviez ce sentiment. Et le fait que je ne voie pas la même chose que vous peut signifier deux choses : soit je manque de discernement, ce qui est tout à fait possible, soit il me manque un élément que vous avez en votre possession, un élément dont vous n'avez pas conscience.

— Ça ne m'aide pas beaucoup. C'est bien aimable à vous de croire en moi, mais ça ne va pas m'aider à convaincre mes collègues.

— Je sais. Désolée. Mais n'hésitez pas à me rappeler si besoin est. Peut-être qu'en parlant vous arriverez à y voir plus clair. C'est la seule façon dont je peux vous aider. Pour le moment en tout cas.

Martin hésita à appeler Tureau. Après son entretien avec Laurette, il se sentait singulièrement démuni pour étayer sa conviction. Il décida de remettre l'appel à plus tard, le temps peut-être d'y voir un peu plus clair.

Le téléphone fixe sonna. C'était Marion. Elle avait l'intention de récupérer son fils dans l'heure.

— Si tu veux, dit-il, je ne bouge pas.

Elle arriva cinquante minutes plus tard. Martin avait déjà rangé les affaires du petit dans un sac, que Marion inspecta peu après être arrivée.

— Tu n'as pas vu son pantalon bleu ? dit-elle.

— Je crois que je l'ai mis au sale.

— Je préférerais que tu me le donnes, je risque d'en avoir besoin cette semaine.

— Ok, dit Martin.

Il alla lui chercher le pantalon taché.

— Il a adoré ça, jouer avec la terre, dit-il en revenant.

— Tu n'aurais pas un sac en plastique ?

Il lui trouva un sac. Ils restèrent ensuite quelques instants muets face à face, alors que Rodolphe continuait à jouer avec son bateau.

— Tu as l'air en forme, dit Martin pour dire quelque chose.

— J'ai perdu deux kilos. C'est au moins ça...

Elle sourit, mais Martin sentit que les larmes n'étaient pas loin. Il n'avait pas du tout envie qu'elle se mette à pleurer, et il détourna les yeux. Elle se reprit.

— L'enquête sur le tueur du bus avance ?
— Je n'en sais rien, je ne fais pas partie du groupe d'enquêteurs.

Elle rougit, se rendant compte qu'elle aurait mieux fait de se taire.

— Bon, eh bien, on va y aller, dit-elle en cherchant Rodolphe du regard. C'est quoi ces Playmobil ?
— C'est un cadeau de Myriam, dit Martin.
— Ah... C'est avec elle que tu étais hier soir ?
— Oui.
— Elle est venue te consoler, c'est ça ? Contre la méchante Marion ? Vous avez couché ensemble ?
— Tu ferais mieux d'y aller, dit Martin. J'ai du boulot.

Rodolphe n'était pas d'accord. Il voulait continuer à jouer avec ses pirates. Martin résolut le problème en fourrant l'île dans un grand sac.

— Mais je n'en veux pas, de ce truc, dit Marion.
— Parce que c'est Myriam qui l'a offert ?

Marion ne répondit pas, mais elle prit le sac.

Dimanche 7 octobre

Aurélien pédalait sans but. Il n'avait plus nulle part où aller. Il ne rentrerait pas chez lui, il n'irait plus au lycée. Il n'avait plus envie de vivre.

Il traversa la départementale sans regarder et une voiture dut freiner à mort pour éviter le bolide qui surgissait des champs.

Il continua à pédaler à perdre haleine, jusqu'à ce que le chemin s'arrête, barré par un taillis. Il se laissa tomber à terre, à bout de souffle. Au loin, tout au loin, on devinait les silos, et la flèche de l'église.

Vie de merde. Il se sentait floué, humilié, perdu, abandonné. Jamais plus il ne retomberait amoureux, c'était trop atroce. Puisque c'était comme ça, elle verrait. Et elle regretterait. Il allait mourir et, quand on le retrouverait, elle saurait que c'était par sa faute.

Il avait besoin d'une corde.

Il pensa un instant rentrer chez lui. Il y avait tout ce qu'il fallait dans le garage. Mais non, il ne fallait pas que ce soit sa mère qui tombe sur... le corps. Ce serait trop dur pour elle. Même si elle était souvent chiante, elle ne méritait pas ça. Pire, ça pourrait être sa sœur. Définitivement non. Il se débrouillerait autrement.

Il resta pensif dix longues minutes. Le calme retombait sur lui. Il était seul au monde. Un avion en route vers Roissy passa en plein zénith, à plusieurs kilomètres de distance. L'existence des passagers lui paraissait aussi abstraite que celle du reste de l'humanité. Il n'avait plus rien à faire ici-bas. La vie tout d'un coup paraissait simple. Il n'avait plus qu'un problème facile à résoudre : trouver une corde et une poutre où l'accrocher.

Il regarda autour de lui et il sut où aller.

Il remonta sur son vélo et repartit vers le village.

Au lieu de gagner le lotissement, il le contourna et se dirigea vers les champs qui s'étendaient à l'arrière des parcelles construites.

Personne ne venait jamais là. Les gosses et les ados préféraient traîner près des abribus ou au café, et comme lieu de promenade pour les citadins il y avait mieux.

Il posa son vélo contre le mur en parpaing d'un vaste garage agricole abandonné depuis des lustres et fit le tour du bâtiment pour trouver l'ouverture. Il jeta un coup d'œil entre les vantaux rouillés du portail.

Une chaîne pendait à une poutrelle IPN, mais il se souvenait avoir vu un rouleau de cordes huileuses quelque part près d'un tas de ferraille.

Il se coula par la fente et entra dans le garage. Le sol de ciment était maculé par endroits de traces humides, et des moucherons tournoyaient dans les rayons de soleil qui fusaient par les trous du toit de tôle délabré.

Contre le mur, à droite du portail, il y avait un tas de vieux sièges plus ou moins cassés, et des morceaux de cartons.

Le rouleau était bien là où il l'avait vu la dernière fois, des mois plus tôt, dans les restes effondrés d'une sorte de cabine en plâtre.

Les fibres de chanvre étaient tellement sèches et épaisses qu'il eut du mal à dérouler la corde. Il y en avait une dizaine de mètres. Il ne lui restait plus qu'à l'arrimer à la poutrelle, et à faire un nœud coulant.

Il lança l'extrémité le plus haut possible, mais elle frôla à peine la poutrelle à sept mètres au-dessus de lui, et retomba. Ça ne marcherait jamais comme ça.

Il chercha autour de lui quelque chose de suffisamment lourd, mais pas trop, pour lui servir de lest et faire passer la corde par-dessus la poutrelle. Pour accéder plus facilement à la poutre, il plaça un des sièges les moins bancals juste en dessous. À cet instant, il entendit une voiture approcher.

Peu après, le moteur se tut, une portière s'ouvrit, et des pas crissèrent sur le gravier devant le portail.

Le vélo ! pensa Aurélien, avant de se rappeler que l'inconnu ne pouvait le voir, car il l'avait posé contre le mur opposé.

Sans lâcher la corde, il se tassa derrière le petit mur de plâtre de la cabine à moitié détruite. La fente entre les deux vantaux s'élargit, une silhouette apparut. Dans le contrejour né de l'ouverture, il lui fut impossible de discerner les traits de l'homme qui venait d'entrer, apparemment habillé d'un jogging noir et d'un sweat à capuche.

La silhouette se dirigea en oblique vers un des murs du garage et resta en arrêt devant le siège qu'Aurélien avait bougé. Elle se tourna de part et d'autre, comme si elle sentait sa présence, et Aurélien retint son souffle, sans comprendre pourquoi il avait soudain si peur.

Mais l'inconnu parut rassuré, car il entreprit de ramasser les autres chaises et les disposa en trois rangées de six chaises. Il n'y en avait pas plus de dix-huit en tout. C'était un assortiment hétéroclite et bancal, mais il parut satisfait de son dispositif. Il sortit et revint avec des cartons vides et des cageots, qu'il disposa en trois voyages sur la plupart des chaises. Il ressortit à nouveau et revint cette fois avec un cageot plein de citrouilles, qu'il posa une à une sur les cartons.

À quoi cela rimait, Aurélien n'en avait pas la moindre idée.

À son dernier voyage, l'homme revint avec un sac de sport en bandoulière.

Il s'assit sur une chaise placée derrière les autres et se pencha sur son sac. Quelques instants plus tard, des détonations sèches retentirent, une odeur piquante de cordite emplit l'espace, alors que les citrouilles des premiers sièges tremblaient sur leurs cartons. Certaines éclataient, d'autres roulaient au sol.

L'homme se releva, passa à la rangée suivante et se remit à tirer avec son arme prolongée d'un silencieux, avant de passer à la dernière rangée.

Quand toutes les citrouilles furent détruites, il ressortit du garage.

Quand il revint, il n'avait plus d'arme ni de sac. Il mit les restes de citrouilles dans un des cageots, mais laissa les rangées de chaises disposées telles quelles. Il emporta le cageot, referma le portail et, peu de temps après, Aurélien entendit la voiture démarrer et s'éloigner.

Aurélien se précipita vers la sortie et eut juste le temps d'apercevoir la voiture avant qu'elle ne disparaisse. Un utilitaire blanc avec deux vitres à l'arrière et sur les flancs un logo marron et blanc qu'il connaissait bien. Il se sentit pris de vertige.

Les questions se bousculaient dans son esprit. À quoi avait-il assisté ? À la répétition d'un spectacle pour Halloween ? Quel genre de spectacle ? Non, c'était autre chose, de beaucoup plus secret et sinistre. Il avait oublié la corde, il avait oublié son dégoût de la vie, il fallait qu'il parle à quelqu'un à tout prix.

Il était dix heures moins le quart. Et son père qui l'attendait pour courir… Il regarda son portable. Pas de message. Il avait dû oublier sa promesse.

17

Dimanche 7 octobre, onze heures

Jeannette était attablée devant une montagne de courriers posée en tas au milieu de la grande table de réunion. Elle n'était pas seule. Il y avait une demi-douzaine d'autres collègues avec elle, dont elle connaissait certains.

Chacun piochait dans le tas à son rythme.

Ses filles, qu'elle voyait déjà trop peu, allaient passer la journée sans elle, elle les retrouverait dans le meilleur des cas au moment où elles se mettraient au lit, et sa mère venue à la rescousse lui dirait une fois de plus qu'elle ferait mieux de changer de métier.

En gros, il y avait trois sortes de courriers : les lettres de cinglés, les lettres de dénonciation plus ou moins fantaisistes qui méritaient d'être relues et leurs auteurs (quand ils n'étaient pas anonymes) joints, et les lettres de témoignage, plus fréquemment signées. Les lettres de dénonciation étaient celles qui dénonçaient nommément une personne, les lettres de témoignage étaient celles qui rapportaient un fait, mais sans citer nommément la personne visée. Par exemple : « J'ai vu un type cagoulé sortir du métro République lundi 1ᵉʳ octobre à 17 heures, avec un sac noir en bandoulière et entrer au MacDo. »

Ce genre de témoignage était classé dans un dossier et croisé quand c'était possible avec d'autres du même type. Les témoins étaient convoqués quand on arrivait à les joindre.

Pour les dénonciations, on vérifiait les antécédents de la personne dénoncée, et ceux du (de la) dénonciateur (trice) si c'était possible. Ces lettres allaient gonfler un autre dossier pris en charge, à mesure qu'il se remplissait, par un autre groupe de flics.

Tout en effectuant son tri, Jeannette pensait à la femme inconnue qui la persécutait. Elle fit une pause vers treize heures, appela ses filles puis son amant. Elle lui parla de ses pneus crevés. Il fut aussi consterné qu'elle, et toujours aussi incapable d'imaginer d'où venait l'attaque. Pour la première fois, elle éprouva de l'agacement contre lui, et cela la mit en colère : sa persécutrice était en train de marquer des points. D'ici que Jeannette et son amant se disent qu'en fin de compte le jeu n'en valait pas la chandelle... Non. Elle se promit qu'elle ne se laisserait pas avoir comme ça. Elle ne laisserait pas cette salope anonyme lui voler sa seule chance d'être heureuse. Elle ne put s'empêcher de sourire d'elle-même. La voilà qui devenait une vraie petite midinette.

Elle fit un détour par son bureau et consulta ses mails.

Elle lut la réponse à la question qu'elle avait posée vingt heures plus tôt, et cette réponse donnait un éclairage tragique et surprenant au meurtre d'Éloïse Picard, dite Ramonet.

Elle tenta d'appeler Olivier, qui ne répondit pas, et réussit à joindre Alice. La jeune femme n'avait pas encore été réquisitionnée pour lire le courrier, mais elle avait réservé son dimanche, sachant qu'elle pouvait être convoquée n'importe quand.

— J'ai besoin de toi. Trouve Olivier et ramenez-moi Mousseaux, dit Jeannette. Il y a du nouveau.

Ensuite, Jeannette se rendit à la permanence de l'Identité judiciaire et appela l'avocat de Mousseaux sur le chemin.

Elle ne réussit pas à le joindre.

Elle appela sa mère pour vérifier que le dépanneur avait pu passer. C'était le cas, et la note était salée. Les fillettes devraient attendre pour avoir des doudounes neuves, cet hiver.

Dimanche 7 octobre

Jeannette regardait le quinquagénaire assis devant elle. Il paraissait renfrogné. Alice était avec elle, Olivier était déjà reparti.

— Monsieur Mousseaux, attaqua-t-elle, ce n'est pas pour vous interroger que je vous ai fait venir, c'est pour vous apprendre quelque chose.

Il releva les yeux sur elle, vaguement intrigué malgré sa mauvaise humeur.

— Saviez-vous que votre locataire, Éloïse Ramonet, avait un autre nom ?

Il fit un signe de dénégation.

— Elle s'appelait en fait Éloïse Picard.

— Et c'est pour me dire ça que vous m'avez dérangé le dimanche chez moi ?

— Picard, c'est un nom que vous connaissez.

— ... Oui. Les surgelés, dit-il avec le sourire.

— Je veux dire personnellement.

— Non, je ne vois pas.

— Réfléchissez un peu.

Son visage se congestionna.

— Qu'est-ce que ça peut bien faire qu'elle s'appelle Picard ou Tartampion ? Comment est-ce que je pouvais le savoir, moi, qu'elle avait un autre nom ?

— Savez-vous qu'on a retrouvé de la drogue chez elle ?

— De la drogue ? Ah bon ? Il fallait que je le devine ? Je ne fouille pas chez mes locataires ! Je n'y suis pour rien, moi !

Il se leva.

— Vous le savez depuis le début, elle faisait du trafic et c'est moi que vous mettez en garde à vue ! Pourquoi vous n'allez pas chercher son assassin chez les gens avec qui elle dealait plutôt que de m'accuser !

— Asseyez-vous, Mousseaux, je n'ai pas terminé. Je vous rappelle que vous êtes toujours en garde à vue.

Il hésita et se rassit.

— Vous pouvez fouiller tant que vous voulez chez moi, je n'ai jamais touché à cette saloperie.

— Par contre, vous avez violé il y a plus de trente ans – en 81 – une jeune femme.

— C'est une vieille histoire, et j'ai eu un non-lieu ! hurla-t-il. Pourquoi vous me ressortez ça ?

— La jeune femme qui a porté plainte contre vous en 81 s'appelait Marthe Picard. Et vous le savez. Ou alors vous aviez oublié ?

Mousseaux ouvrit la bouche, mais aucun son ne sortit.

— Éloïse Picard, votre locataire, est née en 82. Marthe Picard était sa mère.

Elle sortit d'un tiroir le kit qu'elle avait récupéré à l'IJ.

— Nous allons faire une recherche sur l'ADN, monsieur Mousseaux. Et nous allons le comparer à celui de la victime, Éloïse Picard. S'il s'agit de votre fille, comme je le crois, nous le saurons très vite.

Il restait toujours muet. Elle enfila des gants en latex, prit le kit ADN qu'elle était allée chercher à l'IJ et en sortit un coton-tige et un tube.

Elle se pencha sur Mousseaux.

— Et si je refuse ? dit-il. Je veux en parler à mon avocat d'abord.

— Si vous voulez, mais ça ne fera que retarder les choses et le juge risque de mal le prendre. Vous serez mis à la disposition de la Justice et on vous fera une prise de sang.

Mousseaux hésita encore quelques instants, et ouvrit la bouche. Jeannette effectua le prélèvement et scella le tube.

— Votre fille est venue à Paris dans l'intention de découvrir qui était son père. Savait-elle que vous aviez violé sa mère ?

— ...

— Que s'est-il passé entre vous ?

Il secoua la tête.

— Monsieur Mousseaux, je vous parle. Éloïse vous a-t-elle dit qu'elle était votre fille ?

— Non !
— Je vous répète ma question, que s'est-il passé entre vous ?
— Rien ! Je la connaissais à peine. Bonjour bonsoir, c'est tout.
— Vous voulez me faire croire que cette jeune femme qui est venue à Paris louer un appartement dans *votre* immeuble n'avait rien à vous dire d'autre que bonjour-bonsoir ?

Il croisa les bras.

— Je n'ai rien de plus à vous dire. Je ne lui ai rien fait. Et d'ailleurs je suis sûr que ce n'est pas ma fille.
— Moi, je sais ce qui s'est passé, dit Jeannette. Cette jeune femme a voulu savoir qui vous étiez vraiment. Elle vous a parlé, elle a voulu comprendre. Mais vous, vous vous êtes dit que c'était une bonne affaire, qu'elle vous draguait, vous vous êtes introduit chez elle sous un prétexte quelconque, peut-être même à son invitation, et vous avez tenté de la violer.
— Non !
— Si. Et comme elle, contrairement aux autres, s'est vraiment défendue, parce qu'elle savait que c'était son père biologique qui cherchait à la violer, vous l'avez étranglée.
— Non !

Il avait perdu son calme. Il avait l'air traqué.

— À quoi ça rime, de nier ? dit Jeannette. Vous feriez mieux d'avouer, ça vous soulagerait.
— Je-ne-l'ai-pas-tuée. Je ne lui ai rien fait. Je ne l'ai même pas touchée. Je ne dirai plus rien sans mon avocat.

Jeannette fit un signe à Alice et les deux femmes sortirent dans le couloir.

— J'ai mal joué, dit Jeannette.
— C'est un des pires salopards que j'aie jamais vus, dit Alice. Même si ce n'est pas lui qui l'a tuée, il apprend que c'est probablement sa fille qui est morte assassinée, et il n'en a rien à foutre ! Quelle ordure ! Comment on peut être comme ça !
— Si, il a eu un choc, dit Jeannette. Mais il s'est déjà repris.
— Ça veut dire que c'est foutu ? dit Alice. Ce n'est pas parce que le résultat du test sera positif que ça prouvera qu'il l'a tuée...

— Non. Mais ça prouvera bien qu'elle n'était pas là par hasard, qu'elle était venue pour le voir, lui. Qu'il s'est certainement passé quelque chose entre eux, et donc qu'il a menti.

— Qu'est-ce qu'on fait, alors ?

Jeannette ne répondit pas, mais retourna dans le bureau. Mousseaux avait gardé les bras croisés, il la fixa d'un air de défi. Jeannette le fixa. Alice avait raison. Comment pouvait-on être comme ça ? Un homme normal aurait été bouleversé, même s'il était innocent. L'impassibilité de Mousseaux était l'aveu de sa culpabilité.

— Fin de la garde à vue. Vous pouvez rentrer chez vous, dit Jeannette.

Il se leva. Il oscilla un instant, comme s'il allait tomber. Ça y est, il va craquer, se dit-elle avec un sursaut d'espoir. Mais il se reprit et sortit. Elles entendirent son pas décroître dans le couloir.

Jeannette et Alice se regardèrent.

— Tu n'as plus besoin de moi ? demanda Alice.

— Non. Bonne fin de dimanche, je retourne à mon courrier.

— Ça va ? insista Alice. Tu as une petite mine.

— Rien ne va, dit Jeannette. En plus on m'a crevé les pneus de ma voiture cette nuit.

— Oh merde.

— C'est comme ça. Et je n'ai même pas encore eu le temps d'aller porter plainte.

18

Dimanche 7 octobre

Après avoir contemplé son frigo vide pendant quelques instants, Martin était sorti déjeuner. Il était retourné boulevard Henri-IV et s'était attablé face à la caserne de la Garde républicaine. Ce lieu l'attirait invinciblement. En buvant son café, il regardait à présent sans la voir la circulation du dimanche midi depuis la terrasse de la brasserie, pensant à sa dernière conversation avec Laurette. Il aurait voulu qu'elle soit là à côté de lui, pour voir ce qu'il voyait.

Ce qu'avait réalisé le tueur, c'était d'infliger un énorme camouflet à la face de l'Autorité publique. Tuer huit personnes en plein jour à deux pas de ce symbole que représente la Garde républicaine, presque sous le drapeau, ça ne pouvait pas être un hasard. Le risque de se faire prendre était loin d'être négligeable, même si l'attentat avait été soigneusement préparé et répété. Il y avait donc bien une intention provocatrice vis-à-vis de l'État, à la hauteur de ce risque.

J'ai enfin compris ce qui me dérange, se dit Martin. Comment concilier cette provocation dévastatrice et le ton respectueux et formel de la lettre ? C'est ça qui ne va pas. Dans la lettre, on ne sentait pas le moins du monde le sentiment de haine, de rage et de mépris qui devait habiter le tueur. Était-ce logique ? C'est de là que venait l'incohérence. Qu'avait-elle dit ? « Le discours est toujours aussi froid et rationnel. » Froid et rationnel… Un tueur froid et rationnel qui tue huit personnes devant la caserne de la Garde républicaine et qui s'en va tranquillement ? Était-ce possible ?

La lettre indiquait aussi que son auteur entendait minimiser les risques. Et ce n'était pas ce qu'il avait fait avec son massacre. Deuxième incohérence. C'étaient ces deux incohérences qu'il aurait dû soulever devant Laurette.
Il n'était pas trop tard. Il l'appela, mais elle ne répondit pas.

Dimanche 7 octobre, midi et demi

Aurélien avait fini par rentrer à la maison. Ses parents et sa sœur étaient là. Son père n'évoqua même pas leur rendez-vous du matin. Il était plongé dans un manuel de tactique antiguérilla qu'il avait trouvé dans une brocante deux semaines plus tôt.
Aurélien mit la table sans se faire prier. Il se força à avaler un peu de purée et quelques boulettes, pour ne pas s'attirer de remarque, et se leva de table dès qu'il put.
Il monta dans sa chambre et tapa sur son portable : « Louise, il faut que je te parle. Ça n'a rien à voir avec nous mais c'est TRÈS IMPORTANT. » Il envoya le SMS et attendit la réponse.
Il ne voyait personne d'autre vers qui se tourner. Sa mère ? Impossible. Cyprien ? Non, il aurait pris ça pour un jeu, ou il lui aurait dit de prévenir les flics. Justement, les flics... Non, il ne pouvait pas faire ça.
Pour tromper le temps, il fit ses devoirs, apprit la dernière leçon d'histoire, réussissant presque pendant une heure à oublier ses peurs. Mais le livre finit par lui tomber des mains.
Son regard se fixa sur le mur blanc et les défauts de peinture devinrent les reliefs et les vallées d'une planète étrangère.
Que faisait Louise ? Pourquoi ne l'appelait-elle pas ? Son mari était-il rentré ? Aurélien l'avait-il mise en danger en lui envoyant ce SMS ? Continuait-elle à se disputer avec son conjoint ? Si jamais il lui prenait son portable et examinait ses messages... Par son égoïsme et sa bêtise, il l'avait mise dans une sacrée merde. Pas tant avec ce message qu'avec les précédents, si elle les avait gardés... Tous ces messages... Mais tout cela n'avait peut-être

plus grande importance à côté de ce qui se profilait. Il pianota sur son portable, relisant les messages. Le problème, c'est qu'elle ne répondait presque jamais.

Il sortit et reprit son vélo. Il pédala pendant quelques centaines de mètres, et s'arrêta à l'écart du village, derrière le cimetière, guettant la sonnerie qui le libérerait.

Son portable sonna enfin à quatorze heures. Juste une sonnerie. Il savait ce que cela voulait dire. Leur lieu de rendez-vous en cas d'urgence. En haut de la rue de la Colline dans vingt minutes. Une vague de soulagement le submergea. Elle lui avait répondu. Il pouvait enfin respirer.

La rue de la Colline était une impasse en pente qui se transformait en chemin étroit et caillasseux, peu emprunté, et serpentait jusqu'au plateau qui bordait la nationale. De chez elle, elle pouvait y grimper en quelques minutes, en passant par le jardin, sans se faire remarquer.

Quatorze heures

Il attendait depuis dix minutes, mais elle arriva à l'heure, et, en le voyant, elle le regarda avec une méfiance qui le fit sombrer à nouveau dans le plus noir pessimisme.

Elle portait un blouson, une casquette de base-ball, et un jean, peut-être pour qu'on la prenne de loin pour un ado, mais de près elle était aussi attirante qu'en robe légère et jambes nues. Elle lui sourit en le rejoignant.

— Si c'est une ruse pour me faire venir, ce n'est pas malin, dit-elle, et en même temps il comprit à son ton qu'elle ne lui en voudrait pas tant que ça.

— Je te jure, je préférerais que ce soit une ruse.

Sa gorge se bloqua. Il n'arrivait plus à enchaîner. Elle perdit son sourire.

— Qu'est-ce qu'il se passe, Aurélien ?

— Tout à l'heure, quand on s'est quittés, je suis allé me balader... Et je suis entré dans une vieille grange derrière Théméricourt.
— Qu'est-ce que tu faisais là ?
— Je me promenais, c'est tout... et j'ai vu un truc plus que bizarre.

Elle se rendait compte qu'il ne lui disait pas toute la vérité, mais n'insista pas – pour le moment.
— Qu'est-ce que tu as vu ?

Il lui raconta la scène à laquelle il avait assisté, et les yeux de Louise s'étrécirent à mesure qu'il parlait. Quand il se tut, elle resta silencieuse un moment elle aussi.
— Bon... Tu ne veux pas me dire pourquoi tu es entré dans cette grange, d'abord ? D'après ta description, elle est à moitié en ruine, c'est dangereux.
— Comme ça, je te dis, ce n'est pas ça l'important.
— Moi, je crois que c'est important, même si tu ne veux pas l'avouer.
— Non, je t'assure que non.
— Bon. Tu as vu un type qui a mis des citrouilles sur des sièges et qui a tiré dedans. C'est peut-être un dingue.
— Un dingue qui avait un pistolet automatique. Ce n'était pas un jouet. C'est en fait un pistolet-mitrailleur, un Ingram M10. Une arme de guerre ou de terroriste. N'importe qui ne peut pas se procurer ce genre d'arme. Qu'est-ce que je dois faire à ton avis ?
— Je ne sais pas. Sans doute appeler les flics.

Il la regarda en silence.
— Il y a un autre truc que tu ne m'as pas dit ?
— Quand le type est parti, j'ai entendu sa voiture et je suis allé jusqu'à la porte pour voir...
— Et alors ?
— Il conduisait un utilitaire blanc, j'ai reconnu le logo sur le flanc. C'était le logo des pains Bruner.

Elle comprit aussitôt.
— Tu veux dire...

— Oui. J'ai peur que ce type soit mon père.
— Si c'était ton père, tu l'aurais reconnu dans la grange, non ?
— Non, pas forcément, il était habillé tout en noir avec une capuche... Il fait plutôt sombre dans cette grange et il était à contre-jour. L'homme était de taille moyenne, comme lui.
— Pourquoi veux-tu que ce soit ton père ? Ils sont quand même plusieurs centaines à travailler là-bas, chez Bruner.
— Et à avoir accès aux voitures de la boîte ? Et à savoir se servir d'un pistolet-mitrailleur ?
— Il en possède un ?
— Non, je ne crois pas. En fait je n'en sais rien. Il a deux cantines en fer dans le grenier et je n'ai pas le droit d'y toucher. C'est des trucs qu'il garde de l'armée, ses uniformes, des souvenirs, ce genre de choses. S'il a une arme, elle est là. Enfin je crois.
— Tu devrais peut-être aller y jeter un coup d'œil. Comme ça au moins tu saurais.
— C'est fermé avec des gros cadenas à combinaison.
— Quatre chiffres ?
— Je ne sais pas.
— Probablement. Fais une liste. Ta date de naissance. Celle de ta sœur. Celle de ton père, de ta mère. À l'endroit et à l'envers... Les années ou les jours et les mois. Il y a neuf chances sur dix que tu trouves comme ça.
— Je n'ai pas envie d'espionner mon père.
— Tu m'as demandé conseil, je te dis ce que je pense.
— Et si c'était plutôt ton beau-frère ?
— Ce crétin ? Non.
— C'est un ancien militaire, non ? Peut-être qu'il sait où trouver des armes, lui. Ce genre d'arme ?
Elle bâilla.
— Peut-être mais ça m'étonnerait. Il va falloir que j'y aille, maintenant, j'ai suffisamment de problèmes de mon côté.
— Tu ne veux pas m'en parler ? Si je peux t'aider...
Elle hésita un instant.
— Tu es gentil... Mais non. C'est à moi de me débrouiller.

Elle lui caressa doucement la joue.

— À plus tard.

— Attends ! dit Aurélien en la retenant par le poignet.

— Il faut vraiment que j'y aille, dit-elle en le repoussant doucement.

— Je sais. Mais c'est juste que… Il y a encore un truc que je ne t'ai pas dit.

— Quoi ?

— Tu es au courant pour l'attentat, à Paris, dans le bus ?

— Oui, comme tout le monde. Pourquoi ?

— Tu as appris la façon dont le tueur a descendu tous ces gens qui lui tournaient le dos… ?

— Je n'ai pas vu les détails.

— Il était derrière eux et il leur a tous tiré une balle dans la nuque, l'un après l'autre. C'est exactement ce que le type a fait dans la grange. Il a disposé les sièges en rangs et s'est posté derrière et il a tiré dans les citrouilles l'une après l'autre.

— Peut-être qu'il a voulu refaire ce que le tueur a fait dans le bus, un peu comme les crétins qui jouent au paint-ball. Il s'est pris pour un grand tueur de citrouilles.

— … Peut-être. Mais ce n'était pas de la peinture. C'étaient des vraies balles. Après, j'ai regardé par terre, il n'y avait pas de douilles, et il ne les avait pas ramassées. Ça veut dire qu'il avait fabriqué une pochette pour les recueillir à la sortie de la culasse… Ça fait vraiment pro. C'est quand même bizarre, non, de prendre autant de précautions ?

— Les gens font des choses bizarres. Je m'envoie bien en l'air avec un garçon qui a l'âge de mon fils. Ça aussi c'est bizarre, non ?

Elle atténua son sarcasme en se haussant sur la pointe des pieds et en l'embrassant au coin de la bouche.

— Je vais réfléchir à ton histoire. Maintenant il faut vraiment que j'y aille.

— Louise !

Elle lui sourit, et répondit à la question qu'il n'avait pas osé poser.

— Oui, je t'envoie un SMS dès que je peux. Et on essaie de se voir. À condition que tu te tiennes tranquille d'ici là.

Elle repartit d'un bon pas. Il regarda la fine silhouette disparaître en bas de la pente. Malgré sa tenue, elle ne pouvait cacher le balancement de ses jolies fesses. Il avait tellement envie d'elle que ça lui faisait mal.

Dimanche 7 octobre, vingt heures

Jeannette appela son amant pendant que ses filles dînaient. Elle était harassée, mais elle aurait bien aimé le voir. Il n'était pas libre, lui aussi s'occupait de ses enfants, mais elle sentit à sa voix qu'il regrettait aussi de ne pouvoir la rejoindre. Ils se promirent de se rappeler plus tard dans la soirée.

Dimanche 7 octobre, vingt-trois heures trente

Mousseaux entendit frapper à sa porte. Il avait pas mal bu, ce qui n'était pas dans ses habitudes, et il se releva du fauteuil dans lequel il était affalé pour aller ouvrir. Sa marche n'était pas assurée. Il était saoul, mais cela n'avait pas pour autant fait disparaître les images et les sons qui tournoyaient dans sa tête. Il buta dans une bouteille vide qui alla rouler plus loin. Et merde. Les pensées sur lesquelles il s'était endormi remontèrent à la surface, le temps qu'il aille ouvrir.

Salauds de flics ! Prêts à inventer n'importe quoi pour le piéger.

Et si la morte était vraiment sa fille ? Non, si cela avait été le cas, elle le lui aurait dit, craché au visage ! C'était une combine des flics, c'était évident. Mais si c'était quand même vrai ? Putain... Elle l'avait allumé, elle l'avait provoqué, il avait réagi comme tout homme normal devant une salope qui vous cherche, mais tout à coup elle avait changé du tout au tout... Elle s'était mise à l'insulter, à le frapper... Il avait quand même le droit de se défendre ! Mais elle n'arrêtait pas, une vraie furie... Il avait vu rouge et s'était énervé, comme tout homme normal l'aurait fait. Et maintenant, c'est lui qui était sur la sellette. La vie était injuste.

— Qui est-ce ? demanda-t-il à travers la porte.

— La police, répondit une voix de femme. Ouvrez, monsieur Mousseaux.

Ça ne finirait donc jamais ? Il tira le verrou et ouvrit. Il prit la balle de neuf millimètres entre ses deux gros sourcils et tomba à la renverse, mort, avant de toucher le sol.

Dimanche 7 octobre – lundi 8 octobre

Cette nuit-là, Martin rêva qu'on l'accusait d'avoir tué Marion dans le bus. Il avait beau protester, personne ne le croyait. Même lui finissait par avoir des doutes.

19

Lundi 8 octobre, huit heures

Jeannette avait l'intention d'accompagner ses filles à l'école avant de partir au travail. Devant la maison, sa voiture avait disparu. Un instant, elle crut s'être trompée, et regarda plus loin. Non. Elle n'était pas là. On l'avait volée. La veille, les pneus crevés… Une fortune pour les faire réparer… Et maintenant, ça ! Elle sentit une colère folle monter en elle. Elle la réprima et accompagna les filles à l'arrêt de bus. Elles étaient également furieuses et avaient peur d'arriver en retard. Jeannette les rassura en leur disant qu'elle allait appeler la CPE pour expliquer ce qui s'était passé.
Elle l'appela dans le bus, et descendit à l'arrêt d'après l'école. Elle ne décolérait pas.
Ça ne s'arrêterait donc jamais ? C'était trop injuste. Elle ne faisait de mal à personne. Elle avait le droit qu'on lui fiche la paix.
Comment allait-elle faire demain pour les courses, pour rentrer chez elle… Ne pas avoir de voiture en banlieue était un handicap quasiment insurmontable.
Elle aurait dû appeler l'assurance. Elle avait droit à une assistance gratuite en cas de panne. Et pour un vol… ? Elle appela le numéro de dépannage qui accompagnait sa carte d'assurance et entama le dialogue obligatoire avec la boîte vocale de son assureur, par touches interposées.
Elle appela la gendarmerie du canton pour signaler le vol, mais tomba sur un répondeur. Tant pis, elle rappellerait plus tard.

Martin était à son bureau à huit heures et demie du matin, avec pour seuls échos de son rêve, le sentiment de colère qu'il avait éprouvé contre tout le monde, y compris Marion.

À présent, il n'avait plus qu'un but. Coincer le tueur. Sa vie se résumait à ça. Et après, quand il l'aurait arrêté – s'il y arrivait – il serait toujours temps de s'occuper de sa vie, et de l'avenir de sa relation avec sa compagne. Chaque fois qu'il pensait à elle, il se disait : après, pas maintenant. C'était une attitude de fuite, et il en était conscient, mais en même temps, l'argument se tenait : que valaient ses petits problèmes personnels à côté du risque que le tueur récidive ?

Il y avait un autre problème à prendre en considération : la gestion du quotidien du groupe. Il se plongea dans les P.V. d'audition de Mousseaux et les fax reçus par Jeannette. Ce salaud a étranglé et tenté de violer sa propre fille, se dit-il en conclusion, et il n'a même pas le courage de le reconnaître.

Olivier avait à son tour été réquisitionné, et Martin resta seul dans son bureau jusqu'à dix heures, cherchant un plan d'attaque pour coincer Mousseaux, tout en continuant à réfléchir à l'attentat du bus.

Logiquement, le tueur devait se manifester par un nouveau courrier dans les heures à venir.

La copie scannée de la lettre arriva sur le mail de Martin à dix heures et quart, avec ce seul commentaire de Tureau : « Quelque chose à dire ? »

MONSIEUR LE DIRECTEUR DE CABINET DU MINISTRE DE LA DÉFENSE,

VOICI MA TROISIÈME ET AVANT-DERNIÈRE LETTRE.

LES DIX SACS CONTENANT CHACUN DEUX MILLIONS D'EUROS EN COUPURES DE VINGT ET DE CINQUANTE DEVRONT ÊTRE PRÊTS AVANT LE 09 OCTOBRE MINUIT, SOIT EN TOUT VINGT MILLIONS D'EUROS.

UN PROCHAIN COURRIER VOUS SERA ADRESSÉ POUR PRÉCISER LA DATE ET LES LIEUX DE DÉPÔT.

POUR LES RECOMMANDATIONS PARTICULIÈRES, LES GARANTIES, ET LES SANCTIONS EN CAS DE NON-RESPECT, VOIR PREMIÈRE ET DEUXIÈME LETTRES.
RESPECTUEUSEMENT
PAS DE SIGNATURE EST MA SIGNATURE.

Martin lut la lettre trois fois.
Puis il appela Tureau. Ils ne s'éternisèrent pas au téléphone, mais elle le rejoignit à la pause de midi, dans un café un peu excentré, où ils risquaient moins de tomber sur des collègues.

— Il fait durer le suspense, dit-il.

— Plus il nous communique les lieux tardivement, plus ce sera compliqué de prévoir une surveillance. Une des dernières hypothèses en date est que le tueur est peut-être un des nôtres. Ou qu'il a un espion dans la maison. Même si ce n'est qu'une probabilité, on ne peut pas l'écarter. Et le problème, s'il est militaire ou flic, c'est qu'il va savoir où on se planque. Il peut très bien avoir déjà installé dans ces différents lieux des microcaméras reliées à un scanner et surveiller tout ce qui s'y passe, plus particulièrement bien sûr à l'endroit où il aura décidé de prendre le sac. Et même si lui ne nous repère pas et que nous on le repère, on ne peut pas prendre le risque de le serrer. Il a préparé le terrain, pas nous, et il y a une bonne chance qu'il s'échappe, avec les conséquences que tu imagines. Sans compter qu'il peut avoir un complice. Ou plusieurs.

— Pour moi, c'est un solitaire, je te l'ai déjà dit, et il n'y a personne d'autre dans le coup.

— Tu es prêt à risquer la vie de dix personnes sur cette conviction ? On ne peut même pas prendre le risque de laisser un fourgon de police-secours ou un hélicoptère de la sécurité civile dehors à moins de deux kilomètres des dix points de rendez-vous. Il va falloir interrompre toutes les opérations de police entre sept heures et dix heures dans ce rayon de deux kilomètres. Impossible de tricher. Voilà, conclut-elle en se levant. On a moins de vingt-quatre heures pour trouver ce gars avant qu'il disparaisse définitivement dans la nature avec ses deux millions. Donc pour le moment on va continuer à dépouiller les dossiers militaires. Et à compter le pognon dans les sous-sols de la Banque de France au cas où. Tu ne dis rien. Qu'est-ce que tu as en tête, Martin ?

— Tu ne vas pas être contente.

— Dis toujours.

— J'ai changé d'avis. Ces lettres sont un leurre. Il veut un autre massacre.

— Tu sais quelque chose que j'ignore ?

— Non, je suis retourné boulevard Henri-IV. Ce type a exécuté huit personnes devant le siège de la Garde républicaine. Il a pris un risque considérable pour montrer dans quel mépris il tient l'État et ses symboles. Ça ne colle pas avec ses lettres rationnelles et respectueuses. Ces lettres, pour moi, c'est de la poudre aux yeux. Il veut acculer l'État à la défaite et à l'humiliation. Ça va recommencer. Quoi qu'il arrive.

— Et même si c'est le cas ? Qu'est-ce qu'on peut faire ?

— Je ne sais pas.

— Tu proposerais quoi ?

Martin prit son temps pour répondre :

— Son mobile, c'est la haine, la vengeance, la volonté de détruire. Ce qu'il faudrait, c'est une liste de tous les mecs qui ont été virés de la gendarmerie, de l'armée ou de la police ces dernières années, pour quelque raison que ce soit... Avec une préférence pour l'armée et la gendarmerie, mais aussi pour les brigades d'intervention de la police, genre Raid, BRI. Mettons les dix dernières années. Il ne doit pas y en avoir tant que ça.

Elle hocha la tête, en réfléchissant.

— Merci pour ta contribution, Martin. Salut.

Lundi 8 octobre, huit heures et demie

Le prof d'EPS était absent depuis deux semaines et Aurélien ne commençait pas ses cours avant dix heures et demie.

Son père travaillait de jour. Sa mère était partie au bureau. Sa sœur était à l'école. Et il s'était débarrassé de Cyprien.

La veille au soir, il n'avait pu s'empêcher de scruter son père à la dérobée, pendant le dîner, et plus tard devant les infos à la télé, ne cessant de se demander si c'était lui qui était venu mitrailler des citrouilles dans la grange.

— Tu as quelque chose à me dire ? finit par demander celui-ci.

Aurélien rougit.

— Non, rien.

L'homme le fixa, dubitatif. À quoi pensait-il ? C'était drôle de se poser cette question face à son père. Si c'était vraiment son père le meurtrier. C'était complètement fou. Et pourtant... Il connaissait la plupart des armes et des munitions existantes, il avait déjà tiré sur des gens dans le cadre de ses missions, il avait la pratique des interventions de commando. Il suffisait de voir de quelle façon il avait débarrassé son fils de l'inconnu qui l'avait agressé. Il était techniquement capable d'exécuter un tel massacre, plus que quiconque. Mais c'était son père. Celui qui l'avait aidé à faire ses devoirs de maths quand il était en primaire, celui qui réparait son vélo, celui qui voulait courir avec lui le dimanche et avait assez d'intelligence et d'intuition pour deviner au moins partiellement le grand secret de son fils et le garder pour lui. En même temps, s'il avait commis cet acte terrible, il avait peut-être de bonnes raisons. Peut-être que les huit victimes n'étaient pas si innocentes. Peut-être que c'étaient des terroristes.

Aux infos, le commentateur ne parla de l'attentat que pour annoncer que l'enquête piétinait.

Le père d'Aurélien ne fit aucun commentaire. Il ne commentait jamais les enquêtes, les interventions, ni les bavures de ses ex-collègues. Pas plus qu'il ne parlait du passé.

Après les infos, Aurélien était monté faire ses devoirs, et avait posé son portable à côté de lui, attendant sans y croire un message de Louise.

Vingt et une heures... C'était un moment où elle pouvait se libérer, aller fumer une cigarette dans le jardin pendant que son mari regardait la télé, mais rien ne vint. Qu'est-ce que je serais prêt à donner pour la retrouver cette nuit ? se demanda Aurélien. Tout, je crois. Rien d'autre ne compte pour moi. Sans elle, ma vie est vide, elle ne vaut rien. Il n'y a aucun équilibre, aucune symétrie dans notre relation. Pour elle... Je compte moins que son mari, moins que Cyprien, moins que sa maison, et encore heureux qu'elle n'ait pas de chien. J'arrive bon dernier, tout en queue de peloton. Peut-être juste avant sa bagnole ou ses prochaines vacances, mais ce n'est même pas sûr. Il faudrait que je lui demande : tu préfères me quitter ou qu'on te vole ta voiture ? Non, j'aurais trop peur de la réponse. Je ne suis pas essentiel. Juste une distraction de jeune femme au chômage qui s'ennuie et que son mari baise mal — ou plus assez. Mes avantages par rapport à un sex-toy ? La chair, c'est quand même mieux que le plastique. Et par rapport à un amant de son âge ? Je suis plus facile à convoquer ou à virer selon son humeur.

Quand il en eut assez de se faire mal, il eut envie de lui envoyer ces trois mots : « Je t'aime ». Mais c'était stupide — et dangereux pour elle. C'était infantile et elle risquait de lui en vouloir ; après l'embellie de cet après-midi, il n'avait pas envie de la mettre à nouveau en rogne.

La maison était enfin à lui, mais il attendit jusqu'à neuf heures moins le quart pour monter au grenier, avec la liste que Louise lui avait conseillé d'écrire, et un stylo. Cette liste comptait une trentaine de combinaisons de quatre chiffres. Il fit tourner les molettes du premier cadenas pendant cinq bonnes minutes sans réussir à le débloquer. Même chose pour l'autre cadenas.

Son père n'avait utilisé aucune date de naissance connue d'Aurélien, ni à l'endroit, ni à l'envers. Quatre chiffres... Le nombre de combinaisons possibles devait dépasser le million, peut-être même les dix millions... Il souffla, découragé.

Puis regarda à l'arrière de la cantine, les charnières du couvercle. Elles étaient soudées, aucun moyen de les démonter, à moins d'utiliser une scie à métaux.

En refermant la porte du placard, il se dit que si son père était vraiment astucieux – et il l'était, même s'il avait dû abandonner sa carrière pour devenir vigile chez Bruner – il ne cacherait pas des armes de guerre dans un endroit aussi évident, à la portée de la moindre perquisition. Non, il les enterrerait quelque part, dans une planque inviolable et insoupçonnable, et hors de chez lui. Où ? Les cachettes ne manquaient pas dans les environs, mais Aurélien se dit qu'à sa place il dissimulerait les armes quelque part dans l'usine où il travaillait. Avec le poste qu'il occupait, il devait toujours avoir une bonne raison de se trouver n'importe où dans l'usine. Et vu la taille de l'entreprise, il y avait une infinité de planques possibles... Et les vêtements ? Ce sweat noir et ce pantalon noir qu'il ne lui connaissait pas ? À présent, ils devaient se trouver dans le sac de sport en compagnie du pistolet-mitrailleur. Aurélien prit conscience qu'il avait accepté, sans même essayer véritablement de la remettre en cause, l'idée que son père pouvait être responsable de la tuerie. Il ne s'était même pas demandé pour quelle raison cet homme qui avait un sale caractère mais ne lui avait jamais fait aucun mal, cet homme qui l'aimait, aurait commis un acte aussi monstrueux. On ne tue pas huit personnes innocentes pour rien ! Il devait bien y avoir une raison. Et pas n'importe quelle raison. Le fric ? Une vengeance ? Un message politique ? Son père avait l'air de détester le monde entier, mais de là à tuer des innocents dans un bus... Il ne l'avait jamais vu porter la main sur sa mère, sur lui-même ou sur sa sœur, et il avait fallu qu'il se fasse agresser pour voir son père agir de façon violente – dans le seul but de protéger son fils.

Et même si l'argent était son mobile – le mobile du tueur, que celui-ci fût son père ou non – comment la tuerie pourrait-elle lui rapporter de l'argent ? La réponse fusa : par la menace de tuer encore.

Aurélien se sentit blêmir. C'est à ça qu'il venait d'assister. À la préparation du prochain attentat. Encore un bus ? Il devait prévenir les flics ! Mais si le tueur était vraiment son père, pouvait-il le dénoncer ?

Il se prit la tête entre les mains. C'était à devenir dingue. Il aurait tellement aimé pouvoir parler à quelqu'un. À Louise. Il prit son portable et ses doigts appuyèrent d'eux-mêmes sur les touches sans qu'il pût les en empêcher.

20

Lundi 8 octobre, neuf heures

Jeannette essaya d'appeler à nouveau la gendarmerie, et cette fois encore tomba sur un répondeur qui ne prenait pas de message.

Elle appela son amant pendant la pause. Elle ne lui parla pas longtemps, mais le fait d'entendre sa voix lui rendit le sourire, et lui fit presque oublier que Mousseaux assassin de sa fille allait sans doute s'en tirer, et que si elle ne retrouvait pas sa voiture elle n'aurait jamais les moyens de s'en racheter une autre avant longtemps, même en comptant le remboursement de l'assurance.

Ils décidèrent de se retrouver à midi et demi et de manger ensemble chez Ryad et Gabi, le restaurant libanais de la rue Saint-André-des-Arts. Avec un peu de chance, ils trouveraient une place au fond de la salle étroite.

Le dépouillement du courrier lui paraissait de plus en plus une tâche absurde, qui ne faisait qu'exprimer l'impuissance de la police.

Il n'y avait rien à quoi se raccrocher.

Martin fut convoqué à dix heures par la sous-directrice de la PJ, Évelyne Dandelieu, directrice par intérim. Le patron de la Brigade criminelle était également là. Le patron de l'IGS. Et Tureau. Vienne et Mesnard brillaient par leur absence.

Martin connaissait la sous-directrice, ils avaient même collaboré une fois, du temps où elle était simple commissaire et dirigeait un groupe, comme lui. C'était une très petite femme aux cheveux poivre et sel coupés à la garçonne, à la mâchoire énergique et au teint gris de grande fumeuse. Elle était passée par un Office central avant de revenir à la PJ. Martin et elle n'étaient pas amis mais pas ennemis non plus. Entre eux, il n'y avait ni rivalité ni cadavre dans le placard. Elle s'éclaircit la gorge avant de parler :

— Je préférerais évidemment que l'auteur de ce massacre n'ait jamais appartenu à notre administration, mais malheureusement, il n'est pas possible de ne pas tenir compte de ton hypothèse. Tu pensais à quelqu'un en particulier ?

— Non, dit Martin. C'est une déduction basée sur l'ensemble des faits qui ont été portés à ma connaissance. Je ne soupçonne personne. Je n'en veux à personne.

— Tu peux nous exposer ton analyse ?

Martin s'exécuta. Ils l'écoutèrent sans l'interrompre.

— Bon, conclut Dandelieu. Pour moi, c'est moins évident que pour toi. Mais au moins ton hypothèse a le mérite de restreindre considérablement la liste des suspects potentiels.

Elle se tourna vers le patron de l'IGS.

— Tu en penses quoi ?

— On a déjà commencé à faire une liste.

Il y eut un ricanement vite étouffé.

— Je vous en prie ! dit Dandelieu sèchement.

Le patron de l'IGS reprit après s'être raclé la gorge.

— On a soixante-deux fonctionnaires et ex-fonctionnaires de la police nationale qui ont été révoqués, dit-il. Quarante dans la gendarmerie et cinquante-quatre dans le reste de l'armée de terre. Mais ces chiffres peuvent évoluer, pour la marine et l'armée de l'air on attend encore des éléments. Et la DGSE et de la DCRI n'ont rien communiqué pour le moment.

— Il y a autre chose, ajouta Martin. Pour moi les lettres sont un leurre. Si on n'arrête pas ce salopard, il va recommencer à tuer. Qu'on lui donne l'argent ou pas.

Un silence consterné accueillit cette dernière déclaration. Et puis les trois chefs se mirent à parler en même temps.

La sous-directrice finit par taper du plat de la main sur son bureau.

— C'est bon, dit-elle. Une cellule va enquêter en priorité sur la liste de noms. Martin, Tureau, vous organisez cette cellule. Reignier, dit-elle en se tournant vers le patron de l'IGS, tu ramèneras de la rue Hénard ton meilleur gars pour compléter la cellule.

— Devillers, dit Martin sans s'embarrasser de diplomatie. Ou Raoult.

Dandelieu le regarda avec un mélange de scepticisme et d'étonnement, alors que sur la tempe de Reignier une grosse veine se mettait à battre.

— Je ne veux pas empiéter sur tes prérogatives, dit Martin, mais je connais Devillers et Raoult et j'ai confiance en eux. Il n'est toujours pas exclu que le tueur soit un flic ou un gendarme en exercice. Ou qu'il ait un complice quelque part chez nous. Y compris à l'IGS.

Un nouveau silence consterné accueillit son propos. Dandelieu se racla la gorge.

— Martin a soulevé un point, dit-elle.

— Va pour Devillers, dit Reignier. Il revient de congé, il n'est sur aucun dossier urgent.

La tension retomba.

— L'idéal, ce serait qu'on ait un gendarme pour faire le quatrième, dit Tureau. On ne peut pas ne pas les impliquer dans notre groupe si on veut enquêter sur eux efficacement.

— D'accord à cent pour cent, dit Martin.

— Oui, ce serait bien, conclut Dandelieu. Je vais voir ce que je peux faire. Mais ça risque d'être un peu plus compliqué. Ça devra passer par la direction de la DGPN. Mais après tout, on a le même directeur, au moins que ça serve à quelque chose.

— Et Vienne et Mesnard, je les rattache à ce nouveau groupe ou ils continuent de leur côté ? demanda Roussel, le patron de la Brigade criminelle.

— Qu'ils continuent à creuser leurs propres pistes de leur côté, dit Dandelieu. Si la liste de Martin et Tureau ne donne rien, on sera bien contents de ne pas repartir de zéro.

C'était de la bonne politique, mais les connaissant, Martin savait que les deux hommes seraient furieux en voyant la pointe de l'enquête leur échapper. D'un autre côté, leurs recherches piétinaient depuis une semaine, et ils ne pouvaient pas s'attendre à autre chose.

— Je voudrais récupérer aussi ma deuxième de groupe, Jeannette Beaurepaire, dit Martin. On a quelques heures pour trouver notre bonhomme avant l'échéance de la lettre. On ne sera pas de trop.

— Moi pareil, dit Tureau.

Lundi 8 octobre

Tureau, Martin et le nouveau venu de l'IGS, le commandant Devillers, se réunirent une heure plus tard avec Tureau dans son bureau.

Des employés des Télécoms vinrent installer des postes de téléphone supplémentaires, et mirent une bonne heure à les faire fonctionner.

Une capitaine de gendarmerie détachée par la direction les rejoignit peu après.

Martin se dit que Dandelieu avait dû remuer ciel et terre pour obtenir ce résultat avec une telle célérité.

La jeune femme se présenta sous le nom de Gaëlle Le Bihan, sous-chef de service à la sous-direction administrative et financière de la Gendarmerie nationale. Elle était en civil et avait les yeux les plus bleus que Martin ait jamais vus. Il lui souhaita la bienvenue.

Mais ses deux collègues de la cellule paraissaient perplexes. Tureau s'éclaircit la gorge.

— Vous êtes sûre que vous êtes la mieux placée pour nous parler de vos ex-collègues ? demanda-t-elle.

— Ma mission est de vous aider à compléter une liste de gendarmes qui ont été exclus des rangs depuis dix ans. Je me trompe ? dit la jeune femme.

— La liste, c'est très bien, mais on aurait besoin de renseignements plus personnels, dit Martin. Le maximum possible. Qui sont ces gars, quel est le motif de leur exclusion, etc. Ça n'a pas vraiment de rapport avec les problèmes administratifs et financiers, ou je me trompe ? Chez les gendarmes, vous avez bien l'équivalent de notre IGPN et de l'IGS, un service d'inspection administrative, avec des dossiers ?

— Oui. Ça s'appelle l'IGGN, depuis 2009. J'en ai fait partie pendant huit ans, ajouta-t-elle avec un petit sourire. Et j'ai gardé de très bons contacts. Et de toute façon, tout se termine toujours par des problèmes administratifs et financiers, non ? Un peu comme les divorces.

Martin se détendit. La gendarmerie n'avait peut-être pas agi à la légère en déléguant cette femme.

— Vous avez accès à tous les dossiers ?

— Oui. Et j'ai eu un contact personnel avec la plupart des personnes qui ont été exclues depuis 2000. J'étais responsable de la commission de déontologie.

Les flics se regardèrent. Ils n'avaient jamais entendu parler de cette commission.

— Vous devez bien avoir une commission équivalente à l'Inspection générale des services, non ? dit doucement la jeune femme, et à son ton on aurait presque pu croire qu'elle posait cette question sans arrière pensée.

Devillers, le flic de l'IGS concerné au premier chef, s'agita sur son siège.

— Pas vraiment, répondit-il.

— Vous voulez dire que la déontologie n'est pas la première préoccupation de l'IGPN ? poursuivit-elle sur le même ton.

Martin prit pleinement conscience que derrière les yeux les plus bleus qu'il eût jamais vus il y avait un cerveau affûté et une volonté bien déterminée. Devillers était un gars honnête et consciencieux, mais il ne faisait pas le poids.

— On va dire que vous marquez un point et on va fusionner nos listes, dit Tureau à la nouvelle venue, peu désireuse d'entamer une polémique. D'accord ?

— Une dernière chose, poursuivit Gaëlle Le Bihan. La PJPP ayant la priorité sur l'enquête, il est logique que vous ayez la main sur la marche à suivre. En tout cas pour le moment. Mais je serai tenue d'informer ma hiérarchie de tout ce que nous ferons.

— Non, dit Martin. Et ce n'est pas négociable. Je connais Tureau, Devillers, et nos deux adjoints, et je sais qu'aucun d'eux ne peut être complice avec le tueur. Si on travaille ensemble, rien ne sortira d'ici tant qu'on ne sera pas d'accord tous les quatre. Et c'est valable aussi bien pour nos chefs de service que pour les vôtres. À prendre ou à laisser.

Elle n'hésita qu'un instant.

— C'est logique, dit-elle, d'accord. On commence ?

Elle ouvrit son cartable, et en sortit une liasse de chemises de différentes couleurs.

— Il y a quarante-trois dossiers qui m'ont paru prometteurs en première approximation, dit-elle.

— On avait entendu parler de quarante, dit Martin.

— Quarante gendarmes ont été exclus des rangs depuis l'an 2000, et on a demandé à trois de démissionner. Quarante-trois en tout.

— Pour notre part, on en a nettement plus, dit Tureau. Une bonne soixantaine.

— Combien viennent de brigades ou de groupes d'élite ? demanda Martin.

— Si mon compte est bon, seize pour la police, dit Tureau.

— Huit chez nous, dit Gaëlle Le Bihan. Dont les trois qui ont été contraints à la démission.

— Ça fait 24 en tout, dit Martin. On commence par ces 24 là. Au boulot.

Lundi 8 octobre, onze heures trente

Jeannette reçut un appel de Martin. En raccrochant, elle leva les yeux vers son patron par intérim, Vienne, qui la fixait.
— Qu'est-ce qu'il se passe, Beaurepaire ? dit-il.
Elle n'aimait pas beaucoup sa façon de la regarder et, après le courrier, il l'avait cantonnée à un travail plus qu'ingrat d'épluchage de liste de cartes bleues et de remplissage de petites cases sur un tableau Excel, sans même lui expliquer la raison de sa tâche.
— Je suis mutée, annonça-t-elle.
— Quoi ?
— On me change d'affectation. Je m'en vais.
Il regarda autour de lui, comme pour prendre à témoin ses six autres collègues assis autour de la grande table de réunion. Aucun d'eux ne paraissait partager son indignation.
Elle se leva et prit son blouson sur le dossier de son fauteuil.
— Bon courage, dit-elle. J'y vais, on m'attend.
— Tu te fous de ma gueule ? dit-il enfin.
Jeannette lui sourit.
— Gardez votre sang-froid, commissaire. Ordre de la sous-directrice Dandelieu. Si vous avez un problème avec cette décision, vous n'avez qu'à l'appeler.
Elle lui tourna le dos et sortit en refermant doucement la porte sur elle.

21

Lundi 8 octobre, onze heures cinquante-trois

Aurélien décida que c'était bon pour aujourd'hui. Il n'en pouvait plus de rester assis à écouter son prof de SVT. Il n'avait pas l'habitude de sécher, mais il fallait un début à tout. Son ami Cyprien devait le trouver de plus en plus bizarre, et à juste raison.

Trop de pensées et de sentiments contradictoires se bousculaient dans sa tête. À chaque instant qu'il passait sur sa chaise, il se voyait bondir hors de la classe, courir à perdre haleine jusqu'à la sortie, et faire du stop jusqu'à chez Louise, pour tomber dans ses bras.

La première partie de ce programme était réalisable, c'est la suite qui était problématique.

En fait, dès la sortie de cours, il alla aux toilettes et se débrouilla pour sortir sans qu'on le voie quand il fut à peu près certain que Cyprien se trouvait soit au self-service de la cantine, soit à la boulangerie où ils avaient l'habitude de s'acheter un panini. Il partit dans la direction inverse de la boulangerie et marcha jusqu'à la bretelle d'autoroute qui menait à l'A15, le pouce levé. Une camionnette de livraison mit son clignotant à droite et s'arrêta sur le talus. Aurélien courut et grimpa à côté du conducteur, un vieux maraîcher. L'homme tenta d'engager la conversation, mais Aurélien ne répondait que par des onomatopées, et l'homme fut trop content de s'arrêter pour le laisser descendre dix minutes plus tard à quelques dizaines de mètres de l'usine à pain du Bord'Haut.

Un instant, Aurélien put craindre que, par malchance, son père surgît des bâtiments gris surplombés par le sigle BRUNER, et lui demande pour quelle raison il n'était pas au lycée à cette heure de la journée, mais dès qu'il eut traversé la nationale et descendu le chemin vers le village en contrebas, il se concentra sur ce qu'il allait dire à Louise – si elle était là. En toute logique, elle devait être là et seule. Cyprien était au lycée. Le père de Cyprien était au travail... En toute logique.

Il contourna le village et passa comme d'habitude par le cimetière.

Dès qu'il pointa le visage au-dessus du mur, il la vit. Vêtue d'un mini-short, d'un T-shirt sans manches, les mains et les avant-bras protégés par d'épais gants de caoutchouc rose, elle frottait à la paille de fer le plateau d'une table en bois posée sur le terre-plein devant la cuisine.

C'était un spectacle ravissant. Elle ne l'avait bien sûr pas vu et s'escrimait avec une énergie qui mettait tout son corps en valeur.

La voiture de son mari n'était pas là. Elle était bien seule. Et elle ne l'avait pas appelé. Parce qu'elle ne voulait pas le distraire quand il était au lycée ? Il hésitait à franchir le mur. Cette soudaine frénésie de nettoyage devait vouloir dire quelque chose. Se préparait-elle à le virer de sa vie ? Ou avait-elle besoin de ce dérivatif pour mieux réfléchir au mystère qu'il lui avait soumis ? Si elle le chassait de chez elle, il ne le supporterait pas. Mais il ne pouvait pas non plus rester indéfiniment à hésiter.

Lundi 8 octobre, midi

Jeannette appela son amant pour lui dire qu'en fin de compte elle ne pourrait pas le retrouver comme prévu.

L'enquête avait peut-être pris un nouveau départ et, jusqu'à nouvel ordre, elle n'aurait plus une minute à elle tant qu'ils n'auraient pas mis la main sur le tueur du bus.

Quand elle entra dans le bureau de Tureau, ce qu'elle vit en premier, ce fut vingt-quatre photos épinglées sur le tableau de liège au fond de la pièce. Un homme de l'IGS qu'elle connaissait de vue lui adressa un signe de tête, l'adjoint de Tureau lui sourit, une jeune femme en tailleur strict et aux cheveux courts se leva.

— Gaëlle Le Bihan, gendarme, dit-elle en tendant la main.

— Jeannette Beaurepaire, flic, répondit Jeannette en la lui serrant.

Tureau lui fit un clin d'œil, et Martin lui indiqua une chaise près de lui. Jeannette s'installa.

— Pour les deux nouveaux arrivants, dit Tureau, je vais résumer où on en est. Nous étudions les dossiers de vingt-quatre fonctionnaires de la police et de la gendarmerie révoqués. Les caractéristiques physiques de ces vingt-quatre fonctionnaires ont fait l'objet d'un premier examen, et sur les vingt-quatre, quatre (quatre policiers – zéro gendarme) ont été retirés pour des raisons purement morphologiques. Deux d'entre eux mesurent plus d'un mètre quatre-vingt-cinq, et deux autres sont beaucoup trop corpulents. La silhouette du tueur a été numérisée et on estime sa taille aux environs de 1,77 mètre, et son poids à soixante-dix ou douze kilos.

— Il y a très peu de chances que ce soit une femme, même si cette hypothèse ne peut pas être entièrement écartée, précisa Devillers, le flic de l'IGS.

Jeannette se tourna vers le panneau. Il n'y avait que des hommes.

— Les vingt dossiers sont là, dit Martin, et notre boulot c'est d'éplucher de façon systématique tous les éléments biographiques. Il est évidemment impossible de corroborer des informations de façon directe en appelant des ex-collègues ou des membres de la famille des vingt suspects. Rien ne doit filtrer de l'enquête à l'extérieur pendant au moins quarante-huit heures.

Au bout d'une demi-heure à parcourir les dossiers de long en large, Jeannette décida de relire les lettres envoyées par le tueur.

Elle s'éclaircit la gorge et s'adressa à l'ensemble de ses collègues :

— On est bien d'accord que ces lettres sont authentiques ?

Il y eut un acquiescement général. La connaissant, Martin se demandait où elle voulait en venir.

— Quelqu'un s'est interrogé sur la façon dont l'auteur de la lettre allait emporter les fonds ?

— Qu'est-ce que tu as en tête ? demanda Tureau.

— Je ne sais pas, mais il ne va pas emporter ce gros sac de 70 kilos à pied, on est d'accord ?

— Non, il utilisera sans doute une camionnette ou une voiture. En tout cas quand il sera sorti du tunnel ou du métro.

— Une voiture qu'il va laisser tranquillement garée sous le tunnel ou n'importe où dans une rue au-dessus du métro pendant qu'il ira chercher son sac ?

— C'est quoi ton idée ? dit Martin.

— Moi, si j'agissais en solo, j'utiliserais à sa place un moyen de transport beaucoup plus pratique et efficace, comme une moto. Surtout s'il veut récupérer la rançon pendant les embouteillages du matin.

— Je sais, j'y ai pensé, mais trimballer un sac de 70 kilos sur une moto, ce n'est pas commode.

— Un side-car alors...

— Un side-car, c'est aussi encombrant qu'une voiture, pas beaucoup plus maniable et extrêmement repérable, fit remarquer Devillers, je le sais, j'en ai eu un.

— Tu as certainement raison, mais vous croyez vraiment qu'il va utiliser une voiture ? Il y a peut-être une autre solution à laquelle personne n'a pensé.

— Je pense que ça vaut le coup de creuser, dit Martin. Tu as raison de te poser la question. Vas-y, trouve une alternative. Ça peut donner une indication précieuse.

Gaëlle Le Bihan n'était pas intervenue, mais elle n'avait pas perdu une miette du débat. Elle hocha la tête et reprit, comme les autres, la lecture croisée des dossiers, en prenant des notes sur un carnet.

Lundi 8 octobre, midi

Aurélien franchit le mur le cœur battant et traversa la pelouse. Louise, toute à son ouvrage, torse incliné, fesses, cuisses et mollets tendus, ne s'aperçut pas tout de suite qu'il était là, et sursauta en le découvrant.

Son premier réflexe fut de lui sourire, et Aurélien se sentit infiniment soulagé, mais ce sourire spontané s'effaça aussitôt.

— Tu as séché les cours ? dit-elle en se redressant et en ôtant ses gants.

Il ne répondit pas. Elle se cambra et se frotta les reins, trop longtemps sollicités par sa position de travail.

— C'est malin. On avait dit pas avant ce soir.
— Ah bon ?
— Puisque tu es là, viens, dit-elle.

Elle lui tourna le dos et entra dans la maison.

Elle ôta ses gants de caoutchouc, se servit un grand verre d'eau au robinet de la cuisine et le but d'une traite.

— Tu en veux ?
— Non, ça va, dit-il, je n'ai pas soif.

Elle leva la tête vers lui en se rapprochant. Son visage était enduit d'une pellicule de sueur, ainsi que ses épaules. Ses cheveux blonds étaient restés collés par mèches sur ses tempes et sur son cou, et il voyait battre sa jugulaire sous la peau.

— Qu'est-ce qu'on va faire ? dit-il.

Elle ne se méprit pas sur le sens de sa question.

— Je ne sais pas, dit-elle. Je ne sais pas.
— J'ai regardé sur Internet. Plus ça va, plus je suis sûr que c'est le tueur du bus que j'ai vu dans la grange... Il s'entraîne pour un autre massacre. Et j'ai peur que ce soit mon père.
— Tu as pu fouiller sa cantine ?
— Non, elle est cadenassée et je n'ai pas trouvé la combinaison. Mais de toute façon, si c'est lui, il est beaucoup trop malin pour garder son arme dans la maison. J'ai pensé à l'usine. Avec son boulot, il a accès à toutes les cachettes qu'il veut.

— Bien. Le choix, c'est quoi ? dit-elle.
— ...
— Le dénoncer aux flics ou pas, c'est ça le choix, non ?
— Peut-être que si on se contente de parler de la grange et des citrouilles aux flics, ils vont venir fouiller... Et si c'est bien lui, du coup il aura peur et il se tiendra tranquille. De toute façon, je verrai bien de quelle façon il réagira.
— C'est peut-être une bonne idée, en effet, dit-elle. Mais surtout tu les appelles d'une cabine téléphonique, de préférence à Cergy ou à Pontoise. Et même s'ils te posent des questions, tu raccroches au bout d'une ou deux minutes maximum, sinon ils vont t'attraper...
— Je sais.

Il posa les mains sur ses hanches. Elles étaient douces et moites de sueur. Il sentit sa chair frémir sous ses doigts.

— Tu devrais être en classe et travailler, là j'ai vraiment l'impression de faire du détournement de mineur, dit-elle en jetant ses bras autour de son cou.

Ils s'embrassèrent un moment et il glissa les mains dans son short.

— D'accord, mais tu me promets que tu ne recommenceras pas, dit-elle. Je ne veux plus que tu manques le lycée. C'est trop important. En plus tu es intelligent et doué. C'est un gâchis et tu risquerais de m'en vouloir quand tu repenseras à moi, plus tard. Ça te donnera une mauvaise image de moi dans tes souvenirs.

Elle le taquinait, sachant qu'il ne supportait pas qu'elle évoque un futur où ils seraient séparés. Il l'embrassa pour la faire taire et l'entraîna vers la chambre sans qu'elle résiste. Ils se laissèrent tomber sur le lit et elle se tortilla pour se débarrasser de son short.

— Je n'arrive pas à imaginer un monde dans lequel tu ne serais pas près de moi, dit-il en achevant de le lui ôter. Je crois que je deviendrais fou et que je mourrais.

Elle enfonça les doigts dans ses cheveux alors qu'il lui embrassait le ventre et descendait vers son pubis.

— Ça c'est vraiment gentil, dit-elle. Mais je veux que tu me promettes de ne plus sécher.
— Promis.
Elle le tira par les cheveux pour le forcer à remonter son visage vers le sien, et l'encercla de ses bras et de ses jambes.
— Maintenant viens, viens vite. On n'a pas trop de temps.

Aurélien retourna en stop à Cergy une demi-heure plus tard, mal rassasié de Louise, et trouva une cabine intacte sur un parking proche du centre commercial des Trois Fontaines.

Il avait rabattu sa capuche dès qu'il était descendu de voiture, pour échapper à toute identification des caméras de surveillance. Un rapide coup d'œil alentour confirma que personne ne s'intéressait à lui.

Il avait emprunté la carte téléphonique que sa petite sœur oubliait toujours dans sa chambre et la glissa dans la fente.

Il composa le 17 et tomba au bout de quelques instants sur le poste de gendarmerie le plus proche.

— Bonjour, murmura-t-il.
— Oui ? Gendarmerie de Cergy. Je ne vous entends pas bien. Vous pouvez parler plus fort, s'il vous plaît ?
— Il y a une grange dans la région de Vigny, dans laquelle un homme s'entraîne à tirer sur des citrouilles posées sur des sièges, dit-il.
— Quoi ? Je n'ai pas compris. Vous pourriez parler plus fort ?
— Il y a une grange près de Vigny, dans laquelle un homme s'entraîne à tirer sur des citrouilles posées sur des sièges alignés devant lui, plein de sièges, comme le tueur du bus.
— Quoi ? Vous pouvez me donner votre nom, s'il vous plaît ?
— Merde, dit-il, notez ce que je vous dis. Il y a une grange près de Vigny, dans laquelle un homme tire sur des citrouilles posées sur des sièges alignés devant lui sur plusieurs rangées, avec un pistolet-mitrailleur Ingram, comme le tueur du bus.
— Monsieur...
— Putain, vous êtes sourd ?

— Attendez...

Il raccrocha, le cœur battant, et jeta à nouveau un regard autour de lui. Il n'avait plus qu'une hâte, s'éloigner de la cabine le plus vite possible. Il faillit oublier la carte, l'arracha de la fente et partit sans se retourner et sans courir.

22

Lundi 8 octobre

Les infos réunies sur les douze ex-policiers et huit ex-gendarmes de la liste s'enrichissaient de minute en minute d'éléments hétérogènes et difficilement vérifiables, comme leur situation de famille, leur origine sociale, leurs changements d'affectation, leurs missions les plus récentes avant leur éviction, leurs liaisons ou leurs liens connus soit avec des collègues, soit avec des « civils », les sports qu'ils pratiquaient, les notes de leur hiérarchie, leurs centres d'intérêt extra-professionnels, leurs éventuelles opinions politiques, religieuses…

C'étaient des renseignements publics, faciles à obtenir grâce aux réseaux sociaux.

Devillers s'était chargé des réquisitions sur les comptes bancaires, et d'autres données arrivaient. Qui était endetté, qui devait une grosse pension alimentaire, qui avait trouvé un travail rémunérateur depuis sa révocation.

Ce qui était plus compliqué, et c'est là que Gaëlle Le Bihan et Devillers prenaient le pas sur leurs autres collègues, c'était de lire entre les lignes les raisons pour lesquelles les fonctionnaires de la liste avaient été révoqués. Quand il y avait une condamnation pénale à la clé, c'était facile, comme pour tel flic condamné pour corruption passive ou tel autre pour proxénétisme ou association de malfaiteurs.

C'était le cas de huit fonctionnaires sur les vingt retenus, mais pour les douze autres, il était difficile de déceler les vraies raisons de leur démission forcée. Pourtant, Martin avait le sentiment profond, sans pouvoir vraiment l'expliquer, que c'était parmi ces derniers, ceux qui n'avaient pas ouvertement montré de penchant crapuleux, et dont les motifs de départ étaient les moins évidents, qu'on devait en priorité chercher le tueur du bus.

Il prenait connaissance des informations à mesure qu'elles arrivaient, mais une partie de son esprit vagabondait, incapable de se fixer sur ces bribes de faits censées résumer la carrière et la vie de ces hommes. Au fond de lui, il penchait pour un gendarme. Ni par préjugé anti-gendarme ni par esprit de caste, mais parce que les gendarmes sont des militaires, et pour lui, aussi bien le mode opératoire du tueur que sa prose évoquaient l'armée.

Jeannette, qui était sortie quelques instants pour trouver une photocopieuse, revint avec une petite liasse de fax qu'elle distribua à la ronde.

C'était la photo publicitaire noir et blanc d'un scooter ventru.

— Regardez ça, dit-elle.

— Un scooter ? dit Devillers, dubitatif.

— Ça s'appelle un cargobike, c'est fabriqué par le constructeur Aprilia, c'est italien.

— Et ?

— Tu soulèves le siège et tu peux mettre dans le coffre un chargement pouvant atteindre un volume de 150 litres pour une masse de 80 kg.

— Tiens donc, dit Martin.

— Un véhicule maniable, passe-partout et parfaitement adapté au transport d'un gros sac contenant soixante-dix kilos en billets.

— Ok. Je suppose que tu as commencé à te renseigner sur les vendeurs et les acheteurs de ton cargobike ? dit Tureau.

— Oui, j'ai commencé à envoyer des réquisitions aux importateurs, aux concessionnaires, aux garages deux-roues, et si on s'y met à plusieurs ça ira nettement plus vite. Qui veut bien me donner un coup de main ?

— Moi, dit Gaëlle Le Bihan.

— Et moi, dit François, l'adjoint de Tureau.

Lundi 8 octobre, quinze heures

Le Kangoo bleu de la brigade de gendarmerie la plus proche cahotait depuis une bonne heure sur les chemins ruraux. Le canton de Vigny regroupait dix-huit communes, sur une superficie de près de 115 kilomètres carrés. Les granges n'y étaient pas rares, et il fallait les visiter toutes. Ils avaient commencé par les communes qui se trouvaient le plus loin au sud de l'autoroute A15, et remontaient vers le nord petit à petit. Le bas de leur voiture – et de leurs uniformes – avait pris une teinte beige, la couleur de la glaise du Vexin.

Les deux gendarmes – un homme, une femme – commençaient à trouver le canular vraiment pénible. Leur chef ne leur avait pas laissé le choix. « Vous me trouvez cette putain de grange et ces citrouilles. »

— Et si c'est une blague à la con, chef ?
— Je ne veux pas le savoir.

Lundi 8 octobre

Au 36, l'état-major fut prévenu dès neuf heures de la mort de Mousseaux par l'antenne de police du quartier où résidait la victime. Le lieutenant qui avait reçu l'information ne put la transmettre aussi vite qu'il l'aurait souhaité au groupe qui enquêtait sur l'assassinat d'Éloïse Ramonet ou Picard, car les quatre membres du groupe Martin avaient été réquisitionnés sur l'affaire du tueur du bus.

Le début de l'enquête prit du retard, et la police scientifique se trouva sur les lieux en compagnie des flics locaux, alors qu'en temps normal Martin ou Jeannette aurait été appelé.

Cela n'empêcha pas l'équipe de Bélier de faire son travail. À part le corps de Mousseaux étendu sur le dos dans l'entrée, sa cervelle répandue derrière et sous lui, les seuls éléments qu'ils trouvèrent furent une douille de 9 mm sur le palier, et une plume d'oie à moitié brûlée.

Et ce fut le commandant d'un autre groupe qui fut envoyé sur les lieux. Ce groupe ne disposait à ce stade d'aucun des éléments de l'enquête de Jeannette.

En lisant les rapports préliminaires qu'elle avait demandés au légiste et au chef de la section balistique, Bélier voyait son intuition confirmée. Des résidus de plumes avaient été retrouvés à l'intérieur de la plaie. Le tireur avait fait feu à travers un coussin ou un oreiller, une façon primitive mais efficace d'atténuer le son de la déflagration. Malgré son blindage, la balle s'était considérablement déformée en traversant le corps de la victime et en s'encastrant dans une ferrure de meuble, si bien qu'il était impossible de comparer les striures avec la base de données, mais la douille retrouvée sur le palier était de calibre 9 mm parabellum, c'est-à-dire du même type que celles utilisées par les Sig-Sauer de dotation, et, d'après le numéro gravé, elle faisait partie d'un lot attribué à la police nationale.

Le jour où on aurait un suspect et surtout une arme pour effectuer la comparaison entre la douille retrouvée et une douille identique tirée par l'arme suspectée, l'enquête avancerait à pas de géant. La trajectoire allait de bas en haut, ce qui pouvait indiquer que le tireur était de petite taille, et, pour la première fois, Bélier pensa fugitivement que ça pouvait être une femme. Logique. Mousseaux était suspecté de meurtre, c'était un ancien violeur, et une femme – ancienne victime ou parente de victime – avait peut-être décidé qu'il était temps de mettre un terme à ses méfaits. Le hic, c'était que cette femme avait accès à des munitions de la police. Femme flic ? Femme de flic ? Bélier soupira. Des soucis en perspective.

Lundi 8 octobre

Le commandant Sébastien Hermet, chef du groupe chargé de l'enquête sur la mort de Mousseaux, appela Martin tout de suite après avoir eu Bélier au téléphone. La patronne de l'IJ venait de lui communiquer ses premières conclusions.

Martin lui passa Jeannette, et c'est à cet instant qu'elle apprit la mort de son suspect numéro un.

— Apparemment, le tireur s'est servi de balles réservées à la police, lui apprit Hermet.

Jeannette n'avait jamais travaillé avec lui, mais l'avait souvent rencontré aux réunions du sous-directeur. Elle visualisa le flic rondouillard, avec sa petite moustache en brosse et des taches sur sa veste et sur son pull. Hermet était père de deux jumeaux en bas âge.

— Mousseaux aurait été tué par un flic ? dit Jeannette qui se trouvait pour le moment en pleine recherche de cargobikes. Aucun flic n'est apparu dans l'enquête pour le moment, mais ça ne veut rien dire.

Elle proposa à son collègue de lui communiquer au plus vite le contenu du dossier.

Ils se retrouvèrent quelques minutes plus tard dans le bureau de Jeannette, et Hermet lui exposa les premières constatations.

— Tu peux m'en dire plus sur lui et sur la première victime ? lui demanda-t-il ensuite.

— Pour moi c'est lui qui avait fait le coup, lui dit Jeannette. La victime était sa fille naturelle, issue du viol de sa mère par Mousseaux il y a trente ans. Elle a dû vouloir découvrir qui était son père biologique… Et quand elle l'a découvert, elle en est morte.

— Putain, dit Hermet, c'est glauque.

— Oui. C'était une ordure. J'ai essayé de le déstabiliser en lui apprenant que c'était sa propre fille qu'il avait tuée, mais ça n'a pas marché. Il a encaissé, mais il s'est repris tout de suite.

— Tu es sûre que c'est lui qui l'a tuée ?

— À 99 %.

— Mousseaux et la fille ne pourraient pas être les victimes d'un même meurtrier ?

— Non, dit Jeannette. Rien ne va dans ce sens. Même si on n'a aucune preuve contre Mousseaux. Ses empreintes étaient partout dans l'appartement, mais c'était logique, puisque l'appart lui appartenait et qu'il faisait régulièrement l'entretien et les travaux...

— J'ai regardé sur le STIC, je n'ai rien trouvé sur lui. Il s'est tenu tranquille depuis vingt-cinq ans.

— Pour moi, il a continué à agresser des femmes. C'est juste qu'il ne s'est pas fait prendre.

— Oui, je sais, il n'y a pas une femme violée sur cinq qui porte plainte, remarqua Hermet.

— Par contre, s'il s'est fait fumer, c'est peut-être qu'il y a eu une femme à laquelle il n'aurait pas dû s'attaquer...

— Tu veux dire une flic, une femme de flic...

— Quelque chose comme ça. Ce qui me paraît bizarre...

— Oui ?

— Je vois mal un collègue exécuter quelqu'un avec son arme de dotation. Il faut être con, non ? Et ne même pas ramasser sa douille...

— Tous les flics ne sont pas des génies, dit Hermet avec le sourire. Le type qui a fait ça, il a dû péter un plomb en découvrant ce que Mousseaux avait fait à sa femme ou à sa fille... Après, il a dû paniquer, mais c'était trop tard pour rectifier ses erreurs.

— Si c'est le cas, tu ne vas pas avoir trop de mal à le coincer.

— Oui...

Hermet fit une moue désabusée.

— Franchement, s'il a agi par vengeance, je ne peux pas m'empêcher de le plaindre. Il a foutu sa vie en l'air à cause d'une ordure.

— Oui, dit Jeannette. Mais il aurait dû se souvenir qu'on n'est pas des justiciers. On n'est pas là pour éliminer les suspects. Même quand on est sûr qu'ils sont coupables.

Hermet la fixa un instant, sans faire de commentaire, et Jeannette se demanda s'il pensait à Vigan, et à la façon dont elle avait fini par réussir – presque malgré elle – à l'éliminer.

Lundi 8 octobre, dix-sept heures trente

Quand Aurélien rentra, sa sœur était déjà là, mais pas sa mère. Ni son père.

Il brancha la Xbox et se mit à jouer à un jeu de guerre en regardant à peine l'écran, ses doigts agissant d'eux-mêmes avec une dextérité automatique née de sa longue expérience. Pendant que les ennemis éclataient en hurlant et en projetant des gerbes de sang aux quatre coins de l'écran, ses pensées étaient toutes dédiées à Louise. Quoi qu'il arrive, leur avenir commun était bouché. Jamais ils ne pourraient vivre ensemble... Quelle tristesse. La vie, c'est de la merde, il n'y a pas d'issue. Un moment, il avait été distrait par sa découverte, dans la grange, et partager ce secret avec Louise était un nouveau lien qui les unissait, mais ce lien était un leurre. Jamais il n'aurait dû téléphoner aux flics.

Qu'avait-il fait ? Si son père s'avérait être le tueur du bus, leur avenir serait encore plus compromis, et à très court terme. D'un autre côté... Pas si sûr. Il serait, avec sa mère et sa sœur, une victime collatérale... Et les victimes suscitent la sympathie, voire plus. Louise ne pourrait pas le laisser tomber.

Quand sa mère arriva, les bras chargés de paquets, il alla lui dire bonjour, fit semblant de l'aider à ranger les courses dans le frigo et les placards, et monta dans sa chambre. Il n'avait pas envie de l'entendre lui demander comment s'était passée sa journée et s'il avait beaucoup de travail.

Il relut son cours d'histoire, fit les exercices de maths prévus pour le lendemain avec le même détachement et la même expertise automatique que quand ses soldats virtuels abattaient les ennemis par centaines.

La pluie se mit à battre les carreaux. La pluie et la boue, dehors et dans sa tête.

Aurélien fixait le mur blanc de sa chambre, avec les traces de colle des posters qu'il avait arrachés deux ans plus tôt, dégoûté par ces vestiges de son enfance.

Il entendit la porte d'entrée s'ouvrir. Son père ? Une grande fatigue le saisit. Il voulut se lever, mais il n'arrivait pas à bouger. Si seulement il pouvait se dissoudre, disparaître sans laisser de traces, et la terreur et le désespoir qui l'envahissaient disparaître avec lui.

23

Lundi 8 octobre, dix-huit heures

Le patron de la Brigade criminelle entra dans la salle de réunion, une liasse de papiers à la main.
— Une nouvelle lettre est arrivée, dit-il.
Il distribua les copies à l'ensemble des personnes présentes et s'assit au milieu d'elles.
Chacun interrompit sa tâche et entreprit de lire la lettre.

MONSIEUR LE DIRECTEUR DE CABINET DU MINISTRE DE LA DÉFENSE,
VOICI MA DERNIÈRE LETTRE, AVEC LA LISTE DES DIX LIEUX DE DÉPÔT.

— SORTIE DE SECOURS NUMÉRO 4 NIVEAU DE LA CHAUSSÉE INTÉRIEURE SOUS LE TUNNEL DE NANTERRE-LA DÉFENSE.
— SORTIE DE SECOURS NUMÉRO 18 NIVEAU EXTÉRIEUR AU-DESSUS DU TUNNEL DE NANTERRE-LA DÉFENSE.
— SORTIE DE SECOURS NUMÉRO 72 NIVEAU EXTÉRIEUR AU-DESSUS DU TUNNEL NANTERRE-LA DÉFENSE.
— SORTIE DE SECOURS NUMÉRO 2 DANS LE TUNNEL PORTE D'ITALIE DIRECTION PARIS-PROVINCE NIVEAU DE LA CHAUSSÉE INTÉRIEURE.
— SORTIE DE SECOURS NUMÉRO 4 NIVEAU DE LA CHAUSSÉE INTÉRIEURE DANS LE TUNNEL DE NOGENT.
— SORTIE DE SECOURS NUMÉRO 12 NIVEAU DE LA CHAUSSÉE INTÉRIEURE DANS LE TUNNEL DE NOGENT.

— DANS LE TUNNEL DU MÉTRO ENTRE LES STATIONS CHÂTELET ET HÔTEL-DE-VILLE À ÉQUIDISTANCE EXACTE DES DEUX STATIONS.

— DANS LE TUNNEL DU MÉTRO ENTRE LES STATIONS MONTPARNASSE ET PASTEUR (LIGNE 2 À L'EXCLUSION DES DEUX AUTRES) À ÉQUIDISTANCE EXACTE DES DEUX STATIONS.

— DANS LE TUNNEL DU MÉTRO ENTRE LES STATIONS HAUSSMANN-SAINT-LAZARE ET HAVRE-CAUMARTIN (LIGNE 13 À L'EXCLUSION DES DEUX AUTRES) À ÉQUIDISTANCE EXACTE DES DEUX STATIONS.

— DANS LE TUNNEL DU MÉTRO ENTRE LES STATIONS CHARLES-DE-GAULLE-ÉTOILE ET KLÉBER (LIGNE 2) À ÉQUIDISTANCE EXACTE DES DEUX STATIONS.

L'ARGENT DEVRA ÊTRE DÉPOSÉ DANS CES LIEUX AVANT SIX HEURES AM MARDI 9 OCTOBRE.

POUR LES RECOMMANDATIONS PARTICULIÈRES, LES GARANTIES, ET LES SANCTIONS EN CAS DE NON-RESPECT, VOIR PREMIÈRE ET DEUXIÈME LETTRES.

RESPECTUEUSEMENT

PAS DE SIGNATURE EST MA SIGNATURE.

— La lettre est arrivée par la poste ? demanda Martin.
— Non, il ne pouvait pas se permettre qu'elle arrive trop tard. Elle a été déposée par un coursier au ministère de la Défense. Mais sa signature et son style l'authentifient.
— Un coursier ?
— Vrai ou faux, de toute façon, personne ne se souvient à quoi il ressemblait. Bon... Où en êtes-vous ?

Martin adressa un petit signe à Jeannette, mais c'est Tureau qui prit la parole, et Jeannette regarda Martin en haussant un sourcil.

— On croit savoir comment il compte emporter le fric, dit Tureau. Avec un scooter spécial, équipé d'un coffre suffisamment volumineux pour transporter des colis jusqu'à quatre-vingts kilos.
— Ok, dit Roussel. Je viens d'avoir la Banque de France. Les colis seront prêts vers minuit, et la distribution commencera tout de suite après.

C'est surréaliste, se dit Martin. Le problème urgent, pour notre administration, ce n'est pas de retrouver ce salopard, mais de ne pas faire d'erreur quand il s'agira de lui remettre sa rançon. Et pour l'instant, malheureusement, on ne peut pas faire autrement. Sauf qu'il y a toujours quelque chose qui ne colle pas, et je n'arrive pas à voir ce que c'est.

Lundi 8 octobre, vingt heures

La patrouille chargée de retrouver la grange était toujours bredouille, et le chef décida de les faire remplacer par une équipe plus fraîche dès le lendemain matin.

Mais en continuant, tout au long de l'après-midi et de la soirée, à appeler assureurs et propriétaires au sujet des carcasses de véhicules volés et brûlés retrouvées dans le canton et identifiées par le numéro de châssis – ce qui constituait en temps ordinaire quatre-vingts pour cent de leur travail – le chef n'avait cessé de réfléchir. Cette histoire de grange et de citrouille réveillait un vague écho...

Il ouvrit le registre des plaintes, et ne trouva rien qui se rapportât à son souvenir confus.

Il avait une méthode pour stimuler sa mémoire. Il sortit du coffre une bouteille de calva artisanal et avala une gorgée, avant de ranger la bouteille. Il n'était pas alcoolique, il savait par expérience que ça marchait.

Il se remit au travail, et la lumière surgit une dizaine d'appels plus tard, alors que son quota journalier d'identification de véhicules brûlés était en bonne voie.

Son souvenir était là, intact : c'était une bribe de conversation qu'il avait saisie entre deux de ses hommes. Quelqu'un du bourg avait dit à l'un d'eux qu'il en avait marre qu'on lui vole ses citrouilles. Et qu'il en avait marre que la gendarmerie ne le prenne pas au sérieux. Mais cette conversation entre ses deux subordonnés n'avait pas permis au chef de savoir qui était la victime de ce vol de citrouilles.

Il vérifia sur le tableau. Un des deux hommes concernés était en patrouille, l'autre était en stage dans l'Essonne.

Il décrocha le micro du THOMSON TRC 382 C âgé de quinze bonnes années et se mit en rapport avec le patrouilleur. Celui-ci n'avait aucune idée de ce dont lui parlait son chef, et cette prétendue conversation sur les citrouilles n'évoquait rien pour lui. Le chef finit par s'énerver. Il coupa la communication et décrocha son téléphone pour appeler l'école de gendarmerie de Fontainebleau.

Le gendarme était parti avec son escouade pour une marche de nuit en forêt, et les liaisons étaient pratiquement impossibles. Le chef jura. Décidément, il jouait de malchance. À cet instant, il ne pouvait pas savoir que, s'il avait appelé une certaine capitaine Le Bihan, un hélicoptère aurait été immédiatement envoyé pour enlever à son escouade le gendarme en stage et le rapatrier sur-le-champ.

Le chef rechercha le numéro du portable privé de son subordonné, mais il tomba sur la messagerie.

— Hennequin, c'est moi, dit-il. Ton chef. J'ai besoin d'un renseignement. Rappelle-moi dès que tu as ce message. Et fissa.

Vingt-trois heures

Il était bien trop tard pour obtenir les infos dont ils avaient besoin. Jamais ils n'auraient une liste d'acheteurs de cargobikes à temps pour identifier et coincer le tueur – à supposer que cette piste fut la bonne. Mais aucun des flics ne songeait à aller se coucher. Le temps était suspendu. D'ici quelques heures, le tueur prélèverait son tribut. Et il partirait impunément, quitte à renouveler son chantage un mois plus tard. Et à tuer d'autres innocents.

Vingt-trois heures

Marion était devant la télé de sa mère, qui était allée se coucher.
Elle trouvait que la vie était injuste. Martin aussi était injuste. Elle n'avait pas fait tant d'histoire en découvrant sa brève aventure avec une avocate. Sa principale erreur était d'avoir choisi un collègue. Pourquoi s'était-elle engagée sur cette voie ? Ce qui l'avait attirée d'abord, c'était l'admiration que ledit collègue avait pour elle. C'est très agréable d'être admirée. Et pas seulement pour son cul. Il buvait ses paroles. Il la plaçait au-dessus de tous et de toutes les autres. Et puis elle voyait dans ses yeux, chaque fois que leurs regards se croisaient, une envie tellement sincère qu'elle s'était sentie flattée, puis intriguée, puis attirée. Car le garçon pouvait faire preuve d'un culot phénoménal. Il avait mis en boîte Véronique, la responsable de la rubrique culturelle – et végétalienne affirmée –, au cours d'un échange mémorable au restaurant.

— Comment peux-tu manger un animal mort qui saigne dans ton assiette ? avait-elle attaqué.

Il avait souri et répondu aimablement.

— Ça ne me dérange pas, mais tu permets que je te pose une question ?

Il y avait eu un silence autour de la table. Apparemment tous, à part la première concernée, s'attendaient à une énormité. Véronique se rengorgea.

— Une question ? Bien sûr. Laisse-moi deviner. Les hommes mangent de la viande depuis des centaines de milliers d'années. C'est naturel. Comment est-ce que je peux m'en passer ? C'est ça ?

— Non, pas du tout. Je comprends très bien qu'on ne veuille pas participer au massacre des animaux. Mais les œufs non fécondés, ça ne nuit à personne, non ?

— Il faut bien mettre une limite quelque part, et quand tu vois les poules en batterie...

— Oui bien sûr. Et le lait ?

— Le lait de soja est largement aussi nutritif que le lait de vache, et il ne transforme pas ces pauvres bêtes en usines qui finissent à l'abattoir dès que leurs pis produisent moins.

— D'accord. Et le sexe ?

— Quoi le sexe ?

— Ça doit être compliqué pour les végétaliens, non ?

— Et pourquoi ça, je te prie ?

— Ben... Il y a des positions qui sont interdites, ou alors je n'ai rien compris ?

— De quoi tu me parles ?

— Par exemple, quand tu suces ton mec, tu avales ?

— ...

— Même s'il met une capote, tu le forces à produire des protéines animales, comme une pauvre poule ou une vache.

Elle s'était levée, écarlate, les yeux brillants de colère.

— Pauvre type ! Connard !

Encore aujourd'hui, en repensant à la tête de Véronique, Marion avait de la peine à réprimer un ricanement.

En fait, si elle y réfléchissait, cette histoire entre eux n'était pas arrivée complètement par hasard. Cela faisait un moment qu'elle avait décidé d'avoir une aventure. La plupart des filles « en couple » qu'elle connaissait avaient ou avaient eu un ou plusieurs amants en même temps, et ne s'en portaient pas plus mal. En ayant une aventure, elle aussi, une expérience a priori sans conséquence, elle voulait tester Martin et se tester elle – tester leur couple, en fait. Ou bien alors n'était-ce qu'un prétexte ? Non, elle voulait aussi comprendre ce qui n'allait plus entre eux. Et après tout, lui ne s'était pas gêné. Qu'avait-il dit ? « On n'a sans doute plus grand-chose à faire ensemble. On a fait notre temps. »

Il avait dit ça sous le coup de la colère, bien sûr, mais pour elle ce n'était pas vrai, ils n'avaient pas fait leur temps ! Elle en était sûre maintenant, mais c'était un peu tard, et elle était la seule à être de cet avis.

Même dans ses aveux, elle avait menti à Martin. Quand elle avait retrouvé ce garçon, pendant que son amie se faisait tuer dans le bus, ce n'était pas la première fois, mais la deuxième. Et elle était déjà quasiment sûre à ce moment-là qu'elle n'était pas amoureuse de lui.

La première fois avait eu lieu en fin de journée, elle s'était débrouillée pour que Martin aille chercher Rodolphe à la crèche, elle et son amant s'étaient retrouvés dans une chambre d'hôtel qui lui avait paru glauque et, comme la culpabilité l'avait empêchée de se détendre et qu'il n'avait pas su l'aider à franchir ce cap, ça ne s'était pas très bien passé. La deuxième fois, c'était encore plus transgressif, et donc excitant… Mais ça n'avait pas non plus été une révélation, même s'ils avaient fait preuve d'un peu plus d'imagination. Cette fois, elle était beaucoup moins rongée par la culpabilité, parce que Martin s'était montré assez odieux pendant la semaine, et c'est elle qui avait choisi l'hôtel. Elle ne savait plus très bien pourquoi elle avait accepté ce deuxième essai. Peut-être simplement pour se prouver qu'elle avait eu raison de se lancer une première fois. Et ce retour chez elle – chez Martin et elle. La tête de Martin quand il l'avait vue… Jamais elle n'oublierait ce regard.

Son amant avait cinq ou six ans de moins qu'elle – il dépassait à peine la trentaine – mais il était brillant, même s'il avait des réflexions et des attitudes qui le faisaient parfois paraître encore plus jeune que son âge, à la limite de l'adolescence. Il aimait des films qu'elle n'aurait même pas voulu voir quand elle avait douze ans. Et Marion n'avait pas la fibre maternelle assez développée pour s'en émouvoir. Mais il pratiquait un humour qui l'avait fait bien rire, au début. Il avait attribué un surnom évocateur et bien choisi à la plupart de leurs collègues, et il pratiquait à son propre égard une attitude d'autodérision systématique plutôt touchante, même si elle avait fini par s'apercevoir que c'était une pose, et qu'il était aussi autocentré que la plupart des mâles et des femelles de sa génération.

La bulle de complicité qu'il avait créée avec elle au journal avait débouché sur quelque chose de plus intime encore, l'attirance s'en était mêlée... Et il y avait eu le choc de la première fois. Dès la première étreinte, dès que leurs peaux étaient entrées en contact, elle avait senti que quelque chose n'allait pas... Ça n'était pas doux, ça accrochait. Leurs odeurs ne se mélangeaient pas. Elle mit ça sur le compte de son malaise. Mais plus tard, en analysant ce qui s'était passé, elle s'en voulut de son aveuglement. Elle s'était trompée sur ses sentiments et sur ses envies.

Si elle avait déjà eu de multiples aventures, elle se serait tout de suite rendu compte qu'elle n'avait pas choisi l'amant qu'il lui fallait. La vie était injuste. Elle était punie pour un plaisir qu'elle n'avait pas eu, à cause de son manque d'expérience – à cause de sa fidélité. Bien sûr, elle avait eu d'autres amants que Martin, avant lui, mais pas tant que ça, et elle n'en avait pas tiré beaucoup d'enseignements. Pas plus que pendant les intermèdes de séparation entre Martin et elle, même si elle avait connu deux hommes et plus ou moins vécu avec l'un pendant quelques mois. Ces deux garçons... Elle ne serait prête à recommencer ni avec l'un ni avec l'autre. C'était Martin qu'elle voulait, avec tous ses défauts. Sa brève aventure lui en avait administré la preuve.

Elle n'arrivait toujours pas à accepter – ni même à croire – que tout était fini entre elle et lui. Combien de temps devrait-elle attendre avant qu'il lui pardonne ? Elle n'en avait pas la moindre idée, mais grâce à Rodolphe, ils ne pouvaient pas rompre le contact, c'était déjà ça, et elle espérait voir venir le moment où il commencerait à mollir. C'était encore loin d'être le cas.

À condition qu'il ne rencontre pas une autre femme. Si, bien sûr, il allait rencontrer d'autres femmes. Elle écarta les images insupportables d'intimité sexuelle qui lui venaient à l'esprit. Non, elle devrait accepter ça. Il allait baiser avec d'autres femmes, sans une once de culpabilité, contrairement à elle, et il aurait même sans doute des souvenirs agréables de ces étreintes, contrairement à elle. Il valait même mieux qu'il s'étourdisse avec plein d'aventures ; ce qu'il ne fallait pas – ce qu'elle ne voulait pas, non, ce dont elle ne pouvait supporter l'idée, c'était qu'il rencontre une autre femme dont il tomberait amoureux. Mais comment l'en empêcher ?

Elle se leva et alla fouiller dans l'armoire à pharmacie de sa mère. Elle prit une boîte de somnifères et la soupesa. Elle avait besoin d'une nuit de vrai sommeil, cela faisait une semaine qu'elle ne dormait plus. Son travail se ressentait de sa fatigue, elle avait du mal à se concentrer, aussi bien devant son ordinateur qu'en conférence de rédaction, dans l'arène où il fallait s'affirmer et montrer à quel point on était dans le coup et même en avance d'un coup, par rapport aux autres. Le comble, ce serait qu'elle se fasse virer. D'un autre côté, elle se méfiait beaucoup des médicaments.

Un léger son de cloche la tira de sa rêverie. Elle reposa la boîte dans l'armoire et revint devant la télé. Elle alluma son portable et vit qu'elle avait reçu un message. Elle ouvrit le menu.

« Tu es encore fâchée contre moi ? » suivi de deux petites têtes rondes et jaunes avec les coins de la bouche orientés vers le bas. Son (ex)-amant abusait des émoticônes. Et c'était le troisième SMS qu'elle recevait de lui depuis qu'elle était rentrée du journal. Il n'avait pas encore compris ? Elle eut envie de jeter le portable contre le mur, mais se contenta de le balancer sur le canapé.

Elle sentit les larmes monter. Elle aurait tout donné pour que le message vienne de Martin – et lui se serait abstenu de conclure avec des symboles puérils.

Vingt-trois heures

Il fallait se rendre à l'évidence. Ils avaient échoué. Leurs tentatives pour identifier le tueur avant la remise de la rançon avaient été vaines. Devant eux s'amoncelaient les documents, une masse de paperasse inutile, sans parler des dizaines, des centaines de fichiers électroniques qu'ils avaient épluchés. Tout ça pour rien.

Jeannette se sentit saisie d'un mauvais pressentiment, sans arriver à mettre le doigt sur son origine. Ce n'était pas seulement lié au constat de cet échec.

De quoi avait-elle peur ? Que le tueur n'arrive pas à récupérer son argent et que d'autres morts s'ensuivent ? Non... Elle connaissait ce risque depuis le début, ce n'était pas cela. Son malaise avait une origine plus personnelle et même intime. La femme inconnue qui l'épiait et la menaçait... C'était lié à ça. Les problèmes ne faisaient que commencer. Et elle n'avait même pas le droit d'essayer de les régler. Il lui était déjà arrivé d'éprouver ce genre de sensation, qui avait des conséquences physiologiques. Généralement, ses oreilles commençaient à bourdonner, puis elle sentait des fourmillements au bout des doigts, et des crampes abdominales pouvaient même se manifester.

Elle regarda Martin, qui restait la tête baissée, les sourcils froncés, absorbé dans sa lecture. À cause de Marion – et aussi parce que c'était dans sa nature de réagir ainsi –, il avait fait de la capture du tueur du bus une affaire personnelle. Il n'y avait plus que ça qui comptait.

Il n'avait pas l'air de trop souffrir de sa séparation, mais il était toujours aussi difficile à décoder, même si elle le connaissait depuis longtemps.

Autour de la table, plusieurs des flics se levèrent et s'étirèrent, prenant acte de leur échec.

— Je vais aller boire un coup, dit Devillers. Qui vient avec moi ?

Tureau acquiesça, et ils finirent par tous sortir de la salle, sauf Jeannette, Gaëlle Le Bihan et Martin.

Ils échangèrent un regard.

— Allez-y, dit Martin. Moi je reste.

— Tu attends quoi ? dit Jeannette.

Il sourit d'un sourire sans joie, sans répondre.

Mardi 9 octobre, quatre heures

En s'ouvrant, les yeux d'Aurélien fixèrent la même fissure de plafond qu'à l'instant où il avait sombré. Mais l'esprit qui commandait ce regard avait changé. Il avait achevé sa mue pendant les quelques heures de nuit. Le désespoir et la terreur avaient disparu avec la douleur et les souvenirs, remplacés par une froideur et une détermination sans faille.

24

Mardi 9 octobre, cinq heures et demie

Il monta dans le RER au terminus d'acier et de verre de Cergy-le-Haut et s'installa dans le compartiment quasi vide, son sac noir entre les jambes, sa capuche rabattue sur le front.

Il sentait la présence de l'arme dans la valise, enroulée dans un T-shirt maculé de taches de graisse, avec ses deux chargeurs de trente-deux balles. Le silencieux faisait déjà corps avec le M10 et il avait disposé la crosse de façon à pouvoir enclencher le premier chargeur sans avoir à sortir l'arme du sac. D'un seul mouvement qu'il avait répété plusieurs fois. Il ne comptait se servir que d'un des deux chargeurs, l'autre était destiné à couvrir sa fuite ou à tirer dans le tas au cas où on chercherait à l'empêcher de s'enfuir.

Il ne pensait à rien. Ses mains agiraient le moment venu. Pour l'instant elles étaient au repos sur ses genoux. Pour ne pas se faire remarquer, il n'avait pas encore mis ses gants.

Mardi 9 octobre, six heures

Le gendarme Hennequin se réveilla, la vessie pleine. Ils avaient fait halte à quatre heures du matin et bivouaqué dans un gîte des Eaux-et-Forêts. À l'intérieur du dortoir il faisait à peine dix degrés, il y avait des flaques d'eau entre les lits de camp, sur le sol en béton, et en se levant, il avait posé ses deux pieds dans l'une d'elles. Il enfila ses bottines lacées en grelottant et en jurant à voix basse, et sortit dans la nuit en enfilant sa vareuse.

Il ne pleuvait pas, juste un petit crachin glacé qui fouettait le visage. Après s'être soulagé, il consulta machinalement son portable. Un message de sa fiancée. Un message du chef. Sa fiancée dormait encore. Il appela le chef.

Six heures et demie

Le groupe était à nouveau réuni, à l'exception de Tureau et de Devillers, partis vérifier à l'état-major que la distribution des sacs d'argent s'était déroulée sans incident.
Leur angoisse était qu'un intrus vole le sac à l'endroit justement où le tueur avait l'intention de le prendre. Mais il n'y avait aucun moyen de s'en prémunir.
Les équipes étaient prêtes à récupérer les dix-neuf autres sacs dès que le feu vert serait donné, soit quatre heures après la remise – à dix heures tapantes.

C'est Gaëlle Le Bihan qui reçut les premières informations venues du Val-d'Oise.
Deux gendarmes en patrouille avaient trouvé dans le canton de Vigny une grange qui correspondait trait pour trait à la description de leur correspondant anonyme – d'ailleurs toujours non identifié.
Un paysan maraîcher du même canton avait affirmé qu'on lui avait volé plus de deux douzaines de citrouilles, dix jours plus tôt sur son terrain.
— Deux douzaines de citrouilles ? répéta la jeune femme.
Martin dressa l'oreille, et demanda à Gaëlle Le Bihan d'actionner le haut-parleur de son combiné.
Mais avant même qu'elle ait eu le temps de s'exécuter, son visage se transforma, elle se leva d'un bond et se précipita vers le tableau où étaient affichés les vingt noms.
— Bruno Kerjean ! cria-t-elle. Ex-officier, licencié de pilotage pour hélicoptère, expert en armements, il a démissionné en 2001. Réside dans le Val-d'Oise.

— Où ?
— Attendez, je vérifie ! Théméricourt !
— C'est où, ça ?
— À trois kilomètres de Vigny, dit Jeannette, le nez sur son smartphone. À côté de la grange.

Ils se redressèrent tous, comme parcourus par une même décharge électrique, et Jeannette sentit les poils de ses bras se hérisser. Ça y était. Contre toute attente, contre tout espoir, ça y était.

Mardi 9 octobre, sept heures

Les trois voitures banalisées fonçaient sur l'autoroute A15 dans la nuit tombante, à 180 kilomètres/heure et à la queue leu leu, toutes trois surmontées de leurs gyrophares bleus.

C'était une opération conjointe police-gendarmerie.

Toutes les routes – et les chemins – dans un périmètre de cinq kilomètres autour du village de Théméricourt étaient en passe d'être bloqués par la gendarmerie, et un hélicoptère muni de détecteurs infrarouges survolait le site, alors que l'équipe du RAID s'apprêtait à entrer dans le village, à proximité de la maison de Bruno Kerjean. Vu le CV de l'homme recherché, il était hors de question de prendre le moindre risque.

Kerjean, ex-officier d'élite, vigile dans l'usine de pain industriel Bruner, marié, père de deux enfants.

C'est Tureau qui pilotait la voiture dans laquelle se trouvait Martin.

— Sacrée dégringolade, dit-il en relisant le dossier de Kerjean. Passer d'officier dirigeant un groupe d'élite à vigile dans une PME... Il ne doit pas porter la hiérarchie dans son cœur. Ça colle avec le profil.

C'était même presque trop beau pour être vrai. Qu'est-ce qui avait bien pu se passer cet hiver 2000-2001 ? Il posa la question à haute voix.

Gaëlle Le Bihan se pencha vers lui, son téléphone collé à l'oreille.

— J'essaye d'en savoir plus… Apparemment, une partie du dossier a disparu, dit-elle.

Tureau conduisait, et Jeannette était assise à côté d'elle. Elle se tourna vers la gendarme.

— Comment ça, une partie du dossier a disparu ?

— La dernière mission de Kerjean était hors territoire, répéta Le Bihan, à mesure que les informations lui parvenaient par téléphone. Il a fait partie de la Garde républicaine…

— Merde, dit Martin. Il a été viré à ce moment-là ?

— Non. Il a été promu dans une unité d'élite et il a été envoyé en Arabie saoudite, en 2000. Il dirigeait un groupe très restreint. Douze hommes, tous experts chacun dans son domaine. Communications, explosifs, etc. Il a démissionné en janvier 2001, deux semaines après être rentré de mission.

— On ne sait pas pourquoi il a démissionné ? insista Jeannette.

— Pour raisons de santé, dit Le Bihan.

— Tu parles, dit Martin. Et douze ans plus tard, il tue huit personnes devant son ancienne caserne.

25

Mardi 9 octobre, sept heures

Aurélien était descendu du RER à la station Charles-de-Gaulle-Étoile, et il était remonté à la surface par les escaliers de l'avenue de Wagram, à une heure où la foule était encore clairsemée. Le jour n'allait pas se lever avant un bon moment. Il regarda sans vraiment les voir les trottoirs et les pavés luisants, le ballet des voitures encore rares fonçant sur la grande chaussée circulaire, prenant la tangente au dernier moment pour éviter de se percuter les unes les autres, et plongeant vers l'extérieur, l'énorme masse gris pâle de l'Arc semblable à un éléphant géant aux pattes monstrueuses. Il traversa l'avenue de Wagram, et continua à faire le tour de l'esplanade, vers l'est et les Champs-Élysées.

Seuls les phares des voitures et les feux tricolores créaient de l'animation sur l'avenue. La dernière fois qu'il y était venu, c'était un samedi, et il avait dû se frayer un chemin au milieu des cohortes de passants. À cette heure, les commerces étaient encore fermés, les larges trottoirs dallés quasiment déserts étaient balayés par une brise humide et glacée.

Il ramena son sac dans son dos et descendit vers la Concorde, d'un pas égal.

Mardi 9 octobre, sept heures

Les trois voitures banalisées ralentirent à peine en abordant la bretelle qui descendait vers Vigny. Les flics virent le premier barrage, ils passèrent au ras des véhicules militaires et des barrières, eurent à peine le temps d'entrevoir les silhouettes sombres des gendarmes en treillis armés de leurs Famas, tournèrent à gauche et dévalèrent la côte en lacet. Le village se réveillait et des têtes se tournèrent, intriguées, vers les trois voitures aux lumières bleues.

Deux fourgons de gendarmerie et deux ambulances étaient garés sur la grande place, dominée par les tourelles pointues du château. Les trois voitures des Parisiens virèrent à gauche au milieu de la place, accélérèrent dans une rue large qui s'étrécit en entonnoir, et freinèrent brutalement, manquant se télescoper, à l'orée d'un lotissement coquet de maisons claires aux toits rouges, ceintes de murets en crépi et de portails ajourés en bois blanc.

Un gendarme en uniforme surgi de nulle part salua les arrivants, alors que les portières des voitures s'ouvraient.

— Adjudant-chef Chevillard. La maison de Kerjean Bruno est la cinquième sur la droite, dit-il. Elle est cernée. Pour le moment, les occupants des lieux ne se sont pas manifestés. Apparemment tout est éteint. Le préfet est sur place.

Un groupe d'hommes en civil, à l'exception de l'un d'entre eux qui portait l'uniforme et la casquette de préfet, était planté à l'abri d'une guérite de bus. Martin crut entendre au loin la turbine d'un hélicoptère qui montait en régime.

Il échangea un regard avec ses compagnons, et aucun d'eux ne jugea nécessaire de rejoindre le préfet. Ils pensaient sans doute tous la même chose. Le tueur devait être déjà près d'un des points de rendez-vous, c'est-à-dire à une cinquantaine de kilomètres d'ici. La maison était vide. Ou alors, occupée par des personnes qui n'étaient pas au courant des activités clandestines de Kerjean.

Un homme en tenue d'intervention – probablement le chef du commando du RAID – se détacha du groupe du préfet et se fondit dans l'obscurité. Quelques instants plus tard, Martin vit des ombres s'approcher de la maison suspecte, dans le silence. Il entendit un coup sourd, suivi de cris brefs, puis plus rien.

Le chef du commando revint trois minutes plus tard.

Entre-temps, Martin et ses compagnons avaient fini par se joindre au groupe préfectoral et s'étaient présentés.

— C'est sécurisé, dit le chef du commando. Pas de dégâts. Kerjean n'a offert aucune résistance, à part lui il n'y avait que sa femme et sa fille.

Martin avança.

— Kerjean ? Il était là ?
— Au lit avec sa femme.
— Vous êtes sûr ?

Le chef le regarda, sur la défensive.

— Oui, on a vérifié, c'est bien lui.
— Je vais l'interroger, dit-il. Tout de suite.

Escorté par Jeannette et Tureau qui fermait la marche, il se dirigea vers le pavillon.

— Si ça se trouve, on s'est complètement plantés, dit Martin.
— Non, dit Jeannette. Il y a trop de faits concordants. Il correspond exactement au profil que tu cherchais.
— On va bien voir, dit Martin.

Il se tourna à nouveau vers le chef du commando.

— Où sont sa femme et sa fille ?
— Consignées dans une chambre du pavillon à l'étage.
— Et lui ?
— En bas dans la cuisine.

Les trois flics de la Brigade criminelle entrèrent, escortés par le chef.

Sept heures deux

Sous le tunnel menant à la porte d'Italie, dans le sens Paris-Province, un scooter ventru s'arrêta sur la voie de gauche contre la bordure de ciment qui séparait les deux voies. Son conducteur, vêtu d'une grosse canadienne de cuir et d'un casque intégral noir sans marque apparente, souleva la selle de son scooter et le laissa entrouvert. Il enjamba la bordure, et s'apprêta à traverser la chaussée encombrée de voitures quasiment à l'arrêt. De l'autre côté de la route, il pouvait voir le rectangle vert de l'accès de secours numéro 2, surmonté du dessin lumineux d'un petit bonhomme en train de gravir un escalier. À cet instant, son téléphone émit un bip, signalant qu'il venait de recevoir un SMS. Il lut le message, et l'effaça.

Il poussa un profond soupir, hésita quelques secondes, et prit sa décision.

Il revint tranquillement sur ses pas, rabaissa et verrouilla la selle du scooter, avant de l'enfourcher et de s'insinuer dans la circulation, vers l'extérieur de Paris. Les automobilistes qui avaient pu remarquer son manège, déjà agacés par l'embouteillage, firent à peine attention au pilote d'un scooter en panne qui venait de redémarrer.

Derrière la porte verte, sous l'escalier métallique de la sortie de secours, le gros sac noir cylindrique resta à sa place.

Sept heures cinq

Dans l'entrée, un gendarme était à quatre pattes dans le placard contenant des piles de bottes et de baskets qu'il rejetait derrière lui. La fouille du pavillon était toujours en cours, et ils entendirent des exclamations à l'étage.

Le chef gravit rapidement l'escalier, alors que Martin et Jeannette se dirigeaient vers la cuisine.

Kerjean était assis en T-shirt et caleçon, menotté dans le dos, gardé par deux hommes lourdement armés. Il avait une ecchymose sur la joue, et il regardait dans le vide.

L'intrusion de Martin ne lui fit même pas lever les yeux.

Martin prit une chaise et s'assit en face de lui. Jeannette resta en retrait et s'appuya contre le mur, les bras croisés, sans quitter le prisonnier des yeux.

— Commissaire Martin, Brigade criminelle, dit Martin. Vous êtes Bruno Kerjean, ex-capitaine de gendarmerie.

L'homme le fixa sans répondre. Martin se demanda si son mutisme était volontaire, ou s'il était en état de choc. Il avisa la carte d'identité de Kerjean posée sur la table, avec d'autres papiers. Il la prit et l'examina. Sur la photo, il était plus jeune, mais c'était bien lui.

Le chef entra dans la cuisine, un étui en plastique gris à la main.

— Cet étui contenait un pistolet-mitrailleur Ingram M10, dit-il. C'est écrit là. Où est l'arme ?

L'homme parut se réveiller.

— Vous avez trouvé ça où ?

— Dans le garage. Où est l'arme ?

— Normalement dans l'étui, dit-il. Je l'avais sortie il y a quelque temps de mon coffre pour la graisser...

— Pour vous en servir le 1er octobre, dit Martin.

Kerjean le regarda sans paraître comprendre de quoi il parlait.

— Quoi ?

— Le 1er octobre, vous avez abattu huit personnes dans le bus 86, devant la caserne de la Garde républicaine.

— Vous êtes fou ! dit Kerjean.

Soudain il parut se réveiller et regarda autour de lui, comme s'il découvrait la pièce.

— Le mec du bus... Vous croyez vraiment que c'est moi ? Vous êtes dingue !

— Huit personnes ont été tuées par un expert avec un Ingram M10. Vous êtes un expert, vous étiez en possession d'un Ingram M10.

— Mais pourquoi j'aurais fait ça ?

Martin ne répondit pas à la question.

— Vous avez laissé une arme de guerre dans votre garage à la portée de n'importe qui, c'est ça votre défense ?

— Elle était bien cachée.

— Et pourtant elle a disparu. D'où venait-elle ?

— C'est un souvenir.
— Un souvenir de quoi ?
— Un échange de cadeaux avec des camarades argentins, après un entraînement en Amérique du Sud, dans la jungle, il y a dix ans.
— Les balles aussi ? demanda Martin.
— Quelles balles ?
— Les balles de 9 mm qui ont tué huit personnes dans le bus, le 1er octobre à Paris.

Kerjean secoua la tête, comme s'il ne comprenait pas de quoi Martin lui parlait.
— Les balles aussi vous les aviez cachées ?
— Il y avait deux chargeurs de trente-deux balles, dit Kerjean à voix basse... Et une boîte de deux cents. Je les ai laissées avec l'arme...
— Et qui a pu prendre l'arme, les chargeurs et les balles, si ce n'est pas vous ?
— Je ne sais pas.
— Je pense que si, vous le savez, dit Martin. Qui a accès à votre garage ?

Kerjean ne répondit pas, mais dans son dos ses mains bougeaient sans cesse. Le temps de l'hébétude était passé. Il était de plus en plus nerveux. Il n'avait pas l'air d'un coupable, se dit Martin, mais plutôt d'un homme qui cachait un secret.

Tureau apparut sur le seuil et adressa un signe à Martin.
Il se leva et la rejoignit.
— Viens voir, dit-elle.
Il la suivit au premier étage, jusqu'à l'une des trois chambres.

Martin enregistra rapidement les éléments essentiels : le lit à une place, le petit bureau IKEA en bois blanc, les livres de classe de Première S, le PC, les cassettes de jeux, les deux paires de baskets taille 43 ou 44, les T-shirts et les joggings étalés sur le lit, ou par terre.

— C'est la chambre de leur fils aîné. Il s'appelle Aurélien. Il a seize ans. Ni sa mère ni sa sœur ne savent où il est. Il devrait être prêt à partir en classe. Il est lycéen à Cergy-Pontoise.
— Il y a des photos de lui ?
— Oui. Par là.

Dans la chambre des parents régnait un indescriptible capharnaüm. Le matelas avait basculé sur le sol, les tables de chevet étaient renversées. Kerjean s'était défendu contre l'intrusion. Martin avisa le panneau de liège sur lequel étaient collées les photos de famille, en face du lit. Aurélien était un garçon brun à la mine sérieuse, mince et plutôt athlétique, les cheveux coupés court. Sur une des photos, son père le tenait par l'épaule et ils avaient sensiblement la même taille. Sur une autre photo, le garçon se trouvait en compagnie d'un adolescent de son âge, rondouillard et blond, et qui portait un T-shirt de foot en nylon rouge vif.

Martin arracha les photos du support et redescendit dans la cuisine.

Il les posa sur la table, devant Kerjean. Il désigna le garçon brun.

— Ton fils, dit-il, c'est bien lui ?
— Oui.
— Où il est ?
— Je ne sais pas.
— C'est lui qui a l'Ingram.
— Je ne sais pas.

Martin échangea un regard avec Jeannette et lui tendit la photo d'Aurélien et de ses parents. Elle la prit et sortit aussitôt.

— Son copain, là, qui c'est ?
— ... Cyprien, lâcha Kerjean. Son meilleur ami.
— On le trouve où, ce Cyprien ?
— Il habitait dans le village d'à côté, ils étaient en classe ensemble depuis le collège.
— Et maintenant il est où ?
— Au cimetière. Il est mort il y a trois mois. Avec sa mère.

26

Trois mois plus tôt, le 9 juillet

Quatre jours après la fin des cours, Cyprien allait comme chaque année en colonie à la mer, près d'Hossegor, grâce au comité d'entreprise d'EDF où travaillait son père.

Louise l'accompagnait à la gare de Pontoise, d'où partait le groupe d'une trentaine d'ados et de moniteurs.

Comme à chaque départ, l'atmosphère familiale était tendue. Un peu plus encore cette année, car Louise avait l'impression de se débarrasser de son fils et elle se sentait coupable. Elle allait profiter pendant trois semaines d'Aurélien, qui, lui, ne partait nulle part. Leur liaison durait depuis à peine trois semaines. Ils se sépareraient au début du mois d'août, la mort dans l'âme, pour s'en aller chacun de son côté en famille, Aurélien en Bourgogne avec ses parents et sa sœur, et elle en Bretagne avec son fils revenu de son camp de vacances et son mari. Un mois d'août qui serait un enfer, pire encore que l'année passée où elle et Pierre n'avaient pas arrêté de s'engueuler – alors qu'il ne se passait encore rien dans sa vie...

Son fils en colo, son mari au travail, elle allait plonger dans l'inconnu et vivre à partir de tout à l'heure trois semaines de bonheur fou et éphémère, trois semaines de passion mêlée d'angoisse, trois semaines où elle se réveillerait chaque matin en se disant qu'elle était bonne à enfermer et qu'elle devait arrêter tout de suite, tout de suite, avant de se trahir, avant surtout de passer au-delà d'un seuil où elle ne pourrait plus jamais revenir en arrière, où la seule idée que son mari la touche deviendrait si insoutenable qu'elle enverrait tout promener. Comment personne ne se rendait-il compte de rien ?

Elle avait comme à chaque départ rangé le sac de Cyprien, avait vérifié qu'il ait bien avec lui les formulaires, le billet, ses papiers, son argent de poche, ses antihistaminiques, son chargeur de portable, sa trousse de toilette…

Elle jetait de temps à autre des regards à son profil. Il fixait la route, maussade, encore mal réveillé. Elle lui tapota le genou.

— Tu vas voir, ça va être super.

— Cette année, je ne connais personne là-bas, je vais me faire chier, dit-il. Je crois que j'aurais préféré rester.

— Tu dis ça chaque année, et une fois que tu y es, tu es ravi.

— Mm… Au moins on aurait fait plein de trucs avec Aurélien.

Elle ne répondit pas. Une image intensément érotique lui traversa l'esprit. C'est moi qui vais faire plein de trucs avec Aurélien, se dit-elle, tout en se sentant une fois de plus coupable de sacrifier son fils à sa passion égoïste. Quelle mauvaise mère je fais. Elle mit son clignotant quatre cents mètres avant la sortie « Pontoise », et sourit à son fils.

Ni l'un ni l'autre n'eurent le temps de voir le semi-remorque qui se pliait en portefeuille sur la voie d'en face et envoyait valser une camionnette par-dessus la rampe. La camionnette plongea sur eux, ses quatre roues tournoyant follement en l'air, et percuta le pare-brise de la Clio de Louise à la vitesse combinée de cent quatre-vingts kilomètres/heure.

Mardi 9 octobre, huit heures

Aurélien marchait sur le bord du trottoir. À cette heure de la journée, entre la Concorde et l'Hôtel de Ville, le vacarme des voitures et des deux-roues était infernal. Les piétons préféraient passer par le quai en contrebas ou par le jardin des Tuileries, et il était l'un des rares à s'être aventurés aussi tôt le matin entre les flots de voitures et de deux-roues qui avançaient par à-coups.

Mais sur le trottoir qui surplombait le quai, à l'ombre des troncs des platanes, il passait inaperçu, petite silhouette noire cheminant sans hâte mais sans traîner, toujours vers l'est.

Il était en mode action. Il allait montrer à tous quelles étaient les conséquences de l'injustice. Il était un héros, un soldat d'élite, un expert reconnu et respecté, et au lieu de lui donner ce qu'il méritait, on lui avait volé sa vie. On l'avait exclu de son métier, on l'avait exilé, on l'avait forcé à faire un travail sans intérêt, on l'avait humilié, on avait humilié sa famille. Le malheur était descendu sur eux. Avec la complicité du monde entier. Le monde entier allait subir une nouvelle fois sa vengeance.

Mardi 9 octobre, huit heures

Bélier décrocha son téléphone et composa le numéro de Jeannette, mais elle raccrocha presque aussitôt et resta les yeux fixés sur le rapport ouvert devant elle.

Son assistant entra sans frapper.

— Qu'est-ce qu'on fait... ?

— Tu ressors et tu fermes la porte, dit-elle avec une telle sécheresse que le garçon eut l'impression de s'être fait gifler.

Bélier attendit que la porte soit fermée pour reprendre son téléphone. Elle composa le même numéro et, cette fois, laissa sonner jusqu'à ce que Jeannette décroche.

— Bélier, dit-elle. Tu es où ?

— À la campagne, dit Jeannette.

— Il faut que je te voie.

— Je ne peux pas maintenant.

— C'est très important.

— Tu ne peux rien dire par téléphone ?

— J'aime autant pas.

— Bon... Tu peux au moins me donner une indication ?

— Oh et puis merde, dit Bélier. J'ai le rapport balistique sur l'homicide de Mousseaux.
— Oui ?
— La douille retrouvée sur les lieux présente exactement les mêmes défauts que celles percutées par ton arme de service et enregistrées ici.
— Ce n'est pas moi qui ai tué Mousseaux, murmura Jeannette, la voix blanche.
— Je sais, dit Bélier doucement. Quelqu'un a pu se servir de ton arme à ton insu ?
— Non. Elle est toujours avec moi.
— Quelqu'un a pu substituer une autre arme à la tienne ?
— Non.
— Bon. Je vais transmettre le rapport d'ici une heure au commandant Hermet. Je suis obligée.
— Je sais, dit Jeannette. Ne t'en fais pas. Putain...
— C'est un coup dur, mais il y a forcément une explication. Parles-en avec Martin.
— Merci, dit Jeannette. Merci de m'avoir prévenue. Il faut que j'y aille.

Elle raccrocha. Hermet... Mousseaux. Qu'est-ce qui se passait ? Elle bloqua la panique qui l'envahissait. Elle n'avait pas le temps de penser à ça.

Martin et Tureau étaient avec Kerjean et sa femme dans la chambre de leur fils.
Ils avaient déjà envoyé une réquisition pour localiser son portable et attendaient le résultat.
Ingrid Kerjean inventoriait les affaires de son fils, l'air perdu. Elle ne comprenait pas encore ce qui se passait, mais elle exécutait les tâches qu'on lui demandait, sans se révolter, peut-être pour éviter de penser à ce que ces demandes signifiaient.
— Je ne vois pas son sweat noir à capuche et son jean noir, dit-elle. Ça doit être ça qu'il porte.
— Il a un sac de sport de couleur foncée ? demanda Martin.

— Oui, son sac de sport. Il est noir.
— Vous êtes sûre qu'il n'a pas accès à un deux-roues ? demanda Tureau pour la dixième fois.
— Je ne suis sûre de rien, mais je ne l'ai jamais vu sur une mobylette ou un scooter, dit sa mère, et le père acquiesça. Je ne vois pas où il en aurait trouvé un, sans parler de l'acheter.
— Il aurait pu le voler, dit Tureau.
— Notre fils n'est pas un voleur.

Martin commençait à plaindre les deux parents. Ce qui venait de leur tomber sur la tête n'était pas leur faute – à ce détail près que Kerjean n'aurait pas dû laisser traîner une arme létale chez lui, dont la possession était d'ailleurs passible de poursuites pénales.

Mais il y avait encore beaucoup trop de zones d'ombre.

Soudain, Ingrid Kerjean poussa un cri étouffé, et tenta de cacher maladroitement une photo qu'elle venait de trouver au fond d'un tiroir entre deux cahiers.

Martin la lui prit des mains. Sur la photo, une jolie femme blonde relevait son T-shirt sur ses seins nus, avec une moue coquine. Le décor à l'arrière paraissait être celui d'une chambre. Elle était en jupette ultra-courte, les jambes nues.

— Vous la connaissez ? demanda Martin.

Ingrid Kerjean regardait au-delà de lui, quelque chose qu'elle seule était capable de voir.

— Louise, murmura-t-elle.
— Louise ?
— La mère de Cyprien. La mère de son meilleur ami. Il était tout le temps fourré chez son copain... C'est là qu'il a dû voler la photo.

Il y eut un conciliabule en bas, avec les gendarmes du canton qui avaient trouvé la grange.

Martin descendit et leur ordonna que personne n'y pénètre, et que le périmètre extérieur soit également préservé.

La police scientifique allait investir les lieux.

L'interrogatoire des parents reprit au rez-de-chaussée.

Le couple était assis côte à côte. Martin se consacra à Kerjean, tandis que Jeannette continuait de poser des questions à la mère d'Aurélien.

— Votre fils avait une relation intime avec la mère de son meilleur copain ?

— Je ne sais pas... Oui... Peut-être... Plein de choses me reviennent. Que je n'avais pas voulu voir.

— Elle était mariée ?

— Oui.

— Son mari habite toujours ici ?

— Je crois qu'il a déménagé. Leur maison est en vente depuis septembre.

— Vous n'avez pas toujours vécu ici, dit Martin. Votre fils connaît Paris. Kerjean, vous m'entendez ?

L'homme releva la tête. Il paraissait engourdi, comme drogué.

— Quand on est partis de Paris, il avait à peine sept ans, dit-il enfin.

— Où habitiez-vous ?

— Dans le XIIe, rue de Cîteaux.

— C'est de quel côté du XIIe, ça ?

— Pas loin de l'hôpital Saint-Antoine. Ça donne sur le faubourg Saint-Antoine.

— Le 86 passe par le Faubourg-Saint-Antoine et la Bastille. Votre fils prenait le bus 86 ?

— Parfois, pour aller rue Beaudelaire à son école, il y avait une station, et tous les mercredis pour aller voir son père à la caserne, boulevard Henri-IV, dit sa mère. Pourquoi ?

Martin et Jeannette échangèrent un regard.

— Ce qu'il nous faudrait, madame, dit Jeannette doucement, c'est une liste de tous les lieux que fréquentait votre fils quand vous viviez à Paris.

— Quels lieux ?

— Je suppose qu'il allait au gymnase, à la piscine avec son école. Au square. Au musée, au cinéma. Vous aviez peut-être des endroits où vous l'emmeniez régulièrement.

— Oui, dans les jardins de Bercy.

Tureau avait pris des notes, ainsi que Le Bihan. Les deux femmes sortirent. Des dizaines d'hommes allaient être déployés dans chacun des lieux que la mère d'Aurélien venait de citer.

— C'est tout ? insista Jeannette. Essayez de vous souvenir.

La mère d'Aurélien secoua la tête.

— Je ne sais pas, dit-elle... Il faudrait que je réfléchisse au calme. Ça fait quand même dix ans. Je ne comprends pas ce que vous cherchez.

— Le mercredi, je l'emmenais souvent au musée ou au cinéma, dit soudain son père, sortant de sa léthargie.

— Quel musée ? Quel cinéma ?

— Le musée des Armées, le Louvre aussi. Le cinéma, ça dépendait des films qu'on allait voir.

Martin sortit sur le seuil de la petite maison.

S'il a récupéré l'argent, il ne va peut-être massacrer personne aujourd'hui, se dit-il sans vraiment y croire. Il regarda l'heure. Bientôt, ils pourraient aller vérifier où la rançon avait été prise.

Mais plus le temps filait, plus son sentiment d'inconfort grandissait. Qu'un garçon de seize ans accomplisse un massacre, c'était malheureusement possible, ça s'était déjà vu, mais qu'il mette au point un plan aussi complexe sans aide... Les Kerjean n'avaient pas de moyens financiers, ils vivaient petitement.

Où Aurélien aurait trouvé l'argent pour acheter un véhicule ? D'ailleurs comment aurait-il pu l'acheter, sans permis ?

Kerjean et sa femme semblaient complètement dépassés. Aurélien était intelligent, solitaire, passionné de jeux sur ordinateur, bon élève, plutôt calme et n'avait apparemment jamais manifesté de comportement violent.

Son meilleur ami était mort avec sa mère dans un accident de la circulation trois mois plus tôt. Était-ce cette mort qui avait provoqué une altération en profondeur de sa personnalité ? Au point d'en faire un tueur glacé, capable d'abattre huit personnes dans un bus et de s'en aller tranquillement ? Dans quel monde fantasmatique s'était-il réfugié ?

Martin rejoignit un des gendarmes nouveaux venus dans le jardin du pavillon.

— Bonjour, dit-il. Commissaire Martin de la Brigade criminelle. Vous pouvez m'emmener à la grange ?

Jeannette regarda partir Martin.
Son téléphone sonna. Elle décrocha.
— Commandant Beaurepaire ? demanda une voix inconnue.
Jeannette se méfiait des voix inconnues depuis quelque temps, mais elle répondit quand même par l'affirmative.
— Vous possédez bien une Peugeot immatriculée 870 XAD 94 ?
— C'est bien ça, dit Jeannette. Vous l'avez retrouvée ?
— Oui. C'est la gendarmerie de Gournay. Votre domicile est bien situé 5, allée Paul Cézanne... ?
— Oui.
— Et vous avez signalé que votre voiture avait été volée ?
— Oui. Pourquoi ?
— À vrai dire on n'a pas eu grand mal à la retrouver. À l'heure qu'il est, elle est garée devant votre porte. Vous êtes sûre qu'on vous l'a volée ?

Jeannette sourit. Première bonne nouvelle depuis un moment.
— Oui. Je ne l'ai pas rêvé. Mais apparemment le voleur a eu des remords. Merci de m'avoir prévenue, dit-elle. Elle n'est pas trop endommagée ?
— Apparemment pas. La carrosserie est intacte, et les portières sont fermées. Mais on n'a pas pu voir à l'intérieur.
— Je verrai ça ce soir, dit Jeannette. Merci encore.
— Vous avez eu de la veine, dit le gendarme. Les voitures, quand on les retrouve, en général elles sont brûlées. Mais vous pouvez tout de même venir porter plainte.

— Oui. Mais si quelqu'un s'est contenté de l'emprunter, et que la voiture est intacte...

— À votre place, je porterais quand même plainte. Imaginez qu'il ait écrasé quelqu'un...

— Bien sûr. Vous avez raison. Je passerai dès que je peux. Bonne journée.

Le voleur avait pris un risque en ramenant la voiture à sa place, se dit Jeannette en raccrochant. À quoi rimait ce vol et cette restitution ? Tureau la rejoignit, une cigarette et un briquet à la main.

— Où est Martin ?

— Parti voir la grange. Tu en es où avec les Kerjean ?

— Devillers et Le Bihan ont pris le relais. Tu en penses quoi ? dit Tureau en désignant la maison et les alentours d'un geste vague.

— Les parents ne sont pas dans le coup, dit Jeannette.

— C'est ce que je crois aussi. Mais le môme n'a pas pu agir tout seul.

— Non.

Tureau hocha la tête et s'éloigna. Jeannette la suivit du regard.

Elle reprit son téléphone et composa le numéro de Laurette. La psy décrocha presque aussitôt.

— Vous n'êtes pas en consultation ? Je peux vous parler ?

— Oui.

Jeannette lui résuma la situation aussi brièvement que possible.

— Vous voulez savoir ce qui aurait pu provoquer un accès de folie meurtrière ? dit Laurette.

— Oui.

— Franchement, je n'en sais rien. D'après ce que vous dites, il agit très rationnellement. Entraînement minutieux, demande de rançon... Ça ne ressemble pas à une bouffée délirante. C'est rationnel, construit... Vous êtes sûre qu'il a agi seul ?

— Je ne suis sûre de rien, mais d'après tous les témoignages c'est un solitaire. Bon élève sans histoire, il ne se drogue pas... En tout cas on n'a rien trouvé qui l'indique. Des drames familiaux ?

— Il a récemment perdu son meilleur ami...
— Ah.
— Un très fort stress peut provoquer un TDP.
— Pardon ?
— Un trouble dissociatif de la personnalité...
— Il serait schizophrène ?
— Non, ça n'a rien à voir avec la schizophrénie. La schizophrénie, c'est plutôt une désagrégation de la personnalité... Là, ce serait plutôt comme un transfert dans une autre personnalité... Vous avez d'autres éléments sur son passé ? A-t-il été victime d'abus sexuels ?
— Je ne sais pas.
— Ça pourrait être un élément d'explication. Que fait son père ?
— Vigile dans une fabrique de farine industrielle. Ancien capitaine de la gendarmerie.
— Ancien ?
— Oui. Il a fait partie de la Garde républicaine et il a aussi dirigé une unité d'élite... À l'étranger.
— Et pourquoi il est parti ?
— On ne sait pas. Des éléments importants du dossier ont disparu.
— C'est une piste intéressante. Vous devriez essayer d'en savoir plus.
— Vous pensez qu'il a reproduit des gestes qu'il attribue à son père...
— Ce n'est pas impossible.
— Sauf qu'il s'en est pris à des innocents, pas à des terroristes.
— Le seul moyen d'avoir une chance de comprendre les motivations de ce garçon, ce serait de le trouver et de l'interroger.
— Je sais, dit Jeannette. C'est ce que dix mille flics sont en train d'essayer de faire.

27

Mardi 9 octobre, neuf heures

Martin était au milieu de la grange. Son regard allait des restes de traces de craie au sol, au tas de chaises défoncées alignées en rangs approximatifs, et aux traces encore humides des citrouilles.

Les sièges tenaient une place apparemment essentielle dans le dispositif du tueur. Comme dans le bus… Sauf qu'elles n'étaient pas disposées comme dans un bus.

Martin sut soudain dans quel genre d'endroit le tueur du bus effectuerait sa prochaine tuerie, au cas où quelque chose tournerait mal avec la rançon.

Il appela un gendarme.

— Ramenez-moi chez les Kerjean, dit-il.

— Dans quel cinéma alliez-vous en particulier ? demanda-t-il à Kerjean.

— Je vous ai déjà répondu, dit l'homme d'une voix lasse. Ça dépendait des films.

— Il y avait certainement un cinéma où vous l'emmeniez plus souvent qu'ailleurs.

— Oui. À Bercy. On aimait bien aller à Bercy, quand je n'étais pas en service. Et après, on rentrait à pied, en passant par les jardins.

— Ok, dit Martin.

Mardi 9 octobre

À dix heures, vingt équipes allèrent simultanément récupérer les sacs contenant chacun deux millions d'euros. Il en manquait un. Celui qui avait été placé dans une niche de sécurité, dans le tunnel du métro entre Châtelet et Hôtel-de-Ville.

Jeannette apprit la nouvelle alors que Martin n'était pas encore rentré de sa grange.

— Cela voudrait dire que le garçon a au moins un complice, dit-elle à Tureau. C'est contradictoire avec les éléments qu'on a. On s'est trompés quelque part.

— Ou alors les parents nous ont caché quelque chose, dit Devillers.

— Je ne crois pas, dit Le Bihan.

— On a d'un côté un adolescent qui souffre sans doute d'un trouble mental, et de l'autre un type – ou plusieurs – qui réussit à extorquer habilement deux millions d'euros à l'État au prix d'un chantage au massacre, conclut Jeannette. Martin a raison, ça ne colle pas. Il y a un truc qui déconne. Qui est le tueur ? Le gosse ? Les rançonneurs ? Est-ce qu'ils travaillent ensemble ? Et Kerjean dans tout ça ?

— Pour l'instant, dit Devillers, l'adolescent est dans la nature et tout ce qu'on peut retenir contre son père, c'est qu'il n'a pas déclaré une arme de guerre qu'on n'a même pas récupérée.

— Pour le moment, dit Jeannette, ce qui m'inquiète, effectivement, c'est le gosse avec son arme dans la nature, même si le fric a été pris par un complice.

— Quand même, dit Devillers, si un complice a pris le fric, normalement ils devraient se tenir tranquilles. Au moins pour un moment.

— Je n'en sais rien, dit Jeannette. Tant qu'on ne les a pas récupérés, lui et son arme, je m'attends au pire.

Olivier les rejoignit.

— On vient de retrouver le dernier sac de fric, dit-il.

Les flics se regardèrent, atterrés.

— Quoi ? dit Devillers.
— Où ? dit Jeannette.
— À la station Châtelet-les-Halles.
— Je ne comprends pas.
— On a le type qui avait le sac ?
— Oui. Un agent de la RATP.
— Quoi ?
— Je n'en sais pas plus.

Devant le pavillon des Kerjean, Martin sortit de la Kangoo de la gendarmerie et buta dans une pierre. Il faillit s'étaler de tout son long et Tureau émit un petit rire nerveux.

Martin ne le remarqua même pas.

— J'ai vu la grange, dit-il.

— On a retrouvé le sac de fric et le type qui l'a pris, dit Jeannette en le rejoignant.

Martin ne comprit pas tout de suite ce qu'elle venait de dire. C'était fini ? Vraiment fini ? De façon aussi soudaine et imprévisible ? Est-ce que ça pouvait être aussi simple ? Il n'arrivait pas à se sentir soulagé.

— Aurélien Kerjean ? dit-il.

— Non. Un agent de la RATP.

Tureau ricana à nouveau. Elle non plus n'arrivait pas à y croire. C'était absurde. Tout était absurde.

Devillers les rejoignit, le portable collé à l'oreille. Il raccrocha et le garda en main.

— Apparemment, ce n'est pas notre gars. C'est un vrai agent de la RATP qui faisait son boulot. Il a pris son service ce matin après une ITT, il n'était pas au courant des consignes. Il y avait un feu défectueux à deux cents mètres de la station Châtelet-les-Halles et il est allé le réparer. Il a vu le sac dans un des abris du tunnel, il a regardé dedans, et il l'a emporté. Il l'a déposé dans son vestiaire et il est allé voir son chef pour le prévenir. Drôlement honnête, le gars.

— Aucun sac n'a été emporté et le délai est passé, murmura Tureau.

À combien d'innocents le tueur du bus allait-il le faire payer ? Qu'est-ce qui avait mal tourné ?

Jeannette avait le tournis.

— Je crois qu'on a une bonne chance de savoir où il va frapper, dit Martin. Il cherche un cinéma. C'est idéal pour sa façon de fonctionner.

— Pourquoi pas un autre bus ?

— Je ne suis sûr de rien, dit Martin. Mais je pense qu'il va choisir un cinéma. Ça correspond à ce que j'ai vu dans la grange et à la déclaration qu'il a faite aux gendarmes. Des sièges alignés en plusieurs rangées. Ça ne ressemble pas à un bus, ça. Un cinéma, ça marche aussi bien qu'un bus, pour sa façon d'agir. Et c'est un autre haut lieu de son enfance, le cinéma.

— Bercy, dit Jeannette. Le cinéma où il allait avec son père. J'ai eu Laurette au téléphone. Elle m'a parlé d'un trouble dissociatif de la personnalité. Il n'est plus Aurélien. Il est quelqu'un d'autre. Peut-être son père. Ou l'image qu'il a de son père.

— Des trucs de psy, dit Devillers.

— Peut-être, mais ça colle avec ce qu'on sait, dit Martin. Il prenait le 86 pour aller voir son père à la caserne. Tout est lié à son père. L'arme, les lieux où il agit. Et probablement les raisons pour lesquelles il agit. Le matin il n'y a pas beaucoup de monde dans les salles. Il compte se mettre à l'arrière, sortir son arme et tirer tranquillement dans le dos des gens qui se trouvent devant lui, comme il a procédé précédemment, en commençant par ceux qui sont le plus proches de lui. Et personne ne remarquera rien.

Jeannette, Tureau et Le Bihan prirent la première voiture avec Martin. Un dispositif était en train de se mettre en place autour du Multiplex de Bercy. À supposer qu'il soit vraiment là, et pas dans un autre Multiplex à l'autre bout de la région parisienne. Mais même s'il était ici… Il pouvait déjà se trouver dans n'importe laquelle des dix-huit salles de la cour Saint-Émilion, ou dans une queue en train de prendre son ticket. Les premières séances avaient commencé à neuf heures quarante-cinq.

Le ministre de l'Intérieur et le préfet de police voulaient faire évacuer les lieux le plus vite possible.

Roussel, le patron de la Brigade criminelle, était d'un autre avis et s'entretenait avec Martin au téléphone.

— S'il est déjà sur place, dit Martin, une évacuation générale, ça peut l'inciter à agir tout de suite.

— On pourrait déclencher une alerte incendie... Faire sortir tout le monde.

— Oui... Mais même s'il ne se rend pas compte que c'est un leurre, il va se trouver au milieu de la foule. On aura un mal fou à le repérer, même avec les caméras de surveillance. Et il a au moins deux chargeurs à sa disposition. Vu son taux de réussite, ça peut faire plusieurs dizaines de morts avant qu'on l'arrête.

— Qu'est-ce que vous préconisez ?

Martin réfléchit quelques instants.

— Interrompre les films en cours, rallumer les salles et les vider une par une en prétextant un incident technique. Il n'y a encore pas trop de monde à cette heure-ci. Et filtrer la sortie. Ça demande des gars qui ont beaucoup de sang-froid mais ça peut marcher, en tout cas permettre d'éviter le pire.

— Ça me paraît pas mal.

Martin raccrocha. Au patron de se débrouiller pour organiser l'évacuation.

— Résumons, dit Martin à ses compagnons. Il est parti ce matin, soit sur le scooter qui devait lui servir à récupérer le fric, soit par le RER. On va tabler sur le pire, et considérer qu'il a pris le premier train du matin. Ça veut dire que ça fait presque cinq heures qu'il est parti. Pour une raison inconnue, il n'a pas ramassé la rançon. En fait, ça confirme ce que je pense depuis un moment. La rançon est un prétexte. Ce n'est pas l'argent qui l'intéresse.

— Qu'est-ce qui l'intéresse, d'après vous ? demanda la capitaine Le Bihan.

— Commettre un second massacre.

28

Mardi 9 octobre, dix heures

Aurélien était dans le jardin de Bercy.

Il était passé devant le Louvre, puis l'Hôtel de Ville, à une heure où les trottoirs commençaient à se remplir, se demandant s'il valait mieux redescendre sur les quais où il serait seul, ou se fondre dans la foule. Il y avait une majorité de touristes, le plus souvent en couple, mais il n'avait pas eu l'impression que sa silhouette faisait tache. Personne ne lui avait adressé un second regard, et dans la rue, la présence policière était discrète, plutôt cantonnée à la circulation.

À cette heure, et en pleine semaine d'octobre, sous un ciel gris, le parc était presque vide. De rares joggeurs, quelques promeneurs, et des passants qui traversaient le vaste espace pour se rendre à la Grande Bibliothèque de l'autre côté de la Seine, ou dans les magasins de la cour Saint-Émilion. Des jongleurs s'entraînaient sous les arbres qui commençaient à perdre leurs feuilles, mais Aurélien les vit à peine.

La vengeance était en marche.

Mardi 9 octobre, dix heures et demie

Il s'enfouit sous des buissons vivaces au cœur du parc et s'assit sur la mousse humide. Il resta immobile et invisible, à quelques dizaines de mètres du pont qui enjambait la rue Joseph-Kessel. Il aurait fallu des détecteurs d'infrarouge pour déceler sa silhouette mince et sombre entre les branchages et les feuilles.

Il y avait quelques joggeurs, peu de promeneurs dans les allées et sur le pont. Il avait appris à observer, aussi immobile qu'un reptile à l'affût. C'était la première leçon. Examiner le terrain sans se faire voir.

Un groupe de trois hommes surgirent sur le pont, en provenance de la rue, et ils regardèrent autour d'eux. Ils étaient vêtus en civil, mais c'étaient des adversaires, cela se voyait tout de suite. Minces, entraînés, ils avaient des mouvements vifs, même s'ils tentaient de les contrôler. Ils parlaient par intermittence sans se regarder et sans se tourner les uns vers les autres, et Aurélien comprit qu'ils devaient être en train de communiquer par l'intermédiaire de micros dissimulés sous leur col de chemise ou de blouson. Que cherchaient-ils ? Lui ? Non, comment cela aurait-il été possible ? Comment auraient-ils pu deviner ? Non, c'était le plan Vigipirate, la guerre au Mali... Ils n'étaient pas là pour lui. Cela ne voulait pas dire qu'il pouvait baisser la garde.

Il effaça la moue de mépris qui lui était venue naturellement, et maintint sans effort l'immobilité absolue qui le rendait indiscernable. Il avait été entraîné à cet exercice dans les meilleures écoles du monde. Il avait laissé des serpents et des araignées ramper sur lui au cœur de la jungle humide, il avait crapahuté en Guyane à la poursuite de contrebandiers et d'orpailleurs clandestins. Et aucune de ses proies ne l'avait jamais vu venir.

C'était même son expertise qui avait provoqué sa perte et son renvoi de l'armée, (mal) déguisé en démission forcée. Alors qu'il avait cent fois risqué sa vie pour le bien public, un gouvernement ignoble et lâche avait réussi à le priver de tous ses droits, en échange d'une prétendue immunité.

Les trois hommes finirent par s'éloigner. Aucun d'eux n'avait fait plus que frôler du regard les buissons où il se tenait. Amateurs.

Il sourit pour lui-même, fit coulisser la fermeture de son sac de sport et se déshabilla avec une lenteur étudiée, enfouissant le haut et le bas de son jogging dans le sac, sortant l'arme, les chargeurs et un rouleau de tissu adhésif de couleur chair.

Il portait à présent un Levi's baggy et un T-shirt rouge de football « Fly Emirates », de trois tailles trop large. Les deux vêtements appartenaient à un adolescent du nom de Cyprien. Cyprien ne les réclamerait jamais. Il était mort.

Il scotcha le pistolet-mitrailleur sous le T-shirt à même la peau, et se redressa. En se tenant d'une certaine manière, le T-shirt tombait sur son thorax de telle façon que l'arme compacte était invisible. Pour parfaire son déguisement, il se coiffa d'une casquette de base-ball bleue, enfonça dans ses oreilles les écouteurs branchés sur le portable éteint et prit le dernier objet que contenait son sac, un mini-ballon de foot.

Il était légèrement vêtu, mais ne sentait pas le froid.

Une dernière vérification autour de lui. Le sac de sport contenant ses affaires était invisible, sur l'humus sombre. Il se redressa souplement, et gagna une allée transversale, faisant passer le ballon d'une main à l'autre. Un adolescent fan de foot, un de plus.

Mardi 9 octobre

Jeannette était sur le parvis, à l'entrée de la cour Saint-Émilion. Aurélien n'avait pas été repéré.

Devillers et Tureau avaient préféré se poster dans le local de surveillance où étaient centralisés les moniteurs branchés aux caméras de rues.

Il avait fallu dix minutes de palabres intenses avec la direction générale d'Altarea Cogedim, créatrice et gestionnaire du site Bercy-Village pour faire jouer les réquisitions.

Le téléphone de Jeannette vibra. Elle regarda d'où venait l'appel. L'indicatif appartenait au 36.

Elle décrocha.

— Commandant Beaurepaire ?

— Oui, c'est moi. Qui la demande ?

— Commandant Hermet. J'aimerais te voir incessamment.
— Le moment est mal choisi, dit Jeannette. Je suis en opération.
— Je sais, dit Hermet, mais j'ai parlé au patron. Tu es déchargée. Je t'attends au 36. À mon bureau.
— Qu'est-ce qu'il se passe ?
— Je t'attends. Tout de suite.

Jeannette raccrocha, sans répondre. Putain, se dit-elle, Bélier n'aurait pas pu attendre un peu ? Qu'allait-il se passer si elle n'obtempérait pas ? Une arrestation, ici, à Bercy, menottée et emmenée devant ses collègues comme une foutue criminelle ? Une rage incontrôlée l'envahit, et ses joues et son front se mirent à lui brûler.

Martin était plus loin, sur la cour Saint-Émilion. Son regard tourné vers les cinémas qui fermaient la perspective, plus loin vers le sud.

La foule commençait à se densifier. Des deux côtés de la cour, des serveurs préparaient les tables, des clients entraient à la parfumerie ou chez Nature et Découvertes, sortaient de l'animalerie, les bras chargés de paquets. Pour le moment, Aurélien n'avait été vu sur aucun des écrans de contrôle du Village de Bercy, et les salles de projection se vidaient petit à petit en bon ordre.

Pourquoi Bercy ? se demandait Martin. Parce que son père y emmenait Aurélien, petit ? N'avait-il pas pris la mauvaise décision en focalisant l'intervention ici ? Aurélien Kerjean pouvait aussi bien se trouver de l'autre côté de la Seine au MK2 Bibliothèque, au Forum des Halles, ou même dans une des salles rescapées des Champs-Élysées. Il pouvait être n'importe où. N'importe où.

Martin s'attendait à recevoir, d'un moment à l'autre, un message lui annonçant que dix, douze, ou vingt personnes venaient de mourir à l'autre bout de Paris, mais pour le moment rien ne venait. Et la vie paisible des commerçants et des badauds se poursuivait à son rythme, ici comme ailleurs.

Aurélien passa le pont qui enjambait la rue Joseph-Kessel et redescendit vers la cour de Bercy, continuant à faire passer son ballon d'une main à l'autre. Des hommes entraînés à déceler des suspects au milieu de la foule scrutèrent la fine silhouette en jean baggy et T-shirt rouge vif, et détournèrent aussitôt le regard pour s'attacher à des individus moins évidemment innocents.

Aurélien se dirigea vers les cinémas et s'apprêta à faire la queue. Curieusement, il n'y avait personne. Il ne s'attendait pas à ce qu'il y ait beaucoup de monde à cette heure, mais de là à ce que ce soit vide... Il s'approcha d'un caissier que venait d'aborder un jeune couple.

— Je voudrais un billet pour *Hitman*, dit-il.

Le caissier lui sourit.

— Désolé, mais suite à un incident technique, on ne peut pas assurer de projection ce matin.

— Vous voulez dire dans aucune salle ?

— Dans aucune des salles.

Il recula, méfiant, mais se força à sourire à l'homme. Il lui sembla que mille regards le suivaient alors qu'il reculait, mais pourtant il ne vit personne de suspect.

Tant pis, il allait attendre que les salles rouvrent. Un incident technique ? Il revit en pensée les trois hommes du pont. Eux, et maintenant les salles fermées. Les événements étaient-ils liés ? Non, c'était juste une coïncidence. Cela n'avait rien à voir avec lui. C'était impossible. Il ressortit, jouant machinalement avec le mini-ballon de foot. Inutile de rester à traîner dans le coin. Il reviendrait plus tard. Mais où aller ? Pour la première fois, il sentit la fraîcheur de l'air sur ses bras et même sur son torse. L'arme scotchée à sa poitrine le forçait à se tenir droit, légèrement penché en avant, et le ruban adhésif lui tirait sur la peau et le démangeait. Normalement, à cette heure, il aurait déjà dû être assis dans une des dix-huit salles du complexe, dans le noir, à la dernière rangée, en attente des premières explosions du film pour commencer à tirer.

Quelqu'un lui fit une remarque en passant, mais il ne comprit pas ce qu'on lui disait. Cela avait un rapport avec le foot. Ah, son T-shirt…

Pourquoi les salles étaient-elles fermées ? Quelque chose n'allait pas. Tout se déréglait, sans qu'il pût deviner d'où venait le problème. Il avisa son reflet dans une vitrine. Pathétique. Il eut envie d'allumer son portable. Non, jamais en opération. Mais il avait besoin de parler. À quelqu'un. À n'importe qui. Non, pas à n'importe qui. À Louise. Il ne pouvait pas parler à Louise, elle était morte, elle était au cimetière, comme Cyprien. Il se secoua. Il mélangeait tout. Louise n'était pas morte, il lui avait encore parlé la veille. Il l'avait même vue, il l'avait touchée. Ils avaient parlé. Si Louise avait été morte, cela aurait voulu dire que lui, il était… Non, il savait exactement qui il était. Le chef d'un commando de vengeance. Et Louise était morte.

Il passa devant un groupe de touristes en train de parler à haute voix, puis devant plusieurs adolescents qui auraient dû être en classe. Pourquoi ne pas modifier son plan pour opérer dans un restaurant ? Non, le cinéma, c'était le seul choix possible. Il avait été entraîné à ce type d'intervention. Détourner l'attention et frapper au moment où l'ennemi s'y attend le moins. Quand il s'était introduit dans l'édifice pendant la prière, il avait abattu les dix cibles en moins de vingt-cinq secondes. Toute une famille de terroristes qui avaient rejoint leur paradis sans même comprendre ce qui leur arrivait. Il avait fait exactement ce qu'on lui avait demandé, et avait ramené tous ses hommes sains et saufs, mission accomplie. Et puis la politique s'en était mêlée… Et ceux qui auraient dû le soutenir l'avaient abandonné, lâchement. Ils en payaient le prix aujourd'hui. On envoie un soldat sur le terrain, on lui assigne une opération, il l'exécute à la lettre. On ne peut pas, impunément, le jeter ensuite sur le bas-côté comme si c'était un déchet.

Mardi 9 octobre, dix heures quarante-cinq

Jeannette rejoignit Martin et débrancha son micro.
— Je dois rentrer au 36, dit-elle. Je suis convoquée.
— Quoi ?
— Apparemment c'est mon arme qui a été utilisée pour tuer Mousseaux.
— C'est quoi ces conneries ? dit Martin. Tu ne bouges pas d'ici, c'est un ordre.
Il porta la main à son oreille.
— Une seconde... Oui, Le Bihan ?
— On en sait plus sur Kerjean, dit la gendarme. La mission qu'il a exécutée dans les Émirats... En fait, ce qui s'est passé, c'est qu'il a outrepassé sa mission. Il était parti pour participer – pour diriger une opération antiterroriste –, et il a abattu dans une maison privée une dizaine de personnes qui s'étaient réunies. Un groupe d'opposants au régime en place.
— Tu veux dire que ce n'était pas des terroristes ?
— Non, de simples opposants à la dictature du cheikh. Des personnes non armées. Des démocrates.
— Merde. Attends !
Il vit Jeannette qui s'éloignait.
— Jeannette, attends !
Il raccrocha et courut vers elle. Il l'attrapa par le bras.
— Qu'est-ce que tu fous ?
Elle se dégagea.
— Je me tire, ça se voit pas ?
— Tu ne peux pas te tirer maintenant !
— C'est un ordre. Tu veux me faire révoquer, c'est ça ?
— Putain, mais qu'est-ce qu'il se passe ?
— Je ne sais pas, justement. Je veux comprendre. Je suis dans la merde, Martin.
— Bon, vas-y. Je t'appelle dès qu'on a terminé. Et toi tu me tiens au courant.
— Oui. Salut.

Elle lui tourna le dos et s'éloigna, petite silhouette perdue. Martin tenta de rappeler Le Bihan. Sans succès.

Jeannette, dès qu'elle fut hors de vue, reprit son téléphone et rappela la psy.

Martin regarda autour de lui et jura à voix basse, au milieu des badauds et touristes qui continuaient à déambuler, inconscients du danger. Il se sentait perdu et impuissant, incapable de réagir à la menace inconnue qui pouvait surgir de n'importe où. Comment avait-il pu croire un instant que ce serait si simple, que le tueur du bus les attendrait bien tranquillement à l'endroit que lui, Martin, avait prédit ? Comment ses collègues avaient-ils été assez fous et inconscients pour lui faire confiance ?

Mardi 9 octobre, onze heures

Jeannette avait l'impression de trahir Martin, mais elle ne pouvait pas agir autrement qu'en obéissant aux ordres. Elle avait peur. Quelque chose était en train de se mettre en place à son insu, une machine qui allait la broyer si elle ne bougeait pas et faisait l'autruche. Il fallait qu'elle comprenne ce qui se passe, et Martin n'avait pas besoin d'elle. Il y avait toute une armée sur le terrain.

Elle marcha rapidement jusqu'à la gare de Lyon, prit le métro et changea à Châtelet. Elle descendit à Cité, et se retrouva dans le bureau d'Hermet cinq minutes plus tard.

— Tu te trouvais où dimanche soir vers vingt-trois heures ? attaqua Hermet après l'avoir fait asseoir devant lui.

Ils n'étaient pas seuls. La seconde de groupe d'Hermet était prête à enregistrer le P-V.

— Chez moi, avec mes filles. Et ma mère. Je dormais.
— Tout le monde dormait ?
— Oui, je pense.

— Tu n'étais donc pas devant chez Mousseaux, que tu avais déjà auditionné dans la journée ?

— Non, j'étais chez moi, je te l'ai dit.

— Et ton arme, où elle était ?

— Chez moi aussi, dans un tiroir fermé à clé.

Hermet sortit d'une chemise en carton le rapport de la balistique.

— Dans ce cas, comment expliques-tu que la douille de la balle qui a tué Mousseaux a été percutée par une arme qui présente exactement le même défaut de percuteur que la tienne, au micron près ?

— Je peux voir ? dit Jeannette.

Il acquiesça et elle examina les clichés grossis de la balistique. La douille témoin et celle de la balle qui avait tué étaient percutées de façon identique.

— Je ne me l'explique pas, dit Jeannette.

— Bon. Deuxième chose.

Il sortit une photo noir et blanc de mauvaise qualité d'un autre dossier et la présenta à Jeannette.

C'était sa voiture. La plaque était lisible, bien que floue. Cette photo avait été enregistrée par une caméra de surveillance.

— C'est bien ta voiture ?

— Oui, on dirait.

— Tu peux lire l'heure à laquelle cette image a été prise ? C'est dans le coin gauche, en bas.

— Vingt-trois heures trente.

— On est d'accord. Ta voiture a été filmée à vingt-trois heures trente par une caméra de surveillance placée sur un poteau à cinquante mètres du domicile de la victime – Mousseaux.

— Oh putain, dit Jeannette. Ma voiture a été volée la nuit dernière. Je m'en suis aperçue ce matin en partant de chez moi avec mes filles.

— Tu as porté plainte ?

— Pas encore, je ne suis pas arrivée à joindre tout de suite la gendarmerie, j'ai été convoquée au 36… Mais j'ai prévenu l'assurance.

— Tu veux dire qu'à cette heure-ci, tu n'as toujours pas porté plainte ?

— Non... Et...

— Et quoi ?

— Les gendarmes m'ont appelée tout à l'heure pour me dire que ma voiture a été retrouvée devant chez moi. Apparemment intacte.

Hermet la regarda comme s'il n'en croyait pas ses yeux.

— C'est un coup monté, dit Jeannette. C'est évident, non ?

— Si tu le dis.

Jeannette se sentit rougir de colère.

— Je me serais garée devant chez Mousseaux juste sous une caméra de surveillance et j'aurais laissé la douille sur son palier après lui avoir tiré dessus ? Tu vois une flic faire ça ? Ça te paraît logique ? Même à supposer que j'aurais eu une bonne raison de faire ça, je ne suis pas complètement conne !

— Les gens qui commettent des meurtres n'agissent pas toujours de façon sensée, ce n'est pas à toi que je vais l'apprendre.

— Attends. Ta caméra de surveillance, elle a bien dû filmer la personne qui est arrivée devant chez Mousseaux avec ma voiture, et qui est repartie, non ?

— Ben non. Quand elle est arrivée, elle s'est garée derrière un gros camion et la caméra n'a pu filmer qu'une silhouette floue qui s'éloignait de dos.

— Ben tiens, c'est commode ! Mais ma voiture s'est retrouvée devant chez moi le lendemain. Ça prouve bien que quelqu'un l'a ramenée. Elle a été filmée, non, en reprenant la voiture ?

— On a une silhouette, c'est tout.

— Je peux voir ?

Hermet hésita un instant, et sortit une autre photo noir et blanc.

Sur la photo, une silhouette montait dans la voiture de Jeannette, portière ouverte. C'était une femme, ou quelqu'un de petit en tout cas, mince et à la taille fine. Homme ou femme, la silhouette portait un chapeau. Elle paraissait un peu plus grande que

Jeannette, les épaules plus larges, mais c'était peut-être dû à des talons et à des épaulettes. Le pantalon ample qui dépassait sous son imper ne permettait pas de deviner à quoi ressemblaient ses jambes ni ses chaussures. Elle avait des gants.

— On n'a pas mieux, dit Hermet.

— Ce n'est pas moi, dit Jeannette.

— Ça c'est toi qui le dis. C'est une femme qui a ton allure générale, qui a ta voiture et ton arme. Ton arme qui est toujours en ta possession, et ta voiture soi-disant volée qui est garée devant chez toi.

— Ce n'est pas moi, c'est un coup monté, répéta Jeannette.

— Vachement bien monté, dit Hermet.

— Comment tu peux savoir que c'est une femme ? Parce qu'elle porte des vêtements de femme ?

— Au fait, dit Hermet, il y a un truc qui me turlupine. Comment sais-tu que la douille a été retrouvée sur le palier ? Je ne t'en ai pas parlé.

Jeannette ouvrit la bouche et la referma. Elle ne pouvait pas trahir Bélier qui l'avait avertie. Pour la première fois, elle eut vraiment peur.

Hermet tendit la main.

— Ton arme, s'il te plaît. À partir de maintenant, tu es en garde à vue.

29

Mardi 9 octobre, onze heures dix

Martin n'en pouvait plus de cette attente. Personne n'avait vu qui que ce soit ressemblant de près ou de loin au tueur du bus. Tout son édifice de déductions et de prévisions lui paraissait absurde. Comment avait-il pu être si sûr de lui ? Il n'était même plus du tout certain que le tueur du bus fut Aurélien Kerjean. Et Jeannette qui l'avait lâché...

Il entendit soudain dans son micro des exclamations confuses.

Il entendit des bouts de phrases sans suite : « ... Au sud... Vite... On le tient... Capuche... »

Il se mit à courir dans l'allée pavée, vers les cinémas.

Et arriva devant un attroupement. Deux policiers en civil tenaient fermement un jeune homme habillé et encapuchonné de noir qui se tortillait et lançait des coups de pied en les insultant. À côté de lui, une jeune fille terrorisée pleurait.

— Il a attaqué cette jeune fille, expliqua un autre collègue à Martin.

L'homme n'était pas armé, et après quelques échanges confus, il apparut que la jeune fille était sa fiancée et que c'était une dispute d'amoureux.

Martin les fit relâcher et s'éloigna, de plus en plus excédé. Si jamais le tueur du bus était à proximité pour jouir du spectacle, il savait à présent à quoi s'en tenir.

Martin remonta vers le nord, sans bien savoir pourquoi, peut-être simplement pour avoir l'impression de faire quelque chose, et pour échapper à la panique qui l'envahissait. Arrivé au bout de la cour Saint-Émilion, il n'avait toujours pas reçu d'autre alerte.

Il rebroussa à nouveau chemin.

Mardi 9 octobre, onze heures et quart

Aurélien avait déjà regagné le jardin de Bercy par le pont de la rue Joseph-Kessel, et s'éloignait en suivant une longue allée bordée d'acacias aux troncs ligneux. Il avait vaguement l'intention de gravir le grand escalier en bordure du jardin de Bercy, qui le mènerait vers l'autre côté de la Seine et la Grande Bibliothèque. La Grande Bibliothèque, le cinéma MK2... Il pouvait encore réaliser son plan. Mais il ne se sentait plus aussi déterminé. Quelque chose avait foiré. Pourtant, c'était simple et imparable, il ne pouvait pas se tromper. Encore plus facile que le bus. Alors pourquoi les cinémas avaient-ils fermé ? Quelqu'un avait-il deviné ce qu'il allait faire ? Non, c'était impossible, il n'avait parlé à personne de sa mission. Il n'avait personne à qui se confier. Il était seul. Et maintenant ? La Grande Bibliothèque, c'était terra incognita, il n'y avait jamais mis les pieds... Le MK2 ? Il ne connaissait pas ses itinéraires de dégagements, ni ses salles, il n'y était allé qu'une fois et se souvenait avoir dû descendre un escalier. Des salles en sous-sol... Ce n'était pas bon. Des culs-de-sac. Non, il fallait qu'il continue à réfléchir. Le pistolet-mitrailleur scotché à sa poitrine tirait sur les rubans adhésifs. L'arme était compacte, mais lourde. Il craignait que le dispositif finisse par lâcher et il se toucha discrètement les flancs pour vérifier que les rubans étaient en place et ne se décollaient pas. Il regarda sa montre. Il avait pris du retard sur son programme, mais après tout rien n'était perdu. À l'autre bout du vaste jardin, il y avait un autre lieu consacré au cinéma, la Cinémathèque. Mais il n'y avait jamais mis les pieds. Trop dangereux et imprévisible. Trop de pièges possibles.

Il s'arrêta. Non, l'improvisation le conduirait droit à l'échec. Il devait se tenir au plan.

Il revint sur ses pas. Les cinémas de Bercy allaient rouvrir. Ils devaient rouvrir.

Onze heures et quart

Martin eut une idée. Mais même si cette idée était prometteuse, il était sans doute trop tard pour la mettre en pratique. Mais que risquait-il à essayer ? Il commença par appeler Laurette pour valider l'idée. Elle décrocha immédiatement, comme si elle attendait son appel.

— Où vous en êtes ? demanda-t-elle.

— On est à Bercy. Près des cinémas. Il n'est pas là. Pour moi, c'est là que son père l'emmenait et c'est là qu'il devrait intervenir. Mais je me suis sans doute encore trompé.

— Je ne crois pas, dit Laurette. Je suis à l'entrée de la cour Saint-Émilion.

— Je vous rejoins tout de suite. C'est Jeannette qui vous a prévenue ?

— Oui.

Il se tourna et la vit presque aussitôt, élégante silhouette blonde en imper, qui se dirigeait vers lui.

— S'il se prend pour son père, dit Martin, on devrait peut-être lui envoyer un message par haut-parleur, en lui disant que son père ou sa mère veut lui parler, je ne sais pas… Ça le ferait peut-être revenir dans le monde réel… Vous en pensez quoi ?

— … Je n'ai pas d'idée. Jeannette m'a dit que son meilleur ami et sa mère sont morts dans un accident il y a quelques mois.

— Oui.

— C'est ce qui a pu provoquer le syndrome…

— Le syndrome… ?

— Le trouble dissociatif de la personnalité. Si c'est bien de ça qu'il s'agit. Son père a été victime d'une injustice… Aurélien a été victime de ce qu'il considère aussi comme une terrible injustice, la mort de son ami. En vengeant son père il fait d'une pierre deux coups.

— La mort de son ami a vraiment pu provoquer cette psychose ?

— Je ne sais pas... Vous me demandez de faire des conjectures au sujet d'un individu que je n'ai jamais vu...

— Je sais. Mais je n'ai pas le choix.

— Vous n'avez rien d'autre ?

— Non.

— L'adolescence est un passage difficile. Si son ami était un ami très proche, oui, ça a pu provoquer un choc si violent que... Peut-être que c'était quelque chose de plus qu'un ami... ?

— Je n'en sais rien. Les parents en tout cas ne sont pas au courant, mais... Oh putain.

— Quoi ?

— Dans les affaires du garçon, il y avait une photo de femme avec les seins nus, et c'était la mère de son ami Cyprien. Tenez, je l'ai là.

Elle jeta un coup d'œil dessus.

— Vous avez vu ce regard qu'elle lance au photographe. Elle a l'air drôlement intéressée par lui.

— Ça pourrait être Aurélien, dit Martin, vous avez raison. Ça pourrait être lui qui a pris la photo.

— Si c'est bien Aurélien son amant...

— Sa mère pensait qu'il avait volé la photo chez son copain.

— C'est plus rassurant pour elle que d'imaginer une liaison torride entre son fils de seize ans et une femme de son âge, non ?

Martin acquiesça. Aurélien était amoureux de la mère de son copain Cyprien. Et elle était morte elle aussi.

— Il a sans doute perdu dans le même accident deux des personnes auxquelles il tenait le plus, dit Laurette. À une période où les jeunes ont déjà le sentiment que le monde entier est contre eux. Ça, oui, ça a pu le faire basculer.

— Alors ? dit Martin. Cette idée d'annonce... ? Ça ne pourrait pas marcher ?

— Peut-être. Si seulement on en savait plus. Qui a prévenu les gendarmes ?

— Appel anonyme de Cergy-Pontoise.

— Et si c'était lui qui les avait appelés ?

— Vous voulez dire qu'il se serait dénoncé lui-même ?

— Oui. Ce n'est pas impossible.

— Si c'est le cas, ça veut dire qu'il est accessible à la raison, non ?

— Oui. Il doit y avoir un conflit entre sa personnalité d'Aurélien et celle de tueur qu'il s'est construite…

— S'il a appelé, ça veut dire qu'on peut le faire revenir à nous.

— Oui… Il y a peut-être quelque chose à tenter. Il faut que je réfléchisse…

— Comme si on avait le temps, dit Martin en prenant son téléphone. Je veux parler à Mme Kerjean, dit-il à son interlocuteur. Tout de suite. Et à son mari.

Mardi, onze heures et demie

Laurette était dans le studio contigu à la salle de surveillance. Ses notes rapidement griffonnées étaient devant elle. Et le technicien n'attendait que son signal pour ouvrir le micro.

Elle devait parler le plus doucement possible pour rassurer et convaincre. Quels mots employer ? Comment l'appeler, lui ? Aurélien, d'emblée ? Était-ce une terrible erreur ? Ou le seul moyen de sauver des vies ?

Elle aurait bien aimé que Martin ou Jeannette soient à côté d'elle, mais ni l'un ni l'autre n'était présent. Cette femme, cette Louise, comment s'adressait-elle à lui ? Lui donnait-elle un nom particulier ? Leur liaison était-elle toute récente ? Autant de questions dont elle n'aurait jamais la réponse, et pourtant, il fallait qu'elle soit convaincante, assez persuasive pour l'arracher à sa personnalité fantasmatique de tueur…

Son métier, c'était avant tout d'écouter, et elle allait devoir parler et trouver les mots qu'il fallait. Il y avait pourtant quelque chose... Martin et elle n'étaient pas allés jusqu'au bout de leur raisonnement. Elle se compressa les tempes. À quoi avait-elle pensé fugitivement, dans la rue... ? En tant que tueur, Aurélien s'était raccroché à la pseudo-personnalité de son père, fantasmée par lui... Mais pour réintégrer sa personnalité d'adolescent, pour redevenir Aurélien, il avait sans doute besoin d'un autre pôle d'attraction, inverse... Quelque chose d'assez fort pour le faire revenir à lui... Un autre fantasme... Quelque chose de suffisamment attrayant pour qu'il redevienne Aurélien. C'était ça. Louise, amante et conseillère... C'est auprès d'elle qu'il pouvait se réfugier, redevenir Aurélien, jusqu'au moment où la terrible réalité le frappait au visage, quand soudain il se rappelait qu'elle était morte... Était-ce trop simpliste comme vision des choses ?

De toute façon elle n'avait plus le choix.

Elle devait lui faire croire que Louise voulait parler à Aurélien. Elle n'était pas comédienne et elle devait incarner une jeune femme morte qu'elle n'avait jamais connue.

Elle aurait tellement souhaité ne pas être seule, dans le petit studio vitré. Mais Martin était retourné dans la rue, à guetter. Il lui avait laissé la photo de Louise, pour l'inspirer.

Elle regarda encore une fois le visage de la jeune femme, son expression intense, les yeux fixés droit devant elle, alors qu'elle relevait son T-shirt sur ses seins ronds. Il y avait quelque chose de frais, de sauvage... d'adolescent chez cette femme. C'est cette part d'elle qui avait été amoureuse d'Aurélien.

Elle releva les yeux et adressa un signe au technicien.

30

Mardi, onze heures trente-cinq

Aurélien était dans un passage qui le menait à la cour Saint-Émilion quand il entendit une voix de femme l'appeler par son nom. La voix lui était inconnue mais pas le nom. Louise. Il émit un petit rire. C'est tout ce que ses ennemis avaient trouvé pour le tromper ? Utiliser la voix d'une morte ?

— Aurélien, c'est Louise, répétait la voix sur un ton très doux qui n'était pas du tout celui de Louise.

— Je sais que tu es là, insistait la voix. Je voudrais te parler. Je t'attends.

Je t'attends ? Où l'attendait-elle ? La voix mentait. Il n'y avait pas d'Aurélien ici, pas plus que de Louise. Pourquoi commettre un mensonge aussi évident ? Quel était le but de cette manœuvre ? Personne ne pouvait savoir où il se trouvait.

Il s'aperçut qu'il était resté planté là, dans le passage, alors que les passants allaient de part et d'autre... C'était ça le but. Le rendre inopérant. Le faire réfléchir à des choses qui n'existaient pas et par là même l'empêcher d'agir. La colère le prit par surprise. Il faillit arracher l'arme de sous son T shirt, mais réussit à se maîtriser in extremis. Il n'était pas encore temps. Il secoua la tête, comme pour se débarrasser de la voix, et avança vers la lumière.

Il ne devait pas se laisser détourner de son but. Les cinémas.

Martin vit plusieurs personnes sortir du passage. Il se trouvait éloigné de la voûte d'une quinzaine de mètres, et lui aussi jugeait que le message de Laurette sonnait faux.

Mais la psy avait sans doute suivi une ligne de raisonnement qui n'était pas la sienne. Lui-même se serait plutôt adressé à Bruno Kerjean, puisque c'était la personnalité de Bruno Kerjean qu'Aurélien était censé incarner... Erreur ?

Un ado en vêtements de sport apparut dans la cour Saint-Émilion, une petite balle de foot à la main. Il avait l'air un peu égaré, comme s'il s'était attendu à débarquer au milieu d'un stade plutôt qu'entre les vitrines clinquantes d'une allée commerçante. Un T-shirt rouge trop large, un jean baggy qui tombait sur ses fesses... Ça n'allait pas ensemble, se dit machinalement Martin, qui n'avait pourtant rien d'un arbitre des élégances. Mais le baggy, d'après ce qu'il avait vu sur les ados, ça collait plutôt avec un sweat, pas avec un T-shirt de foot « Fly Emirates ».

Il détourna les yeux, une image persistant à la lisière de la conscience. Quelle était la dernière fois qu'il avait vu un T-shirt exactement semblable ? Et où ? C'était tout récent. Il regarda autour de lui. Ce n'est pas les vitrines de vêtements qui manquaient... Non, c'était ailleurs. Une affiche ? Non plus.

Il regarda à nouveau le jeune homme et tout se mit en place. Le pavillon des Kerjean. La photo. L'ami d'Aurélien.

À présent, le garçon le regardait droit dans les yeux. Il avait un regard bizarre, comme s'il voyait bien au-delà de Martin.

— Je voudrais que tu me rejoignes, Aurélien, il faut que je te parle, j'ai des choses à te dire, continuait Laurette.

Malgré ce regard qui le traversait, Martin comprit qu'il était repéré. Doucement, presque au ralenti, Aurélien glissait la main sous son T-shirt trop grand. Martin murmura dans son micro :

— Il est là, à la sortie du passage, il a changé de tenue. T-shirt rouge de foot, jean baggy.

Il écarta les bras de son corps et sourit au garçon.

Aurélien vit l'inconnu qui le regardait dans les yeux et levait lentement les mains, et il comprit que c'était fini. Il avait été repéré. Il était devenu une cible. Il passa les mains sous son T-shirt et tira d'un coup sec sur la crosse de l'arme pour arracher les adhésifs. Le réducteur de son de l'Ingram se prit dans la doublure du T-shirt et il fit un geste brusque pour le dégager, déchirant le tissu synthétique. Ça ne devait pas se passer comme ça. Rien ne se déroulait comme il l'avait prévu. Au lieu d'être dans l'ombre, en sécurité, il avait le sentiment d'être sous les feux de cent projecteurs, scruté par des milliers d'yeux. C'était insupportable. Quelque chose scintilla à droite, à la limite de son champ de vision, puis à gauche, mais il ne se laissa pas distraire. Il pointa l'arme droit devant lui, puis pivota sur ses talons, poussant le bouton en mode rafale. Autour de lui, le vide se faisait. Des silhouettes couraient, tombaient, la voix de la fausse Louise devenait inaudible, couverte par les hurlements, une sirène se déclencha à proximité. Il fallait que ça s'arrête. Que tout s'arrête. Son index s'enroula sur la détente, et il fit faire un 180° au canon de l'Ingram. Tout bougeait. Il n'avait pas de cible. Tout bougeait, à part l'inconnu devant lui. Il eut l'impression d'entendre sa mère l'appeler. Sa mère ? Il regarda autour de lui, égaré. Sa mère était là ? Où était-il ? Il connaissait cet endroit, c'était ici que son père l'emmenait quand il était petit... Au secours, pensa-t-il, qu'est-ce que je fais là ? Pourquoi est-ce que je porte le T-shirt déchiré de Cyprien ? Il regarda ses mains, crispées sur la crosse et le canon d'une arme inconnue. Mais non, c'était l'arme de son père... Pourquoi... ?

La balle du tireur juché sur le toit d'une des boutiques lui brûla le cou et son index se crispa par réflexe.

Mardi, onze heures trente-cinq

— Reprenons, dit Hermet. À partir de quel moment tu t'es mise à soupçonner Mousseaux ?
— ... Je crois que c'était jeudi matin.
— Le 4 octobre ?
— Oui, jeudi dernier.

Elle se tut, pensant au coup de fil anonyme qu'elle avait reçu à ce moment-là... Il leva les sourcils, sentant qu'elle lui cachait quelque chose.

— Pourquoi jeudi matin ?

Jeannette avait réussi à ne pas évoquer sa relation avec le psy de l'Hôtel-Dieu et entendait poursuivre dans cette voie.

— Je ne sais pas... J'ai relu son témoignage et j'ai trouvé que ça ne sonnait pas juste.

— Et c'est là que tu t'es mise à le soupçonner.

— À m'intéresser à lui. Pas encore à le soupçonner. Ça fait partie du boulot, non ?

Elle se demanda si elle n'aurait pas dû parler des insultes téléphoniques qu'elle avait reçues. Après tout, cela prouvait que quelqu'un lui voulait du mal, mais elle-même refusait de se dire qu'il y avait un rapport entre ces appels et le piège dans lequel elle était tombée. Et pourtant...

— Qu'est-ce que tu me caches ? dit Hermet.

Il était plus fin qu'il n'en avait l'air, se dit Jeannette en baissant les yeux. Elle ne voulait pas parler des coups de fil car elle aurait été obligée de parler de son histoire. Et il n'en était pas question – pas pour le moment en tout cas.

Le portable d'Hermet sonna.

Il hésita et finit par prendre l'appel.

— Oui ?

Elle n'entendit pas ce que son interlocuteur lui disait, mais elle vit Hermet la fixer et détourner aussitôt les yeux. Et en une fraction de seconde, elle comprit, avec autant de certitude que si elle avait entendu.

— Martin, murmura-t-elle. C'est Martin, c'est ça ? Il lui est arrivé quelque chose ?

Hermet ne manifesta par aucun signe qu'il avait perçu sa question. Il prit congé de son interlocuteur et raccrocha.

— Qu'est-ce qui s'est passé ? dit Jeannette. Dis-le-moi !

— Il y a eu un échange de coups de feu. Martin a été touché.

— Il est vivant ?

— Je ne sais pas. Ils ne savent pas. Tout ce que je sais c'est qu'il a été touché.

Jeannette se sentit étouffer. Si elle avait été là, elle aurait pu faire quelque chose. Elle avait décidé d'obéir à l'injonction d'Hermet et de la direction et de rentrer au 36. Elle avait choisi la discipline, la facilité, alors que Martin avait besoin d'elle et lui avait demandé de rester. Elle l'avait abandonné. Et maintenant, il était à terre. Peut-être mort. Oh non... Pas ça.

Hermet ne lui avait pas encore pris son téléphone. En le défiant du regard, elle appela Olivier.

— C'est moi. Où est-il ? demanda-t-elle.

— Il est dans l'ambulance. C'est tout ce que je peux te dire. En route vers l'hôpital.

— Qu'est-ce qu'il s'est passé ?

— Il a pris deux balles de neuf millimètres dans le ventre. L'une a probablement touché l'aorte et l'autre une vertèbre. Je te répète ce que j'ai entendu. Je n'en sais pas plus.

— Il y a d'autres blessés ?

— Oui. Aurélien Kerjean.

— C'est lui qui a tiré ?

— Oui.

— Il est vivant ?

— Oui.

— C'est Martin qui l'a abattu ?

— Non. Le gosse a pris une balle d'un THP. Et toi, tu es où ?

— Au 36. Dans le bureau d'Hermet. À plus tard.

Jeannette raccrocha.

— Beaurepaire... Je suis désolé pour Martin, dit Hermet.

Elle ne l'entendit pas. Elle se leva et sortit du bureau, sans savoir où elle allait.

Mardi 16 octobre, huit heures

Aurélien se réveilla dans une chambre aux murs jaune pâle. Haute de plafond, avec une seule fenêtre barrée et grillagée. Le seul meuble était le lit métallique dans lequel il se trouvait. Il se leva, pieds nus sur le lino froid. Il portait une sorte de pyjama qu'il ne connaissait pas. Il vit que les pieds du lit étaient vissés au sol. Son esprit était en pleine confusion. Il tenta de faire le point sur ses derniers souvenirs. Tout se mélangeait.

Il entendit un déclic et avisa à cet instant la porte peinte de même couleur que le mur. Une porte sans poignée.

Elle s'ouvrit et Louise entra. Son cœur bondit dans sa poitrine. Elle avait l'air fatiguée et soucieuse, ses yeux étaient cernés. Mais elle était magnifique. Il essaya de l'enlacer, mais elle le repoussa doucement et s'assit à côté de lui sur le lit.

Il attendit. Elle allait lui expliquer ce qu'il faisait là.

— Mon chéri, dit-elle, ça y est, j'ai pris ma décision. Tu vas venir vivre avec nous.

— Avec nous ? répéta-t-il. Qui ça, nous ?

— Cyprien et moi. Je divorce.

— Et Cyprien, tu lui as parlé de nous deux ?

— Oui.

— Et il n'est pas furieux ?

— Non. Il comprend.

Une onde de joie et de soulagement le traversa.

— Eh bien, allons-y, dit-il en la prenant dans ses bras.

— Pour qu'ils te laissent partir, voici ce qu'on va faire, dit-elle.

Neuf heures

L'infirmier trouva Aurélien Kerjean au pied de son lit torse nu, roulé en boule, le bas du visage déformé et la bouche distendue. Une masse visqueuse qu'on identifia plus tard comme du tissu emplissait sa gorge. Il ne respirait plus. Malgré les tentatives de réanimation, rien n'y fit. Le décès fut constaté à neuf heures dix.

L'autopsie ordonnée par le Parquet aboutit à la conclusion qu'Aurélien était mort par étouffement. Il était parvenu à fourrer dans sa bouche une manche entière de son pyjama, réussissant à obstruer sa trachée.

DEUXIÈME ÉPOQUE

Trois mois plus tard

31

Jeudi 9 janvier, vingt et une heures trente

Jeannette était seule dans sa cellule. En qualité d'ex-flic, elle avait droit à certains égards. Plutôt des précautions que des égards, à vrai dire. La solitude en faisait partie. Sur la petite télé couleur que sa mère avait réussi à lui faire passer, elle regardait l'émission Envoyé Spécial. Le deuxième sujet était consacré à l'affaire du tueur du bus. La capitaine Le Bihan était interviewée par une reporter de France 2. C'était un scoop. C'était la première fois qu'un des participants directs à l'enquête témoignait, et Jeannette se demandait si elle avait eu l'autorisation de sa hiérarchie. Sinon elle risquait gros.

— Je ne comprends pas, disait la journaliste. C'est notre gouvernement qui s'est fait manipuler, c'est ça ?

— Je ne sais pas, répondit l'officier de gendarmerie. Ce que je sais, c'est que le cheikh voulait se débarrasser de ses adversaires et il les a fait passer pour des terroristes. Il a demandé la coopération « technique » de la France – pour pouvoir se débarrasser d'eux tout en gardant les mains nettes. C'était très malin.

— Comment le gouvernement a-t-il aussi facilement accepté ?

— Je ne sais pas.

— Mais il a accepté.

— Oui, sinon le commando ne serait pas parti. Les gendarmes sont des militaires et ils ne peuvent partir en mission que si leur hiérarchie le leur ordonne.

— Je comprends, dit la journaliste.

Dans sa bouche, ça n'avait pas l'air d'une clause de style. Jeannette la trouvait compétente, et très concernée par son sujet.

L'interview s'interrompit à cet instant, et un homme d'un certain âge, chercheur en géopolitique au CNRS, évoqua derrière son bureau en acajou les promesses de contrats mirifiques entre l'État du Golfe qui avait demandé assistance et le gouvernement français. Ces contrats portaient sur plusieurs milliards de dollars et concernaient une demi-douzaine de sociétés du CAC40.

L'interview reprenait ensuite :

— Nous avons demandé au Quai d'Orsay et au bureau du Premier ministre de s'exprimer sur le sujet, mais nous n'avons obtenu aucune réponse.

Le Bihan se contenta de sourire. La journaliste reprit :

— Comment le gouvernement français peut-il « prêter » des gendarmes à un pays étranger ? C'est conforme au droit international ?

— Tout à fait. Il a suffi au gouvernement étranger d'en faire la demande. Il y a des accords-cadres de coopération civile et militaire entre la France et de nombreux pays.

— De coopération civile et militaire même avec des dictatures ?

— Oui, aussi bien avec des pays démocratiques qu'avec des dictatures.

— Donc le gouvernement français envoie Kerjean avec son commando à la demande d'un pays étranger pour rétablir l'ordre…

— Exactement.

— Et les gendarmes français se placent sous les ordres de la police locale, c'est ça ?

— Du gouvernement local en tout cas. Le capitaine Kerjean a reçu un ordre de mission, et il l'a exécuté, comme si cela venait de sa propre hiérarchie. C'est aussi simple que cela.

— Et l'opposition au cheikh a été éliminée.

— Oui.

— Donc ce n'est pas Kerjean qui a outrepassé les ordres.

— Non.

— Alors pourquoi a-t-il été puni, s'il a rempli sa mission ?
— Ce n'est pas à moi de répondre à cette question.
— Vous pensez que quelqu'un, en France, dans l'appareil de l'État, s'est rendu compte après coup que s'il venait à se savoir que des gendarmes français avaient aidé un royaume dictatorial à se débarrasser de l'opposition démocratique rebaptisée terroriste pour la circonstance, ça pouvait poser problème ?
— Je ne suis pas une femme politique, je suis un officier de gendarmerie, dit Le Bihan. Je n'ai pas de commentaire à faire.
— Et comme l'État ne pouvait pas sanctionner officiellement Kerjean, dûment missionné, sous peine de révéler un énorme dysfonctionnement… ils l'ont forcé à démissionner. Comme s'il était le seul responsable. C'est ce qui s'est passé ?
— Je ne sais pas. Ce genre de décision ne se prend pas à mon niveau.
— Bien sûr. Mais vous pouvez quand même admettre que ces politiques ont eu de la chance, non ?
Le sourire de Le Bihan avait valeur d'acquiescement.
— Kerjean est resté discipliné jusqu'au bout. Il n'a pas fait d'histoire. Et le travail d'étouffement de la presse a bien fonctionné. Personne n'a parlé. Les hommes politiques qui ont prêté nos gendarmes à ce pays du Golfe ont eu beaucoup de chance, répéta la journaliste.

Martin regardait la même émission que Jeannette. Plus de chance que les opposants à la dictature morts sous ses balles, songea-t-il. La reporter avait l'intelligence de laisser le spectateur conclure par lui-même.
L'interview de la gendarme s'interrompait à nouveau, et son interlocutrice formula sa conclusion.
— Peut-on établir un lien de causalité directe entre la mission Kerjean et les morts de l'autobus 86 ? reprit-elle dans le décor de France Télévisions, en se tournant franchement vers la caméra. Probablement pas. Tout ce qu'on peut dire, c'est que ces huit personnes innocentes mortes il y a trois mois sous les balles

d'Aurélien Kerjean, jeune homme fragile et instable, rendu encore plus fragile et instable par le sort fait à son père, ces huit personnes innocentes de la ligne 86 assassinées devant la caserne de la Garde républicaine seraient sans doute encore vivantes… (sa voix faillit se casser à cet instant, et Martin crut voir ses yeux s'humecter, mais elle se reprit aussitôt)… si Kerjean et son commando de gendarmes n'avaient pas été envoyés tuer des démocrates opposants au gouvernement de leur État. Un État avec qui la France a plusieurs milliards d'euros de contrats en cours.

L'émission s'acheva sur ces mots.

Martin prit la télécommande et éteignit la télé.

Il était allongé sur son canapé. Ses cicatrices le démangeaient furieusement. Il avait perdu sept kilos. Ses traits s'étaient creusés et il avait par moments des douleurs lancinantes dans les reins et dans le ventre, mais médecins et kiné continuaient à lui affirmer que tout se remettait en place, et que ce n'était que l'affaire de quelques mois pour qu'il soit en pleine forme. L'entrée des projectiles était marquée par deux taches rosâtres au-dessus du nombril. Son intestin grêle avait été amputé de quelques centimètres, et son aorte était comme neuve. Il était officiellement en voie de guérison mais pour rien au monde il n'aurait voulu revivre ses deux mois et demi d'hôpital.

Son téléphone fixe sonna. Il ne décrocha pas. Le portable prit le relais. Il regarda qui l'appelait et accepta la communication.

— Tu as regardé Envoyé Spécial ? dit Myriam.

Martin fut tenté de nier, mais préféra acquiescer, afin d'éviter que Myriam ne commence à lui décrire par le menu ce qu'il venait de voir.

— C'est pour ça que tu m'appelles ?

— Oui, dit Myriam. C'est monstrueux. Tu crois qu'on va finir par savoir quels sont les salauds qui ont envoyé Kerjean tuer ces types dans le Golfe ?

— Oui, dit Martin. Je pense que ça va finir par se savoir. Et alors, qu'est-ce que ça changera ?

— Je ne sais pas, reconnut Myriam. Ça me dégoûte. La politique. Le fric. Toutes ces vies gâchées... Tous ces morts... Toi-même qui as failli y passer. Ça me rend folle. Il devrait y avoir une enquête, non ?

— Peut-être. Le Bihan, la gendarme, est courageuse. Elle a dû subir de sacrées pressions, mais c'est grâce à elle que les journalistes ont pu faire leur boulot.

— Elle est assez jolie, mais ne va pas tomber amoureux d'elle, ricana Myriam. Et ta vie, ça va ?

— Oui, ça va mieux.

— Tu es toujours en froid avec Marion ?

— On n'est pas toujours en froid, on est séparés.

— Je l'ai croisée, hier, près de *Libé*. Elle a pris un peu, non ? Elle a quel âge maintenant ?

— Écoute, je n'en sais rien. Trente-six ? trente-sept ?

Martin avait une furieuse envie d'aller pisser, et pour ça il lui fallait se relever et traverser l'appartement, ce qui n'était pas la plus simple des opérations, depuis quelque temps.

— Je suis un peu fatigué, dit-il. Je vais me coucher. On se rappelle ces jours-ci ?

— Très bien. Demain ou après-demain. Tu ne m'en veux pas pour ce que j'ai dit sur Marion, j'espère ? Ce n'était pas méchant.

— Non, ne t'inquiète pas, dit-il. On n'est plus ensemble et de toute façon je ne lui répéterai pas.

Myriam, fidèle à son caractère, était une des rares personnes qui ne lui parlaient pas comme si elle s'adressait à une version intellectuellement amoindrie de lui-même. Il lui en était reconnaissant. Mais ça ne l'empêchait pas d'être parfois fatigante. Il sourit malgré tout en repensant à ce qu'elle venait de dire sur Marion. Cela faisait plus de dix ans qu'ils avaient divorcé, mais elle était toujours un peu jalouse. Et réciproquement, Marion ne perdait pas une occasion de critiquer Myriam.

Il bascula sur le côté et se redressa à la force des bras, posa les pieds par terre et réussit à se mettre en station debout.

Il fit trois pas hésitants, et se laissa tomber dans son fauteuil roulant, se félicitant de ne pas avoir omis – cette fois – de bloquer les roues. La dernière fois, le siège était parti en arrière comme une fusée et il avait atterri sur le coccyx.

En se dirigeant vers les toilettes, il repensa une fois de plus à sa chance, une chance inouïe, on n'avait pas arrêté de le lui répéter. La deuxième balle l'aurait frappé une fraction de centimètre plus à droite, il serait resté définitivement paralysé des jambes, alors qu'à raison de trois séances de rééducation par semaine, il pouvait espérer retrouver une marche normale dans trois à cinq mois, et même grimper un jour l'escalier du 36 quatre à quatre pour aller jusqu'à son bureau. À moins qu'ils aient déménagé d'ici là. Une vraie veine de cocu.

32

Vendredi 10 janvier, minuit

Martin se réveilla en sueur. Quelque chose n'allait pas. Il s'efforça de se remémorer son rêve. Pour une fois, ce n'était pas la fusillade. Ça avait un rapport avec l'argent.

L'argent de la rançon. Ces vingt millions qui étaient revenus intacts au Trésor. Qui avait exigé cette rançon ? Qui avait écrit ces lettres ?

Quand il était sorti du coma, il avait commencé à poser des questions, mais aucune réponse ne l'avait contenté. Il était allé consulter les articles de presse sur Internet. Aucun article nouveau n'évoquait la demande de rançon, ni le fiasco de la remise. Le sujet était passé à la trappe. Aurélien Kerjean n'avait apparemment jamais avoué être à l'origine de ces lettres ni du chantage, mais est-ce que quelqu'un lui avait même posé la question ? C'était comme si le massacre du bus n'avait pas de rapport avec ces demandes de rançon. Non, c'était comme si les lettres n'avaient jamais existé.

Martin repensa à ses conversations avec Laurette au sujet de la personnalité du tueur. Aurélien avait migré dans un monde fantasmatique où il défendait l'honneur de son père et le vengeait de l'humiliation qu'il avait subie. Vengeance. C'était le maître mot. L'argent n'avait jamais été son mobile. Il était convaincu à présent que quelqu'un d'autre avait profité de la situation pour tenter d'en tirer un profit. Et ce quelqu'un ne pouvait être qu'une des personnes les plus proches de l'enquête. Un magistrat ? Un flic ?

Martin regarda l'heure. Il était trop tard pour appeler Laurette. Il l'avait eue deux fois au téléphone depuis son réveil, et ils n'avaient échangé que des banalités. Et puis merde. Il prit son portable.

— C'est drôle, dit-elle en décrochant. Je pensais à vous.

— Je vous manque ?

Elle rit.

— Je me fais du souci pour vous. D'après votre voix, vous allez mieux.

— Il paraît, oui.

— Vous avez des insomnies ?

— Oui, mais ce n'est pas grave. Je repense à Aurélien Kerjean et à ses mobiles...

— Je sais qu'il a été longuement interrogé par des experts, mais je ne connais pas la teneur de ses propos. Je n'ai pas été retenue par le juge pour l'expertiser. Je le regrette.

— Moi aussi. D'après ce que je sais, il n'a jamais parlé de la rançon qu'il a exigée. C'est comme s'il n'était pas au courant.

— Je crois qu'il n'a pas parlé de grand-chose. Vous aviez raison.

— C'est-à-dire ?

— Ce n'est sans doute pas lui, la rançon. L'argent n'a rien à voir avec ses mobiles.

— Alors qui a écrit ces lettres ?

— Quelqu'un d'autre. Vous, vous avez une idée ? dit-elle.

— Sa famille a été innocentée, non ? Son père, sa mère, personne n'était au courant de rien.

— Oui. Je crois que je vois où vous voulez en venir.

— ...

— Faites attention où vous mettez les pieds, Martin. Vous n'êtes pas en état de jouer les redresseurs de torts.

— On ne peut pas enterrer ça comme ça. Le type ou les types qui ont essayé de voler ces deux millions d'euros, ils ont pris le risque que l'enquête se fourvoie, ils ont pris le risque que Kerjean commette un autre massacre avant qu'on le trouve.

— Je sais. Ce sont des criminels.
— D'une certaine façon, ils sont pires qu'Aurélien Kerjean.
— Vous avez raison, mais pour le moment, faites attention. Ils risquent gros et ils peuvent très bien décider de se débarrasser de vous si vous les inquiétez.
— Je sais, dit Martin. Mais je n'aimerais pas qu'ils s'en sortent.
Laurette décida de ne pas insister. Ça ne servait à rien.
— Et votre adjointe, comment va-t-elle ?
— Pas bien, je pense.
— Il y a quelque chose d'incompréhensible aussi là-dessous, Martin.
— Que voulez-vous dire ?
— Jeannette est non seulement honnête, elle est aussi intelligente. Jamais elle n'aurait fait ce qu'on lui reproche. Je suis rarement catégorique, mais cette fois je pourrais mettre ma carrière en jeu.
— Dommage qu'on ne vous écoute pas plus. Bien sûr que c'est une erreur. Peut-être même un coup monté. L'important, pour l'instant, c'est qu'elle sorte de prison. Si elle reste enfermée, loin de ses filles, elle va crever.
— Vous ne trouvez pas curieux que la Justice s'acharne autant contre elle ?
Martin n'avait pas encore envisagé les choses sous cet angle.
— Vous croyez que les juges lui en veulent encore de les avoir manipulés avec l'affaire Vigan ?
— Je ne sais pas… Je ne demande pas que les fonctionnaires de police soient traités mieux que les autres justiciables… Mais j'ai vraiment l'impression qu'elle n'est pas traitée de façon impartiale. Et je ne peux pas m'empêcher de me demander pourquoi.
— Vous avez raison, dit Martin. Je n'avais pas vu les choses comme ça. Je crois qu'il faut que j'en parle à son avocate.

Martin s'était efforcé de garder un ton mesuré, mais il bouillait. Chaque fois qu'il pensait à Jeannette en prison, cela le mettait en rage. C'était intolérable. D'autant plus intolérable qu'il n'avait rien pu faire, en coma artificiel, coincé sur son lit d'hôpital. Et même s'il n'avait pas été blessé… La machine judiciaire s'était mise en marche et s'était emballée. Et Jeannette s'était fait broyer.

Le réveil de Martin le tira du lit à six heures. Le lever était difficile, surtout aussi tôt. Ses muscles étaient froids, les douleurs dorsales et abdominales lancinantes. Mais au moins, il allait voir le jour se lever – même le jour froid, tardif et pâle de janvier. C'étaient les soirées qui étaient les plus dures, parce que toutes les images revenaient. Et pas seulement les images. Les sons, les sensations. À chaque début de nuit, Martin se retrouvait sur la cour Saint-Émilion, face au petit trou du pistolet-mitrailleur pointé sur son ventre. Il revoyait les yeux du garçon, les iris aussi noirs que l'orifice du réducteur de son de l'Ingram. Il se revoyait, lui, écartant les bras puis levant les mains, paumes en avant, en signe de paix. À l'arrière-plan, la lumière, le brouhaha, les silhouettes indistinctes effectuant des mouvements erratiques. Seuls étaient nets les yeux du garçon et le trou du canon. Et puis plus rien. Aucun souvenir de la suite, un néant total avant le réveil six jours plus tard aux urgences.

Le taxi le déposa devant le cabinet parisien de Maître Langmann, à quelques pas de l'Opéra.

Il avait beaucoup réfléchi et parlé avec des collègues flics – y compris Restoux, qui avait accompagné Jeannette pendant l'enquête à Bordeaux. De l'ensemble des témoignages et des avis, il ressortait que Maître Langmann était une peau de vache, mais qu'elle était aussi une sacrément bonne avocate, capable de tout pour obtenir l'acquittement de son client.

Depuis la libération de Vigan, elle était devenue associée junior dans un prestigieux cabinet parisien, qui ne s'occupait que minoritairement de pénal, et avait gardé une antenne à Bordeaux. Sa défense de Vigan, qui avait abouti à la levée d'écrou du tueur de femmes avant le procès en appel, n'avait pas nui à la réputation de Juliette Langmann, au contraire. Tous ses confrères avaient admiré sa prouesse d'avocate : elle avait réussi à semer le doute en relevant les failles de l'instruction, même si, comme cela s'était avéré par la suite, Vigan était bien le coupable que Jeannette avait contribué à faire condamner une première fois.

Elle fit patienter Martin dans une salle d'attente aux lambris fatigués et à la moquette rouge râpée. Dans ce genre de cabinet, pas besoin de soigner les apparences. L'adresse et la réputation suffisaient.

C'est une assistante qui vint le chercher et l'amena au bout d'un long couloir dans un bureau étroit où les dossiers couvraient toutes les surfaces planes, y compris le sol.

Juliette Langmann était assise derrière une grande table en verre à tréteaux, et seules les deux extrémités de son corps étaient visibles : sa tête blonde au brushing impeccable au-dessus d'une pile, et au-dessous, entre d'autres piles, ses chevilles et ses pieds gainés de nylon noir. Elle s'était débarrassée de ses talons aiguilles rouges qui gisaient un peu plus loin.

Elle écarta le visage de son écran d'ordinateur et fixa de son regard froid Martin qui attendait sur le seuil, en équilibre sur ses béquilles.

— Bonjour, commissaire. Armelle, veuillez libérer un fauteuil pour M. Martin.

Armelle s'exécuta et Martin put s'asseoir.

— J'ai accepté de vous recevoir par curiosité, dit Juliette Langmann. J'ai pris le temps de me renseigner sur l'affaire qui concerne votre adjointe et j'ai l'impression qu'elle est mal barrée.

Martin acquiesça.

— C'est pour ça que je suis venu vous voir. Je vous ai vue à l'œuvre avec Vigan et je me suis renseigné, moi aussi. Je pense que vous êtes capable de démolir le dossier d'accusation. Surtout si je vous aide.

Elle sourit brièvement. Elle avait de grandes dents blanches carnassières, et Martin se demanda une fois de plus pourquoi il avait pensé à elle comme substitut de Jeannette quand Marion l'avait forcé à avouer qu'il l'avait trompée. Juliette Langmann n'était pas son genre de femme. Elle représentait même tout ce qu'il détestait. Froide, apprêtée, méprisante.

— Me faire aider par la police ? Ça me changerait, dit-elle.

— Pas par la police. Par moi.

Langmann haussa un sourcil, indiquant par là qu'elle ne saisissait pas bien la nuance.

— Elle est innocente, ajouta Martin.

— Admettons. Qu'est-ce que vous voulez que ça me fasse ?

— Je ne sais pas, ça peut peut-être motiver, de défendre une innocente, non ?

— Un flic innocent, ça existe ? Un flic qui ne pratique pas l'abus de pouvoir, qui ne manipule pas les témoins, qui ne cache pas des pièces essentielles à la défense, qui respecte les droits des prévenus ?

Martin s'efforça de ne pas réagir à la provocation.

— Le commandant Beaurepaire n'est pas comme ça, dit-il simplement.

— Si vous le dites. Moi, ce qui me motive, ce n'est pas l'innocence, c'est d'écraser l'arrogance des juges avec les petits moyens qui sont accordés à la défense, dans ce pays. Vous voulez que je vous dise ? Je ne défends pas des innocents, je défends des gens que tout le monde, juges, procureurs, flics, journalistes, public, ont déjà jugé coupables et condamnés avant même le procès, et je m'efforce de les faire sortir de prison, en retournant contre ces juges les lois qu'ils ont fabriquées. Si mes clients sont innocents, c'est un double handicap. Pour eux, parce qu'un innocent enfermé est débordé par le sentiment de l'injustice qui lui est faite et il est incapable de raisonner et d'aider son conseil à le défendre efficacement, et pour moi, car je me sens moins libre en jouant avec leur avenir et je suis moins bonne.

— Vous voulez dire que vous avez des scrupules ?

— Oui. Ça vous étonne ? Tout le monde dit que je suis une salope, et je suis fière de ma réputation, parce que c'est l'image que je me suis forgée depuis le début. Elle m'est d'une grande utilité. Mais c'est beaucoup plus facile d'être une salope efficace quand on défend des coupables. Cela étant dit, votre Beaurepaire m'a baisée, ça ne m'est pas souvent arrivé. Elle m'a eue et je lui tire mon chapeau. L'ennui pour elle c'est que ça lui est peut-être monté à la tête.

— C'est-à-dire ?

— Elle a manipulé tout le monde et ça a marché pour Vigan... Mais ça ne marche pas toujours, et si elle se trouve au trou aujourd'hui c'est peut-être un juste retour des choses. Elle s'est peut-être crue au-dessus des lois.

— Jeannette n'est pas une manipulatrice. Si elle vous a aidée à faire remettre Vigan en liberté, c'était le seul moyen qu'elle avait trouvé pour le piéger avec sa complice et les mettre hors d'état de nuire. Vigan était une ordure qui avait déjà tué ou fait tuer au moins huit femmes.

— Elle m'a quand même baisée.

— Donc c'est non ?

Elle se tapota les dents avec le capuchon de son stylo.

— Vous iriez jusqu'où pour m'aider à la défendre ?

— Je me débrouillerai pour vous fournir toutes les pièces, tous les éléments de dossier dont vous auriez besoin, j'irai interroger qui il faut... J'ai encore pas mal de semaines d'ITT. Je peux les consacrer entièrement à cette affaire. Et je pense que la patronne de l'IJ m'aidera, et que quelques autres collègues m'aideront aussi. Ils aiment bien Jeannette.

— Vous et vos collègues prenez des risques.

— Ce n'est pas le problème. Jeannette est tombée dans un piège et c'est ce qu'il faut démontrer.

— Le jour où on verra des flics se mobiliser comme ça pour un justiciable lambda... Bon, votre confiance en elle vous honore, mais elle a une forte propension à se faire justice elle-même, et elle l'a prouvé dans l'affaire Vigan, non ?

— Jeannette est incapable de tuer de sang-froid. Même un salaud. Même Vigan. Même Mousseaux. En plus, elle est contre la peine de mort.

— Pourtant, si on revient à Vigan, elle l'a laissé se faire tuer par sa maîtresse dès qu'il est sorti de prison...

— Personne ne pouvait se douter que ça allait se terminer comme ça. C'est à cause de vous qu'il a échappé à toute surveillance, ce n'est pas la faute de Jeannette. Et de toute façon, qu'est-ce que ça peut vous faire qu'elle soit coupable, puisque ça ne vous intéresse pas de défendre les innocents ?

Elle sourit à nouveau en pointant le stylo sur lui.

— Un point pour vous. Bon, j'en tire quoi comme avantage, si je la défends ?

— Un peu plus de notoriété et de couverture médiatique. Un contact utile dans la police et une possibilité de renvoi d'ascenseur, ce qui n'est pas négligeable pour une pénaliste.

— Ne me prenez pas pour une conne. La reconnaissance, ça n'existe pas, et le jour où votre Jeannette aura son non-lieu, je redeviendrai pour vous la salope d'avocate à abattre. Et c'est très bien comme ça.

— Non. J'aurai une dette envers vous. Un jour vous pourrez avoir besoin de moi, et je serai là.

Elle enregistra la promesse d'un signe de tête, apparemment pas convaincue.

— Et pour ce qui est de l'aspect financier, j'ai touché de l'argent de mon assurance, envoyez-moi votre facture, c'est moi qui paierai vos honoraires. Jeannette élève deux filles avec un seul salaire. Elle n'a pas un rond.

— Vous allez me faire pleurer. Bon. Je vous donne ma réponse ce soir. Ça vous va ?

— Ok. J'attends votre appel.

Martin se leva et oscilla sur ses béquilles en se tournant vers la porte.

— Commissaire ! dit Langmann.

Il exécuta un pénible demi-tour pour lui répondre.

— Oui ?
— D'après ce que j'ai entendu dire, vous auriez pu tirer sur Aurélien Kerjean avant qu'il vous tire dessus. Personne ne vous l'aurait reproché.
— Et… ?
Elle fit un geste vers ses béquilles.
— Vous regrettez de ne pas l'avoir fait ?
— Parfois, dit-il. Surtout pendant les séances de rééducation.
Elle hocha la tête et reporta son attention sur son ordinateur.

33

Dimanche 12 janvier

En fait, je suis mort le mardi 9 octobre, songeait Martin allongé dans son lit. Il avait un peu l'impression de flotter, et ses blessures ne le faisaient pas souffrir. Je rêve que je suis vivant, se dit-il, mais ce n'est pas vrai. Je suis mort et enterré et tout le reste n'est que faux-semblant.

Ce n'était pas une pensée si désagréable et ce n'était pas la première fois qu'il jouait avec. Peut-être se trouvait-il dans une sorte de purgatoire, un lieu intermédiaire où on lui donnait la possibilité de se déshabituer petit à petit de la vie, de ses contraintes et de ses joies, avant le grand départ définitif pour ailleurs.

La sonnerie du téléphone fit intrusion dans sa rêverie morbide et il réintégra le monde des vivants. Il tendit le bras sur le côté, tâtonna sur la table de chevet, et fit basculer un verre vide avant de réussir à saisir le combiné.

— Oui ? dit-il.
— C'est Marion. Je ne te dérange pas ?
— Non.
— Toujours d'accord pour que j'amène Rodolphe tout à l'heure ?
— Oui.
— Vers onze heures ?
— Oui.
— Bon. À tout'.
— À tout'.

Il reposa le téléphone, en songeant que depuis leur séparation, Marion se présentait toujours quand elle l'appelait. Comme s'il allait ne pas la reconnaître. Une façon de plus de marquer leur éloignement ? Ou un reproche subtil, peut-être. C'est moi, Marion, tu sais, la fille que tu as quittée pour une bêtise sans importance.

Il se redressa et entama le processus du lever. La douleur et la vie revinrent en force.

Ce n'était pas la première fois qu'il avait son fils avec lui depuis le 9 octobre, mais Marion paraissait toujours inquiète de les laisser en tête-à-tête. Pourtant, Rodolphe était fasciné par le fauteuil roulant et les béquilles, et tout se passait bien entre eux. Martin ne l'avait pas encore emmené au square depuis son retour de l'hôpital, mais, de toute façon, il faisait froid et Rodolphe n'avait pas plus envie de sortir que lui.

— Bon, ce serait bien que je vienne le chercher pas trop tard, dit-elle en regardant d'un air désolé le capharnaüm qui régnait dans la grande pièce.

Elle restait incertaine, sur le seuil, comme si elle n'arrivait pas à se décider à partir. Elle veut rester ? se demanda Martin. Elle n'avait pourtant pas ôté son manteau, peut-être qu'elle attendait qu'il l'invite explicitement à passer un moment avec eux. À sa première visite après son retour de l'hôpital, elle s'était mise à ranger la pièce, mais Martin l'avait si vertement rabrouée qu'elle ne s'y risquait plus.

— Vers six heures ?
— Si tu veux.
— Vous avez de quoi manger ?
— Oui, ne t'en fais pas.
— Au fait, Martin... Je suis en train de préparer un dossier de fond sur l'affaire du bus.
— Pour le journal ?
— Non. Mais je pense peut-être faire un livre. C'est quelque chose que je dois à mon amie...

— Mmm.
— Ça n'a pas l'air de t'enchanter ?
— Tu fais ce que tu veux, ça ne me regarde pas.
— Tu accepterais que je t'intervieweu ?
— Tu te fous de moi ? J'étais sur la touche pendant la plus grande partie de l'enquête. Et quand je dis sur la touche...
Elle rougit.
— J'ai déjà interrogé le commandant Tureau, deux ou trois hauts gradés, et votre psy, Laurette Weizman, ils m'ont tous dit que tu as joué un rôle essentiel dans le repérage et l'arrestation de Kerjean.
— Bon, on verra, dit Martin pour couper court.
Il n'avait pas envie de discuter, et encore moins de se disputer.
— ... Tu as des nouvelles de Jeannette ? demanda-t-elle.
— Elle est toujours en préventive à la MAF de Fresnes. Je lui ai trouvé une bonne avocate. Le sien était nul. Il faut la faire sortir de prison.
— Justement, je voulais t'en parler. J'en connais une qui travaille dans le cabinet qui défend le journal. Elle a une excellente réputation.
— Merci, mais j'ai déjà trouvé.
Langmann avait été ponctuelle. Elle avait appelé vendredi soir un peu avant minuit pour dire qu'elle acceptait de prendre le dossier de Jeannette. Pour des raisons légales, elle refusait que Martin paie ses honoraires, sinon son témoignage – au cas où elle en aurait besoin – pourrait être contesté par la partie adverse. Elle comptait beaucoup sur la publicité que lui vaudrait sa victoire. Elle allait demander la libération de Jeannette dès qu'elle aurait vu sa cliente et que celle-ci aurait accepté qu'elle la défende.
— C'est peut-être la même, dit Marion.
— Ça m'étonnerait. La mienne, c'est l'ancienne avocate de Vigan.
— Quoi ? Langmann ?

Martin se dit qu'il avait gaffé. Il aurait dû se douter que Marion se souviendrait de son nom. Mais était-ce vraiment une gaffe ou la volonté semi-consciente de la blesser en lui disant enfin la vérité ?

— Tu te souviens de son nom ?

Marion le fusilla du regard.

— Tu continues à la voir ?

— Je l'ai rencontrée pour la première fois vendredi. Il y a deux jours.

— Tu te fous de ma gueule ? Non, excuse-moi, je n'ai aucun droit de te parler comme ça, et tout ça n'a plus aucune importance. Simplement, je ne vois pas pourquoi tu te mets à me mentir, tout à coup. Ça ne sert à rien, on n'est plus ensemble.

— Je la connais à peine, répéta Martin.

— Tu as couché avec elle !

— Non. Et je n'ai aucune sympathie pour elle. Mais j'ai parlé à des flics, à des juges que je connais. Personne ne l'aime, mais on a peur d'elle. Elle est redoutablement efficace. S'il y a quelqu'un qui est capable de faire sortir Jeannette de taule, c'est elle.

Marion avait l'air perdue.

— C'est avant que je t'avais menti. Je n'ai jamais couché avec Langmann. C'est avec Jeannette que j'avais passé la nuit. À l'époque, je ne pouvais pas te l'avouer. Si tu avais su que c'était Jeannette, tu n'aurais plus supporté qu'on travaille ensemble. Je t'ai donné le premier nom qui m'est venu à l'esprit. Mais maintenant je peux te dire la vérité, ça n'a plus d'importance.

— Tu couchais avec Jeannette !

— J'ai couché avec Jeannette. Une fois. On n'a jamais recommencé.

— Je ne te crois pas.

Elle se détourna et partit. Martin fit une grimace à son fils en entendant claquer la porte.

— Ta maman est fâchée contre moi, dit-il.

Lundi 13 janvier

C'était un jour important.
Martin se leva très tôt. Il fallait qu'il se prépare avec soin. Il voulait être en forme et avoir les idées claires. Il se gava de café soluble et se tâta l'abdomen en plusieurs endroits comme chaque matin. Il avait la hantise de l'occlusion intestinale, complication rare mais possible des opérations qu'il avait subies. Trois mois après l'intervention, la probabilité d'une occlusion était quasi inexistante, mais ce rituel était devenu un tic. Son ventre était souple, aucune douleur interne suspecte. Il avait ressorti du placard ses haltères pour compléter son travail de rééducation, et son leitmotiv secret était que tout redevienne comme avant, même s'il avait des doutes sur la vraisemblance de ce souhait. Il se lava, examina son visage dans le miroir posé à sa hauteur, et surtout son regard. Il fallait qu'il ait l'air confiant. Assuré. Il s'entraîna à sourire devant son reflet, mais il ne se trouva pas très convaincant.

Il avait eu du mal à obtenir ce parloir. Le juge Candelier qui instruisait l'affaire était a priori convaincu que le groupe de Martin – l'ex-groupe d'un Martin diminué et mis sur la touche pour une durée indéterminée – n'avait qu'un but : fabriquer de fausses preuves pour faire libérer Jeannette. Il avait tellement peur d'une collusion entre collègues à l'intérieur de la Brigade criminelle qu'il était allé jusqu'à ôter l'enquête à Hermet pour la confier à la gendarmerie. Les gendarmes avaient donc dû reprendre l'enquête de zéro et Martin – dès que les médecins avaient donné l'autorisation – était une des premières personnes qu'ils avaient auditionnées. Une audition qui ne les avait pas menés loin.
Martin avait droit à quarante-cinq minutes avec Jeannette et il entendait bien profiter de chaque minute pour lui remonter le moral et pour la convaincre d'accepter que Maître Langmann la défende.

Lundi 13 janvier, dix heures

— Ça va pas ? dit Jeannette. C'est tout ce que tu as trouvé ?
Elle était rouge de colère, et s'apprêtait à se lever et à le planter là.
— Rassieds-toi, dit Martin doucement. Si tu te barres maintenant, je ne sais pas quand on pourra se revoir. J'ai eu beaucoup de mal à obtenir ce parloir, tu sais. Tu me laisses t'expliquer ?
Elle se rassit de mauvais gré.
Il n'aimait pas ce qu'il voyait. Elle avait encore maigri. Et elle avait les cheveux sales, les ongles rongés au sang : elle ne s'était donné aucun mal pour paraître présentable. Ce n'était pas dans son caractère. Il ne fallait pas qu'elle lâche prise.
Elle ne méritait pas ce qui lui arrivait. Elle n'avait rien fait pour le mériter. C'était une femme honnête, courageuse, loyale, respectueuse des lois. L'injustice qui lui était faite était énorme, flagrante, et il avait fallu une combinaison redoutable de mauvaise justice et de stupidité pour qu'elle soit traitée de cette façon. Sans parler de ses filles qui ne devaient pas comprendre pourquoi leur mère leur avait été retirée.
— Cette avocate a tout fait pour libérer Vigan, et toi tu veux que je remette mon sort entre ses mains ?
— Exactement. Elle a réussi à faire libérer Vigan, qui était coupable, et toi tu es innocente.
— Langmann est une salope sans scrupule. Elle me déteste. Elle s'en fout que je sois innocente.
— Exactement. Mais elle connaît toutes les failles du système. Et elle perd rarement.
— Martin, je sais comment elle travaille, elle se sert de vices de forme...
— Elle se sert de toutes les armes. C'est son boulot et elle le fait bien. Tu préfères l'aide judiciaire, avec neuf chances sur dix de tomber sur un avocat inexpérimenté ? Le but, c'est quoi ? Que tu te tires d'ici, que tu sois innocentée et que tu retrouves tes filles, ta vie et ton boulot, oui ou non ?

Il vit les larmes monter aux yeux de Jeannette. Elle se les essuya rageusement.

— Il n'y a aucune raison qu'on te maintienne en taule. Tes états de service sont irréprochables, tu as un domicile, une famille à charge, aucune condamnation. Langmann va exiger qu'on te libère. Elle pense que ça va marcher. J'ai passé mon samedi à rassembler tous les éléments dont je dispose pour les lui donner, mais je me suis aperçu que j'en avais très peu. Le dossier Mousseaux n'est plus accessible, il a été réquisitionné par le Parquet. Et je ne sais pas ce qui s'est passé entre toi et Hermet. Je n'ai pas accès à ton propre dossier bien sûr. Mais toi tu vas pouvoir la renseigner. Et si elle te représente, elle aura accès à toutes les pièces.

Elle le regarda avec une expression d'espoir qui lui fit mal.

— Tu crois vraiment qu'elle peut me faire sortir ?

— Oui. Pas dans les deux jours, probablement, mais elle va y arriver.

— Je n'ai pas les moyens de la payer.

— Tu ne t'occupes pas de ça pour le moment.

— Putain, Martin…

— Non, elle n'a pas voulu que je la paie non plus, pour pouvoir me citer comme témoin. Mais on trouvera un arrangement.

Elle poussa un profond soupir.

— Et elle, comment tu l'as convaincue ? demanda-t-elle avec un semblant de sourire. Tu as pourtant horreur de ce genre d'avocat.

C'était gagné. Plus aisément qu'il ne l'aurait cru. Martin prit sa main entre les siennes et la serra fort.

— J'ai fait abstraction de mes sentiments. Ça n'a pas été trop difficile, en fait. Je me suis posé une seule question. Comment te donner ta meilleure chance. Et je pense qu'elle est la personne qu'il te faut. Je crois qu'elle t'admire. Elle considère que tu es une des rares personnes à l'avoir vaincue. Elle veut te prouver qu'elle est plus forte que toi.

— Tu crois ? dit Jeannette dubitative. C'est les mecs qui sont comme ça. Les combats de coqs dopés à la testostérone, ça ne marche pas chez les filles.

— Que tu crois. En tout cas, avec Langmann, ça marche. C'est un rouleau compresseur, cette gonzesse. Et pour des raisons connues d'elle seule, elle a décidé que la Justice est l'ennemi à abattre. Maintenant, je veux que tu me reparles des coups de fil de menace que tu as reçus. On va commencer par là.

34

La petite pièce où Langmann et Jeannette se retrouvèrent était située à l'écart du parloir de la MAF de Fresnes. Un avocat et son client ont le droit à la confidentialité.
Les deux femmes se jaugèrent.
— Vous n'avez pas bonne mine, dit Langmann.
— Ça fait longtemps que je n'ai pas pris de week-end, dit Jeannette.
— Tous les flics devraient faire un petit stage en prison. Vous savez pourquoi j'ai accepté de vous défendre ?
— Parce que je vous ai battue à votre propre jeu ?
— Ça, c'est ce que j'ai dit à Martin, mais c'est plus compliqué que ça. Les flics baisent tout le temps les avocats, le rapport de force est en votre faveur, c'est facile. Ce que j'admire, c'est que vous êtes arrivée à vos fins en vous servant des armes mêmes de la Justice, uniquement par des moyens légaux. Ça, c'était très fort. En fait, on ne le savait pas encore, mais on était déjà dans le même camp. Je vais utiliser votre affaire pour démontrer qu'une fois de plus les juges font n'importe quoi. C'est pour ça que j'accepte de vous défendre.
— Vous allez réussir à me faire sortir d'ici ?
— Oui, dans un premier temps, mais on va faire mieux que ça. On va démontrer que la Justice et votre hiérarchie vous ont trahie et vous ont laissée tomber au lieu de vous soutenir, et qu'en se comportant ainsi ils ont trahi leur mission et permis au vrai criminel d'échapper à la condamnation.
— Martin vous a convaincue que je suis innocente ?

— Non. Mais ce qu'il m'a dit et ce que j'ai découvert par moi-même, c'est que vous n'avez pas été traitée impartialement. Peu importe que vous soyez coupable ou innocente. Je forcerai la Justice à vous libérer.

— Je n'ai pas tué Mousseaux, dit Jeannette. Je ne sais pas qui l'a tué.

— Ce n'est pas mon problème. Si votre patron prouve votre innocence, tant mieux. Il m'a promis qu'il ferait tout pour faire avancer l'enquête. Et un flic de la Criminelle, il est censé attraper des criminels, non ?

— Martin est en congé. Il a été très grièvement blessé...

— C'est lui qui s'est proposé. Il ne m'a pas l'air en si mauvaise forme que cela. Il a tout son temps libre. Et il m'a affirmé qu'il ne serait pas seul. Vous avez encore des amis dans la police. Maintenant, si nous sommes d'accord, je veux que vous m'écriviez dans le détail tout ce qui s'est passé depuis le début sur l'affaire Mousseaux. Et tout ce qui vous est arrivé dans le même temps, personnellement et professionnellement. Comment vous êtes passée du statut d'enquêtrice à celui de suspecte, puis de prévenue, et comment vos droits ont été bafoués. Je veux pouvoir démontrer que vous avez été injustement maltraitée et qu'on n'a pas respecté vos droits.

Jeannette dévisagea l'avocate. Si elle acceptait, elle allait devoir se livrer entièrement à cette femme. Un gémissement involontaire lui échappa.

— Je comprends votre hésitation, dit Langmann, vous ne m'aimez pas et je vous demande de remettre votre vie entre mes mains. Je ne suis pas votre amie, je suis votre avocate. C'est un lien beaucoup plus fort que celui qui lie deux amies, car si je le trahis je risque de perdre mon droit d'exercer et je risque même la prison. Je m'engage à tout faire pour que vous sortiez de cet endroit. À vous de prendre la décision.

Mardi 14 janvier

Martin, Olivier et Alice se retrouvèrent au bistrot. Martin était en congé, et ses deux adjoints avaient été provisoirement mutés dans deux autres groupes de la Brigade criminelle. Leur réunion avait un parfum de clandestinité mêlé de nostalgie.

Martin leur posait des questions et prenait des notes.

— Est-ce que vous avez eu l'impression à un moment ou à un autre que Jeannette se comportait bizarrement sur cette enquête ? demanda-t-il.

Ils échangèrent un regard.

— Bizarrement comment ?

— C'est une question qu'un juge vous posera. Est-ce que Jeannette avait l'air d'en vouloir personnellement à Mousseaux ?

Alice secoua la tête.

— Pas à ma connaissance.

— Jeannette prend toutes les affaires à cœur, dit Olivier. C'est d'ailleurs pour ça qu'elle est bonne. Même si parfois ça la rend chiante.

— Ok, dit Martin. Ce que j'aimerais, c'est que vous preniez en note toutes les étapes de l'enquête, en repensant à tout ce que vous a dit Jeannette. Vous êtes des flics, vous êtes habitués à rédiger des P-V. C'est exactement la même chose. Il va falloir vous replonger dans tous vos souvenirs d'il y a trois mois et plus. Ce que j'aimerais, c'est que vous fassiez ça chacun de votre côté, et que vous me communiquiez une copie de vos notes. Moi, de mon côté, je ferai la même chose, sauf que j'ai moins d'éléments car j'étais en congé et puis sur l'affaire du bus.

— Qu'est-ce qu'on cherche ? dit Alice.

— Pour le moment, rien de précis, mais au cas où ça va jusqu'au procès, ça aura le mérite de clarifier vos souvenirs et de pouvoir répondre sans hésitation aux questions. Et ça peut servir aussi à comprendre ce qui s'est passé. Et de quelle façon Jeannette s'est fait piéger.

— Piéger ? répéta Olivier. Piéger par qui ?

— Jeannette n'a pas tué Mousseaux, dit Martin. Si elle est accusée, c'est que quelqu'un a fabriqué des preuves. Et la seule manière de l'innocenter, c'est de trouver ce qui s'est vraiment passé. Et qui en veut à Jeannette et pourquoi.

En les quittant, il se demanda si cela servait à quelque chose. Trouver ce qui s'était vraiment passé... C'était faire preuve d'un optimisme pour le moins exagéré. Et ni Olivier ni Alice n'étaient dupes. Mais il n'avait pas le droit de laisser de côté la plus infime possibilité d'aider Jeannette. Il regarda l'heure. Il était en avance pour son rendez-vous suivant, à l'Hôtel-Dieu.

Romain Daley le reçut dans un bureau exigu et totalement impersonnel qu'il partageait avec d'autres praticiens à l'Hôtel-Dieu.
Martin l'avait déjà croisé, même s'ils n'avaient pas échangé plus de quelques mots. Le médecin était conforme à son souvenir. Il n'avait pas un physique de psychiatre clinicien – en tout cas, tel que se le représentait Martin, mais plutôt d'un ancien sportif qui avait su se maintenir en forme.
— Jeannette m'a parlé de vous, dit-il en lui serrant la main. J'ai essayé de la voir depuis qu'ils l'ont enfermée, sans succès. Je lui ai écrit, mais je ne sais même pas si mes lettres lui ont été communiquées. En tout cas elle ne m'a pas répondu. Vous savez comment elle va ?
— Pas très bien, dit Martin. Il faut la faire sortir.
— Comment ?
— En prouvant qu'ils détiennent la mauvaise personne, dit Martin.
L'homme crispa les poings.
— J'ai parlé à une des substitutes du procureur. Elle m'a dit qu'ils ont des preuves accablantes contre elle. C'est vrai que j'ai beaucoup de mal à y croire. En fait... Je ne connais pas encore très bien Jeannette, dit-il en baissant les yeux, nous n'en avons pas eu le temps. Mais elle ne m'a pas paru être une personne

violente. Je sais repérer quelqu'un de violent et capable de tuer, après tout j'en vois presque tous les jours. Jeannette n'est pas comme ça.

Martin éprouva un élan de reconnaissance envers lui. Daley n'avait pas lâché Jeannette.

— Je pense que c'est un coup monté, dit-il. Si elle avait vraiment voulu supprimer Mousseaux, elle se serait débrouillée pour ne pas être soupçonnée. On a trouvé sur la scène de crime des douilles tirées par sa propre arme de service, et on a repéré sa voiture – volée quelques heures auparavant – garée pratiquement sous les fenêtres de Mousseaux à l'heure où il s'est fait tuer.

— Elle s'est fait beaucoup d'ennemis, comme flic ?

— Comme nous tous. Mais pour moi ça ne vient pas de là. Le piège est trop élaboré.

— Alors d'où ça vient ?

— C'est là que vous pouvez m'aider. Elle m'a parlé des coups de fil anonymes qu'elle a reçus quand vous étiez ensemble. Une femme inconnue l'a menacée de mort si elle continuait à avoir une liaison avec vous.

— Je sais, dit l'homme. Elle m'en a parlé.

— Elle m'avait dit qu'elle vous avait demandé de regarder dans les dossiers de vos anciennes patientes...

— Oui, et je l'ai fait. Mon métier est un métier exposé, c'est vrai. Mais je n'ai rien trouvé de significatif. J'ai établi une liste... Les personnes les plus susceptibles de menacer ou de passer à l'acte étaient enfermées, soit en prison, soit en centre hospitalier...

— Est-ce que je pourrais avoir cette liste ?

Le médecin hésita.

— Je n'ai aucune autorité pour vous demander ça, dit Martin. Je me livre à cette enquête de mon côté, pour aider Jeannette. Ça restera privé et secret, sauf si je trouve une véritable suspecte. Et dans ce cas-là, je chercherai des preuves avant de la livrer à la Justice.

— Ok, dit Daley. Donnez-moi votre adresse mail, je vous enverrai ça tout à l'heure. La liste est chez moi. Il y a à peine une demi-douzaine de noms.

— En dehors de vos patientes, vous avez consulté dans les Maisons d'Arrêt des Femmes, ou expertisé au tribunal… ?

— Oui, j'ai pensé aussi à ça. D'ailleurs, une des personnes de la liste que je vais vous envoyer est une prisonnière. Je m'étais dit qu'elle avait pu se débrouiller pour appeler Jeannette… Mais de là à commettre un meurtre ? Elle est d'ailleurs toujours incarcérée, j'ai vérifié.

— Vous n'avez pas de clientèle privée ?

— Si. Mais aucune de mes patientes ne connaît ma vie… Et de toute façon, même s'il y a des personnes perturbées, je n'en vois aucune capable de se livrer à de tels actes.

Jusqu'à présent, Martin avait eu le sentiment que Daley lui parlait sans réticence, mais sur la dernière question, il sentit le médecin moins sincère. Il ne lui disait pas tout. Peut-être était-ce un réflexe naturel. Les médecins – et surtout les psys – n'aiment pas que les flics mettent le nez dans leurs dossiers, et un bon médecin est enclin à protéger ses clients.

Martin ressortit de l'entrevue avec un sentiment de frustration. Daley s'était montré coopératif, sauf peut-être à la fin de leur entrevue, mais Martin s'en voulait de ne pas avoir posé des questions plus personnelles, qui auraient peut-être amené le médecin à se livrer plus. Est-ce qu'il était toujours amoureux de Jeannette ? Ou bien l'avait-il déjà remplacée ? Quelle était sa situation ? Marié, divorcé, père de famille ? Il restait malgré tout la meilleure piste, car si une femme, par jalousie, s'était donné la peine de tuer un homme pour faire condamner Jeannette, ce n'était pas pour laisser tomber l'objet de sa jalousie en chemin. Cette femme devait se trouver dans l'entourage proche de Daley. Ex-femme ? Nouvelle petite amie ? Collègue ?

Soudain, Martin se sentit euphorique. Il y avait quelque chose là, il le sentait. Daley était peut-être – sans doute – innocent. Mais d'une façon ou d'une autre, il était lié, malgré lui ou pas, à ce qui arrivait à Jeannette.

Le problème, c'est que Martin ne disposait pas des ressources dont il pouvait bénéficier habituellement. À l'exception de quelques-unes quand même. Il appela Olivier et lui demanda de vérifier quelque chose pour lui.

En rentrant chez lui, il reçut un appel d'Olivier. Le nom de Romain Daley était cité à cinq reprises sur le fichier des infractions constatées. Quatre des citations étaient liées à sa profession. En tant qu'expert sur deux instructions, et en tant que victime de deux agressions à l'hôpital, dans l'exercice de ses fonctions. Les deux agresseurs étaient des hommes, probablement des psychotiques en pleine crise. Martin nota les noms des quatre prévenus cités sur le STIC.

Trois étaient toujours incarcérés, le dernier – un homme qui avait tenté d'égorger Daley avec un cutter volé aux urgences médico-judiciaires – était mort défenestré. Suicide, meurtre ou accident. L'affaire n'était pas résolue, mais Martin ne vit pas de lien évident, ni avec Daley, ni a fortiori avec Jeannette.

La cinquième citation paraissait encore moins prometteuse. Cette fois, Daley n'était cité qu'en tant que témoin. Et encore, il n'avait même pas assisté aux faits. Une femme – une certaine Violaine Loringer – avait été tabassée dans un parking après avoir dîné au restaurant avec lui. Elle avait réussi à composer son numéro après l'agression et c'est lui qui avait appelé les premiers secours. L'agression datait de mars dernier. Violaine Loringer avait porté plainte. Elle n'avait pas été violée, mais battue, et son sac avait été retrouvé un peu plus loin dans une poubelle – vide. Le ou les agresseurs couraient toujours.

Malgré tout, Martin rappela Daley.

— Je viens de voir sur le STIC qu'une amie à vous a été agressée il y a neuf mois.

— Oui, Violaine Loringer. Elle a eu un traumatisme crânien, et deux doigts cassés, mais elle est sortie d'affaire.

— Excusez-moi de vous poser cette question, mais est-ce que vous avez une liaison avec elle ?

— C'est une vieille amie. Nous sortons ensemble de temps à autre. En fait, on a tendance à se retrouver et à se voir plus souvent quand nous sommes seuls en même temps, si vous voyez ce que je veux dire. Et c'était le cas en mars. On se connaît depuis les bancs de la fac. Pourquoi cette question ?

Martin chercha de quelle manière tourner sa réponse.

— Votre amie a été agressée, Jeannette que vous avez rencontrée depuis a été menacée... Il pourrait y avoir un lien.

Il y eut un long silence.

— Je n'y avais jamais pensé, dit enfin le psychiatre. Violaine a été battue et volée. On sortait du resto... Jeannette a reçu des menaces... Ça voudrait dire que quelqu'un m'épie et s'attaque aux femmes que je fréquente... Mais je vous ai dit que je n'ai rien trouvé...

— Je sais. Vous devriez peut-être chercher encore.

— Ne vous méprenez pas, dit-il. Je ferai tout mon possible pour aider Jeannette. J'ai contacté son avocat, il n'a rien voulu me dire, et il a l'air nul. J'aimerais qu'elle en change et je suis prêt à en engager un...

— C'est fait, dit Martin. J'en ai trouvé un nouveau.

— Ah, tant mieux...

— J'aimerais parler à votre amie, Lorraine...

— Violaine. Violaine Loringer. Elle a été traumatisée par ce qui lui est arrivé.

— Pourriez-vous me donner son adresse et son téléphone ?

— Elle est encore très fragile.

— Jeannette est accusée d'assassinat et elle est en taule. Vous voulez m'aider ou pas ?

35

Jeudi 16 janvier, sept heures et demie

Violaine Loringer avait accepté de recevoir Martin avant le début de ses consultations, qui commençaient à huit heures, dans son appartement du boulevard Raspail. Elle était psychiatre, comme Daley.

Martin se retrouva coincé avec ses béquilles dans un ascenseur poussif qui l'amena de cahot en cahot jusqu'au cinquième étage. Il s'extirpa avec soulagement de la machine, et sonna à une porte blanche à double battant. La serrure cliqueta en bourdonnant.

Il entra dans un vestibule carré face à trois portes fermées. Il opta pour celle sur laquelle était vissé le panneau Salle d'Attente, espérant qu'on viendrait l'y chercher.

Les fauteuils étaient trop bas pour lui et il décida de rester debout, face à un tableau abstrait aux teintes pastel et à un guéridon sur lequel s'empilaient de vieux *National Geographic*.

— Monsieur Martin ?

Martin pivota sur ses talons. La femme qui lui faisait face était aussi grande que lui. C'était une brune mince à la peau translucide et aux grands yeux gris qui captaient la lumière. Elle avait un air de fragilité, et il se demanda fugitivement si c'était sa nature ou une conséquence de son agression. Sa tenue était aussi neutre que les murs de la salle d'attente. Elle portait un chemisier de soie nacrée boutonné haut, un pantalon en lin, serré à la taille par une mince ceinture en cuir gris clair, et des chaussures plates à lacets. Quarante ans ? Cinquante ans ? C'était difficile à dire.

Elle l'introduisit dans son cabinet, une grande pièce en rotonde avec quatre fenêtres, et le fit asseoir devant le petit bureau placé près d'une des fenêtres, avant de s'installer à son tour face à lui.

Martin sortit son petit calepin et l'ouvrit.

— Romain m'a déjà expliqué pourquoi vous vouliez me voir, dit la psychiatre. J'ai accepté bien sûr, mais j'ai bien peur de ne pas pouvoir beaucoup vous aider.

— Parfois, avec le recul, on peut se rappeler des détails qu'on a occultés sur le moment, dit Martin.

— La mémoire peut aussi déformer.

Il ne voulait rien dire qui pût orienter ou modifier son témoignage, mais cette femme n'était pas n'importe quel témoin. Elle était médecin et psy, et s'il tentait de biaiser, elle s'en apercevrait aussitôt. En même temps, il ne voulait pas guider ses réponses.

— Le plus simple, c'est que je vous explique exactement ce que je cherche, dit-il. Est-ce qu'à un moment de votre agression vous avez pu avoir le sentiment que votre agresseur était une femme ?

— Une femme ?

Son regard se voila. Ses traits se crispèrent. Martin devina qu'elle revivait ce qui lui était arrivé, et ce n'était pas une expérience plaisante.

— Une femme ? répéta-t-elle plus doucement. Non, ça ne m'est pas venu à l'idée. Pas un instant. Pourquoi pensez-vous que ça pourrait être une femme ? Jamais les policiers qui ont pris ma déposition n'ont paru envisager cette hypothèse.

— Je sais, dit Martin. Avez-vous déjà eu l'impression d'être épiée, suivie… ? Avez-vous reçu des coups de fil anonymes ? Avant votre agression, surtout.

Elle ne répondit pas tout de suite. Et quand elle le fit, ce fut en posant elle-même une question.

— Vous ne voulez pas me dire ce que vous avez en tête ?

— Très bien, dit Martin. Je travaille sur l'hypothèse qu'une femme s'attaque aux femmes qui fréquentent Romain Daley. Et que c'était cela le vrai mobile de votre agression.

— Je revenais d'un dîner avec lui, dit-elle. Mais ce n'était pas la première fois que je dînais avec lui. Et il nous est déjà arrivé de passer la nuit ensemble sans que je me fasse agresser le lendemain.

Martin acquiesça. Elle avait raison. Sa théorie était fragile.

— Mais maintenant que vous le dites, j'ai reçu des coups de fil anonymes au cours des derniers mois avant l'agression, et c'était peut-être après avoir dîné avec lui, je ne sais plus, je n'ai pas fait le rapprochement. Et maintenant que vous me le dites, il y a effectivement quelque chose qui est resté à la lisière de ma conscience, alors que j'étais déjà à moitié assommée et dans le brouillard...

— Quelle chose ?

— J'étais allongée sur le sol, le visage sur le côté, la joue contre le ciment... J'avais reçu des coups – on m'a dit qu'il s'agissait sans doute d'une matraque télescopique – et je n'arrivais plus à bouger. Je m'attendais vaguement à recevoir le coup de grâce – j'étais trop abrutie et j'avais trop mal pour penser au viol... Et effectivement j'ai reçu une sorte de gifle, et puis j'ai entendu les pas de mon agresseur s'éloigner et je me souviens m'être dit : c'est tout ? C'est vraiment fini ? Sans y croire. Une gifle, c'est bizarre, non ? Un dernier coup de matraque, un dernier coup de poing pour m'assommer, pour que je ne puisse pas appeler les secours avant longtemps... Ça aurait été logique. Mais une gifle ? Ce n'est pas logique. À moins que ce ne fût effectivement une femme, et qu'elle ait voulu me montrer sa haine et son mépris en me giflant... Ça, c'est logique.

Martin était étonné de voir avec quelle facilité elle adhérait à son hypothèse.

Il avait lu le rapport de police. Violaine Loringer n'avait jamais parlé de cette gifle. Un souvenir reconstruit, un fantasme ?

— Je n'ai pas parlé de cette gifle car jusqu'à présent je n'avais pas fait la différence avec les autres coups, dit-elle en réponse à son interrogation muette. D'autres femmes ont payé leur attachement à Romain Daley ?

Elle avait joué le jeu et méritait de savoir la vérité.

— À ma connaissance, une seule, dit-il. Mon adjointe, Jeannette Beaurepaire. Elle est en prison à l'heure qu'il est, accusée d'un crime qu'elle n'a pas commis.

— Romain m'a parlé d'elle… Vous êtes certain à cent pour cent de l'innocence de votre adjointe ?

— Oui.

— Vous pensez donc qu'une femme amoureuse obsessionnelle de Romain a décidé de détruire la vie des autres femmes auxquelles il s'intéresse.

— Je sais que ça peut paraître aberrant, mais c'est mon hypothèse de travail. C'est ce qui m'a donné l'idée de chercher si d'autres femmes liées à Romain Daley avaient subi des désagréments… Et je suis tombé sur vous.

— Impressionnant, dit la psychiatre. Qui cela pourrait-il être ? Une patiente de Romain ?

— Peut-être. Je lui ai demandé de chercher dans ses dossiers. Il n'a rien trouvé pour le moment.

Elle fixa Martin en fronçant les sourcils.

— Vous êtes le flic qui a arrêté le tueur du bus, non ?

— Oui, dit Martin.

— J'ai vu votre photo. Je vous reconnais. Vous avez été grièvement blessé.

— Il paraît que j'ai eu de la chance, dit Martin. Je n'aurai bientôt plus besoin de mes béquilles.

— Et votre agresseur est mort. Le mien est toujours vivant, et je rêve de lui toutes les nuits. Maintenant, je vais avoir encore plus peur, car vous me dites que ce n'était pas un hasard mais une attaque préméditée dirigée contre moi.

— Je n'ai aucune preuve, dit Martin, c'est juste ma conviction.

— Il est très possible que vous ayez raison. Ça se tient trop bien, et ça répond à trop de questions que je me suis posées.

Elle se tassa dans son siège, avec un quasi-gémissement.

— Oh non… Je devrais peut-être m'installer ailleurs. Déménager en province.

— Ou m'aider à l'arrêter.

En rentrant chez lui, Martin relut toutes ses notes. Était-il possible qu'il soit en train de bâtir un scénario fantaisiste à partir d'éléments épars sans rapports réels entre eux ? C'était le danger, quand on essayait de trouver à tout prix une explication à partir de trop peu de faits concrets.

Pourtant, sa théorie s'était déjà partiellement vérifiée : il avait anticipé qu'au moins une autre femme liée à Daley avait été agressée et il avait eu raison. Ce n'était pas une preuve, mais c'était prometteur. La victime et amie psy de Daley paraissait elle-même se ranger à son avis.

Il se sentait vidé, et une partie de ses douleurs abdominales et dorsales était revenue. Il s'allongea avec précaution sur son lit, sentant des aiguilles lui transpercer le ventre. Mais peu à peu, les douleurs s'estompèrent et il commença à sombrer.

Chaque soir avant de s'endormir, Martin avait une pensée pour Jeannette au fond de sa prison, dans sa petite cellule. Quoi qu'il lui arrive par la suite, elle en sortirait changée. Elle avait déjà subi des épreuves si dures par le passé que ce dernier coup du sort paraissait particulièrement injuste. Il aurait aimé lui rapporter sa conversation avec Violaine Loringer et voir une lueur d'espoir éclairer son regard. Ce serait pour plus tard.

Il se réveilla dans la nuit. Cette fois, ce n'était ni Jeannette, ni Violaine Loringer, les responsables de son insomnie. Mais un gros sac plein de fric qui n'avait jamais été réclamé. Les à-côtés de l'affaire du bus remontaient à la surface.

Il était deux heures du matin. Trop tard pour avoir une conversation avec Laurette... Mais peut-être que... Il prit son téléphone portable et appela Myriam sur le sien. Si elle dormait, elle ne répondrait pas.

— Oui ? dit-elle. Monsieur se paye une petite insomnie et s'emmerde tout seul depuis qu'il a largué sa belle, alors il se dit « si je faisais chier Myriam ». C'est ça ?

— À peu près, dit Martin. En tout cas tu ne dors pas.

— Non.
— Tu es seule ?
— Eh oui.
— Si tu ne dors pas et que tu es seule, je vais te raconter une histoire, et tu me diras ce que tu en penses, d'accord ?
— Une histoire de quoi ? D'amour ? Pour m'aider à m'endormir ?
— Non, une histoire d'argent et de mort.
— C'est gai. Ça m'intéresse beaucoup moins, mais vas-y toujours.
— C'est aussi un secret.
— Ok, ça ne sortira pas de Paris.
— Ha ha.
Elle bâilla.
— Bon, arrête les préliminaires et raconte, sinon, je vais vraiment m'endormir. Au moins, quand on parlait la nuit, avant, tu me sautais. Là, je vais devoir me rendormir sans aucun bénéfice. Et en plus je me lève tôt.
Martin commença à lui parler des dessous de l'affaire du bus 86. En privilégiant l'aspect rançon.
— Tu suis ? dit-il au bout de quelques instants.
— En tout cas je n'ai plus envie de dormir. Continue.
Ce que fit Martin. Quand il eut fini, elle attendit quelques instants.
— Ça y est, tu dors ? demanda Martin.
— Non. C'est tout ? Il n'y a pas de fin à ton histoire ?
— Si tu veux dire qu'on n'a arrêté personne d'autre qu'Aurélien Kerjean, c'est exact, il n'y a pas de fin.
— D'après ce que je comprends, il n'y a aucune chance pour que ce soit le gamin. Et il a apparemment agi seul.
— Oui, dit Martin. Au début, je pensais qu'il avait fait une croix sur la rançon pour pouvoir tuer plus de gens à Bercy, aujourd'hui je suis sûr à cent pour cent qu'il n'est pas, qu'il n'a jamais été lié à la demande de rançon.
— Et l'enquête s'est arrêtée là ?

— À ma connaissance.

— Tu veux dire que tous tes brillants collègues, eux, sont convaincus que le chantage a été effectué par cet adolescent, Aurélien, alors qu'il souffrait en toute probabilité d'un dédoublement de personnalité ?

— Eh oui. Je te rappelle qu'officiellement il n'y a jamais eu de demande de rançon. Et d'ailleurs aucune rançon n'a été versée. Ou plutôt, la rançon n'a jamais été ramassée et tout le fric a été récupéré.

— Pourquoi à ton avis ?

— Il y a plusieurs possibilités... J'espérais que tu aurais une idée.

— Pourquoi moi ?

— Parce que tu es complètement étrangère à cette affaire, parce que tu es intelligente et sans préjugé.

— Merci. Mais je ne vois pas. Je ne comprends pas.

— Bien... Penses-y à tes moments perdus.

— Je peux essayer de dormir, maintenant ?

— Oui, bonne nuit.

— C'est malin, je vais penser à ton truc et je vais passer une nuit blanche.

— Fais comme moi, compte les moutons.

Vendredi 17 janvier

Juliette Langmann appela Martin à neuf heures du matin.

— Je sens quelque chose de bizarre, venant du Parquet, dit-elle. Votre collaboratrice a eu l'occasion de se faire des ennemis là-bas ?

— Pas à ma connaissance, dit Martin. Normalement, on est censés avancer la main dans la main...

— C'est ce que j'observe d'habitude, dit Langmann. La main dans la main. Mais pas cette fois. Du coup je comprends encore moins.

— Vous ne comprenez pas quoi ?

— Je sais que le Parquet est l'allié naturel des flics, alors que les magistrats du siège sont plus méfiants envers la police. Et pourtant, là, c'est presque le contraire. J'ai le sentiment que ce sont les services du procureur qui sont très hostiles à la libération de Beaurepaire. Ce n'est qu'un sentiment, mais j'ai tendance à faire confiance à mon instinct.

— Je vais tâcher de me renseigner, dit Martin, ça me paraît bizarre à moi aussi. Je vous rappelle.

— Faites ça discrètement, ce n'est pas la peine de les remonter encore plus contre elle, dit Langmann.

— Je tâcherai, dit Martin sèchement avant de raccrocher.

Il resta un long moment à réfléchir, passant en revue tous les substituts qu'il connaissait, avant de se décider à appeler un parquetier à qui il avait rendu service. Le magistrat était en vacances à l'étranger et il ne réussit pas à le joindre.

Qu'est-ce que Daley lui avait dit deux jours plus tôt ? Quelque chose comme, « Une des substitutes du procureur m'a dit qu'ils ont des preuves accablantes contre elle. »

Daley travaillait à l'Hôtel-Dieu, mais était-ce normal qu'une substitute lui parle aussi librement du cas de Jeannette ? Cela voulait-il dire que pour le Parquet Jeannette était déjà jugée et condamnée ? Martin se dit qu'il serait intéressant de parler à cette magistrate.

Il appela Daley, laissa un message, et décida d'aller à pied – avec ses béquilles – jusqu'au 36.

Il dut s'arrêter pour bavarder avec le concierge, puis avec l'huissier à l'étage de la direction, avant de rejoindre son bureau. Il se sentait fatigué mais satisfait d'avoir réussi cet exploit.

Rien n'avait changé, et tout avait changé. Olivier et Alice étaient par chance tous les deux dans la maison et ils vinrent le voir dès qu'ils surent qu'il était là.

Olivier ferma la porte et ils s'assirent en face de lui.

— Des nouvelles de Jeannette ? demanda Alice.

— Pas depuis lundi. Mais elle a changé d'avocat – c'est une avocate – Langmann.

— Juliette Langmann ? demanda Olivier.

— Oui.

— C'est dingue ! Pourquoi elle ?

— Parce qu'elle m'a paru la meilleure pour le boulot. Elle ira jusqu'au bout et elle n'a peur de rien.

— Ce n'est pas dangereux ? dit Alice. Langmann a la réputation de défendre surtout des ordures.

— Je me fous de sa réputation, dit Martin. Ce que je vois, c'est que ses clients sont plus souvent acquittés que les autres. Et que même la plupart du temps ça ne va pas jusqu'au procès.

— Elle se sert de toutes les armes.

— Oui. Et c'est exactement sur ça que je compte pour faire sortir Jeannette de Fresnes.

Olivier et Alice échangèrent un regard. Martin n'avait pas l'air d'humeur à supporter la contradiction.

— À part ça, on a échangé nos notes sur l'affaire Mousseaux, mais on n'a pas grand-chose de constructif à te dire, enchaîna Olivier. Tout ce qu'on sait, c'est qu'à notre connaissance Jeannette a respecté toutes les règles de procédure.

— Et qu'elle n'a jamais manifesté de haine particulière contre Mousseaux. Pas plus que pour un autre suspect. Elle faisait son boulot comme d'hab, à fond et en professionnelle.

— Tout ça, ce sera très bien de le dire quand on vous interrogera au tribunal, mais j'aurais espéré des détails concrets... Je ne sais pas, quelque chose de bizarre qu'elle aurait remarqué et dont elle vous aurait fait part...

— En rapport avec quoi ?

— Je ne sais pas ! Si quelqu'un s'est servi de cette enquête pour la piéger, ça veut dire qu'on s'est servi des P-V, qu'on l'a espionnée et qu'on vous a espionnés... Vous-mêmes, vous n'avez rien remarqué ?

Olivier et Alice réfléchirent et finirent par secouer la tête.

Martin soupira. Il repensa à ce que lui avait dit Daley.

— Y a-t-il une substitute qui s'est occupée plus particulièrement du dossier Mousseaux ?

— Au début, c'était un gars, un nouveau, et une fille a pris sa succession avant que le dossier soit soumis au juge d'instruction.

— Quelle fille ?

— Alizée Jonquère, dit Alice.

— Tu la connais ?

— Pas plus que ça.

— J'aimerais que vous vous renseigniez sur elle.

Olivier et Alice échangèrent à nouveau un regard.

— Tu cherches à savoir quoi exactement ? demanda Olivier.

— Je voudrais simplement comprendre pourquoi elle a décidé que Jeannette était la coupable idéale et pourquoi elle va le crier sur les toits, alors que Mousseaux était un violeur multirécidiviste et que les personnes qui ont dû souhaiter sa mort doivent se compter par dizaines. Ça ne me paraît pas logique.

— Il doit y avoir des indices…

— Mais merde ! hurla soudain Martin. C'est tout ce que tu trouves à dire ? Vous connaissez Jeannette depuis des années, vous savez comment elle travaille, vous savez qu'elle n'a jamais outrepassé ses droits, et vous préférez faire confiance à une conne de proc qui doit à peine sortir de l'école de la magistrature ?

— Moi j'ai vu Jeannette outrepasser ses droits, dit Olivier. La manière dont elle a traqué et coincé Vigan, ce n'est pas dans le manuel.

— Putain, dit Martin, vous me faites tous chier.

Il se redressa avec ses béquilles et sortit du bureau clopin-clopant.

Il se dirigea vers l'escalier et, une fois en haut des marches, s'arrêta. Il n'en avait pas terminé à cet étage.

Olivier le rejoignit.

— Je m'excuse, dit-il. Je sais que jamais Jeannette n'aurait tué Mousseaux. En plus elle est contre la peine de mort, elle me l'a dit et pas qu'une fois. On va continuer à chercher avec Alice.

— Ok, dit Martin.

Il alla jusqu'au bureau du groupe Hermet. La porte était entrouverte.

Il frappa et poussa. Hermet était assis derrière son bureau. Aucun de ses adjoints n'était présent. Il leva les yeux de son dossier.

— Salut, Martin.

— Salut, Sébastien, dit Martin. Tu as un petit moment à m'accorder ?

— Bien sûr.

Hermet lui indiqua un fauteuil de l'autre côté du bureau. Derrière lui, il y avait des dessins de ses jumeaux punaisés au mur. Il paraissait mal à l'aise, et cela n'avait rien de très étonnant.

— Il faut que je te dise, commença-t-il. Je n'aime pas ce que j'ai été obligé de faire. J'ai beaucoup d'estime pour Jeannette en tant que flic. Et maintenant j'ai été débarqué et c'est les gendarmes qui suivent l'enquête. Mais finalement c'est mieux comme ça, ça m'a rendu malade, cette histoire.

— Pas autant que Jeannette, dit Martin.

Hermet rougit.

— Je suis désolé mais j'ai été obligé de tenir compte des faits ! Et les faits sont tous contre elle. En plus elle m'a menti. Elle savait que Mousseaux avait été tué sur son palier, en ouvrant la porte de son appartement. Et ça, personne à part nous et le tueur ne pouvait le savoir.

— « Nous », tu veux dire l'équipe d'enquête ?

— Oui.

— Et le proc ?

— Bien sûr que le Parquet savait.

— Et le labo ?

— Écoute, Martin...

— Donc Bélier et ses techniciens le savaient aussi. Et le Parquet. Et ton équipe. Plus les gars qui ont emporté le corps, plus probablement tout l'immeuble où vivait Mousseaux. Ça fait combien de personnes ? Quinze ? Trente ? Et bien sûr, aucune de ces personnes, que Jeannette connaît pour la plupart très bien et à qui elle parle quasi quotidiennement, n'aurait pu le lui dire ?

— Dans ce cas, pourquoi elle ne m'a pas dit qui l'a mise au parfum ?

— Parce que Jeannette n'a probablement pas voulu mettre dans la merde un technicien de labo ou un collègue, et que ça ne lui est pas venu à l'idée que tu allais te servir d'un prétexte aussi foireux pour la foutre en taule. Elle a eu un réflexe d'innocente.

La moustache d'Hermet se hérissa.

— Putain, Martin, tu crois que je suis assez con pour me contenter de ça comme preuve ? Tout l'accable ! La douille sortie de sa propre arme, elle a utilisé sa bagnole – qui a été filmée par une caméra de surveillance – pour se rendre chez Mousseaux. Et j'en passe !

— Tu appelles ça des preuves ? Jeannette va au stand de tir tous les mois. N'importe qui là-bas peut piquer une douille éjectée de son flingue, tu le sais aussi bien que moi. Tu as vérifié qui est venu s'entraîner en même temps qu'elle ?

— …

— Et sa voiture ? Il suffit d'un kit en vente sur Internet pour piquer une bagnole comme celle de Jeannette sans fracturer le Nemann. Putain ! Elle a été volée et remise à sa place, ne me dis pas que c'est la première fois que tu vois ça. Tu es un bon flic, Hermet, tu sais que les indices matériels, on peut leur faire dire ce qu'on veut. C'est le mobile et la psychologie du criminel qui comptent. Tu n'es pas un bleu ! Et en plus tu connais Jeannette. Tu la vois en train d'abattre un suspect de sang-froid, alors que grâce à son enquête elle commence à avoir tous les atouts en main pour le faire condamner ? À quoi ça rime ? C'est logique, pour toi ? Pour moi ça ne tient pas !

Hermet se ferma.

— J'ai fait mon boulot, dit-il. Je te répète que je n'ai rien contre ton adjointe, mais j'ai été obligé de tenir compte des éléments matériels. N'importe qui, et toi le premier, en aurait fait autant à ma place. En plus, toi qui parles de psychologie, tu sais aussi bien que moi qu'elle est prête à aller très loin pour coincer un criminel.

— Tu parles de quoi, là ?

Hermet ne répondit pas. Encore l'affaire Vigan qui remontait à la surface. Jamais cela ne cesserait. C'était d'autant plus injuste que Jeannette avait piégé le tueur de femmes, mais elle ne l'avait pas tué, alors qu'elle avait eu l'occasion de le faire, et qui plus est, impunément ! En plus, comme l'avait déjà dit Olivier, Jeannette avait toujours affirmé qu'elle était contre la peine de mort, ce qui n'était pas si courant que ça dans la police.

— Écoute, Martin, reprit Hermet. Si elle est innocente, tant mieux. Mais comme je te le dis, j'ai fait ma part de boulot, le dossier est entre les mains du juge d'instruction et des gendarmes et c'est au juge de décider. Tu n'as qu'à aller lui parler.

Martin se redressa. Il sentait ses mains trembler, mais ne voulait pas se laisser aller à sa colère qui montait. Cela n'aurait fait que desservir Jeannette.

— Tu connais la substitute Alizée Jonquère ? demanda-t-il.

— Euh… Oui. Enfin, comme ça, je l'ai déjà eue au téléphone, pourquoi ?

— Je ne sais pas. Il paraît que le Parquet s'est particulièrement acharné contre Jeannette. Qu'ils ont fait pression pour qu'elle ne soit pas remise en liberté, malgré les garanties qu'elle peut offrir.

— Je ne suis pas au courant, dit Hermet. Ça fait peut-être partie de la nouvelle politique. Tolérance zéro pour les fonctionnaires pris en infraction. Quelle que soit l'infraction. Qu'on ne puisse pas accuser la justice de partialité… J'en sais rien, moi. Ils ne me font pas de confidences.

— Ok. À quoi elle ressemble, cette fille ?

— Qu'est-ce que tu veux que je te dise ? À une proc. Ils se ressemblent tous.

Martin n'était pas d'accord, mais laissa filer. Le jour où Hermet ôterait ses œillères de fonctionnaire borné pour voir le monde réel, ça lui ferait un sacré choc.

Le JLD, juge des libertés et de la détention, est normalement saisi au cours de l'instruction par le juge qui instruit le dossier. Mais dans certains cas, pour des infractions particulièrement graves, le procureur peut saisir lui-même le JLD pour demander le placement en détention du mis en examen. C'était ce qui avait dû se passer pour Jeannette. Pourquoi ? Martin ne croyait pas à une directive générale. Quelqu'un au Parquet en voulait à Jeannette.

— Une dernière chose, dit Martin. Il paraît que vous avez une vidéosurveillance avec Jeannette dessus. Tu pourrais me la montrer ou il faut que j'aille supplier les gendarmes ?

Hermet hésita, puis jugea sans doute qu'il pouvait se montrer grand seigneur.

Il tourna l'écran de son ordinateur vers Martin et tapota les touches du clavier.

Martin regarda l'image noir et blanc envahir l'écran et se mettre à bouger, avec le time-code dans le coin.

Contrairement à Jeannette qui n'avait vu qu'une photo figée extraite de la vidéo, il vit la silhouette féminine entrer dans le champ avant d'ouvrir la porte et de monter dans la voiture. C'était très probablement une femme, elle avait la taille aussi fine que Jeannette, mais elle lui parut plus grande et elle n'avait en aucun cas la démarche de son adjointe.

— Ce n'est pas Jeannette, dit Martin.

Il vit le visage d'Hermet se fermer.

— Elle ne bouge pas comme elle, je le sais, poursuivit Martin. Ça fait dix ans que je travaille avec elle, je la connais, comme tu connais ton équipe. Si on faisait une reconstitution avec Jeannette, la différence te sauterait aux yeux. Tu t'es fait baiser.

En ressortant du Palais de Justice, il hésita sur ce qu'il devait faire. Il jeta un coup d'œil à sa montre puis se dirigea vers Notre-Dame et l'Hôtel-Dieu.

Il appela Langmann sur le chemin.

— Vous devriez demander au juge d'instruction une reconstitution sur la base de la vidéosurveillance, dans les mêmes conditions, dit-il, et avec un costume équivalent. Tout le monde verra qu'il ne s'agit pas de Jeannette.

— Je vais essayer, dit Langmann, mais je ne garantis rien. L'instruction est quasiment close, et vous connaissez les juges. Ils n'ont pas envie de voir leur dossier perturbé en dernière minute... Et ce Candelier a l'air d'être un con.

— Eh bien, faites honneur à votre réputation, dit Martin. Débrouillez-vous.

Le docteur Romain Daley était retenu salle Cusco, avec un détenu particulièrement agité, et Martin dut attendre une bonne demi-heure avant de le retrouver à l'accueil.

Les deux hommes se serrèrent la main.

— Du nouveau ? demanda Daley.

— Non. Comment s'appelait la substitute qui vous a dit que Jeannette était si mal barrée ?

— Alizée Jonquère, dit Romain Daley.

— D'accord.

Pour la première fois depuis longtemps, Martin sentit que quelque chose se mettait en place.

— Pourquoi cette question ? demanda Daley.

— Vous la connaissez bien, cette Alizée Jonquère ?

— Non, pas vraiment.

— Vous l'avez rencontrée comment ?

Daley se rendit compte qu'il était en train de subir un interrogatoire.

— Qu'est-ce qu'il se passe ? dit-il.

— Rien, je vous l'ai dit. Mais j'ai appris que le Parquet a fait pression pour que Jeannette soit maintenue en détention. Et le nom de cette substitute revient souvent dans le dossier. Je voudrais en savoir plus sur elle. Si elle a une dent contre Jeannette et pourquoi.

— En fait, je l'ai rencontrée à un mariage l'année dernière, dit Daley. Elle était seule, j'étais seul, on a sympathisé... Je l'ai revue deux, trois fois.

— Ah d'accord. Vous ne l'avez pas rencontrée dans le cadre de votre profession.

— Non.

— Elle est amoureuse de vous ?

Daley hésita à répondre.

— On est un peu sortis ensemble, dit-il enfin. Mais elle a l'air d'avoir une vie compliquée. Elle m'a dit qu'elle sortait d'une histoire douloureuse et qu'elle n'était pas prête à avoir une relation suivie... En fait, on s'est revus une fois ou deux, genre sortie au restaurant, expo... Elle aimait bien...

— Quoi ?

Daley rougit.

— Prendre des risques.

— Quel genre de risques ?

— Ben... Rien de bien méchant au début, genre baiser dans l'ascenseur, en voiture pendant qu'on roule, vous voyez... Et puis...

— Et puis ?

— C'est devenu plus... compliqué. Elle voulait jouer... avec des règles...

— Soumission ? Pratiques sado-maso ?

— ... Oui, c'est ça.

— Et vous n'êtes pas client ?

— En fait non, pas tellement. Des sadiques, j'en vois trop, pour moi ce n'est pas un jeu. En tout cas, je ne suis pas amateur.

— Alors vous l'avez larguée ?

— Non, rien d'aussi brutal, j'ai pris du champ, c'est tout. J'ai décliné quelques invitations...

— Elle l'a mal pris ?

— Elle n'avait pas l'air contente, mais rien de plus...

— Elle n'a pas insisté ?

— Si, un peu.

— Elle vous a harcelé ?
— Elle m'a rappelé... Mais on ne peut pas appeler ça du harcèlement.
— Bon. C'était combien de temps avant de rencontrer Jeannette ?
— C'était à peu près à la même période.
— Les deux femmes ont pu se croiser ?
— Pas à ma connaissance.
— Alizée Jonquère connaissait votre lien avec votre amie psy ?
— Violaine ? Non, il n'y avait aucune raison. Vous pensez que cette fille...
— À quelle occasion vous a-t-elle dit que Jeannette était très mal barrée ?
— J'étais tombée sur elle par hasard en rentrant chez moi...
— Elle habite près de chez vous ?
— Je ne sais pas.
— Et elle vous a dit de but en blanc que Jeannette était mal barrée.
— ... Non, c'est moi qui ai parlé de Jeannette. Je ne pensais qu'à ça, je savais qu'Alizée travaillait au Parquet, je lui ai demandé ce que je pouvais faire pour aider Jeannette...
— Et elle a réagi comment ?
— Plutôt calmement. Elle m'a simplement dit qu'elle ne pouvait rien faire, et que Jeannette était très probablement coupable de meurtre avec préméditation parce que les preuves contre elle étaient accablantes.
— Ok.
— Je ne comprends pas bien... Pourquoi vous vous intéressez autant à elle ? Où voulez-vous en venir ?
— Je ne sais pas. J'observe que deux femmes liées à vous, Violaine et Jeannette, ont subi de très graves désagréments. Deusio, j'ai la conviction que quelqu'un, sans doute une femme, a piégé mon adjointe en la faisant passer pour une meurtrière. Et vous m'apprenez aujourd'hui que vous avez mis fin à votre relation avec une femme à la vie et aux exigences compliquées quand vous avez

rencontré Jeannette. Cette femme est justement substitute du procureur et a eu accès au dossier de Jeannette. Cette femme, vous la croisez « par hasard » près de chez vous, alors que Jeannette est incarcérée. Je me demande si tout cela n'est pas lié, c'est tout. Vous l'avez invitée chez vous, ce soir-là ?

— Non.

— Vous avez couché avec elle depuis ?

— Putain, Martin...

— Je ne m'intéresse pas à votre vie sexuelle. Je veux en savoir le plus possible sur cette Alizée Jonquère.

— Non, je n'ai pas couché avec elle depuis.

— Vous l'avez revue ?

— Oui, une ou deux fois.

— Vous aviez rendez-vous ou c'était encore « par hasard » ?

— Je l'ai croisée devant l'Hôtel-Dieu, et puis dans une galerie d'art. Ah non, je l'ai aussi vue une autre fois, pendant que je faisais des courses...

— Tiens donc.

— Et puis dans une queue de cinéma... Putain, vous croyez que...

— Oui, je crois qu'elle vous suit à la trace. Elle vous appelle souvent ?

— Non.

— Mais elle a peut-être posé des micros chez vous. Ça vaudrait le coup de vérifier.

— Vous déconnez.

— Non.

— Merde, dit Daley. Je suis psychiatre. Si elle est cinglée, j'aurais dû m'en apercevoir.

— Pas forcément.

— On ne peut pas dire qu'elle m'ait harcelé.

— Elle se contrôle bien. Elle fait très attention avec vous. Elle ne veut pas vous faire peur. Elle est plus maligne que ça. Elle a juste éliminé vos amies. Elle connaît la loi, et elle s'efforce d'avancer masquée. Mais elle ne vous lâche pas. Et gare à vos futures copines.

Daley resta songeur.

— Vous avez l'air d'être sûr que c'est elle.

— Non. Mais je pense que pour le moment, l'attitude raisonnable, c'est de faire comme si.

— C'est dingue. Une femme qui veut faire la peau des femmes que je rencontre... C'est *Liaison fatale*.

— Oui, dit Martin. Ça n'arrive pas que dans les films.

36

Rentré chez lui, il se posa sur le canapé.
Au bout d'un moment, il prit son bloc-notes et se mit à écrire :
Alizée Jonquère – substitute – inscrite au club de tir de la police ?
Personnalité de AJ ?
Consulter Laurette sur ce type de comportement
Ensuite il tenta d'accéder au STIC depuis son ordinateur, sans succès, et appela Olivier pour qu'il le fasse à sa place.
Puis il appela Langmann. L'avocate le prit tout de suite au téléphone et il lui communiqua ce qu'il venait d'apprendre.
— Vous êtes en train de me dire que vous soupçonnez une substitute du Parquet d'être une tueuse ? dit Langmann.
— Pour l'instant, c'est juste une hypothèse de travail, dit Martin. Mais depuis que vous m'avez mis sur cette piste, il y a un certain nombre d'éléments troublants qui vont tous dans le même sens.
— C'est le moins qu'on puisse dire, si vous ne vous trompez pas. Je serais curieuse de savoir à quoi elle ressemble, cette fille.
— Moi aussi.
— Vous en avez fait, du boulot, en quelques heures, pour un infirme ! J'ai bientôt fini ma journée et je n'ai pas envie de rédiger des conclusions ce soir, je ferai ça ce week-end. Le juge n'a toujours pas répondu à ma demande de reconstitution.
— Merde.
— Moi, ça ne m'étonne pas, je vous avais prévenu. Ça vous dirait qu'on poursuive cette conversation devant un verre ?
Martin se sentait épuisé, mais confronter son point de vue avec l'avocate pouvait se révéler utile.

— D'accord, dit-il. Ça vous ennuierait de venir chez moi ? Après une journée sur mes béquilles, j'ai du mal à tenir debout.
— Très bien, dit-elle. J'apporte une bouteille de vin. Vous avez une préférence ? Cépage, région...
— Non. Ce que vous voulez.
— Bon. Donnez-moi l'adresse.

Avant que Langmann arrive, Olivier rappela pour lui dire qu'il n'avait trouvé aucune infraction dans laquelle Alizée Jonquère aurait eu un rôle à jouer, comme auteur, victime, ou même témoin.

Il était allé au stand de tir de la Chapelle, où Jeannette s'entraînait. Il avait tenté de voir qui était venu en même temps qu'elle, mais c'était un vrai foutoir. La moitié des clients qui ne venaient pas à l'heure dite ne se donnaient pas la peine d'annuler, ou étaient remplacés au dernier moment... Il avait quand même une liste de noms à soumettre à Martin.

Il la lui lut. Il n'y avait pas de Jonquère dans le lot.
— Est-ce qu'Alizée Jonquère est inscrite là-bas ? demanda Martin.
— Je ne sais pas, il va falloir que je consulte la liste du club, dit Olivier. Je te rappelle demain.

On sonna à la porte et Martin alla ouvrir à l'avocate. Elle entra en examinant l'espace comme si elle envisageait d'acheter l'appartement, posa son sac dans le salon après en avoir sorti une bouteille de vin rouge. Martin entrevit la tranche d'un ordinateur portable et plusieurs kilos de paperasse.

— C'est un côtes-du-rhône bien charpenté, dit-elle. Et au moins treize degrés cinq. Vous avez deux verres propres quelque part ?

Martin lui indiqua la direction de la cuisine. Elle disparut cinq bonnes minutes et reparut avec deux verres, un paquet de biscuits salés dont Martin ignorait l'existence, un bol et un ouvre-bouteille.

Elle ôta sa veste, s'assit à côté de lui, versa les biscuits dans le bol.

— Vous pouvez déboucher la bouteille ou c'est trop vous demander ? dit-elle.

Martin s'exécuta et versa le vin.

— Il y avait une femme dans cette maison jusqu'à une date récente, non ? remarqua-t-elle en poursuivant son examen du salon.

Il n'y avait pourtant plus une seule photo de Marion. Mais Langmann avait dû s'informer par ailleurs. Après tout, sa séparation d'avec Marion faisait presque partie de l'actualité, songea Martin.

— Oui, dit-il. On est séparés depuis quelques mois.

Langmann montra une photo de Rodolphe collée sur un montant de la bibliothèque.

— C'est votre fils ?

— Oui.

Langmann arrêta là les questions et leva son verre.

— À la libération de Jeannette Beaurepaire, dit-elle.

— À la libération de Jeannette, dit Martin.

Le vin était bon, avec un arrière-goût de châtaigne, et il monta à la tête de Martin en quelques secondes. Il avait perdu l'habitude de boire. Après l'hôpital, le médecin lui avait recommandé de se contenter d'eau et de jus de fruits, pour ne pas retarder la cicatrisation, et il avait obéi dans des proportions assez raisonnables, d'autant plus facilement qu'il avait eu le temps de perdre l'habitude de ses bières quotidiennes.

Langmann vida son verre en trois lampées et enfourna une poignée de biscuits qu'elle croqua de ses grandes dents blanches.

Elle s'affala contre le dossier, se débarrassa de ses talons et étendit les jambes sur la table basse en remuant les orteils. Elle avait des pieds plutôt grands et le vernis mauve de ses ongles commençait à s'écailler. Elle épousseta le devant de sa jupe et de son chemisier couverts de miettes, et se resservit en vin. Martin se demanda fugitivement ce que penserait Marion si elle débarquait à cet instant. À part sa fille et Myriam – et Tureau, sa collègue – c'était la première fois qu'il accueillait une femme chez lui depuis le départ de Marion.

— Vous avez beaucoup de livres, pour un flic, dit Langmann.

— C'est juste pour la déco, je les achète au kilo chez un broc.

— Très drôle. Je n'arrête pas de repenser à ce que vous m'avez dit. Vous croyez vraiment que cette magistrate a piégé votre adjointe et tué votre suspect ?

— Je n'en sais rien, dit Martin, si ça se trouve je me trompe du tout au tout, et elle a un alibi en béton pour l'heure du crime, mais si on part de l'hypothèse que Jeannette est innocente et qu'elle s'est fait piéger, pas mal d'éléments vont dans le même sens et Jonquère est une bonne candidate.

— Bon. Je me suis renseignée, mine de rien. Alizée Jonquère – quel nom ! – a une réputation de proc lunatique, tantôt peau de vache, tantôt laxiste. Elle est souvent en arrêt de travail, mais ça c'est un dénominateur commun dans toute la fonction publique. Et elle a été flic.

— Quoi ? dit Martin. Vous êtes sûre ?

— Oui. Rattachée à une DPJ parisienne.

— Si elle était flic, elle sait dans le détail comment on mène une enquête et donc les pièges à éviter quand on commet un crime, elle a une bonne connaissance des armes de poing, elle connaît les stands d'entraînement…

— Elle a quitté sa DPJ il y a deux ans…

— Elle a démissionné ?

— Je ne sais pas.

— Quel âge a-t-elle ?

— Dans les trente-cinq. Célibataire, pas d'enfant. Je n'ai pas pu en savoir plus.

— Il faudrait savoir si elle continue à s'entraîner dans le même stand de tir que Jeannette et si elles se sont retrouvées là-bas en même temps.

— Ça, c'est votre boulot. Je n'ai pas trop de contacts avec les stands de tir de la police nationale, dit Langmann.

— Je m'en suis déjà occupé, dit Martin. J'attends des réponses.

Langmann se resservit encore de vin et finit les biscuits.

— Je commence tout juste à me détendre, dit-elle. Quelle journée !

D'un regard, elle fit le tour des lieux.

— Il est bien, votre appartement. Il faudrait que je me trouve un endroit où loger, moi aussi. Depuis que je travaille sur des dossiers parisiens, je viens toutes les semaines à Paris, mais je vis à l'hôtel et ça me coûte une fortune.

Elle jeta à nouveau un regard circulaire.

— C'est grand pour un célibataire, non ? Vous n'accepteriez pas une colocataire ?

Martin sourit en imaginant la tête de ses collègues s'ils apprenaient qu'il cohabitait avec une avocate pénaliste redoutée par tous les policiers et les magistrats qui s'étaient frottés à elle. Puis il imagina Marion apprenant la nouvelle et son sourire s'effaça.

— Si mes collègues apprenaient que je vous loge, je pense que je devrais démissionner, dit-il.

— Dommage. Je ne suis pas chiante, je partagerais les tâches ménagères, et je suis prête à payer la moitié du loyer.

— Je ne loue pas, je suis chez moi, dit Martin.

— Un flic propriétaire d'un appartement en plein centre de Paris ? Combien il y a de mètres carrés ?

— Dans les cent quarante.

— Vous avez hérité ou vous en croquez ?

Martin commençait à se demander comment il s'était laissé entraîner dans cette conversation.

— Mon ex-femme était – est – agente immobilière, dit-il. Elle a trouvé l'appart il y a une quinzaine d'années, quand les prix étaient encore abordables…

— Et elle vous l'a laissé.

— Oui.

— Quelle générosité. Ce n'est pas la mère de votre petit garçon ?

— Non. Mais elle m'a aidé à élever ma fille aînée, ajouta-t-il, par loyauté inconsciente envers Myriam qui n'avait jamais pu avoir d'enfant. Vous avez encore beaucoup de questions comme ça ?

Elle se mit à rire.

— Bon, j'arrête. Mais c'est vrai que vous m'intriguez. Vous ne ressemblez pas aux autres flics que j'ai pu rencontrer.

Elle se redressa et enfila ses talons, sans paraître remarquer que sa jupe était remontée jusqu'en haut de ses cuisses. Elle avait de belles jambes, nota Martin, un peu épaisses mais galbées. Elle se leva, fit redescendre sa jupe en tortillant du bassin et le toisa du haut de son mètre quatre-vingts.

— Bon, eh bien, moi je n'ai pas fini ma journée. J'ai encore du travail qui m'attend, dit-elle en ramassant son sac. Je vais regagner ma petite chambre d'hôtel et je vais finir de rédiger mes conclusions. Tenez-moi au courant quand vous en saurez plus sur le stand de tir.

— J'aimerais aussi savoir de quelle façon elle a quitté la police, dit Martin.

— Je vois ce que vous voulez dire. Elle a peut-être déjà des casseroles.

— Peut-être. Si c'est le cas, je le saurai.

— Ok. Demain matin, je vais voir votre adjointe. Avec ce que je vais lui apprendre, j'espère qu'elle commencera à envisager son avenir d'une façon un peu moins noire. Il est important qu'elle manifeste de l'optimisme et de l'énergie quand le procès va commencer.

Martin se rendit soudain compte d'une évidence.

— Vous aimez bien Jeannette, dit-il.

Elle sourit et Martin fut surpris de la voir rougir un peu.

— N'importe quoi. C'est ma cliente et je tiens à ce que toutes les conditions soient réunies pour qu'elle soit innocentée.

— Vous aimez bien Jeannette, répéta-t-il.

— Ne vous inquiétez pas, ça ne va pas durer. Quand elle sera libérée et réintégrée dans sa fonction, je la détesterai à nouveau. Comme tous les flics.

37

Martin rêva qu'il se trouvait à Bercy, dans l'allée commerçante. La rue pavée était vide. Il était seul. Mais il sentait des milliers de regards fixés sur lui. Il avançait. Le danger était là-bas, devant lui, mais il ne pouvait s'empêcher d'avancer. Et quand le garçon au T-shirt rouge apparut et vint vers lui, il en fut presque soulagé. Il connaissait le dénouement.

Samedi 18 janvier, une heure cinq

Le téléphone sonna au chevet du lit. Martin venait de s'endormir et il mit quelques instants à répondre. C'était Marion. Elle l'appelait de temps en temps, souvent la nuit. Ils restaient au téléphone parfois une bonne heure avant de raccrocher. C'était surtout Marion qui parlait. Martin écoutait. Ces conversations se déroulaient selon un processus assez immuable. Ils commençaient par échanger des nouvelles anodines, à parler de Rodolphe et des progrès qu'il faisait, puis de leur travail. Marion avait souvent des sujets de plainte, à propos de son appart, de ses collègues, de sa mère, de tout. Martin était fasciné par sa capacité à se plaindre tous azimuts. Ces plaintes étaient-elles authentiques, ou alors est-ce qu'elle s'imaginait que cela la rendait plus touchante, et faisait regretter à Martin le temps où ils étaient ensemble ? Si c'était le cas, elle se trompait. Au bout d'un moment, il n'en pouvait plus, et elle finissait par le sentir. Les réponses de Martin devenaient de plus en plus abruptes. Parfois ça s'interrompait là. Parfois, la conversation déviait sur leur couple. Ils échangeaient des souvenirs, plus ou moins heureux – les sujets sexuels restaient tabous –, et d'une manière ou d'une autre, après cet échange, un sujet de discorde surgissait. Un mot maladroit de Martin faisait exploser Marion. La dispute commençait parfois aussi de façon très anodine, et s'envenimait petit à petit, avec des mots blessants, qui laissaient un goût amer. Jusqu'à la fois suivante. Et après coup, Martin s'étonnait : pourquoi se disputait-il encore avec elle, alors qu'ils étaient séparés ?

Cette fois, à une heure du matin, elle en était rapidement venue aux sujets pratiques – la garde de Rodolphe. La dispute inévitable commença avec un malentendu sur le jour où Marion devait amener Rodolphe. Pour Martin, il était entendu au départ qu'il garderait son fils lundi et mardi, pendant que Marion partait en reportage. Mais pour Marion, elle avait toujours proposé deux dates. Lundi et mardi, ou mardi et mercredi et peut-être jeudi, et Martin venait de se rappeler qu'il n'était pas disponible mercredi. Il avait des rendez-vous, de la rééducation... Le ton était vite monté. Il était une heure vingt-cinq. Vingt minutes. Ils étaient loin de leur record, mais il en avait marre.

— Tu me fais chier, dit-il en posant brutalement le combiné. Cette conne me fait chier, répéta-t-il d'une voix plus calme dans le silence nocturne.

Cette fois c'était lui qui avait raccroché le premier. Il s'attendait un peu à ce qu'elle rappelle tout de suite, mais elle s'abstint. Il n'arriva pas à se rendormir immédiatement. Que se passerait-il le jour où ils ne se disputeraient plus ? Ces disputes étaient-elles la manifestation superficielle du mal profond qui les rongeait tous les deux ? De leur incapacité à vivre ensemble et leur incapacité toute aussi grande à vivre définitivement séparés ? Il était fatigué. Elle le fatiguait. Jusqu'alors, il pensait qu'un des avantages de la séparation, c'était la tranquillité assurée. Comme sur tant d'autres sujets, il s'était trompé. Et cela ne cesserait que le jour où Marion tomberait sur une voix de femme. Et encore. Cette réflexion l'amena aussitôt à Langmann. Puis à Alizée Jonquère. Prenait-il ses désirs pour des réalités ou bien cette magistrate et ancienne flic était-elle une manipulatrice et une tueuse ?

Il alla sur Internet et consulta les Pages blanches, à tout hasard. Jonquère A. Il y avait une référence. Avec une adresse dans le IXe arrondissement – rue Chaptal – et un numéro de téléphone.

Le téléphone sonna.

— Oui, Marion ? dit-il d'un ton las.

— C'est Myriam, dit Myriam. Désolée de te décevoir.

— Ça ne me déçoit pas du tout, dit Martin.

— Bon. J'ai réfléchi à ton histoire. J'ai bien réfléchi.

— Et ?

— Et je pense que tu ferais bien de soupçonner tes collègues.

— J'y ai pensé, dit Martin.

— Ah oui ? Tu as pensé à quoi ? À des flics en général ?

— Oui, en quelque sorte.

— Moi je parle de tes collègues proches. Ceux avec qui tu as travaillé sur l'affaire. Ceux qui étaient au courant depuis le début de la demande de rançon. Ceux qui se sont attendus à un deuxième massacre. Comme toi.

— Putain, dit Martin.

— Oui, putain, comme tu dis. Ils voulaient profiter de l'aubaine. Écrire ces lettres et faire chanter l'État, en se disant qu'on ne pourrait jamais remonter jusqu'à eux puisque par définition ils n'avaient rien à voir avec le tueur... Mais ils ont eu peur. Ça allait trop loin. Leur chantage empêchait l'enquête d'avancer sur les bons rails. Il n'y a que toi qui aies vu clair...

— Je n'ai pas vu clair, dit Martin. Mais il y avait quelque chose qui me gênait dans la psychologie de ce tueur, et je n'arrivais pas à comprendre ce que c'était. Et puis je me suis rendu compte qu'il ne pouvait pas avoir demandé une rançon. Ce n'était pas logique. Je pense que tu as raison.

— Fais gaffe à toi, Martin.

Lundi 20 janvier, sept heures

Après sa douche, Alizée Jonquère se sécha consciencieusement les cheveux, examina ses racines, et, satisfaite du résultat, s'habilla avant de se maquiller. Un maquillage léger, destiné à souligner la forme de ses yeux et à lui donner bonne mine.

Elle nourrit son chat, vérifia l'état de la caisse, avala rapidement un café et un demi-verre de jus d'orange, avant de se brosser les dents. Elle était presque prête. Il ne lui restait plus qu'à enfiler ses talons.

Elle s'assit dans le petit canapé Directoire du salon, déjà fatiguée à la perspective de sa longue journée d'auditions, et s'absorba dans ses pensées.

Sa mère était morte d'un AVC dans cet appartement, et elle avait souvent le sentiment que le même sort la guettait. Tôt ou tard, on la trouverait inanimée, dans son lit ou dans la salle de bains, avec un peu de sang sorti de ses oreilles et le chat affamé qui aurait commencé à lui dévorer le bout du nez. Parfait pour clore une vie d'illusions et de trahisons. Une vie pour rien. Pourquoi tout le monde avait droit au moins une fois au bonheur, et pas elle ? Pourquoi son étoile l'avait-elle placée depuis le début sous le signe de l'abandon ?

À sept heures du matin, Martin était à pied d'œuvre. Dans sa voiture garée rue Henner, à une dizaine de mètres du petit immeuble blanc où habitait Alizée Jonquère, un immeuble mitoyen du musée de la Vie romantique annoncé par une affiche et une grande plaque de cuivre vissée au mur. Martin ne connaissait pas ce musée, dont la grille était encore fermée.

À sept heures quinze, il jugea qu'il était assez tard pour appeler Daley, si celui-ci avait une journée normale de travail à l'Hôtel-Dieu. Le médecin décrocha presque aussitôt.

— Martin, dit Martin. Je ne vous réveille pas ?

— J'aimerais bien, dit Daley. Je pars dans cinq minutes et de toute façon en ce moment je ne ferme pas l'œil. J'ai repensé toute la nuit à ce que vous m'avez dit.

— Et ?

— Et rien. Ça ne tourne pas rond... J'ai beau être psy et en voir tous les jours de toutes les couleurs, je n'arrive pas à me dire que c'est peut-être à cause de moi que Jeannette est en taule.

— Pas à cause de vous. Ce n'est pas votre faute. Vous n'êtes que l'objet du litige. Pourriez-vous me dire à quoi ressemble Alizée Jonquère ?

— Elle est de taille moyenne... Un peu moins d'un mètre soixante-dix, je dirais, mince, presque maigre, allure nerveuse, plutôt athlétique... Cheveux châtain foncé la dernière fois que je l'ai vue... Assez maquillée... Les yeux et la bouche surtout. Et toujours en talons assez hauts.

— Jolie ?

— Oui, assez jolie, les traits un peu pointus... Les yeux marrons ou marron-vert. Je ne sais pas trop quoi dire de plus... Pourquoi ?

— Pour me faire une idée, dit Martin. Bonne journée.

— Vous allez voir Jeannette bientôt ?

— Je ne sais pas. Ça dépend de pas mal de choses.

— Bien. Tenez-moi au courant. Et si vous la voyez... Dites-lui que je pense à elle.

Martin raccrocha et resta fixé sur le porche de l'immeuble. Il vit un homme sortir à sept heures vingt-cinq, puis un autre, quelques minutes plus tard, puis deux femmes, coup sur coup.

Puis plus rien pendant vingt-cinq minutes. Une femme qui ressemblait à la description donnée par Dalcy sortit à huit heures et quart de l'immeuble et se dirigea droit sur lui. Elle portait un élégant manteau noir serré à la ceinture, des lunettes, et un sac à main noir. Elle s'arrêta à la voiture qui était garée devant celle de Martin, une Mini gris métal, sortit ses clés et bipa. La voiture couina en allumant brièvement ses warnings, la jeune femme se mit au volant et démarra.

Martin s'était enfoncé dans le siège pour éviter de croiser son regard dans le rétroviseur. Il n'avait pas pu voir la couleur de ses yeux, mais elle était effectivement mince, brune, plutôt élégante, en talons, et maquillée de près.

Martin nota le numéro de la plaque et appela Olivier. Cinq minutes plus tard, l'identité de la propriétaire de la voiture était confirmée.

Il descendit de voiture sans ses béquilles, et se dirigea vers l'immeuble d'une démarche un peu hésitante. Avec son passe universel, il pénétra dans le hall du rez-de-chaussée et regarda les boîtes aux lettres.

A. JONQUÈRE habitait au troisième et dernier étage, porte droite. Il n'y avait pas d'ascenseur dans ce vieil immeuble parisien. Martin soupira et entreprit de gravir les marches, en espérant ne croiser personne.

Arrivé à la porte palière, il sonna et attendit, sonna une deuxième fois par acquit de conscience. Il lui sembla entendre un bruit, mais le bruit ne se renouvela pas.

Il prit ses outils, se délia quelques instants les doigts, enfila une paire de gants de latex et introduisit les deux instruments dans la fente étroite de la serrure Yale à hauteur de poignée, en espérant qu'Alizée Jonquère n'avait pas mis le verrou à l'autre serrure située plus haut sur la porte.

Le verrou cliqueta au bout de deux minutes de tâtonnement, et Martin poussa la porte avec précaution.

Il se trouvait dans un couloir étroit, orné de gravures représentant des scènes champêtres. Un gros chat noir parut à l'autre bout du couloir et avança vers lui d'un pas majestueux.

Martin referma la porte.

Le chat se frotta contre lui en ronronnant. La première porte était celle du cabinet de toilette. Martin examina rapidement les trois pièces principales de l'appartement plus la cuisine et la salle de bains qui donnaient sur la ravissante cour pavée du musée de la Vie romantique.

C'était un joli appartement, meublé à l'ancienne, où rien ne semblait avoir bougé depuis deux générations au moins, y compris le bouquet de fausses fleurs et les tableaux de petits maîtres du

XIXᵉ siècle. Il y avait quelque chose qui ne collait pas. Ce n'était pas l'appartement d'une femme de trente ou quarante ans, mais celui d'une personne beaucoup plus âgée.

Dans la chambre, le lit même avait une dimension qu'on n'observait pas souvent. C'était un lit en acajou Empire de cent vingt centimètres de large, couvert d'une courtepointe rose et verte.

Martin entreprit de fouiller la commode pleine de pulls et de sous-vêtements haut de gamme, puis l'armoire, avant de passer au petit bureau à cylindre qui occupait un angle de la pièce. Il ne vit nulle part de contrat de location ou de quittance de loyer, ce qui tendait à prouver qu'elle était propriétaire des lieux et que l'acte de propriété était ailleurs, chez le notaire ou dans un coffre de banque. Il trouva dans un tiroir une boîte à bijoux en cristal contenant un grand choix de colliers et de pendentifs, mais aucune bague ni boucles d'oreilles. Cela voulait peut-être dire quelque chose sur son caractère, mais quoi ? Dans une boîte en fer, il y avait quelques centaines d'euros en billets de vingt et de cinquante. Des produits de beauté de luxe, à ce qu'il lui sembla, remplissaient le petit placard de la salle de bains. Dans un étui en tissu noir, il trouva des lacets de chaussures en cuir, et repensa aux pratiques sexuelles évoquées par Daley.

Un placard mural au bout du couloir contenait une bonne trentaine de paires de chaussures presque exclusivement à talons, plus trois paires de chaussures de sport en bon état, et dans un sac en toile un short, un survêtement propre et plié, et une carte d'abonnement à un club de remise en forme situé près de la place Clichy, ainsi qu'un passe pour un club de squash, et des raquettes. Il y avait aussi une carte indiquant l'appartenance d'Alizée Jonquère à un club de plongée. À côté du sac de sport, il y avait plusieurs sacs à main de diverses marques connues. Ils étaient tous vides.

La vie d'Alizée Jonquère se déroulait devant Martin, sans surprise et sans aspérité, une vie de jeune femme aisée et sportive vivant une vie normale, sans zone d'ombre, sans secret.

Il y avait plusieurs albums de photos rangés au bas de la bibliothèque en bois de rose du petit salon. Martin entreprit de les feuilleter. Alizée Jonquère était apparemment fille unique. Deux adultes l'entouraient quand elle était enfant – en toute probabilité ses parents –, mais l'homme, qui lui ressemblait beaucoup, disparaissait des photos quand elle avait une dizaine d'années. Sur quelques-unes des photos, Martin vit un couple plus âgé (des grands-parents maternels ou paternels ?), et l'album était ponctué de photos d'anniversaires ou de noëls.

Pas de photos d'Alizée Jonquère adulte, nulle part.

La cuisine était à l'image du reste. Le frigo et le congélateur contenaient quelques produits frais, deux demi-bouteilles de champagne de bonne marque, des matières grasses allégées et des confitures bio. Au-dessus de l'évier rutilant, il y avait une batterie de casseroles en cuivre étamé aussi propres que si elles sortaient du magasin, et dans une armoire vitrée aux petits carreaux bizeautés, un beau service ancien de porcelaines et deux douzaines de verres gravés. Sous l'évier, des croquettes pour chat en quantité et des produits de ménage rangés par taille.

Au bout d'une heure de fouille, Martin en avait assez. Il n'avait trouvé aucun élément auquel se raccrocher.

Il pensa à l'appartement de Marion, quand il l'avait rencontrée. Les deux femmes avaient sensiblement le même âge, elles étaient de catégories sociales comparables, elles vivaient et travaillaient toutes deux à Paris... Mais il y avait un monde entre les deux. L'appartement de Marion avait à peu près la même taille et le même genre d'agencement intérieur et pourtant... Tout était en fouillis. Un fouillis qui exprimait la vie, les tâches multiples et quotidiennes... Marion n'était ni particulièrement ordonnée ni particulièrement bordélique. C'était une femme normale. C'était Alizée Jonquère qui ne l'était pas. Son univers privé, ordonné et propret, était un faux-semblant. C'était un décor. Destiné à qui ? À elle-même ? À ses visiteurs ? Mais sa vraie vie ne pouvait pas être là. Elle était ailleurs, forcément. Où ? Dans une maison en province, ou en banlieue ? Dans un autre appartement à Paris ?

Par acquit de conscience, Martin refit le tour de l'appartement, sans rien trouver qui modifiât son impression. Il prit un livre relié dans la bibliothèque, s'attendant presque à ce que le livre ne soit qu'une couverture collée. Non, c'était un vrai livre, un roman anglais, qui avait peut-être même été lu. Il soupira et le remit à sa place.

S'il avait compté découvrir quelque chose sur la personnalité d'Alizée Jonquère dans le lieu où elle vivait, sans même parler de secret, il en était pour ses frais. Le chat était allongé sur le petit canapé et le regardait avec une expression de souverain mépris et fermant les yeux par intermittences.

— Salut, le chat, dit Martin.

Jusqu'à présent, Martin avait négligé les cachettes les plus simples. Alizée Jonquère avait été flic et les connaissait toutes.

Il refit un tour, soulevant cette fois le couvercle du réservoir dans les toilettes, jetant un coup d'œil dans les tringles à rideaux, vérifiant les prises électriques. Il souleva même le matelas du lit. Il ne trouva rien.

Il s'assura que son passage ne laissait pas de traces et ressortit en claquant la porte sur lui. Il ôta ses gants et entreprit de descendre les marches cirées. C'était encore plus compliqué que de monter.

En arrivant au rez-de-chaussée, il avisa une petite porte peinte et arrondie sous l'escalier. L'accès aux caves ?

La porte était fermée à clé, mais il reprit ses deux outils et l'ouvrit sans difficulté. Des marches de pierre descendaient en colimaçon dans le noir. Martin trouva un interrupteur et alluma. Un simple couloir au plafond bas d'une dizaine de mètres de long desservait les caves des deux côtés. Il n'y avait pas de nom sur les portes, dont certaines étaient en bois ajouré, voire vermoulu. Une seule porte était en acier avec une serrure récente. Alors que pas l'ombre d'un indice ne venait conforter sa conviction, Martin décida que cette cave était celle d'Alizée Jonquère.

Il tritura l'intérieur de la serrure jusqu'à obtenir le déclic, et tira la porte qui s'ouvrait vers l'extérieur.

Martin actionna un interrupteur sur le côté, et une lumière crue inonda l'espace confiné de la cave. Un petit bureau de métal occupait le fond, et des rangées d'étagères supportaient une demi-douzaine de cartons étiquetés.

Martin s'approcha des dossiers. Sur les étiquettes il y avait des noms : BEAUREPAIRE, FABRE, IGLESIS, LORINGER, MORET, VERNEUIL.

Il renfila ses gants, et ouvrit le carton consacré à Jeannette.

Il contenait des photos de Jeannette seule, de Jeannette avec ses filles, avec lui, Martin, et avec Romain Daley, des articles de journaux consacrés à l'affaire Vigan, et un carnet de notes qui indiquaient très précisément les habitudes de Jeannette, l'endroit où elle faisait ses courses hebdomadaires, et la nature de ses dernières enquêtes, avec beaucoup d'éléments consacrés à l'enquête sur Mousseaux, coupures de journaux, copies de P-V d'auditions, photos de l'immeuble où vivait Mousseaux, de son palier...

Martin remit tout en place. Et ouvrit le deuxième dossier.

38

En rentrant chez lui, quatre heures plus tard, Martin avait un poids sur la poitrine qui s'alourdissait de minute en minute. Il mit un moment à comprendre que ce n'était pas uniquement la fatigue, mais la manifestation somatique de sa colère, une rage comme il n'en avait pas ressenti depuis longtemps.

Il posa son carnet de notes et le feuilleta en réfléchissant à ce qu'il pouvait dire, avant d'appeler Olivier.

— J'aurais besoin que tu ailles chercher sur le STIC toutes les références en rapport avec Yolande Fabre, Noémie Iglesis, Valentine Moret et Sabrina Verneuil, demanda-t-il.

— Je te rappelle en fin de journée, dit Olivier, là je suis à la campagne avec ma mère, j'ai pris mon lundi. Et elle n'a pas d'accès Internet.

Martin se força à respirer profondément.

— J'aurais besoin de ça avant, dit-il. C'est extrêmement important et je veux que tu n'en parles à personne.

— Bon, ok, dit Olivier. Je peux savoir au moins pourquoi ?

— Je préfère ne pas te le dire, dit Martin.

— Tu n'as pas confiance ?

— Ça n'a rien à voir. Bien sûr que j'ai confiance, sinon ce n'est pas toi que j'aurais appelé. Mais je veux que tu gardes l'esprit ouvert, t'inquiète, je t'expliquerai tout plus tard.

Ensuite, il ouvrit un bloc-notes Rhodia A4 et transcrivit de façon plus claire et ordonnée les notes qu'il avait prises à la va-vite sur son carnet en fouillant dans les cartons de la cave.

Yolande Fabre : enseignante, mère de deux enfants, divorcée, habitant à Châtenay-Malabry, accident de voiture en 2008. Séjour de trois mois à l'hôpital. Circonstances de l'accident : défaut mécanique ou/et erreur humaine. Enquête apparemment embryonnaire...
Mutation à Grenoble (où elle est née) et déménagement consécutif à l'accident, début 2009.

Noémie Iglesis : cadre commerciale, employée à la Défense, célibataire, la trentaine, retrouvée morte dans le parking de la Défense le 13 mai 2010. Agressée et battue à mort (fracture du crâne) mais pas violée. Mobile apparent, le vol (on n'a pas retrouvé son sac à main). Pas d'arrestation.

Valentine Moret : fonctionnaire municipale, employée à la mairie du XIIe. Célibataire, quarante ans, retrouvée morte poignardée chez elle de dix coups de couteau le 11 octobre 2011. Pas d'arrestation.

Sabrina Verneuil : lieutenant de police à la deuxième DPJ, trente ans, mariée à Antoine Valens, morte noyée (accident), enceinte de deux mois, à Lacanau le 22 juillet 2011.

Quatre femmes, dont trois mortes. Quel était le point commun entre ces quatre femmes, à part le fait d'avoir leur nom dans les cartons d'Alizée Jonquère et une série de coupures de presse les concernant ?
Martin appela Langmann. Il tomba sur la boîte vocale, et lui demanda de le rappeler au plus tôt.
Si Alizée Jonquère était bien une tueuse de femmes, Violaine Loringer et Jeannette avaient eu de la chance, en comparaison des quatre autres.
Il appela ensuite Daley. Le médecin ne répondit pas sur le moment, mais le rappela presque aussitôt.

— Je n'ai pas arrêté de me demander à quoi rimait votre question, dit le médecin. Vous avez vu Alizée ?

— Non, mentit Martin. Mais je voudrais savoir si les noms de Valentine Moret, Sabrina Verneuil, Noémie Iglesis et Yolande Fabre *(il détacha bien les noms)* vous disent quelque chose ?

— Absolument rien, dit Daley. Pourquoi ?

— Ce serait trop long à expliquer, je vous rappelle plus tard.

Il raccrocha, et se creusa la tête. Qui connaissait-il à la deuxième DPJ ? Il fallait quelqu'un qui lui fournirait des réponses et ne poserait pas trop de questions en échange. Tureau. Comment n'avait-il pas pensé plus tôt à elle ? Peut-être parce qu'elle ne s'était pas manifestée une seule fois depuis octobre.

Il l'appela, et elle décrocha.

— Martin ? dit-elle sur un ton suspicieux qui déclencha une sonnette d'alarme chez Martin.

— Oui, j'espère que je ne te dérange pas.

— Euh non... Martin...

— Oui ?

— Je suis désolée pour ce qui t'est arrivé. J'aurais dû venir te voir, mais tu sais ce que c'est... Et les hôpitaux ce n'est pas mon truc. En plus je sais que tu es très bien entouré.

— Tout va bien, dit Martin. J'ai eu ma dose de visites. Ce n'est pas pour ça que je t'appelle. J'ai besoin d'un renseignement, mais je voudrais que ça reste entre nous.

— Si je peux t'aider.

— Quand tu étais à la 2ᵉ DPJ, tu as eu l'occasion de rencontrer une certaine Alizée Jonquère ?

Il y eut un blanc. Elle ne s'attendait pas à cette question.

— Oui, reprit-elle, bien sûr. C'était une collègue, mais depuis, elle s'est barrée, elle aussi. Elle a quitté la police, elle est devenue magistrate, substitute, même...

— Qu'est-ce que tu peux me dire sur elle ?

— Rien de particulier à signaler. On n'était pas copines.

— Elle avait un mec ?

— C'est drôle que tu dises ça. Moi je ne l'ai jamais vue avec personne, mais le bruit a couru qu'elle avait couché avec le mec d'une collègue. Après, elle s'est barrée de la boîte et je n'en ai plus entendu parler.

— Cette collègue, elle s'appelait comment ?

— Là, tu me poses une colle. Attends… Bonneuil, ou quelque chose d'approchant…

— Ça ne serait pas Verneuil ? Sabrina Verneuil ?

— Oui, c'est ça. Si tu le sais, pourquoi tu me demandes ?

Sa voix était descendue d'une octave.

— Tu es au courant que Sabrina Verneuil est morte en juillet 2011 ?

— Oui, un accident pendant les vacances, je sais…

— Une noyade pour être précis. C'est à cette époque que Jonquère avait une histoire avec son mari ?

— Je n'en sais rien. C'était un peu avant que j'en aie entendu parler si mes souvenirs sont exacts. Donc oui, ça doit coïncider à peu près. Qu'est-ce qu'il se passe ? Dans quoi tu as mis les pieds, Martin ? Je croyais que tu étais au vert ?

— Je suis au vert. Je m'occupe comme je peux.

— C'est ça, oui. À plus.

Ils raccrochèrent en même temps. Martin gardait une curieuse impression de cet échange téléphonique. Au début, c'était comme si Tureau lui en voulait… ou se méfiait de lui.

Et quand il avait parlé d'Alizée Jonquère, elle s'était tout de suite détendue, comme si elle avait craint qu'il lui parle d'autre chose… Pourquoi se méfiait-elle de lui ? Pourquoi n'était-elle pas passée le voir à l'hôpital ? Ce n'est pas qu'elle lui avait manqué, mais il était d'usage de rendre visite aux collègues blessés, surtout quand on avait participé à la mission dans laquelle ils avaient été touchés. Même la capitaine de la gendarmerie était passée pendant son coma, bien qu'il ne l'eût appris que plus tard.

Martin arrêta de se poser des questions. De toute façon, Tureau n'était pas quelqu'un de simple et de facile. Et puis, entre ce qu'elle venait de lui apprendre et les informations qu'il avait obtenues avec sa fouille mexicaine chez Jonquère, il avait de quoi réfléchir.

Il chercha les coordonnées d'Antoine Valens, le mari de Sabrina Verneuil, sur le Net, mais il eut moins de chance qu'avec Alizée Jonquère. Inconnu des Pages blanches.

Il essaya avec les Pages jaunes. Là, c'était le contraire, avec plus d'un million quatre cent mille résultats. Ce n'était pas la bonne méthode.

Il appela à nouveau Olivier.

— J'allais t'appeler, dit celui-ci. Je suis sur le point de t'envoyer un mail avec toutes les infos que j'ai pu récolter.

— Super, dit Martin. Est-ce que le nom de Valens est apparu ?

— Antoine Valens, le mari de Sabrina Verneuil. J'ai ses coordonnées si ça t'intéresse. Enfin, s'il n'a pas déménagé.

— Un peu que ça m'intéresse.

Olivier lui donna un numéro de téléphone et une adresse en grande banlieue.

— Merci, dit Martin. Je vais lire ton mail. Si tu as les coordonnées des autres compagnons des victimes, envoie-les-moi aussi.

Langmann rappela Martin à midi trente.

— Je suis à Bordeaux, dit-elle. Qu'est-ce qu'il se passe ?

— Beaucoup de choses, dit Martin. Vous rentrez quand ?

— À Paris vous voulez dire ? Tout à l'heure. Je passe vous voir si vous voulez.

— Ok.

— Vous ne voulez pas m'en dire un peu plus ?

— Si je ne me trompe pas, c'est pire que tout ce qu'on imaginait. Et Jeannette devrait sortir rapidement avec les excuses de la Justice et de la Police.

— Ouh là. Vous n'avez pas bu ?

— Non.

— Vous ne pouvez rien me dire de plus ?

— Pas au téléphone.

— Putain, vous êtes pénible, dit-elle avant de raccrocher.

Martin tapa les touches du numéro de Valens et laissa les sonneries s'égrener. Un répondeur prit le relais, avec une voix d'enfant.

« *Vous êtes au domicile de Lucie et d'Antoine Valens, nous sommes absents pour le moment, mais vous pouvez laisser un message avec vos coordonnées et nous vous rappellerons.* »

Martin sentit son cœur se serrer. Un instant, il se revit avec Isa enfant, lui veuf et elle orpheline de sa mère. La perte, la charge d'une gamine de dix ans éperdue de chagrin, l'impossibilité de se laisser aller, car il fallait la soutenir. Il raccrocha sans laisser de message mais se força à rappeler quelques minutes plus tard. Cette fois, on décrocha à l'autre bout de la ligne.

— Allô oui ?
— Monsieur Valens ?
— Oui.
— Bonjour, je m'appelle Martin, je suis commissaire à la Brigade criminelle.
— Oui ?
— Est-ce que vous seriez disponible pour que nous ayons une conversation, monsieur Valens ?
— Ça dépend. À quel sujet ?
— Au sujet du décès de votre femme.
— Pardon ? dit-il. Quel rapport avec la Brigade criminelle ? C'était un accident !
— Quand seriez-vous libre ?
Le silence se prolongea à l'autre bout du fil.
— Est-ce que c'est vraiment nécessaire ?
— Je pense, oui.
— Bon. Vous pouvez vous déplacer ?
— S'il le faut.
— Ma fille est à la danse cet après-midi, si vous pouvez passer à Fontainebleau, nous nous retrouverons dans un café en face de son école à quinze heures trente. Ça vous va ?
— Oui ça me va.

— Vous êtes bien commissaire à la Brigade criminelle, à la PJPP ?
— Oui. Je vous montrerai ma carte.
— Bien. Ma femme était capitaine à la deuxième DPJ.
— Je sais, dit Martin. Pouvez-vous me donner l'adresse de l'école ?

Martin ouvrit le mail d'Olivier et commença à lire. Il nota les coordonnées des compagnons de Yolande Fabre, Valentine Moret et Noémie Iglesis.
Il appela le premier sur son portable et laissa un message. Le second, le compagnon de Noémie Iglesis, lui répondit tout de suite. Il était cadre et travaillait dans le quartier de la Défense, comme sa femme. Ils prirent rendez-vous pour la fin de journée. Le mari de Valentine Moret répondit aussi. Il avait la voix d'un homme profondément déprimé. Il partait en voyage d'affaires mais accepta de rencontrer Martin dès son retour.

39

Lundi 20 janvier

À quinze heures quinze, Martin était attablé dans le bistrot face à l'école et attendait.

Un homme d'environ trente-cinq ans, grand et les épaules carrées, entra en regardant de part et d'autre. Martin lui adressa un petit signe et l'homme le rejoignit. Les vêtements qu'il portait flottaient un peu sur lui, et Martin se demanda s'il avait perdu du poids à la suite de son deuil.

Il se redressa et tendit la main.

— Martin, dit-il.

L'homme la lui serra rapidement et s'assit. Martin sortit sa carte et la lui montra.

Valens n'y jeta qu'un coup d'œil.

— Je devrais être en train de regarder ma fille s'entraîner, dit-il. Vous avez trois minutes pour me convaincre que ce que vous avez à me dire est assez important pour que je prenne le risque de la décevoir.

— Bien, dit Martin. D'abord, juste une question. Est-ce que le nom d'Alizée Jonquère vous dit quelque chose ?

L'homme ne répondit pas, mais Martin vit littéralement le sang quitter son visage.

— Je vois que oui, dit Martin. Est-ce que vous avez eu une relation intime avec cette femme ?

Valens hocha la tête, comme contre sa volonté.

— C'était votre maîtresse ?

— Putain…

Martin eut l'impression que Valens pouvait se lever d'un bond et s'enfuir, ou alors se jeter sur lui en le frappant. Il recula dans son siège, prêt à encaisser. Mais l'homme finit par se détendre et desserra les poings.

— Merde, murmura-t-il. Merde. Comment pouvez-vous savoir ça ?

— Je vais vous expliquer, dit Martin, mais j'aimerais que vous répondiez encore à quelques questions avant que je vous explique.

L'homme se contenta d'un nouveau hochement de tête contraint.

— Vous pouvez me dire quand vous avez rencontré Alizée Jonquère ?

— En mai 2011. Le 1er mai. À une fête chez des copains de ma femme. Il y avait beaucoup de ses collègues, et entre autres, ... Alizée.

— Vous l'avez revue après le 1er mai ?

— Oui.

— Elle est devenue votre maîtresse ?

— Oui. Elle avait quelque chose... Elle était excitante. J'ai couché avec elle, mais... Je n'étais pas vraiment amoureux. Je n'aurais jamais quitté ma femme pour elle.

— Aujourd'hui vous la voyez encore ?

— Non !

— Pourquoi ?

— Après la mort de Sab – de Sabrina – elle a eu son accident en juillet... J'ai rompu. Je vous dis, je n'étais pas amoureux d'Alizée... Et puis je me sentais trop coupable sans doute... Et tout mon temps libre était consacré à Lucie, ma fille...

Maintenant qu'il avait commencé à parler, les mots s'écoulaient facilement, et Martin n'avait plus qu'à écouter.

— L'accident n'avait rien à voir, je sais, mais j'aurais eu l'impression de trahir Sabrina, ce qui est idiot car je l'avais déjà trahie alors qu'elle était bien vivante...

Il ne savait pas encore le pire, se dit Martin. À moins que la mort de Sabrina ne fût véritablement un accident ?

— Voilà, dit l'homme. Après ça, je l'ai perdue de vue…
— Comme ça ? dit Martin.
— Non, pas exactement.
— Comment ?
— Il s'est passé quelque chose en octobre… Un soir je suis rentré, la nounou venait de partir, et Alizée est arrivée à la maison sans prévenir. Elle m'a dit qu'elle avait assez patienté comme ça, qu'il fallait que je tourne la page… Ma femme était morte depuis à peine trois mois. D'abord je n'ai pas compris ce qu'elle disait… Et quand j'ai compris, je me suis mis à lui crier dessus en oubliant que la petite jouait dans sa chambre à l'étage… Elle est descendue en m'entendant crier, et Alizée lui a hurlé de retourner dans sa chambre. Je revois encore Lucie debout, immobile sur la dernière marche, et Alizée lui criant dessus et lui disant qu'elle irait dans une pension à l'autre bout de la France si elle n'obéissait pas immédiatement. J'ai pété un plomb. J'ai pris Alizée par le cou et je l'ai traînée jusqu'à la porte d'entrée. Je l'ai jetée dehors. J'ai reçu des coups de fil jour et nuit pendant deux semaines. J'ai compris qu'elle était folle. Et peut-être même dangereuse. Je l'ai prévenue que j'allais avertir sa hiérarchie et porter plainte contre elle. Elle a fini par se calmer. Je n'ai plus jamais entendu parler d'elle.

Martin se demanda si Valens ne soupçonnait pas la vérité, au fond de lui.

— Maintenant, vous allez pouvoir me dire pourquoi vous aviez besoin de savoir ça, dit-il.

En fait, se dit Martin, Valens n'avait pas envie de savoir. Et pourtant il le fallait.

— Je dois vous demander de me promettre de ne rien dire à âme qui vive jusqu'à ce que je vous en donne l'autorisation.
— Si vous voulez.
— Si vous parlez, votre vie et celle de votre fille pourraient être en danger.
— Putain, dit l'homme, vous n'avez pas besoin d'inventer des menaces…

— Je n'invente rien et je ne vous menace pas. Je veux vous protéger. Je soupçonne fortement Alizée Jonquère d'être l'auteur de plusieurs meurtres et agressions sur des femmes, après qu'elle est tombée amoureuse de leurs compagnons.

Le visage de Valens aurait pu être taillé dans de la pierre.

— Elle a probablement tabassé à mort une femme, et agressé une autre… La dernière victime en date est mon adjointe à la brigade, dit Martin. Je soupçonne Alizée Jonquère de s'être servie de sa position de substitute du procureur pour piéger mon adjointe en la faisant accuser de meurtre.

— Vous pensez qu'elle a tué Sabrina…, murmura Valens.

— Peut-être. Peut-être pas, dit Martin. De toute façon, si elle n'avoue pas, on ne le saura jamais.

— Elle l'a tuée, dit Valens. Si ce que vous dites est vrai, elle l'a tuée. Je ne sais pas comment elle a fait, mais elle est capable de tout. Et c'est à cause de moi. J'ai tué ma femme.

Martin se souvint de la carte du club de plongée qu'il avait trouvée chez Jonquère. Si elle avait pu attendre en embuscade sous l'eau pendant que Sabrina nageait, et l'entraîner dans les profondeurs… Valens avait sans doute raison.

Il commença à se lever. Martin posa une main sur son épaule et le força à se rasseoir.

— Arrêtez vos conneries, dit-il. Vous n'avez pas tué votre femme. Vous avez couché avec une autre femme, ça n'a rien à voir. Vous ne pouviez pas savoir que Jonquère est une cinglée. Vous n'avez pas le droit de perdre les pédales. Vous avez un enfant à élever.

L'homme le regarda sans le voir, et Martin le secoua.

— Putain, Valens, vous m'entendez ? Moi aussi j'ai perdu ma femme quand ma fille était petite. C'est dur, mais vous n'avez pas le droit de la laisser tomber.

L'homme retomba sur sa chaise. Il jeta un coup d'œil à sa montre.

— Il est quatre heures, dit-il. Lucie a bientôt terminé… Qu'est-ce que je vais faire ?

— Ce que vous faites depuis trois ans. Rien n'a changé. Occupez-vous de votre fille. Veillez sur elle. La culpabilité ne vous mènera nulle part.

— Vous aussi vous avez couché avec l'assassin de votre femme ?

Martin se trouva à court de réponse.

— Quelque chose a changé aujourd'hui, quelque chose d'important, dit-il au bout de quelques instants. Grâce à vous, Jonquère va payer.

— Ça ne fera pas revivre Sabrina, dit Valens.

Lundi 20 janvier, dix-huit heures

Quand il rentra chez lui, Langmann poireautait sur son palier, assise sur la dernière marche, son portable à l'oreille.

Elle adressa un signe à Martin et croisa les jambes dans l'autre sens. Elle portait sous sa robe courte des bas ultra fins sans porte-jarretelles – dits autofixants – déjà filés, et une culotte noire. À côté d'elle, il y avait une valise à roulettes rigide en aluminium de taille moyenne.

— Vous voyez, je n'ai même pas pris le temps de passer par l'hôtel, dit-elle en raccrochant.

Martin la fit entrer et elle traîna sa valise jusqu'au salon. Elle se laissa tomber dans le canapé.

— Et maintenant, racontez-moi tout.

— À une condition, dit Martin. J'ai besoin que vous me promettiez de ne rien révéler de ce que je vais vous dire avant d'avoir mon autorisation formelle.

— Je ne peux pas vous promettre ça. Je ne suis pas fonctionnaire, moi. Ma loyauté va à ma cliente, Jeannette Beaurepaire. C'est la seule personne à qui je dois rendre des comptes.

— Ce n'est pas tout à fait exact, dit Martin qui sentait la moutarde lui monter au nez. Si par votre action ou par vos paroles, vous portez entrave à une enquête criminelle ou si vous mettez des victimes potentielles en danger, vous êtes en infraction avec la loi.

— Et voilà ! s'écria Langmann. C'est dingue, mais même pour sauver votre copine, vous n'êtes pas capable de jouer franc-jeu avec moi.

— Putain, hurla Martin à son tour, si vous êtes là, c'est bien parce que je joue franc-jeu avec vous !

Elle respira un grand coup et sourit.

— Ok. Vous êtes flic, je suis avocate. On ne travaille pas de la même manière, mais on va dire que je suis la moins coincée des deux et je sais m'adapter. C'est bon, je vous promets que je ne me servirai pas de vos infos et je les garderai pour moi tant que je n'ai pas votre feu vert. Ça vous va comme ça ?

Martin acquiesça, tout en se demandant à quel point il pouvait lui faire confiance. Mais avait-il le choix ? Elle était sa seule alliée.

Il ouvrit son carnet et commença à lui raconter ce qu'il avait appris.

Elle l'écouta sans mot dire, mais au bout d'un moment, la pression devenant trop forte, elle se leva, envoya promener ses talons et fit les cent pas, les bras croisés.

— Putain ! dit-elle quand Martin se tut. Donc, c'est vrai, vous faites ça, entrer chez les gens sans mandat, tout fouiller... Et pourtant vous faites partie des flics honnêtes, vous. Qu'est-ce que ça doit être avec les autres !

— C'est tout ce que ça vous inspire, ce que je viens de vous raconter ?

— Excusez-moi, mais si j'étais son avocate, je vous rirais au nez. Tout ce matériel, même si on pouvait l'utiliser, ça ne vaut rien. Elle s'est intéressée à une suite d'accidents et d'agressions, et alors ? Elle est procureur, non ? Ça fait partie de son boulot.

— Je n'ai jamais dit que c'étaient des preuves ! dit Martin, exaspéré. Mais on en sait suffisamment maintenant pour aller chercher des témoignages concordants : celui des compagnons des victimes. On a ceux d'Antoine Valens et de Romain Daley. Je vais rencontrer les maris des autres femmes agressées ou mortes. Si leurs témoignages corroborent les premiers...

— Désolée, mais moi, je suis moins optimiste que vous. Jonquère est procureur. Elle a tout l'appareil judiciaire à son service, et apparemment elle sait s'en servir. Je ne suis pas sûre que cela suffira à innocenter Jeannette Beaurepaire.

Martin était déçu par sa réaction, mais il n'était pas sûr qu'elle eut tort. D'une certaine façon, elle connaissait le milieu de la Justice mieux que lui, et les tours et détours de la loi n'avaient pas de secrets pour elle.

Olivier l'appela.

— J'ai enfin eu ton renseignement, dit-il. Jonquère est bien inscrite au club de tir de la Chapelle. Pareil que Jeannette. Mais elle vient souvent sans prévenir, et comme je te l'ai déjà dit, c'est le foutoir...

— Merci, dit Martin.

— Tu peux m'en dire un peu plus ?

— Bientôt.

— Fait chier, entendit Martin juste avant de raccrocher.

40

— Où allez-vous ? demanda Langmann en le voyant enfiler sa veste.
— J'ai rendez-vous avec le veuf de Noémie Iglesis.
— Je peux vous accompagner ?
Martin hésita. Et pourquoi pas ? Confrontée à cet homme, elle changerait peut-être d'avis sur sa stratégie.
Il attendait déjà, dans un café près de Châtelet. Il paraissait à peine plus de trente ans, et Martin le repéra tout de suite, en éprouvant un sentiment de familiarité à sa vue. Il se rendit compte qu'il avait un air de ressemblance avec Antoine Valens et Romain Daley. Grand, costaud, l'allure sportive. Alizée Jonquère tombait systématiquement amoureuse du même type d'homme. Et tant pis pour leurs femmes.
Il présenta l'avocate et l'homme parut surpris.
— Excusez-moi mais pourquoi avez-vous amené une avocate ? dit-il.
— C'est moi qui ai insisté, dit Juliette Langmann, et vous allez vite comprendre pourquoi. Vous connaissez Alizée Jonquère ?
Martin attendait une réaction plus ou moins conforme à celle de Valens, mais l'homme parut perplexe, sans plus.
— Je ne connais pas cette personne, dit-il. Qui est-ce ?
Langmann regarda Martin.
— On va procéder autrement, dit Martin. Avez-vous rencontré une femme, à la fin de l'année 2009 ou début 2010, nommée Alizée Jonquère ?
— Je ne comprends pas, j'ai certainement rencontré plein de femmes, et pas seulement à ces dates, je suis cadre commercial…

— Ne faites pas semblant de ne pas comprendre le sens de la question, dit Langmann. Votre femme Noémie a été agressée mortellement le 13 mai 2010. Aviez-vous une maîtresse qui vous harcelait à cette date ?

— Je ne vous permets pas, dit l'homme. J'aimais ma femme.

— Ce n'est pas le problème, dit Martin.

— Nous savons que votre maîtresse était une femme aux cheveux châtains, mince, un mètre soixante-dix, maquillée de près, allure sportive... Son nom est Alizée...

— Je ne vois pas de quoi vous parlez. Je n'avais pas de maîtresse. Et je ne connais pas d'Alizée.

— Je pense que vous mentez, dit Langmann.

L'homme se leva comme un ressort.

— Qu'est-ce que c'est que ces questions à la con ? Foutez-moi la paix.

— Attendez une seconde, dit Martin.

L'homme hésita.

— Monsieur Iglesis, on ne formule aucun jugement et aucune accusation. Nous soupçonnons quelqu'un – cette femme – de s'être attaquée aux compagnes de plusieurs hommes sur lesquels elle a jeté son dévolu. Elle est extrêmement dangereuse. Elle a déjà probablement tué au moins deux femmes et un homme. Nous pensons que votre femme a pu être victime...

— Vous vous trompez, dit l'homme. Je n'ai jamais trompé ma femme et je ne peux rien vous dire. Je n'ai jamais eu de maîtresse.

Il se glissa entre les tables et se hâta vers la sortie.

— Et merde, dit Martin. C'est foutu.

— Eh, vous ne pouvez pas l'empêcher de se tirer ? dit Langmann.

— Comment ça ? Avec un flingue ?

— J'en sais rien, c'est vous le flic. Ce type mentait, ça se voyait comme le nez au milieu de la figure.

— Évidemment qu'il mentait ! dit Martin. Mais putain, vous ne pouviez pas fermer votre grande gueule ! C'est comme ça que vous interrogez un témoin au tribunal ? À la seconde où vous avez commencé à l'accuser, il n'a plus pensé qu'à se tirer de ce guet-apens !

— C'est ça, c'est de ma faute. Il a commencé tout de suite à mentir. Il fallait tenter de le déstabiliser ! Et après vous n'aviez plus qu'à jouer le gentil flic. Quitte à me traiter de tous les noms devant lui !

Martin se passa la main sur le visage.

— Pourquoi je vous ai laissée m'accompagner ? murmura-t-il. Qu'est-ce qui m'a pris ? Je deviens gâteux.

Elle lui tapota le genou.

— Vous êtes sensible à mon charme, c'est tout. Il y a un moyen de rattraper le coup ?

— Je n'en sais rien, dit Martin. J'essayerai de le rappeler demain. Et cette fois, je le verrai seul.

Ils regagnèrent l'appartement de Martin comme un vieux couple. Martin était toujours furieux de leur échec, mais Langmann ne semblait pas touchée.

— Tout ça est bien beau, dit-elle, mais j'ai l'impression qu'on aura plus vite fait de tirer Jeannette des griffes de la Justice en traquant les vices de procédure.

— De quoi voulez-vous parler ? dit Martin intéressé malgré lui.

Avant de lui répondre, elle alla chercher la bouteille de vin entamée, deux verres, et des crackers dans la cuisine.

Elle tendit la bouteille à Martin.

— Servez-nous. Jeannette a été arrêtée pour meurtre, on est d'accord ?

— Oui.

— Que se passerait-il si le juge pensait qu'elle a monté de toutes pièces les preuves contre Mousseaux ?

— Quoi ?

— Considérons que, pour une raison inconnue, Jeannette a décidé de faire de Mousseaux un violeur. Elle a décidé d'inventer des preuves...

— C'est n'importe quoi.

— Et elle a fait part de sa volonté dans une lettre à la mère de la victime de Mousseaux. La mère a communiqué avec le juge dans ce sens.

Martin la regarda, commençant à comprendre.

— C'est vous qui avez demandé à cette femme d'écrire au juge ?

— Non, un avocat qui respecte la déontologie ne fait pas ce genre de chose, dit-elle.

Elle avait fait mieux – ou pire – que ça, se dit Martin. Elle avait écrit la lettre elle-même.

— Vous jouez un jeu extrêmement dangereux, dit-il. Vous pensez que le juge va enquêter sur ces nouveaux faits sans en informer le Parquet ?

— Oui. Pour gagner du temps.

— Et si le juge respecte la procédure ?

Langmann sourit.

— Vous le connaissez ?

— Je connais son nom, dit Martin. Candelier. Je n'ai jamais eu affaire à lui.

— Moi j'en sais un peu plus. Il a quarante-cinq ans, sa femme l'a quitté il y a six mois. Il est sous anti-dépresseurs et il boit. Vous pouvez le voir presque tous les soirs dans un bar de la rive droite, près de la place des Victoires. Il allait auparavant dans un autre bar, mais il y a trois semaines, il a eu une altercation assez violente avec une femme qu'il a abordée et l'affaire aurait pu dégénérer si le commissaire de quartier ne l'avait pas étouffée dans l'œuf. Il ne reste plus qu'une main courante pour attester des faits. Ne me regardez pas comme ça, je n'ai pas enquêté personnellement, j'ai engagé un enquêteur. Et ça, vous allez pouvoir me le rembourser.

— Un enquêteur pour éplucher la vie du juge ? Vous êtes complètement cinglée ? Et si quelqu'un le découvre, vous imaginez les conséquences pour Jeannette ?

— « Qui connaît son ennemi comme il se connaît, en cent combats ne sera point défait. » Et rassurez-vous, à moins que vous ne parliez à vos collègues, il n'y a aucune chance que ça s'ébruite.

Elle se pencha sur lui et lui caressa le genou.

— Vous n'hésitez pas à fouiller le logement d'un procureur, mais vous osez me reprocher d'enquêter sur la vie privée d'un juge ? Ce que j'ai fait n'a rien d'illégal, vous savez ? Je suis parfaitement en droit de m'interroger sur la conscience professionnelle d'un juge qui boit, qui se drogue avec des anti-dépresseurs, et qui agresse une femme dans un bar. Un homme qui hait les femmes, c'est intéressant, non ?

— Ok, dit Martin. Mais vous prenez un sacré pari sur la vie de Jeannette. Vous pensez qu'il va faire la connerie de foncer tête baissée dans votre piège ?

— C'est un pari sur la nature humaine. Je pense que oui, il va être obnubilé par le petit chiffon rouge que je lui ai fabriqué sur mesure.

— Vous le saurez quand, si ça a marché ?

— Peut-être demain.

— Et si ça ne marche pas ? S'il informe le Parquet avant de convoquer la mère ?

— Dans ce cas-là, ce sera un coup d'épée dans l'eau, et la mère niera avoir envoyé la lettre. De toute façon, on ne pourra rien prouver contre elle, ce n'est pas son écriture.

— Je n'aime pas ça, dit Martin.

— Mais vous aimerez quand Jeannette sera libre.

Martin resta un moment silencieux, cherchant une faille dans le plan de Langmann. Celle-ci le regardait d'un drôle d'air, et recommençait à s'agiter.

— Autre chose ? dit-il.

— Oui. À propos de nature humaine... Ça fait un bon moment que je n'ai pas couché. Ça me rend nerveuse et de plus en plus irritable. J'ai besoin d'être plus zen pour bien travailler. Vous seriez d'accord pour un intermède sexuel avec moi ? Je pense que ça vous ferait du bien à vous aussi.

Martin se mit à rire.

— Et dire que c'est aux mecs qu'on attribue ce genre de comportement, dit-il. Votre romantisme finira par vous étouffer.

— Je ne suis pas votre type ? Trop cash pour vous ? Pas assez sexy ? Les commissaires ne couchent pas avec les avocats ?
— Stop, dit Martin.
— Alors c'est quoi ?

Soudain, elle paraissait moins sûre d'elle, et pour la deuxième fois, il la vit rougir.

Il se pencha en avant et l'embrassa sur la bouche.

— Moi aussi ça fait un bon moment, dit-il. Et je vous déteste moins que je l'imaginais.
— Ça, c'est gentil, dit-elle.

Elle l'attrapa par le cou et prolongea le baiser.

— Ici ou dans la chambre ? dit-elle enfin en reculant et en reprenant sa respiration.

Martin se leva et la prit par la taille. C'était mieux qu'une béquille.

41

Plus tard dans la nuit, Martin repensa à la scène que lui avait faite Marion, un peu plus d'un an auparavant, quand elle avait découvert qu'il avait eu une relation sexuelle avec une autre fille qu'elle. En tombant sur les cheveux blonds, Marion avait d'instinct pensé à Jeannette – et elle avait eu raison, même si Martin n'avait passé qu'une demi-nuit avec son adjointe et n'avait jamais recouché avec elle depuis. Pour détourner les soupçons de Marion, Martin mis au pied du mur avait alors sorti le premier nom qui lui était venu à l'esprit : Juliette Langmann, car Langmann était un personnage inquiétant dont il parlait beaucoup avec Jeannette.

Marion avait découvert avec stupéfaction que cette femme était une avocate à la réputation de tueuse, qui était l'ennemie jurée de Martin et Jeannette... Et voilà qu'une quinzaine de mois plus tard, le mensonge éhonté de Martin devenait la simple vérité.

Il ne savait plus trop que penser de Langmann. Les premières fois étaient rarement des expériences exaltantes, mais ça s'était bien passé. Elle était enthousiaste et attentive, et sa peau de blonde était douce et très agréable à caresser. Après l'amour, ils étaient restés un moment à se regarder en silence, face à face, puis s'étaient endormis.

Ils se réveillèrent en même temps, au milieu de la nuit. Martin se redressa et se demanda qui était à côté de lui.

Il alluma la lampe à son chevet et se souvint. Allongée sur le dos, poitrine découverte, un bras rejeté par-dessus la tête, les cheveux blonds en bataille, les yeux fermés et la bouche entrouverte, Langmann semblait beaucoup plus vulnérable. Elle frissonna en prenant une profonde inspiration et il lui recouvrit la poitrine.

Elle ouvrit les yeux.

— Excusez-moi, dit-il. Je ne voulais pas vous réveiller.

— Pas grave, grogna-t-elle en se redressant à son tour.

Elle alla prendre un verre d'eau et, en se recouchant à côté de lui, elle fit la grimace en caressant le ventre de Martin.

— Il ne vous a pas raté, dit-elle.

Elle passa un doigt hésitant sur les deux cavités en étoile. C'était la première fois qu'il la voyait manifester quelque chose qui s'apparentait à de la timidité.

— Ça vous a fait mal quand il vous a tiré dessus ?

— Je ne sais pas, dit Martin. Je ne me souviens de presque rien.

— On vous avait déjà tiré dessus avant ?

— Une fois.

Il se passa la main sur le cou, là où la balle du tueur à l'arbalète avait pénétré. La cicatrice n'était plus qu'un trait plus clair sur la peau.

— Moi aussi j'ai une cicatrice, dit Langmann. Vous voulez sentir ?

Il opina et elle lui prit la main, la fit courir sur ses côtes et son flanc gauche. La cicatrice était très fine et presque sans relief, mais elle devait bien mesurer trente centimètres de long.

— Qui vous a fait ça ?

— Je vous raconterai un jour, dit-elle.

Elle fit descendre la main de Martin sur son ventre puis entre ses cuisses et pressa jusqu'à ce que ses doigts entrent en elle.

— J'ai encore envie, dit-elle. Mais si tu es trop fatigué, caresse-moi, ça fera l'affaire.

Cette fois, elle le tutoyait. Martin passa le bout de son majeur sur son clitoris et commença à le frotter doucement et régulièrement. Langmann émit un petit hoquet et s'installa plus commodément.

— Et n'hésite pas à m'embrasser le bout des seins en même temps, si le cœur t'en dit, murmura-t-elle.

Au bout d'un moment, Martin découvrit qu'il n'était pas si fatigué.

Lundi 20 janvier, vingt heures

En entrant chez elle, Alizée Jonquère resta sur le seuil, en alerte. Il y avait un élément étranger indéfinissable dans l'atmosphère confinée de son appartement. Elle ferma les yeux et se concentra. Elle ne rêvait pas. Ce n'était pas quelque chose qu'elle avait apporté avec elle. L'odeur venait d'ici, à peine perceptible, mais définitivement étrangère. Quelqu'un s'était permis de pénétrer chez elle ?

Elle examina la serrure et fit le tour des pièces, après avoir nourri le chat.

Tout était en place. Elle fouilla dans son bureau à cylindre, examina la bibliothèque et ouvrit tous les tiroirs. Rien n'avait bougé, et pourtant son impression persistait.

Un voleur se serait servi dans sa boîte à bijoux. Aurait pris les cinq cents euros en liquide qu'elle gardait dans un des tiroirs de son bureau. Aurait saccagé son appartement.

Mais peut-être se faisait-elle des idées. La journée n'avait pas été facile. En sortant du Palais de Justice, elle avait aperçu Daley qui remontait le trottoir en face. Elle s'était pliée en deux, saisie d'une terrible crampe abdominale. Haletante, elle avait dû prendre appui contre l'abribus avant de pouvoir repartir. Daley ne l'avait pas vue. Il avait continué son chemin et quelques instants plus tard, il avait disparu. Où allait-il, cet immonde traître ? Elle aurait aimé découvrir sa nouvelle infamie, mais elle n'était pas en état de le suivre, c'est tout juste si elle réussissait à mettre un pas devant l'autre.

D'abord Daley, puis l'appartement... Y avait-il un élément qui lui échappait ? Une logique sous-jacente ? Un lien ?

Si seulement le chat pouvait parler. Il se frotta contre ses mollets avec un crépitement d'électricité statique.

Cet appartement était celui de sa mère. Elle en avait hérité huit ans plus tôt. À part ses vêtements et ses produits de beauté, il n'y avait rien qu'elle eût choisi ici. Plus d'une fois elle avait songé à se loger ailleurs, mais cela demandait du temps, de l'énergie, et son énergie elle préférait la consacrer à autre chose. La recherche du partenaire idéal. Elle avait cru le trouver à plusieurs reprises, mais à chaque fois des obstacles s'étaient mis en travers de sa route.

Elle se déshabilla et prit sa douche. Même le savon avec lequel elle se lavait faisait partie des stocks de sa mère. Daley. C'était sans espoir. Elle devait l'oublier. Passer à autre chose. Ce qu'elle avait d'ailleurs commencé à faire.

Elle se sécha et prit son portable. Elle alla dans le menu « photos » et sélectionna les trois dernières photos qu'elle avait prises. Un homme brun, aux épaules larges, plus grand qu'elle d'une quinzaine de centimètres, la trentaine. Elle l'avait vu la veille au club de sport, il était en compagnie d'une femme. Petite, blonde, insignifiante.

Elle avait surpris le regard de l'homme à plusieurs reprises sur elle. Ce n'était pas la première fois qu'elle le voyait, et il l'avait déjà remarquée. Je lui plais, se dit-elle. Il était peut-être même en train de tomber amoureux d'elle. Il faisait attention de ne pas la regarder quand sa petite blonde avait les yeux sur lui, mais son manège était transparent. Il fallait être aussi conne que la blonde pour ne pas s'en rendre compte. Comment un homme aussi attirant pouvait-il se contenter de cette fadasse qui lui collait aux basques ?

En partant en même temps qu'eux, elle avait réussi à saisir le nom de l'homme sur la carte du club. Pluvier.

Elle alla sur Internet et chercha les références à ce nom. Elle trouva plusieurs images, mais aucune ne correspondait.

Sur les Pages blanches, elle trouva le nom cité cinq fois. L'adresse la plus proche était située à deux rues de chez elle. C'était un signe. Elle sentit les battements de son cœur s'accélérer. Elle ferma les yeux et s'imagina dans le club avec lui. Ils s'entraînaient ensemble, parlaient, se touchaient discrètement, et leur couple faisait l'admiration de tous ceux qui les apercevaient. Il n'avait d'yeux que pour elle. Aucune autre femme au monde n'existait, et cette certitude était extrêmement satisfaisante.

Il manquait juste un petit quelque chose pour que son fantasme soit parfait. Elle procéda à quelques retouches : une petite blonde fadasse apparut en retrait, au fond de la salle de sport, et dévisagea le couple triomphant avec colère et tristesse. Cette fois, ça y était. Alizée Jonquère se sentit emplie d'une exaltation sans mélange.

Elle abandonna son fantasme à regret et repéra sur Google Maps l'entrée de l'immeuble où l'homme vivait. Elle passa aux fenêtres. Quel appartement occupait-il ? Elle orienta la vue de façon à se trouver face à l'immeuble et augmenta le grossissement. Sur le cliché saisi au vol, une silhouette humaine légèrement floue et déformée par l'objectif apparaissait à proximité du porche, saisie dans sa marche en avant. Alizée se pencha sur l'écran et l'examina, fascinée, sentant son cœur s'emballer. Se pouvait-il que ce fût lui ? Quelle extraordinaire coïncidence ! C'était un homme, il était brun, mais il était de dos et elle ne pouvait avoir de certitude. Pourtant, il y avait quelque chose, dans le port de tête, l'allure générale... Et il semblait justement sortir de l'immeuble.

Elle resta en arrêt sur l'image, et sursauta quand l'écran se mit en veille. Elle frappa une touche pour le rallumer et continua à regarder l'image.

« Pourquoi tu m'as fait ça ? » gémissait la petite blonde fadasse. Cette demande faisait écho à une autre, presque identique. Une autre femme essayait de retenir l'homme qui s'en allait, une petite valise à la main. « Comment tu as pu ? » Elle tentait de s'accrocher à son bras mais il la repoussait brutalement et montait dans sa voiture. « Je t'en supplie, ne pars pas ». « Chérie, dis à ton père de ne pas partir, de ne pas nous quitter. » « Chérie, je t'en supplie, rappelle ton papa, dis-lui de rester, dis-lui de ne pas nous abandonner.» Et elle qui restait incapable de bouger, paralysée, la gorge et la poitrine bloquées, dans un étau qui se resserrait inexorablement...

Elle se courba en exhalant un cri, et resta pliée en deux, de longues minutes.

Elle finit par se redresser, lentement, douloureusement. Assez. Assez. Plus jamais ça. Elle alla se regarder dans la glace.

La crise était passée.

Elle ouvrit le placard et sortit ses affaires de sport.

Mardi 21 janvier, six heures

Quand Martin se réveilla, la présence de Juliette Langmann dans son lit lui parut cette fois moins incongrue.

Il roula sur le côté et se leva, s'habilla succinctement et alla se faire un café.

Il prit ses notes et les consulta, repensant à sa conversation de la veille avec l'avocate. Il se sentait un peu mal à l'aise devant tant de duplicité, mais si c'était la seule façon de libérer Jeannette, elle avait raison d'essayer, et si ça pouvait marcher, tant mieux. Après tout, il n'avait pas le droit de s'encombrer de scrupules, car l'institution judiciaire pervertie par l'action d'un de ses membres, Alizée Jonquère, avait condamné Jeannette d'avance. Et le juge, même s'il ne faisait pas partie de la conspiration, aurait dû se montrer plus vigilant et plus soucieux d'accomplir sa mission en instruisant à charge et à décharge. Tant pis pour lui. Tant pis pour le Parquet.

Langmann le rejoignit en bâillant, drapée dans le dessus de lit.

— Je m'habillerai après une douche et un café, si ça ne vous fait rien, dit-elle.

Elle était repassée au vouvoiement, observa Martin, détaché.

— Je crève d'impatience, ajouta-t-elle.

— Si le juge vous convoque dans la semaine, on sera fixés, c'est que votre piège aura fonctionné.

— Oui... Ce sera une faute de procédure de plus, mais ce crétin n'en est pas à une près.

— Sauf s'il a compris et qu'il vous met en examen.

— Non, pas lui, il est trop con.

— J'ai pensé à quelque chose, dit Martin en lui tendant une tasse de café. Mais c'est sans doute trop tard.

— Vous avez pensé à quoi ?

— Il aurait fallu introduire une notion d'urgence... pour l'obliger à agir très vite. Prétendre par exemple que la mère d'Éloïse Ramonet est sur le point de partir à l'étranger définitivement.

— Bien vu, dit Langmann. Comme quoi, malgré vos airs vertueux, vous êtes aussi vicieux que moi. Figurez-vous que j'y ai pensé. Il faut que le juge pense qu'il doit agir très vite. Dans sa lettre au juge, la mère de la victime ne parle pas de voyage, mais d'hospitalisation en vue d'une intervention importante. Un juge peut empêcher un témoin de partir en voyage, mais il peut difficilement l'empêcher de se faire opérer du cœur...

— Pas mal, dit Martin. Et l'opération aurait lieu quand ?

— En fin de semaine.

— Ça devrait peut-être marcher, alors.

— Croisons les doigts. Sinon, il faudra envisager une alternative, dit-elle. J'ai encore une petite demi-heure devant moi. On en profite ?

Au moment où l'avocate, maquillée, peignée, et vêtue de pied en cap, posait la main sur la poignée de la porte d'entrée, on sonna.

Elle ouvrit la porte, et se trouva nez à nez avec Marion, tenant Rodolphe d'une main et de l'autre un fourre-tout plein de jouets et de vêtements de rechange pour le petit.

Marion s'efforça d'adopter une mine détachée, mais en fut pour ses frais.

— Bonjour, dit Rodolphe avec un grand sourire.

Il aimait bien les nouveaux visages, surtout féminins.

— Bonjour et bonne journée, dit Langmann en se faufilant vers la sortie.

Marion entra, la nuque raidie par l'envie presque irrépressible de se tourner vers la silhouette qui disparaissait dans l'escalier, et referma la porte derrière elle.

Martin parut, venant de la salle de bains, torse nu et en train de s'essuyer les cheveux. Il marqua un temps d'arrêt. Sachant que Marion n'avait pas la clé, il en conclut que les deux femmes s'étaient croisées, et poussa un petit soupir. Et après tout, merde.

— C'était prévu que tu l'amènes ce matin ? dit-il en prenant son fils dans les bras et en l'embrassant.

— Non, dit-elle, j'ai essayé de te prévenir. Désolée, je n'ai pas pu faire autrement, la maternelle est en grève ce matin… Tu es pris ? Tu as des rendez-vous ?

— Je me débrouillerai, dit Martin. Tu veux un café ?

— Pas le temps.

— Comme tu voudras.

Marion n'avait qu'une hâte, partir, partir le plus vite possible, tant qu'elle pouvait retenir ses larmes.

— Je suis pressée, je t'appelle en fin de journée, dit-elle en essayant d'empêcher sa voix de chevroter.

En refermant la porte sur elle, elle s'aperçut qu'elle n'avait même pas dit au revoir à Rodolphe et s'en voulut. Elle faillit re-sonner, mais elle n'en eut pas la force, et fila vers la sortie, comme la grande blonde au sourire glacé quelques instants plus tôt. Tant pis, elle appellerait dans la journée, Martin lui passerait Rodolphe, et elle lui dirait qu'elle était désolée de ne pas l'avoir embrassé.

En remontant en voiture, elle se rappela soudain où elle avait vu cette femme. Sur Internet et à la télévision. Langmann. L'avocate de Vigan. La femme avec laquelle Martin avait couché – non, avec laquelle il avait prétendu avoir couché, puisqu'en fait c'était Jeannette. Ou alors… Elle secoua la tête, furieuse. À quel moment avait-il menti ? Qu'il aille se faire foutre.

— Va te faire foutre ! hurla-t-elle en démarrant en trombe.

42

Martin passa une journée d'enfer, et l'obligation de s'occuper de son fils ne contribua pas à améliorer son humeur. Il l'emmena déjeuner dehors en consultant son portable toutes les vingt secondes, et quand il n'y tint plus, il appela Langmann, mais elle ne prit pas l'appel.

Pour se calmer, il récapitula l'ensemble des notes qu'il avait prises. Il tenta de rappeler Iglesis, le veuf qui avait refusé de répondre aux questions agressives de Langmann, mais encore une fois il fit chou blanc.

Marion appela trois fois. Martin décrocha les deux premières, répondit à ses questions – concernant toutes Rodolphe – par des onomatopées, et refusa de prendre le troisième appel.

Langmann appela à 17 heures.

— Le poisson est ferré, dit-elle cryptiquement.

— Vous pouvez être plus claire ? demanda Martin.

— On est convoqués demain matin à neuf heures. C'est tôt pour un juge, ça prouve qu'il est impatient.

— Bien. Neuf heures. Je vous attendrai à la sortie du Palais.

Mercredi 22 janvier, neuf heures

Langmann attendait depuis cinq minutes face à la porte du cabinet du juge Candelier, quand Jeannette parut au débouché de l'escalier, menottée à un garde.

Elle avait toujours aussi mauvaise mine, mais elle paraissait plus combative qu'à leur dernière entrevue.

Elle s'assit sur le banc de bois poli par des dizaines de milliers de fessiers, à côté de Langmann, et le garde prit place de l'autre côté.

— Quoi que vous entendiez, ce matin, ne soyez pas surprise et n'émettez aucune objection, dit Langmann.

Jeannette la fixa.

— Vous ne pouvez pas me dire ce qui se passe ?

— Je ne préfère pas. Vous pouvez me faire confiance ?

— Je n'ai pas vraiment le choix.

— J'aurais préféré un peu plus de spontanéité, mais si je vous dis que Martin approuve, ça va peut-être vous rassurer.

— Oui, dit Jeannette. Si c'est vrai.

— Je l'ai vu hier.

Jeannette se tourna franchement vers elle.

— Il va bien ?

— Oui. Il a découvert des choses... dont il vous fera part dans un avenir proche.

— Vous ne pouvez vraiment rien me dire ?

— Non. Désolée. Ça manque un peu d'intimité dans ce couloir.

Soudain Jeannette eut la conviction que Langmann et Martin avaient couché ensemble. D'où lui venait cette certitude ? Elle aurait été incapable de le dire. Ou peut-être si. À la façon presque possessive dont Langmann avait prononcé le nom de Martin... Non, elle se faisait sans doute des idées. Et même si c'était le cas ? Elle n'était quand même pas jalouse. Si. En fait, si. Pas du fait qu'ils aient couché ensemble, mais qu'ils travaillent la main dans la main, avec une complicité qu'elle avait été la seule à partager jusqu'alors. Même si c'était pour son bénéfice, elle était exclue de cette relation.

Elle en voulut à Martin, tout en se disant qu'elle était injuste.

Le juge les fit attendre vingt minutes avant de les recevoir.

L'homme avait le même physique constipé que le juge d'Outreau. Un petit fonctionnaire effrayé et dominé par son propre pouvoir. C'est de ce type que je dépends, se dit Jeannette pour la énième fois, sentant à fleur de peau l'hostilité latente du juge. Simplement parce qu'elle était une femme, ou y avait-il d'autres raisons ?

— Je vous ai fait venir car un nouvel élément à charge s'est présenté, attaqua le juge.

Jeannette et Langmann échangèrent un regard. Le juge crispa les lèvres, ce qui pouvait presque passer pour un sourire.

— Bien sûr, vous ne voyez pas de quoi je veux parler ? dit-il.

— Nous ne demandons qu'à être éclairées, répondit Langmann de sa voix la plus douce.

Tellement douce et tellement peu dans sa nature que Jeannette s'étonna que le juge ne réagisse pas. Non. Tout à son idée, il enchaînait :

— Madame Beaurepaire, avez-vous déclaré à la mère d'Éloïse Ramonet que vous aviez inventé des preuves pour démontrer que Mousseaux était un violeur, forte de votre conviction qu'il était coupable ?

— Bien sûr que non, dit Jeannette.

— Pouvez-vous me dire quel intérêt la mère de la victime aurait à mentir à la Justice ? dit le juge.

Quel intérêt... Langmann ne tenait pas à ce qu'il s'aventure sur ce terrain.

— Monsieur le juge, coupa-t-elle, Mme Beaurepaire n'a pas à conjecturer sur un soi-disant témoignage...

— Ce n'est pas un soi-disant témoignage, dit le juge. Elle m'a écrit de sa main ! Et en ce moment même, cette dame est interrogée sur commission rogatoire à Grenoble et ses déclarations viendront s'ajouter à un dossier déjà lourd.

Langmann réprima le sentiment de triomphe qui gonflait sa poitrine. Ça y était. Avec cette CR, le juge avait officiellement franchi la ligne. Elle ne l'écoutait plus. Quoi qu'il arrive dorénavant, il s'était mis hors la loi. Il n'avait pas le droit d'enquêter sur des faits nouveaux, même concernant Jeannette, sans demander au Parquet d'ouvrir un réquisitoire supplétif. Il avait le pouvoir d'instruire *sur le meurtre de Mousseaux*, pas *sur l'enquête de Jeannette*.

C'était une différence essentielle, et c'était là la limite de son pouvoir. Il l'avait oubliée, grisé par la perspective d'une nouvelle victoire.

Elle le coupa dans sa péroraison.

— Si je comprends bien, dit-elle, vous enquêtez sur la possibilité d'un délit commis par Mme Beaurepaire au cours de son enquête...

— Exactement, maître.

— Et dans ce cas, je vous serais reconnaissante, Monsieur le juge, de me montrer le réquisitoire supplétif que vous a bien sûr communiqué le Parquet, concernant ce fait nouveau.

Le juge s'arrêta, interdit. Jeannette le vit blêmir, et comprit du même coup dans quel piège il était tombé. La greffière ouvrit la bouche et la garda ouverte. Elle venait de comprendre elle aussi. Elle soupira et baissa les yeux, pour éviter de croiser le regard du juge. Deux taches rouges parurent sur les pommettes du magistrat.

— Il ne s'agit pas de faits véritablement nouveaux..., tenta-t-il.

— Ah bon ? s'étonna Langmann.

Elle fouilla dans sa serviette et sortit la copie du réquisitoire du Parquet qui avait mené à la mise en examen et à l'incarcération de Jeannette.

— Je ne vois pourtant dans ce réquisitoire aucune mention mettant en cause l'enquête de Mme Beaurepaire. Il s'agit donc d'une accusation nouvelle, totalement distincte des précédentes, et je ne comprends pas comment vous avez pu délivrer une commission rogatoire pour instruire ce fait nouveau sans obtenir du Parquet le réquisitoire supplétif qui vous y autorise.

— Écoutez, maître, vous n'êtes pas là pour juger d'un détail de procédure...

— Il ne s'agit pas d'un détail, clama Langmann en se redressant de toute sa taille. Il s'agit d'un cas de nullité de procédure, et vous le savez fort bien. Je demande la relaxe immédiate de ma cliente.

Le juge resta tétanisé sur sa chaise, incapable de reprendre la parole.

— Vous ne pouvez pas faire ça, dit-il. C'est impossible. Le Parquet a été prévenu...

— Quoi ? dit Langmann. Le Parquet a été prévenu ? Par qui ? Par vous ? Quand ça ?

Elle attendit quelques secondes, avant de reprendre :

— Ai-je mal compris ou bien êtes-vous en train d'accuser le Parquet de complicité dans ce déni de justice ? Vous comptez sur quoi, Monsieur le juge ? Vous espérez que le Parquet va vous fournir un réquisitoire supplétif antidaté pour masquer votre abus de pouvoir ? Il s'est passé quelque chose hier soir ? Nous ne sommes plus dans un État de droit ?

Le juge la fixait comme un oiseau fasciné par un serpent, incapable de parler, incapable de bouger. Dans d'autres circonstances, Jeannette aurait pu avoir pitié de lui. Langmann se tourna vers Jeannette.

— Pour conclure, j'ajouterai que, selon l'article 114 du code de procédure pénale, vous aviez l'obligation de me convoquer cinq jours ouvrables au plus tard avant l'audition d'aujourd'hui, c'est-à-dire que vous auriez dû me convoquer mercredi dernier, il y a une semaine, et non pas hier comme vous l'avez fait, et ça c'est également un vice de procédure. Madame Beaurepaire, je peux vous assurer qu'en sortant d'ici je demanderai à Monsieur le Procureur général de signer un ordre de libération immédiat à votre endroit.

43

Le procureur général appela Alizée Jonquère dans son bureau à midi.

Le dossier Beaurepaire était ouvert devant lui. Il en avait sorti le réquisitoire du Parquet, ainsi que les copies des commissions rogatoires établies par le juge.

— Candelier a encore fait des siennes, attaqua-t-il. C'est vous qui avez rédigé le réquisitoire concernant l'affaire Beaurepaire, non ?

— Oui, Monsieur le Procureur. Quel est le problème ?

— Le réquisitoire ne concerne que le meurtre de Mousseaux.

— Oui, bien sûr, je ne vois pas...

— Candelier n'a pas trouvé mieux que d'élargir l'instruction de son propre chef aux conditions dans laquelle a enquêté Beaurepaire sur le meurtre d'Éloïse Ramonet, la locataire de Mousseaux.

— Ah...

Jonquère était perdue. Ce qu'elle commençait à entrevoir la terrifiait. Non... Il n'avait pas pu se montrer aussi stupide... Elle tenta faiblement de justifier Candelier.

— On peut dire qu'il y a un rapport entre les deux affaires, non... ?

— Quel rapport ? Personne n'a jamais remis en cause l'enquête menée par Mme Beaurepaire sur le meurtre de cette femme. N'est-ce pas ?

Elle hocha la tête, contrainte d'admettre le fait.

— Donc on est coincés. Il est sorti de ses prérogatives. Je vais être obligé d'annuler l'ensemble de la procédure. On va devoir libérer Beaurepaire et reprendre tout de zéro. Merci Candelier. Merci Jonquère.

Alizée Jonquère sentit ses jambes la lâcher. Elle tomba assise sur le fauteuil placé devant le bureau, et le procureur la regarda, un peu étonné.

— Ça ne va pas ? dit-il.

— Oui... Non... Quel gâchis, murmura-t-elle, tout ce travail pour rien... Elle est pourtant coupable...

— Si je me souviens bien, c'est vous qui avez également insisté pour qu'on attribue le dossier à Candelier ?

C'était vrai. Ce juge détestait les femmes et les flics, combinaison utile et rare. Malheureusement, c'était aussi un con, et se servir d'un con présente toujours un gros risque.

— Je vais la tuer, murmura Alizée Jonquère.

— Pardon ? dit le procureur général.

Elle eut un instant de panique. L'avait-il entendue ?

— Rien, monsieur, je réfléchissais...

— C'est un peu tard ! C'est plus tôt qu'il aurait fallu le faire ! Et donner le dossier à un juge qui aurait fait son boulot correctement, plutôt qu'à cet imbécile. Qu'est-ce qui s'est passé, Alizée, vous saviez que ce dossier était très sensible. Normalement, on aurait dû le confier à un juge sans parti pris et sachant faire la part des choses.

Jonquère ne pouvait lui dire que c'est parce que Candelier était l'archétype du juge plein de parti pris et incapable de distinguer son cul de sa tête, qu'elle avait milité pour qu'il soit saisi.

Ne voyant venir aucune réponse, le procureur la regarda, surpris.

— Vous venez de la police, Alizée. Je comprends que votre expérience de la magistrature et en particulier du siège est mince. Ce que je ne comprends pas, c'est que vous ayez autant insisté pour que ce soit lui. Vous le connaissiez de réputation, comme nous tous.

— Je me suis trompée, dit Jonquère, les cordes vocales bloquées par la rage et l'humiliation.
— Ça... On peut le dire. Merci. Vous pouvez disposer.

Jeudi 23 janvier, neuf heures

Langmann aurait préféré que la sortie de Jeannette soit couverte par un minimum de presse. Martin connaissait Jeannette et, comme elle, il aimait mieux qu'elle retrouve la liberté de la façon la plus discrète possible.

— Vous aurez tout le temps d'organiser un cirque médiatique quand elle sera innocentée, dit-il.

Langmann s'était rendue à ses raisons avec une docilité qui l'avait étonné.

Ils attendaient devant la voiture de Martin, à proximité de l'allée des Thuyas qui faisait le tour du centre pénitentiaire.

À neuf heures vingt, Martin vit la petite silhouette de Jeannette apparaître, son fourre-tout sur l'épaule. Elle traversa le parking, et les rejoignit.

Martin aurait voulu la prendre dans ses bras mais elle n'avait pas l'air prête aux épanchements. Ils restèrent un instant face à face. Elle eut un semblant de sourire et murmura :

— Merci, Martin.

Elle rejoignit Langmann et les deux femmes se serrèrent la main.

— Merci, maître, dit Jeannette du bout des lèvres.

Elles ne seraient jamais copines, se dit Martin, mais choisir Langmann comme avocate avait quand même été une riche idée.

— Tes filles t'attendent chez toi, dit-il en la regardant dans le rétro. On y va ?

Jeannette acquiesça. Ils montèrent tous les trois en voiture, Jeannette derrière et Langmann devant.

L'avocate et Martin échangèrent un bref coup d'œil. Ni l'un ni l'autre ne s'attendait à des explosions de joie, mais Jeannette paraissait particulièrement morose.

Martin s'arrêta devant la première station de taxi, à l'entrée de Paris. Langmann ouvrit la portière et se retourna vers l'arrière.

— Reposez-vous bien, dit-elle à Jeannette avec une surprenante gentillesse. Et tenez, prenez ça, ajouta-t-elle en lui tendant un pot d'onguent.

— Qu'est-ce que c'est ? dit Jeannette.

— Une crème pour la peau. J'ai une cliente qui m'a dit que c'était la seule chose qui avait réussi à enlever l'odeur de la prison. Ça marchera peut-être aussi pour vous.

— Merci, dit Jeannette, cette fois avec un vrai élan.

— Il faudra qu'on se voie assez vite. Cette histoire n'est pas terminée.

— Je sais, dit Jeannette. Quand ça ?

— Demain après-midi. À mon bureau.

Elle descendit et claqua la portière. Martin jeta un coup d'œil à Jeannette.

— Tu ne veux pas passer devant ?

Sans mot dire, Jeannette obéit. Martin redémarra. Jeannette regardait droit devant elle, l'expression butée, serrant le petit pot dans ses mains.

— Il y a un problème ? dit-il.

— Oui. D'accord, je suis sortie de taule et je vous remercie, mais plus j'y pense, plus je me dis que c'est foutu pour moi. Avec ce putain de vice de procédure, je suis peut-être libre, mais je ne serai jamais vraiment innocentée. On dira toujours que je m'en suis tirée à bon compte parce que je suis flic, et que je devrais être en taule pour meurtre.

— Mais putain, Jeannette, qui a dit que c'était fini ? Te faire sortir de taule, c'était juste un début, rien n'est fini !

— Qu'est-ce qui va se passer maintenant ?

— C'est de ça qu'il faut qu'on parle. Dès demain, chez l'avocate. Je te garantis que tu vas être réintégrée. Et avec les honneurs.

Elle sembla se détendre un peu, et elle soupira.

— Je n'en demande pas tant. Si seulement tout pouvait redevenir comme avant, c'est tout ce que je souhaite.

Elle se tourna vers lui.

— Et toi, comment ça va ?

— Si tu veux tout savoir, je suis comme toi, dit-il. Moi aussi j'aimerais bien que tout redevienne comme avant.

44

Jeudi 23 janvier, vingt-deux heures

Où est-ce que ça avait merdé ?
Alizée Jonquère était assise dans son petit salon, dans le noir. Elle avait laissé la nuit s'installer sans s'en rendre compte. Le chat passait par intermittences et se frottait contre ses mollets, mais elle ne le sentait même pas. Elle restait inerte, le regard fixé sur le mur en face. Elle ne s'était jamais sentie aussi lasse, aussi vide, aussi seule. Tout tournait dans sa tête. Comment ce crétin de juge avait pu se planter de façon aussi rédhibitoire alors qu'il n'avait qu'à respecter pas à pas les indices qu'elle avait plantés ? Elle essayait de comprendre et n'y arrivait pas. Le réquisitoire qu'elle avait rédigé elle-même était un modèle de droit. Il n'y avait qu'à respecter le mode d'emploi. Pourquoi cet imbécile avait-il été chercher autre chose ? Qu'est-ce qui avait bien pu lui donner l'idée d'aller au-delà d'une accusation pour assassinat ? Comme si ça ne suffisait pas !
Non, il y avait autre chose, ce n'était pas possible qu'il ait saboté l'instruction sans aide… Elle ouvrit son ordinateur portable et l'alluma. Comment s'appelait l'avocat de Beaurepaire ? Elle en avait changé en cours d'instruction, c'était une avocate… Langmann. Juliette Langmann… Le nom lui disait quelque chose… Elle tapa le nom complet dans la barre Google et attendit. Quelques secondes plus tard, les références commencèrent à s'afficher.
Elle lut les premières, et l'incrédulité fit place à la rage. Juliette Langmann était l'avocate qui avait réussi à faire libérer Vigan, le tueur en série… L'homme que Jeannette Beaurepaire avait réussi à faire condamner une première fois… Langmann était une

redoutable procédurière. Jeannette Beaurepaire et elle devaient se haïr... Alors par quel hasard Langmann était-elle devenue son avocate ? Non, il ne s'agissait pas de hasard. Quelqu'un avait provoqué cette collusion. Qui ?

Elle poursuivit ses recherches : à deux reprises au cours de sa carrière, Langmann avait failli se faire sanctionner par le bâtonnier, sur plaintes de parties civiles, mais elle avait toujours réussi à s'en sortir. En tout cas, face à elle, le juge Candelier n'avait pas fait le poids. Il était tombé à pieds joints dans le piège juridique qu'elle lui avait tendu.

Qu'est-ce qu'elle s'imaginait, cette salope de Beaurepaire ? Qu'elle avait gagné ? Non, la partie n'était pas terminée.

Jusqu'à présent, Alizée Jonquère avait joué la carte du légalisme, car Beaurepaire était flic, et c'était à la fois moins risqué et plus jubilatoire de la faire aller en prison pour meurtre que de l'éliminer, mais puisqu'elle n'avait pas voulu rester dans la case prison...

— Tant pis pour toi, salope, murmura-t-elle. Tu l'auras voulu.

Pour se changer les idées, elle essaya de penser à ce bel homme qu'elle avait rencontré au club de sport, au plaisir qu'elle aurait à le revoir et à humilier la petite blonde, mais sans cesse l'image de Jeannette Beaurepaire venait s'interposer, ricanante, entre elle et son fantasme. Ce n'était pas supportable. Elle se sentit frissonner de haine. Elle se visualisa en train de tenir Beaurepaire dans sa ligne de mire. Elle la hélerait, tout doucement, elle appuierait lentement sur la détente, laissant à l'autre le temps de comprendre à quel point elle avait eu tort de venir perturber sa vie, de lui voler l'homme sur lequel elle avait jeté son dévolu, le temps de comprendre que c'était fini.

Elle se coucha et continua à tourner et retourner dans sa tête les conséquences du revers qu'elle venait de subir. Si seulement elle n'avait pas autant insisté pour rédiger elle-même le réquisitoire. Si seulement elle n'avait pas trouvé bon de suggérer au procureur général qu'il insiste auprès du JDL pour que Beaurepaire ne sorte pas de prison… Comment était-ce possible ? Comment avait-elle pu se tromper à ce point sur les ressources de Beaurepaire ?

Elle eut soudain une illumination. Ce n'était pas juste une association contre nature entre Langmann et Beaurepaire. Il y avait une troisième personne dans le coup. Forcément. Beaurepaire était en prison, et ce n'était certainement pas l'avocate qui s'était introduite chez elle clandestinement. Car maintenant, elle en était certaine. Quelqu'un était venu. Qui alors ? Qui était l'ami de Beaurepaire ? Romain Daley ? Il était incapable de venir fouiller chez elle. C'était forcément un flic. Un collègue. Son patron, Martin. Martin, évidemment ! Un flic, avec sa méthode de flic. Tout observer, ne rien toucher. Elle frissonna et se redressa, avec l'impression terrifiante que Martin était là.

C'était lui qui avait engagé Langmann. C'était lui le responsable du fiasco judiciaire. C'était lui l'ennemi à abattre.

Elle se releva et fit un tour complet de son appartement. Tout était en ordre. De toute façon, que craignait-elle ? On n'avait rien trouvé, car il n'y avait rien à trouver. Elle se recoucha, un peu rassérénée. Et la cave ? murmura une voix ténue dans sa tête. Elle essaya de ne pas en tenir compte, mais la voix se fit insistante.

Elle enfila son jogging, un pull, ses baskets, prit sa plus grande valise et descendit jusqu'au sous-sol.

En entrant dans la cave, elle s'attendait presque à avoir une vision d'horreur, mais apparemment rien n'avait bougé. Elle ouvrit les dossiers et les feuilleta. Tout était en place.

Elle souffla. En fin de compte elle avait peut-être rêvé. Elle rangea les paperasses dans la valise et jeta un dernier coup d'œil à la cave. Elle aperçut une petite tache blanche dans un coin. C'était une coupure de presse concernant une de ses victimes, qui avait glissé derrière le pied du petit bureau. Jamais elle n'aurait laissé un seul bout de papier lui échapper, elle était bien trop ordonnée pour ça. Elle avait eu raison. Martin avait compris que cette cave était la sienne. Il l'avait fouillée, elle aussi. Tout était perdu. Elle se sentit étouffer.

Non. Ce n'était pas le moment de se laisser aller. Elle ferma les yeux et resta de longues minutes immobile, jusqu'à ce qu'elle eût retrouvé sa maîtrise de soi.

Elle remonta dans son appartement, sa valise à la main, s'attendant à chaque pas à ce qu'on lui saute dessus. Mais non. Tout était calme. Elle ouvrit la trappe de la petite cheminée et commença à brûler un par un tous les papiers, sous le regard intéressé du chat, en écrasant à mesure les cendres avec le tisonnier. Quand elle eut fini, elle balaya ce qui restait et jeta le petit tas dans les toilettes. Jeannette Beaurepaire... Elle devait l'éliminer pour retrouver la paix de l'esprit, mais cela ne suffirait pas. Il fallait commencer par parer le danger le plus pressant. Martin avait envahi son espace. Espionné ses secrets. Il avait cru la baiser. Elle aussi pouvait jouer à ce jeu-là. Et le mener beaucoup plus loin.

De ses années à la deuxième DPJ, il lui restait bien des souvenirs. Et plus concrètement, en plus du Glock 9 mm qu'elle gardait au bureau et pour lequel elle avait un permis, elle possédait un petit pistolet, un Walther PP en duralumin, un pistolet de collection qu'elle avait subtilisé au cours d'une perquisition et qui n'avait pas servi depuis des lustres et peut-être même jamais, chambrée en 6.35, avec un chargeur de huit coups et des munitions 0.25 ACP. Une arme de faible puissance et assez peu précise. Une arme de défense, à utiliser de près. Ce qui entrait bien dans ses intentions.

Le pistolet n'était pas chez elle, mais dans un coffre de banque, en compagnie de documents précieux.

Elle le prendrait en temps utile.

Vendredi 24 janvier, une heure

Martin ouvrit les yeux dans le noir.

Tureau avait sonné à sa porte à huit heures du matin, le 6 octobre dernier. Il était seul avec Rodolphe. Qu'avait-elle dit exactement ? Il revit la scène. Elle était devant lui. Il versait de l'eau sur le café en poudre et lui tendait la tasse.

— On a reçu une autre lettre. Même canal. Même signature. Cette fois, on l'a interceptée à temps, et on n'aura pas le même problème qu'avec la première.

C'était mot pour mot ce qu'elle avait dit. « Même canal, même signature. » Pourquoi s'en souvenait-il seulement maintenant ?

Martin prit son téléphone et composa un numéro.
Bélier décrocha tout de suite. Il entendit de la musique dans le fond. Une fête ?

— Super, tu ne dors pas, dit-il.
— Non, mais je suis un peu bourrée. Tu nous rejoins ?
Il ne demanda pas qui était le nous.
— Essaie de te concentrer, dit-il. J'ai besoin que tu confirmes ou infirmes quelque chose de très important.
— J'écoute, dit-elle d'une voix plus ferme. Je vais essayer. Mais à cette heure-ci, je ne garantis rien.
— Essaie quand même. Début octobre, on était dans ton labo, on a parlé de la première lettre du tueur du bus, avec la signature découpée. Qui était au courant pour la signature, à part toi et moi ?
— Personne.
— Personne, tu es sûre ?
— Personne avant le 10 octobre au moins, quand j'ai communiqué les pièces…
— Personne avant le 10, tu es sûr ?
— Oui.
— Pour qu'il n'y ait pas de confusion, tu me confirmes qu'aucun de ceux au 36 qui ont eu accès à une copie de la lettre n'a vu la signature ?
— Non. C'est ce que je me tue à te dire. Ils n'avaient que la copie tronquée.
— C'est ce que je pensais. Merci.
— C'est tout ?

— Oui.
— Bon, je rejoins les autres. Si ça te dit...
Elle raccrocha.
Martin se redressa et alluma. Il n'avait plus du tout sommeil.
Comment Tureau pouvait-elle savoir que c'était la même signature sur les deux lettres, puisque seule Bélier avait reçu les deux morceaux de la première lettre avec la signature à part, découpée ? Et à part Bélier et Martin, comme elle venait de le lui confirmer, personne ne connaissait la signature de celui qui avait envoyé la première lettre. À part celui ou celle, bien sûr, qui l'avait envoyée.
Myriam avait raison. Il y avait bien un traître tout près de Martin. Tureau. C'était Tureau qui était à l'origine de la demande de rançon. C'était elle le « quelqu'un de proche, lié à l'enquête ». Ça ne pouvait être qu'elle. « Même canal. Même signature. »
C'était à sa connaissance la seule erreur qu'elle avait commise. Tureau... Bon flic, brillant chef de groupe à la Brigade criminelle. Putain...
Le mobile ? L'argent bien sûr, mais ce n'était pas tout. Le risque aussi, le défi, le jeu. Et le plaisir de la manipulation.
Jamais il n'y aurait de preuves contre elle bien sûr. Son ou sa complice avait lâché à temps. Que s'était-il passé au moment de prendre la rançon ? Qu'est-ce qui leur avait fait peur ? Pourquoi avaient-ils (elles) reculé ? Il ne le saurait jamais avec certitude, mais il pensait deviner : quand Tureau avait compris qu'il risquait d'y avoir un nouveau massacre, elle avait calé. Sa conscience – ou sa prudence – avait repris le dessus.
À quel moment avait-elle fait annuler l'opération ? Ils ne s'étaient pratiquement pas quittés depuis l'aube du 9 octobre, et c'est Tureau qui conduisait la voiture dans laquelle se trouvait Martin ! Elle avait dû trouver le temps de taper un SMS... Probablement dès l'arrivée dans le Val-d'Oise, à sept heures du matin, pendant que Martin et Jeannette rejoignaient la maison de Kerjean. Oui, elle était restée en retrait, ce qui n'était pas dans ses habitudes. Le temps d'envoyer un SMS – certainement effacé

depuis longtemps, et Martin doutait qu'on puisse en retrouver la trace...

Il n'y aurait jamais de preuves. Mais tout collait : elle était la seule des flics qu'il connaissait autour de lui, assez culottée, imaginative et sans scrupule pour profiter de l'affaire du bus. Il ne voyait personne d'autre capable de tenter le coup. Et de le réussir, même si l'argent n'avait pas été pris. Et ça aussi pouvait expliquer l'embarras de Tureau et sa méfiance vis-à-vis de Martin, une fois l'affaire élucidée et le jeune Kerjean mis hors d'état de nuire. Craignait-elle déjà qu'il la soupçonne ?

Depuis le début, elle avait manipulé Martin, l'avait attiré dans son camp avec une habileté consommée, dans la guerre de chefs – de sous-chefs plus exactement – qui était en cours. Elle avait profité de la bêtise de ses autres collègues, de leur machisme, et elle avait fait exactement ce qu'il fallait pour que Martin se sente en dette envers elle. Jeannette avait eu partiellement raison : Tureau avait des vues sur Martin, mais pas comme Jeannette l'entendait. Comme allié, comme pigeon, pas comme amant.

Une fois qu'elle s'était assuré son soutien, elle avait agi, toujours en sous-main, pour qu'il devienne le patron de l'enquête. Et à ce moment-là, c'était gagné. En toute équanimité, Martin avait fait en sorte qu'elle se retrouve au cœur du dispositif, à portée immédiate de toutes les infos reçues et de toutes les décisions à prendre, en collaboratrice efficace et exemplaire.

Même si elle avait un ou plusieurs complices, Martin était convaincu que c'était elle la tête pensante, elle l'organisatrice et probablement l'initiatrice du projet, et à la place où elle se trouvait, elle pouvait communiquer toutes les infos nécessaires minute par minute.

Sa stratégie s'était révélée sans faille.

L'occasion ? Elle avait toutes les cartes en main, elle savait exactement où et quand seraient déposés les sacs, où exactement en était l'enquête, et surtout, si une surveillance s'exercerait ou non.

Dans le noir, Martin sourit. Si on lui confiait le pouvoir d'investigation sur le rôle exact de Tureau – ce qui ne se produirait jamais –, c'est par le complice qu'il commencerait. Il était prêt à parier qu'il ne s'agissait pas d'un collègue, mais d'un élément extérieur. Sa petite amie sans doute. C'était elle le maillon faible.

S'il faisait part de sa conviction au patron de la Brigade criminelle, est-ce que celui-ci le suivrait ? Rien n'était moins sûr. Accuser un des membres du groupe d'enquête sans l'ombre d'une preuve ? Absurde.

Il faudrait commencer par trouver et rassembler lesdites preuves avant de se lancer... Comment ? Martin menait déjà une guerre contre le Parquet. Il n'avait pas l'énergie d'en mener une autre contre son propre service.

Il revint sur le mobile de Tureau. Pourquoi avait-elle fait ça ? Pour l'argent et l'adrénaline uniquement ? Ou bien y avait-il une autre raison ?

Il se rappela soudain un de ses premiers entretiens avec elle.

Il lui avait confié ce qu'il pensait du tueur : un solitaire et probablement un militaire.

Elle avait tiré un parti immédiat de cette conversation, en tournant les lettres en fonction de ce qu'il lui avait dit... Pour le féliciter ensuite de son intuition. Quelle manipulatrice... Et il n'y avait vu que du feu.

Mais pourquoi avait-elle envoyé les lettres au ministère de la Défense, avec tous les risques de fuite encourus ? D'abord pour accréditer l'idée du militaire qui écrivait à sa hiérarchie... Ça confirmait l'analyse de Martin. C'était aussi un bon moyen de détourner les soupçons d'une piste interne. Et enfin parce que les fuites augmentaient la pression sur les décideurs politiques et les obligeaient à agir dans la précipitation. C'était bien vu.

Le pire, c'est qu'il avait appris à l'apprécier. Il l'aimait bien. Elle était plus intelligente et vive que n'importe lequel des autres chefs de groupe, et également plus courageuse.

Il jura tout seul dans le noir. Pourquoi avait-elle commis un acte aussi révoltant ? Et somme toute, stupide ?

Laisser Tureau s'en tirer ? Après tout, elle n'avait fait que profiter de l'occasion, et elle s'était abstenue à temps... Non, ça ne tenait pas. À cause d'elle, dès la réception des lettres l'enquête était partie dans une mauvaise direction, malgré le malaise et les interrogations de Martin à leur sujet, et les conséquences auraient pu être dramatiques – dix personnes et même beaucoup plus auraient pu mourir, si Aurélien Kerjean ne s'était pas dénoncé lui-même dans un moment de lucidité. Elle avait pris des risques inacceptables avec la vie d'autrui.

Il alluma, prit son bloc-notes et écrivit ses conclusions et le raisonnement qui y avait mené.

Il relirait ça le lendemain à tête reposée, mais il ne se faisait pas d'illusion. Il y avait bien trop peu d'éléments concrets pour déclencher une enquête officielle. Et il pouvait faire confiance à Tureau, malgré cette erreur – une erreur d'ailleurs improuvable – pour avoir couvert ses traces.

Jonquère, Tureau... Deux femmes qui avaient profité de leur pouvoir, de leur statut, pour trahir leur mission, chacune pour ses raisons propres. Comme quoi, se dit Martin, les femmes, en fin de compte, ce n'est pas mieux que les mecs. Pas pire, mais pas mieux. Il s'endormit.

Vendredi 24 janvier

Rarement Martin s'était senti aussi inutile et démuni que ce vendredi. Il ne réussit pas à joindre Langmann de la journée, et Jeannette écourta leur coup de fil car ses filles avaient besoin d'elle.

L'incertitude le rongeait. Il avait cessé de penser à Tureau, car il ne voyait pas d'issue pour le moment. Et ses certitudes de la nuit étaient moins affirmées à la lumière du jour. Et s'il se trompait du tout au tout ? Si c'était un autre de ses collègues le maître chanteur ? Pourquoi pas la gendarme, Le Bihan, ou Verne, ou Mesnard... ?

Par contre, pour Jonquère, il fallait agir. Même en l'absence de preuves formelles, il y avait largement de quoi ouvrir l'enquête, à la fois pénale et administrative. C'était certainement le meilleur – et peut-être le seul moyen d'innocenter Jeannette.

Jeannette avait retrouvé ses filles et voyait sans doute moins la vie en noir. Mais il fallait que la situation évolue, et vite. Et qu'elle soit indemnisée pour tout ce qu'elle avait injustement subi.

Myriam l'appela à la nuit tombée pour prendre des nouvelles. Et du coup, Tureau revint au premier plan.

— Tu avais raison, dit Martin.

— Tu veux dire que tu as trouvé ton rançonneur ? C'est vrai ?

— Je crois, oui.

— Et grâce à ce que je t'ai dit ?

— Oui. En grande partie.

— Eh bien dis donc... Il y a de quoi être fière, non ?

— Oui, tu peux. Je pense que je sais qui c'est. Je ne sais pas encore ce que je vais en faire. Peut-être rien, parce que je n'ai pas la moindre chance de le prouver.

— Tu en as parlé à d'autres personnes ?

— Non.

— Fais gaffe, Martin. Quelqu'un qui a pris autant de risques... S'il soupçonne que tu l'as identifié et que tu es le seul à pouvoir l'impliquer...

Martin sourit. C'était agréable d'entendre quelqu'un se soucier de sa sécurité.

— Ne t'en fais pas, dit-il. Elle ne sait même pas que je la soupçonne.

— C'est une femme ?

— Oui.

— Si elle est futée, elle doit se méfier de tout le monde. Tu veux qu'on déjeune ensemble demain, avec ton fils ?

— Je serai seul, mais d'accord. Voyons-nous demain.

Il se trompait.

45

Samedi 25 janvier, deux heures

Martin ouvrit les yeux dans le noir, comme la veille à la même heure. Mais pas pour les mêmes raisons. C'était un réflexe purement animal. Un réflexe de préservation.

Il était incapable de dire ce qui l'avait réveillé, mais il sentait qu'il n'était pas seul dans l'appartement. Il resta immobile, et son cœur se mit à battre de plus en plus fort, au point qu'il se demanda si l'inconnu qui avait pénétré chez lui n'allait pas l'entendre cogner dans sa poitrine.

La nuit parisienne est une fausse nuit, et il ne fermait jamais ses volets. Son regard fit le tour de la petite chambre. Elle était vide. Il fixa l'encadrement de la porte, un trou opaque et noir. C'est par là que l'intrus allait entrer.

Martin se redressa le plus silencieusement possible et fit basculer ses jambes sur le côté. Son but était d'atteindre le tiroir où il avait rangé son arme. Mais il se rappela qu'il avait sorti le chargeur de la crosse et ôté les balles, pour ne pas user le ressort. Il soupira. Il n'aurait jamais le temps de recharger.

Myriam avait encore raison. Il ne s'était pas assez méfié. Et il était un peu tard pour s'en rendre compte. Il n'avait pas beaucoup d'espoir. Les deux béquilles en aluminium posées contre le mur, à l'entrée de la pièce, ne lui serviraient pas à grand-chose face à un agresseur armé.

Il se leva avec des gestes calculés et rabattit le drap et la couverture sur l'oreiller, pour faire croire qu'il était encore couché. Son intention était de se cacher derrière la porte pour tenter de surprendre l'agresseur. Mais il entendit un frôlement et une silhouette parut, plus sombre que l'ouverture. Le bras de l'inconnu se leva vers lui, tendu, et il devina plutôt qu'il ne vit le prolongement métallique de l'arme.

— Retournez sur le lit, dit une voix féminine, qu'il ne reconnut pas.

Il recula lentement, sentit le bord du lit heurter ses mollets.

L'inconnue resta sur le seuil, le bras toujours tendu, pointé vers lui.

— Qui êtes-vous ? dit-il. Qu'est-ce que vous voulez ?
— Vous ne devinez vraiment pas ?
— Non. C'est toi, Tureau ?
— Tureau ? Pourquoi Tureau ?

Un rayon de lumière vif l'éblouit soudain.

— Quel effet ça te fait qu'on entre chez toi ? dit la femme. C'est cette salope de Beaurepaire qui t'a envoyé chez moi, hein ? Tu croyais que vous alliez vous en tirer comme ça ?

— Jonquère ? dit Martin, comprenant enfin. C'est vous ?

Elle émit un rire sec.

— Tiens donc, ça y est, ça te revient.
— Qu'est-ce que vous comptez faire ? Me tuer ? Ça ne vous servira à rien.

Elle ne répondit pas, mais approcha d'un pas, sans cesser de le couvrir de son arme.

Il distingua la forme du pistolet. Le canon était si court qu'il dépassait à peine du poing de la femme. C'était sans doute un petit calibre, mais à cette distance, elle ne pouvait pas le rater. Et elle visait la tête.

— Bon, qu'est-ce qu'on fait ? dit Martin.
— Tu vas m'écrire une lettre, dit Jonquère.
— Quel genre de lettre ?
— Tu vas dire que c'est toi qui as aidé Beaurepaire à tuer Mousseaux. Que tu étais d'accord et que tu l'as couverte.
— C'est tout ?
— Oui.

— Ça ne marchera pas.
— Tu ne discutes pas.

Sa voix montait dans les aigus, avec un vibrato de mauvais augure.

— Ok, dit Martin. Je t'écris une lettre. Et après je vais me suicider, c'est ça ?

— Tu vas commencer par écrire cette lettre.

— Il faut que j'allume.

— Pas de geste brusque.

Il se pencha et appuya sur le bouton. En allumant la lampe de chevet, il savait que ses chances de lui échapper étaient encore plus minces, mais il avait besoin de temps. Et il voulait la voir.

Le pistolet qu'elle pointait sur lui était un petit calibre, probablement un six-millimètres, ou un 6.35. Elle le tenait d'une main ferme.

Elle était vêtue tout de noir, jean, converses, blouson, gants de cuir, et un bonnet de laine lui descendait jusqu'aux sourcils. Ses yeux avaient un éclat fiévreux, et bougeaient par saccades. Il se demanda si elle avait pris quelque chose, des amphétamines ou même de la coke. Elle-même devait bien se rendre compte que son plan était désespéré. Mais elle avait passé le stade de la raison. C'était la rage et la peur qui la guidaient.

— Ça ne marchera pas, dit Martin. Vous êtes professionnelle. Vous le savez aussi bien que moi.

— Vous m'avez laissé le choix ? glapit-elle.

— Je n'écrirai pas cette lettre, dit Martin. Vous feriez mieux de partir.

Elle avança encore d'un pas, mais elle restait trop loin pour qu'il puisse tenter quoi que ce soit.

Sa main se crispa sur l'arme et Martin se dit que cette fois, ça y était. Avec un peu de chance, si elle ne touchait pas une partie vitale...

— Je vais vous tuer, et après j'irai tuer l'autre salope, dit Jonquère.

— Attendez, dit Martin.

À cet instant, le téléphone fixe de Martin sonna, et, simultanément, son portable, posé derrière lui sur le lit.

Ils sursautèrent en même temps et Martin vit le doigt de la femme se crisper sur la détente.

— Attendez ! répéta-t-il en levant la main instinctivement.

Les deux sonneries se répétèrent, puis s'arrêtèrent.

— Je ne sais pas ce que c'est, dit-il pour calmer la panique qu'il voyait monter chez Jonquère. Je n'y suis pour rien.

Il entendit un appareil vibrer. Elle tressaillit et fouilla de la main gauche dans la poche de son blouson. Elle sortit son portable et regarda l'écran avant de le porter à son oreille.

Sa main droite avait légèrement dévié, mais Martin était placé bien trop loin d'elle pour la désarmer. Il tâtonna derrière son dos et éprouva une brève mais intense satisfaction en sentant la masse compacte du portable. Il le ramena vers lui. Un portable contre un pistolet...

Jonquère écoutait, le téléphone collé à l'oreille, les yeux agrandis, tétanisée par ce qu'elle entendait.

Soudain, elle laissa retomber le bras qui tenait le portable et ouvrit la main. L'appareil cogna le sol avec un bruit sourd.

Elle regarda Martin sans le voir. Pendant quelques secondes, il n'y eut plus aucun mouvement dans la pièce, et Martin eut l'impression étrange qu'elle l'avait même oublié, lui.

Et puis elle émit un drôle de son, mi-râle mi-sanglot, son bras se plia comme s'il était guidé par un fil de marionnette et le canon du petit pistolet se posa sur sa tempe.

Martin lança le portable de toutes ses forces et l'atteignit en plein visage alors que le coup partait, emplissant l'air de la chambre de l'odeur de cordite. En même temps, il se propulsa en avant, sentant son ventre se déchirer, et la faucha au niveau des genoux. Ils tombèrent emmêlés. Malgré la douleur, Martin se redressa comme un ressort et chercha l'arme des yeux. Elle était tombée plus loin, presque sous la commode. Jonquère ne bougeait pas. La balle avait tracé un sillon sur la peau de son crâne et son cuir chevelu saignait abondamment. Elle respirait. Elle était inconsciente, mais vivante.

Martin entendit un craquement lointain, et un troupeau de buffles chargea à travers l'appartement. Il commençait à se redresser en se massant le ventre quand surgirent deux hommes armés, suivis par la capitaine de gendarmerie Le Bihan, pistolet pointé à deux mains, ses yeux bleu vif étincelants.

Elle appréhenda la scène d'un coup d'œil.

— Et merde, s'exclama-t-elle. Qu'est-ce qui lui a pris ? C'est une proc, non ?

— Alizée Jonquère, dit Martin en se relevant lourdement et en se rasseyant sur son lit. Substitut du procureur, et accessoirement tueuse. C'est elle qui a tué Mousseaux et plusieurs femmes. Et fait condamner Jeannette.

Les deux gendarmes récupérèrent l'arme de Jonquère et examinèrent succinctement l'état de la blessée. Jonquère gémit et tenta de se relever. Ils la menottèrent.

Le Bihan passa un coup de fil.

— Je crois qu'on a pas mal de choses à voir ensemble, dit Martin quand elle eut raccroché. Et vous me devez une porte d'entrée.

46

Samedi 25 janvier, sept heures

Jonquère était à l'Hôtel-Dieu, consciente et en garde à vue.

Martin et Le Bihan étaient assis face à face au fond d'un café à deux pas de chez lui, pendant que la Police scientifique s'activait encore dans l'appartement.

— Effraction et tentative de meurtre... C'est un bon début pour une mise en examen, dit Le Bihan. Elle est coincée.

— Depuis combien de temps je vous sers de chèvre ? demanda Martin.

— Depuis que vous êtes sorti de l'hôpital.

— Vous avez profité de mon absence pour équiper l'appartement, c'est ça ?

— Oui.

— Pourquoi moi ?

— Vous étiez le mieux placé.

— Et donc, vous écoutez toutes mes conversations depuis que je suis rentré chez moi ? Et mon portable et mon fixe aussi ?

— Oui. Pour rien.

— Pour rien ? dit Martin. Merci, vous n'avez peut-être pas réussi à piéger Tureau, mais vos conneries m'ont quand même sauvé la vie. Par contre, vous avez sur bande des conversations qui ne vous concernent pas, dit-il en pensant à tout ce qui s'était dit avec Langmann.

— Oui, reconnut Le Bihan.

— Je veux ces bandes. Elles ne vous serviront à rien.

— Attendez, Martin. Je ne peux rien vous promettre. Ce sont des éléments...

— Qui n'ont rien à voir avec Tureau et avec votre enquête. Ce n'est pas négociable. Si vous ne me les donnez pas, je refuse de jouer le jeu, je lâche Langmann sur vous, et elle va repérer tellement de vices de procédure dans votre opération que vous allez vous retrouver dans une merde noire. Sans parler des articles de presse.

Le Bihan fit la grimace.

— Vous ne pouvez pas faire ça. Si on n'avait pas été là...

— Je serais mort. Mais là n'est pas la question. Vous vous êtes servis de moi comme appât pour Tureau. Vous avez pris sciemment le risque qu'elle m'abatte. Sans même que je sois au courant. Oui ou non ?

Le Bihan haussa les épaules.

— C'était un risque calculé.

— Je veux ces bandes. Avant lundi. Démerdez-vous.

Le Bihan soupira.

— Je vais en référer...

— Non, dit Martin. Je sais comment ça se passe. Ils ne vous donneront jamais l'autorisation. Vous allez devoir me les donner sans en parler à personne. De toute façon, il n'y a rien dessus qui concerne Tureau. Oui ou non ? Et je veux que toute surveillance cesse immédiatement. En échange, ajouta Martin grand seigneur, je veux bien certifier que vous m'avez demandé mon accord pour le piège et que j'étais consentant. Que grâce à votre action, nous avons réussi à piéger une tueuse récidiviste.

— C'est d'accord, dit-elle enfin. Vous aurez les bandes.

— Aujourd'hui.

— Ok, aujourd'hui.

— Maintenant, je veux tout savoir : depuis quand vous soupçonnez Tureau ?

— Au début, on ne la soupçonnait pas plus que vous ou les autres flics qui ont enquêté de près sur l'affaire du bus. On avait compris que la demande de rançon et les actes de Kerjean obéissaient à deux logiques différentes et que quelqu'un voulait profiter du tueur du bus pour s'enrichir. Et que ça ne pouvait être qu'une personne proche de l'enquête. Mais cette personne pouvait quand même être en contact avec le tueur... Du coup, on a mis tout le monde sous surveillance. Et puis... Il y a eu des indices convergents. Les précautions que Tureau prenait pour que ses communications restent privées. Au point d'utiliser un portable crypté qu'elle a payé une fortune. Et on a découvert qu'elle et son mec avaient de gros besoins d'argent.

— Son mec ?

— Oui. Elle a un mec. Un homme d'affaires véreux.

— Moi, elle m'a laissé entendre qu'elle était lesbienne.

— Non. Elle est hétéro. C'est une embrouilleuse de première. Son mec court après le fric, et il a déjà eu des ennuis avec la Justice. Il est parti à l'étranger... On ne sait pas où. Elle l'a éloigné, elle a eu raison. Mais fondamentalement, on n'a pas trouvé de quoi l'incriminer. Elle est très maligne. C'est là qu'on a décidé de passer au plan B.

— Vous n'arrêtez pas de dire « on ». C'est qui, « on » ?

— Une cellule composée d'un procureur, d'un juge, et de quelques gendarmes, c'est tout. Nommés directement par le garde des Sceaux et le ministre de l'Intérieur en octobre. Parallèlement à votre super-groupe.

Martin soupira.

— Et vous étiez la taupe de la cellule.

— Eh oui.

— Ok. Comme vous n'avez trouvé aucune preuve contre elle, l'un de vous a pensé à un plan B : la coincer en flagrant délit. Et c'est là que vous vous êtes dit, Martin ferait un bon appât. C'est ça ?

— Oui. Déjà, Tureau se méfiait un peu de vous parce que vous étiez le plus vicieux du groupe...

— Merci.

— Alors on a laissé filtrer de fausses infos : on a laissé entendre que vous n'arrêtiez pas de poser des questions sur elle, que vous prépariez un dossier, que vous aviez vu un juge... En gros que vous étiez un vrai danger pour elle.

— Mais comme elle a oublié d'être con, elle n'est toujours pas tombée dans votre piège.

Le Bihan soupira.

— Et maintenant, c'est terminé. Même si je continuais à jouer le jeu en toute connaissance de cause, Tureau sera forcément au courant de ce qui s'est passé ici et elle comprendra que vous avez essayé de la faire tomber.

— Oui. Je le pense aussi.

— Vous n'avez pas un plan C ?

— Non. Je pense que la cellule va être dissoute, dit Le Bihan, imperméable à l'ironie. On a raté notre coup.

— Il y a une autre façon de voir les choses, dit Martin. Vous m'avez sauvé la mise, vous avez coincé Jonquère, et elle est beaucoup plus dangereuse que Tureau. Elle a déjà tué au moins quatre personnes, elle. Je peux vous donner les noms. À vous de trouver les preuves. Finalement, votre cellule secrète et vos écoutes illégales auront servi à quelque chose.

Il se leva.

— J'ai rendez-vous, dit-il. N'oubliez pas, pour les micros. Ça m'ennuierait de balancer aux chiottes du matériel précieux de la gendarmerie.

Samedi 25 janvier, neuf heures

Martin se gara devant le pavillon et alla sonner à la porte.

— Martin ? dit Jeannette en ouvrant.

Le changement était notable. Elle avait les cheveux brossés, elle s'était même maquillée.

— Tu n'es pas seule, dit Martin. Je te dérange.

— Il y a mes filles et Romain est ici aussi. Mais tu ne nous déranges pas du tout. Entre.

— Non, dit Martin. Je te laisse en famille. Je suis juste venu te dire que c'était fini.
— Qu'est-ce qui est fini ?
— Tes ennuis. Jonquère est en garde à vue. Elle va être mise en examen pour tentative de meurtre, en attendant la suite.
— Tentative de meurtre sur qui ?
— Sur moi, dit Martin.
Jeannette blêmit.
— Quoi ? Quand ça ?
— Cette nuit.
— Cette nuit ? Tu n'as rien ?
— Non.
— Comment tu as fait pour la mettre hors d'état de nuire ?
— Je t'expliquerai plus tard dans les détails.
— Oh, Martin…
Elle fondit en larmes et jeta les bras autour de son cou. Martin lui tapota le dos.
— Il n'y a aucune raison de pleurer, dit-il. C'est fini, je te dis. C'est fini.

Composition PCA

Impression réalisée en France
par CPI Bussière
à Saint-Amand-Montrond (Cher)
en février 2014

N° d'édition : 01 – N° d'impression : 2007903.
Dépôt légal : mars 2014.